Orgueil et amour

Scandaleuse vérité

Un dangereux pari

BARBARA DUNLOP

Orgueil et amour

Traduction française de
MARIE MOREAU

PASSIONS

HARLEQUIN

Collection : PASSIONS

Titre original :
BREAKAWAY COWBOY

HARPERCOLLINS FRANCE
83-85, boulevard Vincent-Auriol, 75646 PARIS CEDEX 13
Service Clients — https://www.harlequin.fr/contenu/contactez-nous
ISBN 978-2-2805-0049-4 — ISSN 1950-2761

Édité par HarperCollins France.
Composition et mise en pages Nord Compo.
Imprimé en mai 2025 par CPI Black Print (Barcelone)
en utilisant 100% d'électricité renouvelable.
Dépôt légal : juin 2025.

MIXTE
Papier issu de
sources responsables
FSC® C159065

Pour limiter l'empreinte environnementale de ses livres, HarperCollins France s'engage à n'utiliser que du papier fabriqué à partir de bois provenant de forêts gérées durablement et de manière responsable.

1

Dallas Hawkes traversa l'enclos du Hawkes Cattle Ranch, l'immense propriété familiale située dans le nord-ouest du Colorado. Sous ses pieds, le sol était tellement sec qu'à chacun de ses pas ses bottes soulevaient un petit nuage de poussière. Il fit la grimace en sentant un éclair de douleur lui transpercer l'épaule droite. Cela faisait maintenant trois semaines qu'il avait été contraint de rentrer au ranch, le temps de se remettre. Or les jours passaient mais sa blessure ne guérissait pas, ce qui lui pesait de plus en plus.

Les mâchoires serrées, il jura tout bas pour ne pas effrayer Jayden, son cheval rouan, qui l'attendait calmement, déjà sellé et prêt à partir. Sous le regard sombre et circonspect de Jayden, Dallas sortit un cachet antidouleur de la poche de sa chemise en jean et l'avala en poussant un râle.

Il aurait préféré doubler la dose, comme il l'avait fait jusqu'à la semaine dernière, mais c'était un piège dans lequel il refusait de tomber. Il prenait désormais un comprimé quatre fois par jour et prévoyait de réduire encore son traitement à partir de lundi.

Tout en caressant l'épaule de Jayden, Dallas tourna la tête vers l'éclatant soleil de midi, puis replaça correctement son stetson et inspira profondément.

Il avait déjà dû faire face à de nombreuses blessures par le passé, et celle-ci n'était pas la plus terrible. Si elle lui faisait aussi mal, c'était à cause de la période à laquelle elle survenait. Mais d'ici quelques semaines elle ne serait plus qu'un mauvais souvenir, comme toutes ses autres fractures, luxations et déchirures.

Il empoigna les rênes et mit son pied gauche dans l'étrier. En dépit de la douleur, il était déterminé à remonter à cheval aujourd'hui. Un homme avait besoin d'efforts physiques pour s'occuper l'esprit et maintenir à l'écart les pensées nocives.

L'équitation lui manquait. Ce contact avec l'animal, avec sa puissance et ses émotions, ce lien unique qui venait d'une communication silencieuse entre le cheval et son cavalier. Mais ce qui lui manquait le plus, c'était l'adrénaline des concours de rodéo.

Ses concurrents étaient à Tulsa en ce moment, en train de s'affronter au lancer de lasso ou au terrassement du bouvillon. L'épreuve à cru n'avait pas encore dû commencer, mais ce devait être l'heure de celle des enfants à dos de mouton. Cette pensée le fit sourire malgré sa mauvaise humeur. C'était toujours adorable de voir ces apprentis ranchers s'amuser et rougir de bonheur quand ils parvenaient à tenir sur l'animal jusqu'à la sonnerie.

Jayden piétina, rappelant à Dallas qu'il ne faisait que repousser l'inévitable.

— Tu viens, oui ou non ? lança Austin, le frère aîné de Dallas, qui l'attendait près de l'écurie.

— J'arrive.

Dallas se décida enfin à se hisser en selle, en s'efforçant de faire peser tout son poids sur sa jambe gauche. Mais, au moment de faire passer sa jambe droite de l'autre côté de sa monture, il contracta l'épaule malgré lui et étouffa un cri en serrant les dents. Bon sang, cela faisait tellement mal !

Par chance, Jayden accepta patiemment la maladresse de Dallas. Il mit son cheval au pas, sentant chacun de ses mouvements et espérant que l'antidouleur allait bientôt faire effet.

— Tu es sûr d'être assez en forme ? demanda Austin quand Dallas le rejoignit.

Dallas le vit froncer les sourcils sous le rebord de son stetson.

— Tu te prends pour ma nounou ? rétorqua Dallas en grommelant.

— Nous en avons pour une bonne heure avant d'arriver à la pompe.

— Je sais.

— Cela fait longtemps que tu n'as pas parcouru les pâturages du ranch, lui rappela Austin.

Dallas perçut un ton de reproche dans la voix de son frère et prit sur lui pour garder son calme.

— Pas si longtemps que ça, répliqua-t-il tandis qu'ils se mettaient en chemin.

— Nous t'avons à peine vu ces dix dernières années.

— J'ai contribué à ma manière à la vie du ranch.

Dallas passait effectivement la plupart du temps loin du Colorado, pour participer à un maximum de concours de rodéo. C'est ainsi qu'il avait gagné beaucoup d'argent et en avait reversé la majeure partie au ranch familial, pour financer les nombreux investissements nécessaires à sa modernisation. En tournée, il n'avait pas besoin de grand-chose. De quoi acheter du carburant, louer des chambres bon marché, se nourrir et s'offrir une bouteille de bourbon de temps en temps.

Il essaya de détendre son épaule en songeant qu'un verre lui aurait sans doute fait du bien.

— Personne n'a dit le contraire, dit Austin.

— C'est ça.

— Arrête ta paranoïa. J'ai vu les chèques que tu as envoyés. Personne ne se plaint de toi.

Austin avait vu les chèques ? Voilà qui était surprenant. Dallas les avait envoyés directement à leur père, Garrett, pensant que personne d'autre que lui ne connaîtrait le détail de ses contributions.

— Tout ce que je dis, ajouta Austin, c'est que cela fait un moment que tu n'as pas été ici pour travailler, les pieds dans la terre.

— J'y suis, maintenant, répondit Dallas.

Il le regrettait, du reste, mais hélas cela ne changeait rien à la réalité.

— Et c'est bien que tu sois là.

Dallas laissa échapper un ricanement amer. Jayden sursauta et Dallas eut la sensation qu'une lame lui traversait l'épaule.

— Écoute, dit Austin d'une voix dénuée de compassion, tu n'as peut-être pas envie d'être là, mais c'est comme ça. Tu dois faire avec, un point c'est tout.

— Cela a au moins le mérite de mettre notre père de bonne humeur, observa Dallas pour éviter de parler de lui.

Depuis des années, son père essayait de le convaincre d'abandonner le rodéo pour revenir s'installer au ranch.

— Tout ne se rapporte pas à notre père.

— Depuis quand ? railla Dallas.

Austin lui lança un regard et répliqua :

— Il serait grand temps que tu changes d'attitude.

— Il serait surtout temps...

Dallas s'interrompit. Il était temps que son épaule soit guérie pour qu'il puisse repartir sur le circuit. Ou, s'il ne pouvait pas reprendre le rodéo, qu'il puisse au moins s'éloigner d'ici, quitter ce lieu hanté par les souvenirs qui le torturaient.

Un sifflement strident attira leur attention, et les deux chevaux levèrent la tête en dressant les oreilles. Au sommet de la colline, Hardy Rawlings agita son chapeau avant de venir vers eux au galop. Austin donna un petit coup de talon à Pepper pour le mettre au trot et aller à la rencontre de Hardy, qui travaillait au ranch depuis toujours. Dallas suivit son frère.

— Le vent a fait tomber une partie de la clôture du Golden Ridge, lança Hardy quand il ne fut plus qu'à quelques foulées d'eux. Au milieu de la prairie en descendant de Signal Peak.

Ils s'arrêtèrent tous les trois en se rejoignant.

— Les dégâts sont importants ? demanda Austin.

— Assez. Un groupe d'animaux est passé. Ils sont dispersés tout le long du ruisseau, jusqu'à Woody Springs.

— Génial, marmonna Austin.

La gestion de l'eau était toujours un sujet sensible lors d'étés secs comme celui-ci.

— Willis est parti chercher du renfort, ajouta Hardy.

— Allons-y tout de suite, lui répondit Austin. Ça va aller, pour rentrer ? demanda-t-il en se tournant vers Dallas.

— Parce que tu crois que je vais rester à l'écart comme un bébé ?

— Tu veux dire que tu as l'intention de nous accompagner ? répliqua Austin avec un air interloqué.

Bien sûr, que Dallas voulait les aider à rassembler le bétail échappé. L'antidouleur avait commencé à faire effet et cela lui donnait confiance en ses capacités physiques.

— Oui.

Hardy l'interrogea du regard. Il y eut un bref silence, puis Austin haussa les épaules.

— Comme tu voudras, conclut-il.

Puis il mit son cheval au galop et partit avec Hardy. Dallas les suivit en surmontant la douleur, conscient que cette décision lui coûterait cher plus tard. Mais, pour l'instant, il préférait se concentrer sur le plaisir de sentir sous lui les muscles et les mouvements de Jayden.

Il ne voulait pas penser à ce soir ou demain. Juste savourer le fait d'être de nouveau à cheval, enfin.

Sierra Armstrong tira de toutes ses forces sur sa bague de fiançailles, furieuse de constater que la moiteur californienne de juillet avait fait gonfler son annulaire. Debout sur le trottoir devant l'entrée de l'entreprise Opuntia Lifestyles, elle regarda son fiancé. Non, son *ex*—fiancé. Comme ils se trouvaient à quelques minutes de la plage de Carmel, les touristes et les promeneurs allaient et venaient autour d'eux en ce vendredi après-midi.

— Je vais devoir la garder, dit Sierra en grimaçant.

— Sierra, grommela Roger d'un ton impatient.

— Ne me prends pas de haut, d'accord ? lança-t-elle en tirant de plus belle sur sa bague.

Son doigt commençait à rougir et à lui faire mal.

— Cette bague était une promesse, lui rappela-t-elle. Tu as manqué à cette promesse quand tu m'as trompée.

— Tu sais que ce n'était pas prémédité.

Elle ne put contenir sa colère.

— Alors c'était un accident ? s'exclama-t-elle. Oh ! pas de chance ! Tu es tombé dans le lit de ta réceptionniste !

Roger contracta les mâchoires.

Sierra n'était pas fière de s'être laissé emporter. Elle ne fut pas fière non plus de se demander à quel prix elle pourrait revendre le diamant, qui, sans être énorme, était quand même de belle taille.

Elle soupira.

— Je n'y arrive pas.

— Laisse-moi ess…

Comme Roger faisait un mouvement en direction de sa main gauche, elle la retira d'un geste brusque. Elle ne l'autoriserait plus jamais à la toucher.

— Je l'enlèverai plus tard, dit-elle en reculant d'un pas pour s'éloigner un peu plus de lui.

Elle aurait plus de succès ce soir, quand l'air serait plus frais et plus sec.

Roger fronça les sourcils et elle remarqua son air suspicieux. Tant mieux s'il avait peur qu'elle garde la bague. Après tout, elle aurait eu le droit de le faire. Un cadeau était un cadeau, en théorie.

— Tu la déposeras à l'appartement, dit-il.

Sa déclaration était à la fois un ordre et une affirmation de son statut de propriétaire.

Sierra se raidit. Que pouvait-elle dire ? Cet appartement était bel et bien celui de Roger. Elle s'y était installée seulement trois mois plus tôt, quand sa colocataire et amie Nancy Wells était partie vivre à Los Angeles pour son travail. C'était le nom de Roger qui figurait sur le bail, et le loyer était payé par Opuntia Lifestyles, l'entreprise qui appartenait à Roger et au sein de laquelle Sierra n'était qu'une simple employée.

En un quart d'heure, elle s'était retrouvée célibataire, sans emploi et sans logement.

Elle remonta la lanière de son cabas sur son épaule en se demandant quoi faire. Faire un départ fracassant et ne jamais revenir ? Marcher tout droit jusqu'à l'appartement pour rassembler tout ce qui était à elle ?

— Je serai à la maison à 22 heures, déclara-t-il d'un ton neutre. Ce soir, nous allons à...

— *Nous* ? répéta Sierra en manquant de s'étrangler. Tu veux dire Diva et toi ?

— Devin.

Sierra ne put s'empêcher d'imaginer, au bras de son ex-fiancé, la nouvelle réceptionniste, avec ses joues roses, son fard à paupières multicolore, ses tenues à la dernière mode et son sourire si éclatant qu'il donnait presque envie de se faire blanchir les dents.

— Tu es en train de me dire que ce qui t'arrangerait, ce serait que je dépose ma bague de fiançailles *après* ta soirée avec ta petite amie ?

Quelle audace ! Elle n'en revenait pas.

— Sierra, tu n'es pas obligée d'être aussi...

— Oh ! si.

Elle serra les poings et le fusilla du regard.

— Tu devrais t'en aller, Roger.

Il leva les yeux vers l'enseigne de son entreprise.

Hélas, il avait raison.

C'était à elle de partir.

Elle tourna alors les talons et s'éloigna, marchant vers... Elle ignorait vers où. Mais elle savait une chose : il n'était pas question qu'elle lui obéisse et passe chez lui plus tard pour lui rendre la bague, comme une gentille petite ex bien docile.

Peut-être qu'elle n'y retournerait jamais. Peut-être qu'elle lui renverrait la bague par la poste le jour où elle le déciderait. Dans quelques semaines, pour le faire enrager.

Le problème, c'était que toutes ses affaires se trouvaient chez lui. Il s'agissait surtout de vêtements et de produits de beauté, mais elle tenait quand même à les récupérer. Il y avait aussi ces jolis verres à vin qu'elle avait achetés chez un souffleur de verre de la région.

Mais avait-elle vraiment envie de garder les verres dans lesquels ils avaient bu pour fêter leurs fiançailles ? Et ces divers tubes et flacons à moitié vides ? Et ses habits, qu'elle avait pour la plupart depuis longtemps et qui ne lui avaient pas coûté cher ? Quant à ses plantes avec leurs beaux cache-pots en céramique, la perspective de les déménager la décourageait, d'autant qu'elle n'avait nulle part où les mettre.

Se dirigeant vers la plage, elle fit mentalement l'inventaire de ce qu'elle avait laissé chez Roger, tout en songeant qu'elle avait mis ses objets de valeur dans un coffre à la banque.

Elle traversa la route, fit quelques pas dans l'herbe, puis ôta ses sandales pour avancer pieds nus sur le sable chaud. Cette séance de réflexologie naturelle l'apaisa. Elle poursuivit son chemin pour rejoindre l'ombre des cyprès qui bordaient le rivage. À cet instant, elle sentit son téléphone vibrer dans son sac.

Elle n'avait envie de parler à personne, mais c'était peut-être l'un de ses clients qui l'appelait pour un rendez-vous.

Ses clients ? Ou étaient-ils ceux de Roger, à présent ? Contractuellement, c'étaient des clients d'Opuntia Lifestyles. En tant que praticienne agréée, elle proposait un accompagnement pour aider les gens à améliorer leur bien-être physique et mental. Cela allait de la thérapie par le massage à des échanges verbaux, ces séances devant permettre à ses clients de trouver une plus grande harmonie entre leur corps, leur environnement et leurs émotions.

Tout en fouillant dans son sac pour trouver son téléphone, elle pensa avec angoisse à son avenir professionnel. Elle avait signé une clause de non-concurrence en entrant chez Opuntia. À l'époque, elle était loin d'imaginer qu'elle quitterait l'entreprise dans de telles circonstances.

Que de mauvaises décisions elle avait prises cette année…

Elle trouva son portable et regarda l'écran.

L'émotion lui souleva le cœur quand elle lut le nom de McKinney

Hawkes. Elle n'avait pas eu de nouvelles de son amie de fac depuis des mois et voilà que McKinney l'appelait, juste quand Sierra avait besoin de soutien.

— McKinney, soupira-t-elle en décrochant. Comment as-tu su ?

Elle traversa la piste cyclable pour aller s'asseoir sur un banc.

— Je ne sais pas ce que je suis censée savoir, répondit McKinney en riant comme si elles s'étaient parlé la veille, mais tu vas me le dire.

— Que j'avais besoin d'une amie.

Sierra posa ses sandales et son sac à côté d'elle et étendit les jambes.

— Pourquoi ? demanda McKinney avec empressement. Que se passe-t-il ? Il y a quelque chose qui ne va pas ?

— Rien ne va, répondit Sierra, au bord des larmes.

— Oh ! Sierra… Commence par le début, d'accord ?

Sierra cligna des yeux et respira profondément.

— C'est ta santé ?

— Non, non. Je ne suis pas malade.

— Tu me rassures.

— C'est à cause de Roger.

— Ton petit ami ? J'aurais dû m'en douter.

Sierra ne put réprimer une sensation de manque et de tristesse en voyant passer devant elle, à vélo, un couple avec un petit enfant.

— C'est mon fiancé, dit-elle. Pardon. *C'était* mon fiancé.

— Tu es fiancée ? Je veux dire : vous vous êtes séparés ? Attends, qu'est-ce qu'il a fait ?

Le ton accusateur de McKinney arracha un sourire à Sierra. Comme toute bonne amie, elle prenait son parti avant même de savoir ce qui s'était passé.

— Il m'a trompée, annonça Sierra avec amertume.

Ses yeux séchèrent à l'instant où elle décida de ne plus s'apitoyer sur son sort. Elle refusait de regretter un homme qui l'avait à ce point déçue.

— Grave erreur, déclara fermement McKinney. Très grave erreur.

Mais qu'est-ce qu'il avait dans la tête ? Cet homme ne te méritait pas. C'est évident. Il ne trouvera jamais mieux, l'imbécile.

— Merci.

— Ne me remercie pas, je ne dis que la vérité.

— Tu ne l'as même pas rencontré.

— Je n'ai pas besoin de le rencontrer pour savoir qu'il ne te méritait pas. Qui trompe sa fiancée ? Un salaud de première classe, voilà qui. J'espère que tu as gardé la bague.

Sierra regarda son doigt encore enflé.

— Il me l'a réclamée. Mais je n'arrive pas à l'enlever.

— Le karma est de ton côté. Elle a beaucoup de valeur ?

— Je ne vais pas l'apporter à un prêteur sur gages.

— Tu devrais ! Et, si tu te sens coupable, tu lui envoies le bon pour la récupérer. S'il y tient tant que ça, il n'aura qu'à la racheter. Ce sera bien fait pour lui.

— Tu ne te laisses pas faire, toi, hein ?

— Comment crois-tu que j'aie survécu avec trois grands frères ?

— Tu m'as dit que tes frères étaient formidables.

— Ils le sont. Maintenant. Mais cela n'a pas toujours été le cas.

— Tu as de la chance.

Sierra se sentait infiniment seule, tout à coup. Elle était fille unique, et quand sa mère était morte, cinq ans plus tôt, son père était déjà parti vivre en Floride avec sa nouvelle femme.

— J'arrive, dit McKinney.

— Pardon ?

— Tu as besoin de moi. Au moins pour un soutien moral. Je peux monter dès demain dans un avion.

— Non, non. Tu ne vas pas interrompre ta vie pour moi.

Sierra ne comptait pas entraîner son amie dans son drame personnel.

Tandis que le soleil descendait lentement vers l'océan Pacifique, elle se demanda où elle allait bien pouvoir dormir ce soir. Un motel bon marché semblait être l'option la plus raisonnable, une chambre avec un coin cuisine pour qu'elle n'ait pas à prendre ses repas au restaurant. Elle avait quelques économies, mais, étant au chômage, elle devait faire attention à ses dépenses.

— Pourquoi pas ? rétorqua McKinney. Il y a plein de vols directs entre Denver et la Californie.

— Non.

— Si.

— McKinney.

— Quoi ?

— Je n'ai pas... Je n'ai plus de logement. Je ne pourrai pas t'héberger si tu viens à Carmel.

McKinney laissa passer un silence avant de réagir :

— Parce qu'il t'a mise dehors, en plus ?

— L'appartement est à lui.

— Peu importe.

— L'entreprise aussi, Opuntia Lifestyles. Tout lui appartient, ajouta-t-elle en se retenant d'éclater en sanglots.

— Sérieusement ? Tu vois, c'est pour ça que j'avais besoin que tu commences par le début. Je croyais que vous étiez simplement collègues, lui et toi.

Sierra n'avait peut-être pas dit toute la vérité.

— Je n'étais pas très à l'aise avec l'idée de sortir avec mon patron.

Il y eut un nouveau silence, puis McKinney déclara :

— Viens ici.

Sierra ne comprit pas. Elle resta sans voix.

— Viens à Jagged Creek, dit McKinney. Il n'y a rien de plus simple. Tu prends un avion pour Denver, puis il y a un car toutes les heures à destination de Granby. Je peux venir te chercher à l'arrêt de bus. Tu n'auras qu'à m'envoyer l'horaire par SMS.

Sierra était profondément touchée par la proposition de McKinney, mais elle ne voulait pas s'imposer. Elle se sentirait de trop dans le ranch de la famille Hawkes. Et puis elle devait reprendre sa vie en main, trouver un nouvel emploi et un nouveau logement, et non fuir ses problèmes... Même si c'était terriblement tentant.

— Je ne peux pas venir à Jagged Creek, répondit-elle.

— Bien sûr que si, tu peux. Je viens de t'expliquer comment faire.

— Ce n'est pas ce que…

— Et de toute façon c'est la raison pour laquelle je t'appelais au départ.

Le ton de McKinney se fit soudain plus sérieux, plus grave.

— Sierra, dit-elle, j'ai besoin de ton aide.

Ce fut au tour de Sierra de s'inquiéter.

— Pourquoi ? Que se passe-t-il ?

— C'est mon frère Dallas, le deuxième. Il s'est blessé lors d'une compétition de rodéo.

— Oh ! non.

Sierra se sentit honteusement égoïste d'avoir fait tourner toute la conversation autour d'elle.

— Il a fait une mauvaise chute de cheval.

— C'est grave ?

— Il s'en remettra. Enfin, en grande partie, au moins physiquement. Mais il devra sans doute mettre un terme à sa carrière. Et cela le met en colère. Tout le met en colère, en ce moment. Il se replie chaque jour un peu plus sur lui-même. Sierra, je ne sais pas comment l'aider.

Le professionnalisme de Sierra prit aussitôt le dessus.

— Que dit-il ? Que fait-il ? demanda-t-elle.

— Il s'énerve à propos de n'importe quoi. À propos de tout, en fait.

— Je serais heureuse de faire une séance avec lui.

Elle avait déjà travaillé à distance avec plusieurs clients.

— Non, il ne voudra pas. Il n'est pas du genre à… comment dire… à prendre soin de lui-même. Et il ne faut pas qu'il sache qui tu es ou ce que tu fais. Il se fermerait comme une huître.

— Dans ce cas, dit Sierra en toute honnêteté, je ne vois pas comment je peux l'aider.

Pour qu'elle entame un travail avec un client, il fallait avant tout qu'il en ait envie, autrement, elle n'avait aucun espoir de résultat.

— En lui parlant, suggéra McKinney. Viens et parle avec lui, l'air de rien. Nous inventerons une histoire. Nous pourrons dire par exemple que tu es une nouvelle employée du ranch.

— Une *employée du ranch* ?

Sierra ne connaissait rien aux chevaux, ni à l'élevage, ni aux animaux en général. À part peut-être les chiens. Elle adorait les chiens depuis toujours. Mais on n'élevait pas des chiens dans un ranch. Elle n'avait jamais approché de bovins, ni même de poulets.

— Tu n'aurais pas à faire de travaux trop physiques. Peut-être fourcher un peu de foin, faire des box, ramasser quelques légumes. S'il te plaît, Sierra. Je me fais du souci pour ma famille.

La détresse de McKinney serra le cœur de Sierra. Que n'aurait-elle pas donné pour être entourée d'une famille ? Et, si elle en avait eu une, que n'aurait-elle pas fait pour la protéger ?

— C'est la meilleure chose à faire, déclara McKinney d'une voix pleine d'espoir. Cela te donnerait du temps pour réfléchir et pour te remettre. Je te ferai visiter la région. Nous pourrons discuter. Nous boirons du vin et nous dirons du mal de ton ex. Cela te ferait du bien et me rendrait tellement service !

Comment lui dire non ? C'était impossible.

Le soleil frôlait désormais la surface de l'eau et l'horizon se teintait de rose.

— D'accord, dit finalement Sierra. D'accord, je vais venir.

2

Dallas appuya la paume de sa main contre la paroi en marbre de sa douche tandis que le puissant jet d'eau chaude lui frappait l'épaule. Cela faisait mal, mais de toute façon tout lui avait fait mal aujourd'hui. Même respirer. Il espérait que ce massage lui ferait du bien plus tard.

Pourtant, il ne pouvait pas dire qu'il avait travaillé dur. Après s'être levé à l'heure habituelle, il avait renoncé à monter à cheval, préférant se rendre utile en prenant un 4x4 pour aller vérifier l'irrigation des champs de foin de la vallée.

Austin parlait d'automatisation des contrôles du système, grâce à des détecteurs et une liaison satellite alimentée par l'énergie solaire. À l'entendre, tout pourrait ensuite se faire depuis le confort d'un bureau équipé d'un ordinateur. Quel rancher pouvait bien avoir envie de rester toute la journée assis dans un fauteuil ?

Du reste, la technologie était loin d'être infaillible. On ne pouvait pas s'occuper d'un ranch sans aller soi-même voir les animaux, arpenter les terres et entretenir les installations.

Une fois sorti de sa douche, il attrapa sa serviette et se sécha d'une main en essayant de se convaincre qu'il irait mieux demain. Il devait être patient et accepter que la guérison prenne du temps.

Il était presque 19 heures, ce qui signifiait que le dîner serait bientôt servi pour la famille et quelques convives supplémentaires. Garrett, le père de Dallas, voyait les repas comme des occasions de tenir des réunions informelles concernant le ranch. C'était toujours un moment intéressant, non seulement pour le plaisir de bien manger, mais aussi parce qu'on y découvrait qui s'était attiré les faveurs de Garrett ou avait au contraire éveillé son mécontentement.

Dans sa chambre au plafond haut et aux poutres apparentes, Dallas enfila un jean propre avant de glisser prudemment son bras droit dans la manche d'une chemise vert foncé. Quand il eut fini de s'habiller, ses cheveux avaient partiellement séché. Il les peigna et renonça à raccourcir sa barbe naissante, préférant remettre au lendemain l'exercice difficile que cela représentait dans son état. Pour l'instant, il mourait de faim, d'autant qu'une succulente odeur de grillades montait du rez-de-chaussée.

Il descendit le large escalier incurvé qui menait au salon, une pièce dans laquelle régnaient le bois, le cuir et les couleurs chaudes, et qui était séparée de la salle à manger par six piliers formés par des troncs d'arbres polis. La cheminée en pierre était éteinte à cette époque de l'année. Même ici, en montagne, il faisait encore une vingtaine de degrés le soir grâce à la chaleur de la journée. Les fenêtres de la salle à manger étaient ouvertes et on avait tiré les longs rideaux bordeaux pour laisser entrer l'air frais.

Le couvert était mis pour six sur la table rectangulaire en cerisier, mais personne n'était encore assis. Alors que Dallas espérait ne pas avoir à attendre les autres trop longtemps, il entendit la voix de McKinney dans le couloir :

— Voilà, tu as vu l'essentiel.

Si sa sœur arrivait, c'était un bon début.

— Enfin, je parle uniquement du rez-de-chaussée, ajouta-t-elle. Je te ferai visiter l'étage plus tard. Il n'est pas aussi grand.

— C'est très différent du Kansas ! lui répondit une voix féminine.

C'était une voix mélodieuse et naturelle, fraîche comme une brise caressant un feuillage printanier. Elle n'avait pas du tout l'accent du Kansas.

— Tu vas vite t'habituer, assura McKinney.

— Je l'espère. Dis donc ! Voilà un bar à dégustation très sophistiqué.

Dallas sut où elles se trouvaient et espéra qu'elles n'allaient pas rester des heures à admirer le bar en forme de fer à cheval avec ses huit fauteuils club. Il ne voulait qu'une chose : qu'elles se dépêchent d'arriver pour passer à table.

— C'est la pièce de mon père, répondit McKinney en riant. Comme c'était celle de mon grand-père et de mon arrière-grand-père aussi, je pense. Je ne suis pas sûre. Ce que je sais, c'est que cette collection de bouteilles a commencé il y a de nombreuses années. Mon père continue à en acheter beaucoup trop. Des éditions limitées, des alcools et des vins d'exception. Puis il fait tout un cérémonial au moment d'en ouvrir une.

— Je ne voudrais pas avoir l'air de critiquer ta famille..., déclara l'autre femme.

— Ne t'en prive pas ! répondit joyeusement McKinney. Nous pouvons très bien supporter la critique.

Dallas s'efforça de faire taire les protestations de son estomac, qui l'empêchaient d'écouter cette voix envoûtante qu'il ne connaissait pas. Il était curieux d'entendre ce qu'elle allait dire.

— Cela paraît un peu prétentieux.

Dallas n'aurait pas pu la contredire sur ce point.

— Mon père ne l'est pas, assura McKinney. Enfin... pour le vin, peut-être. À part ça, il a l'humilité d'un homme qui a travaillé dans un ranch toute sa vie. Il est exigeant, mais toujours juste et impartial.

Dallas fronça les sourcils en entendant l'interprétation enjolivée de McKinney. Impartial ? Vraiment ? Cela dit, ce n'était pas étonnant de l'entendre défendre leur père. Elle avait toujours été sa fille préférée.

Il fit quelques pas pour apercevoir les deux femmes.

— Tu as de la chance d'avoir une grande famille, dit l'inconnue d'un ton sincère.

Il ignorait qui elle était et d'où elle venait, mais elle était ravissante. Son visage était entouré de longs cheveux blonds, et des cils épais ourlaient ses grands yeux bleus. Quant à ses lèvres, elles étaient si sensuelles qu'il rêva instantanément de les embrasser.

Elle portait un jean noir, des bottines marron à talons et un pull bordeaux ajusté qui mettait en valeur ses seins sublimes et sa taille fine. Elle devait mesurer un peu moins d'un mètre soixante-cinq.

— Dallas ! dit McKinney en le voyant.

Son enthousiasme le surprit. La belle inconnue se tourna alors vers lui et il eut une étrange sensation de chaleur en rencontrant son regard. L'espace d'un instant, sa douleur s'estompa. Il bougea l'épaule pour savourer ce relâchement inattendu.

— Je te présente Sierra Armstrong, lui dit McKinney. Nous l'avons engagée comme stagiaire dans le cadre de notre programme d'égalité des chances. Tu te rappelles ?

Il ne savait pas de quoi elle parlait, et cette Sierra n'avait absolument pas le profil d'une employée de ranch.

— Bonjour, Dallas, dit Sierra de sa belle voix.

Elle lui tendit la main tout en lui adressant un sourire éblouissant qui le déconcentra.

Il regarda McKinney pour essayer de comprendre. Cette femme mince et délicate n'était pas faite pour un travail physique en plein air, c'était évident.

McKinney lui lança un regard noir pour lui faire remarquer que Sierra attendait toujours qu'il lui serre la main. Il se rendit compte de sa grossièreté et s'exécuta aussitôt.

À la seconde où leurs mains se joignirent, un frisson le traversa.

— Enchanté, dit-il en prenant un ton aussi détaché que possible.

Il se hâta de lui lâcher la main. Il savait reconnaître l'attirance sexuelle quand elle se manifestait, et dans ce cas précis elle n'était pas du tout la bienvenue.

— Je me suis dit que tu pourrais montrer un peu les lieux à Sierra demain, dit McKinney. Toi qui connais le ranch par cœur.

— Ce n'est pas ce que dirait Austin, souligna Dallas.

Il chercha des excuses pour se défiler. Il n'était pas question qu'il se fasse réquisitionner pour former quelqu'un qui n'avait rien à faire là. Et tant pis pour l'égalité des chances.

— J'ai hâte de commencer, dit Sierra avec un autre sourire désarmant.

— J'ai des tas de choses à faire.

Il n'entrerait dans les détails que si McKinney insistait.

— Mais nous avons plein de gens expérimentés qui pourront vous donner toutes les explications nécessaires, dit-il à Sierra.

Sur ces mots, il tourna les talons pour mettre un terme à cette conversation. Son père et Austin descendaient l'escalier en se parlant tout bas. Au même moment, Newt Candor, le contremaître du ranch, arrivait de la cuisine.

Newt avait fait un effort vestimentaire. Son pantalon gris et sa chemise étaient impeccables et repassés. Comme Newt avait plus de cinquante ans, Dallas le connaissait depuis son enfance et avait eu le temps de s'attacher à lui.

— Salut, Newt.

— Salut, Dallas.

— Tu ne dois pas être si occupé que ça, dit McKinney derrière lui.

Dallas l'ignora.

— Bonsoir, monsieur, dit Newt quand Garrett entra dans la salle à manger.

— Bonsoir, Newt.

Le ton de Garrett n'exprimait rien de particulier.

— Dallas ? dit McKinney en élevant la voix.

Tout le monde la regarda. Cette fois, Dallas ne put faire semblant de ne pas l'avoir entendue.

Il la fixa et haussa les sourcils.

— Alors, demain ? demanda-t-elle.

— Je t'ai dit que j'avais une journée chargée demain.

— Mais encore ?

— McKinney, fit Sierra, ce n'est pas la peine de...

Victor Russell, le cuisinier, arriva avec un magnifique plat de viande qui attira l'attention des convives. Il interrogea Garrett du regard, comme s'il craignait d'être arrivé trop tôt.

— Mettons-nous à table, déclara Garrett.

En allant s'asseoir, McKinney passa près de Dallas et se pencha vers lui en chuchotant :

— Nous en reparlerons plus tard.

Il secoua la tête en signe de refus, mais elle s'était déjà éloignée. Sierra s'approcha alors de lui.

— Je ne voulais pas m'imposer, dit-elle.

— Vous ne vous êtes pas imposée.

Il aurait fallu qu'il se sente obligé d'accepter pour que ce soit le cas.

— Tout de même...

Elle avait l'air désolée.

— Ne vous inquiétez pas, ce n'est rien, assura-t-il.

Il s'écarta pour la laisser passer, et surtout pour mettre un peu de distance entre eux. Son attirance pour elle le déstabilisait, et il préférait ne pas savoir si elle était réciproque. Mais elle poursuivit la conversation :

— McKinney est très enthousiaste.

— J'ai remarqué, répondit-il.

— Tout conseil de votre part sera le bienvenu, que ce soit demain ou un autre jour.

— Ou de la part de quelqu'un d'autre.

Il y eut un silence, puis Sierra inclina la tête et esquissa un sourire qui ne fit qu'attiser le désir de Dallas.

— Vous ne cédez pas facilement, dit-elle.

— Je ne céderai pas.

C'était une réponse à double sens, mais elle était sans doute loin de s'en douter.

Sierra était émerveillée par le luxe de la chambre que McKinney lui avait attribuée. Hier soir, elle avait cru qu'elle aurait du mal à trouver le sommeil, mais le grand lit était si confortable qu'elle s'était endormie en quelques minutes à peine pour ne se réveiller que le lendemain matin, après une nuit réparatrice. Quant à la salle de bains, elle était digne des plus grands palaces, avec sa douche équipée de toutes les options possibles et sa grande baignoire placée face à une fenêtre qui donnait sur la vallée. Elle n'avait pas imaginé cela quand McKinney lui avait parlé du ranch de sa famille.

Le jean délavé, la chemise de flanelle à carreaux et les bottes en cuir usées prêtées par McKinney contrastaient avec l'opulence du lieu. Mais son amie lui avait assuré que ce serait la tenue idéale pour sa couverture, à la différence des vêtements que Sierra avait achetés avant de prendre l'avion et qui, contrairement à ce qu'elle avait cru, étaient trop citadins.

Même si elle devait renoncer à les porter dès maintenant, elle ne regrettait pas d'avoir fait les boutiques pour les trouver. Cela lui avait fait du bien, de renouveler sa garde-robe. C'était une manière de tourner la page. Bien sûr, elle se sentait un peu perdue pour l'instant, mais son apprentissage au ranch allait certainement l'aider à traverser ce moment difficile.

Le changement n'était pas une mince affaire. C'était parfois douloureux. Or Sierra vivait plus qu'un changement, un véritable bouleversement. Elle savait que, dans cette situation, il fallait avancer pas à pas en se concentrant sur le présent.

Pour l'instant, elle avait un endroit où loger et une mission à remplir ici. Le temps des grandes décisions viendrait plus tard, une fois qu'elle se serait habituée à sa nouvelle situation.

Après avoir tressé ses cheveux, elle se regarda dans la glace. Comme elle se maquillait tous les jours, elle ne put se résoudre à y renoncer, mais elle opta pour quelque chose de léger et de naturel.

Elle n'allait pas s'encombrer d'un sac à main pour travailler en plein air, cela allait de soi. De toute façon, elle n'aurait besoin ni d'argent liquide ni d'une carte bancaire. Son téléphone suffisait. Elle le mit donc dans la poche arrière de son jean et laissa tout le reste dans sa chambre.

Elle emprunta le petit escalier que McKinney lui avait fait découvrir la veille. Une fois au rez-de-chaussée, elle se perdit un peu dans les couloirs avant d'arriver dans le bar et de retrouver son chemin. Elle entendit alors la voix de Dallas venant du salon :

— Ce n'est pas de l'égalité des chances. C'est un traitement de faveur.

Il avait l'air agacé.

— Qu'est-ce que tu suggères ? rétorqua McKinney d'un ton sarcastique. Le dortoir ?

— Elle peut dormir dans l'aile sud de la maison, répondit Dallas. C'est le logement des employés, il est fait pour ça.

Sierra s'arrêta net en se rendant compte qu'ils parlaient d'elle, mais c'était trop tard. Elle était dans le salon, face à Dallas. McKinney, qui était de dos, ne la vit pas et poursuivit :

— Qu'est-ce que ça peut bien faire si...

— McKinney, dit Dallas pour interrompre sa sœur.

Il fit un signe de tête en direction de Sierra. McKinney se retourna et sourit aussitôt comme si de rien n'était.

— Ah, te voilà ! Nous allions prendre le petit déjeuner. Viens donc manger des œufs avec nous, dit-elle en montrant la table dressée avec de la porcelaine et de l'argenterie.

Il y avait une corbeille remplie de viennoiseries incroyablement appétissantes et plusieurs plats couverts, ainsi qu'une grande cafetière, du sucre et du lait.

Sierra n'avait pas pour habitude de fuir les discussions difficiles et elle trouvait très désagréable de faire comme si elle n'avait pas entendu les propos de Dallas et McKinney. Mais cette fois-ci, exceptionnellement, elle décida de suivre l'exemple de son amie.

Dallas se posait des questions sur la présence de Sierra au ranch, et elle ne pouvait que le comprendre. Il n'y avait aucune raison qu'une simple stagiaire soit traitée comme une invitée de la famille.

— J'espère que tu as faim, dit McKinney en poursuivant la conversation le plus naturellement du monde. Ici, prendre un petit déjeuner copieux est pour ainsi dire une obligation. Et Victor est un cuisinier hors pair. Il faut absolument que tu goûtes ses petits pains à la cannelle.

— Le café sent délicieusement bon, dit Sierra avec un enthousiasme non feint.

Elle ignorait ce qui l'attendait aujourd'hui, mais elle savait que cela ne pourrait que mieux se passer avec le soutien d'une grande tasse de café.

— Allez, viens t'asseoir, lui dit McKinney en la prenant par le bras.

Austin descendit l'escalier en trottinant.

— Bonjour ! dit-il en entrant dans la salle à manger.

— Bonjour, lança gaiement McKinney.

Sierra répondit plus discrètement, certaine qu'Austin allait se poser la même question que Dallas : que faisait la nouvelle stagiaire à la table familiale ?

Dallas s'assit assez loin d'elle et de manière à ne pas l'avoir dans son champ de vision, ce qu'elle prit comme une attaque personnelle. Elle se pencha vers McKinney et lui chuchota à l'oreille :

— Le logement des employés ?

— Ne t'inquiète pas pour ça, répondit tout bas McKinney.

Mais si, justement, Sierra était inquiète. Sa chambre était beaucoup trop belle pour que sa couverture soit crédible, et elle était vraiment partie du mauvais pied avec Dallas.

Quand tout le monde fut assis, Austin s'adressa à Dallas :

— Tu prévois de monter à cheval aujourd'hui ?

— Peut-être, répondit Dallas avec un rictus.

Sierra décida de se lancer pour régler elle-même le problème :

— C'était juste pour une nuit, dit-elle à Dallas.

Elle était venue en tant que professionnelle. C'était à elle de trouver le ton juste pour communiquer avec lui.

Il la regarda et fronça les sourcils, comme s'il ne comprenait pas ce qu'elle voulait dire.

— McKinney m'a déjà parlé du logement des employés, ajouta-t-elle.

McKinney donna un coup de genou à Sierra sous la table. Sierra lui répondit par un regard appuyé.

— Je n'ai pas défait mes bagages, donc dès que l'autre chambre sera prête…

Dallas émit un grognement évasif.

— De quoi s'agit-il ? demanda Austin en les regardant tous les trois l'un après l'autre.

— McKinney a installé Sierra dans une chambre d'amis hier soir, répondit Dallas.

— Et alors ?

— Et alors Dallas n'est pas d'accord, dit McKinney.

Elle souleva le couvercle en argent d'un plat qui contenait des œufs brouillés fumants.

— Je n'ai jamais dit ça, rétorqua Dallas.

Austin découvrit un plat de saucisses, et Dallas, un saladier rempli de pommes de terre sautées. Un jeune homme vêtu d'une chemise bleu acier et d'un pantalon gris entra dans la pièce avec une assiette de toasts beurrés. Après l'avoir posée sur la table, il récupéra les couvercles des différents plats et repartit.

— Il pense qu'une chambre d'amis est trop bien pour une employée, déclara McKinney.

— C'est le cas, dit Sierra.

S'en prendre aussi frontalement à Dallas était une mauvaise stratégie de la part de McKinney.

— Ce n'est pas cela, répliqua Dallas.

Son regard croisa brièvement celui de Sierra.

Malgré la tension palpable, Sierra avait particulièrement faim ce matin. Était-ce un effet de l'air de la montagne ou de l'odeur des saucisses grillées et du beurre fondu ? Sans doute un peu des deux.

Elle remercia Victor, le cuisinier, qui lui servait une tasse de café.

— Mon avis, ajouta Dallas, c'est que si elle veut s'intégrer...

— *Elle* est assise avec nous à table, souligna McKinney en fusillant son frère du regard.

— Je veux dire qu'il est suffisamment difficile pour une femme de s'intégrer à une équipe d'hommes sans que tu lui compliques un peu plus les choses en la traitant comme une princesse.

— Je m'installe dès aujourd'hui dans le logement des employés, répéta fermement Sierra dans l'espoir de clore cette discussion.

Elle crut avoir réussi, mais, après avoir mis deux saucisses dans son assiette, Austin intervint à son tour :

— Maeve Attenborough.

— Exactement ! s'exclama McKinney en se servant une généreuse cuillerée d'œufs brouillés.

— Sierra n'est pas Maeve Attenborough.

Sierra prit juste une saucisse. D'habitude, elle ne mangeait qu'un yaourt et un fruit au petit déjeuner.

— Tu dois te nourrir davantage, dit McKinney en ajoutant deux saucisses dans son assiette.

— Qui est Maeve Attenborough ? demanda Sierra.

— Une employée du ranch, répondit Austin.

Il avait pris de tout et acheva de remplir son assiette avec trois tranches de pain grillé.

— Une *femme*, souligna McKinney en servant des œufs à Sierra.

Dallas lança à Sierra un regard intransigeant.

— Maeve a quarante-deux ans, fit-il observer. Elle a toujours vécu à Jagged Creek et monte mieux à cheval que la plupart des hommes qui travaillent ici.

Sierra n'avait rien à répondre à cela. Elle n'était montée à cheval qu'une fois dans sa vie, lors d'un week-end passé avec McKinney au cours de leurs années d'université.

Préférant ne pas révéler son manque d'expérience, elle se tut et mordit dans son toast d'œufs brouillés.

— De toute évidence, dit Austin à Dallas, Sierra a envie d'apprendre. Tu comptes refuser cette bonne volonté ? Ce n'est pas comme si les candidats se bousculaient à la grille.

Sierra commençait à apprécier Austin.

— En général, nous demandons des références avant d'engager quelqu'un, grommela Dallas entre deux bouchées.

— J'ai vu les références de Sierra, dit McKinney.

Sierra se retint de justesse de montrer sa surprise. Elle aurait préféré que McKinney ne s'engage pas dans des détails comme celui-ci. Plus elles en disaient, plus elles risquaient d'être démasquées.

— Donc c'est bon, conclut Austin.

Sierra avait envie de le remercier.

— C'est mieux si elle s'installe dans le logement des employés, dit Dallas. C'est tout.

— Je suis d'accord, affirma Sierra.

Elle le regarda avec insistance pour lui montrer qu'elle ne lui en voulait pas et qu'elle n'était nullement vexée par sa remarque. Son objectif était de créer un lien avec lui, c'était pour cela que McKinney l'avait fait venir.

— Je veux que tu te sentes bien, dit McKinney d'un ton soucieux.

— Je me sentirai très bien.

En prononçant ces mots, Sierra posa machinalement la main sur celle de McKinney. Elle l'ôta aussitôt mais vit que Dallas avait remarqué son geste et semblait s'étonner d'une telle familiarité.

— Cela me fait vraiment plaisir de pouvoir apprendre de nouvelles choses, ajouta-t-elle précipitamment.

Ce qui faisait vraiment plaisir à Dallas, c'était qu'on le laisse tranquille le temps de son rétablissement, en attendant qu'il puisse reprendre le cours de sa vie. Alors, quand il aperçut, à l'autre bout de l'écurie principale, Sierra avec un balai entre les mains et un nuage de poussière autour des jambes, il vira à droite et entra dans la sellerie.

— Salut, Dallas, lui dit Rudy Gains, le responsable des écuries.

— Salut, Rudy.

Debout devant le grand lavabo, Rudy finissait de se rincer les mains. Un jeune homme d'une vingtaine d'années, que Dallas n'avait jusque-là qu'aperçu de loin, travaillait sur un ordinateur portable qu'il avait posé sur un meuble. Il s'interrompit pour saluer Dallas.

— Tu as besoin d'aide pour quelque chose ? demanda Rudy en fermant le robinet. Je peux seller Jayden pour toi, si tu veux.

— Non, c'est bon, merci.

À contrecœur, Dallas avait décidé de s'accorder une journée de repos supplémentaire avant de remonter à cheval. Il était allé trop loin la dernière fois. Malgré son impatience, il savait que, s'il s'y remettait dès maintenant, il ne ferait que repousser le moment où il pourrait enfin partir d'ici et reprendre la route.

Un employé traversa tranquillement la salle avec une selle sur le bras et la souleva pour la poser sur un chevalet.

Dallas eut mal à l'épaule rien qu'en le regardant.

Il tourna la tête et regarda l'ordinateur en se demandant pourquoi on l'avait mis là. Entre la poussière et les éclaboussures de savon et de graisse...

— Est-ce le meilleur endroit pour un appareil électronique ? demanda-t-il.

— Inventaire, répondit laconiquement Rudy.

Le jeune homme sourit.

— Toi, pas un mot, lui ordonna Rudy.

— Je n'ai rien dit, déclara le garçon avec humour en levant les mains pour exprimer son innocence.

— Dallas, je ne t'ai pas présenté Ethan, qui est de la famille Douglas. Il vit à Denver et passe l'été ici. Ethan est incapable de faire la différence entre un mors et une rêne, mais au moins il sait faire marcher cette machine.

Ethan secoua la tête en riant. Visiblement, le ton brusque de Rudy ne le dérangeait pas le moins du monde.

— Enchanté, Dallas.

Dallas le salua d'un signe de tête avant de promener les yeux autour de lui.

— Vous *comptez* le matériel ? demanda-t-il avec stupeur.

— Si seulement, soupira Rudy.

— Marque, ancienneté, état, entretien, emplacement et animal à qui chaque pièce est attribuée, expliqua Ethan.

— Pourquoi ? demanda Dallas.

— L'une des grandes idées d'Austin, marmonna Rudy.

— L'efficacité, affirma Ethan. Cela vous permet d'acheter uniquement ce qu'il vous faut et d'anticiper les besoins. Vous voulez voir comment cela marche ? demanda-t-il en tournant l'écran vers Dallas.

— Pas spécialement, répondit Dallas.

Il ne comptait pas chercher son matériel sur un ordinateur. Il allait parcourir la sellerie et inspecter les supports et les étagères, comme il l'avait toujours fait.

— Cela nous coûte combien, d'enregistrer toutes ces données ?

— C'est une dépense qui se transformera en économies à long terme, répondit Ethan.

— Ne le lance pas sur ce sujet, glissa Rudy.

— Bonjour, dit une voix qui venait de la porte.

C'était celle de Sierra. Dallas l'avait reconnue sans même se retourner, et sa douceur le fit frissonner malgré lui.

Rudy la regarda et son ton se fit tout de suite plus poli :

— Je peux vous aider, madame ?

— Ne m'appelez pas madame.

Sans la voir, Dallas devina qu'elle souriait.

— Ah ? demanda Rudy avec hésitation.

— Elle travaille ici, précisa Dallas tout en remarquant l'expression fascinée d'Ethan.

Génial. C'était exactement ce dont ils avaient besoin. Un coup de foudre dans la sellerie.

— Je suis ici en stage, dit Sierra.

En entendant le bruit de ses pas sur le sol en béton, il ne put s'empêcher plus longtemps de se retourner. Lui qui avait voulu l'ignorer...

— C'est une excellente idée, répondit Rudy avec une sincérité évidente.

Comment s'en étonner ? Même avec un jean délavé et des vieilles bottes, le visage barré de mèches de cheveux échappées de sa queue-de-cheval, elle avait l'allure d'un mannequin faisant la couverture d'un magazine. C'était comme si un rayon de soleil était entré dans l'écurie.

— Il me semble que vous étiez en train de balayer ? lui rappela Dallas.

L'irritation qu'il ressentait passait dans sa voix. Sierra lui adressa un regard déconcerté mais se ressaisit presque instantanément.

— J'ai entendu vos voix, répondit-elle, et j'essaye d'apprendre des choses.

Elle fit quelques pas de plus dans la salle en regardant autour d'elle.

— Vous rassemblez la terre et les brins de paille qui jonchent le sol et vous jetez le tout dans le paddock.

Le sarcasme de Dallas lui valut des regards choqués de la part de Rudy et Ethan.

C'était vrai qu'il avait peut-être répondu à Sierra de manière un peu grossière. Mais elle était ici pour travailler, pas pour distraire les garçons avec son beau sourire.

Comment McKinney avait-elle pu penser que c'était une bonne idée de l'engager ?

Sierra sembla ne pas l'avoir entendu. Elle s'intéressa à un pot de cinq litres posé sur une étagère et le fit tourner pour en lire l'étiquette.

— C'est ici que vous prenez soin des chevaux ? demanda-t-elle en inspectant la salle avec circonspection.

— Pardon ? fit Rudy, étonné.

— Nous sommes dans la sellerie, fit observer Dallas.

— Je lis « crème nourrissante » sur cette étiquette, dit-elle.

— Je vous comprends, dit Ethan. J'ai cru la même chose que vous au début.

Dallas se retint de lui dire d'arrêter de mentir. Ethan n'avait peut-être jamais travaillé dans un ranch, mais de là à penser qu'on s'occupait des chevaux dans la sellerie...

— C'est pour le cuir, expliqua Rudy. Nous nous en servons pour graisser les selles et les brides.

— Ah, d'accord, répondit Sierra comme si elle avait posé une question parfaitement raisonnable. Je vous le disais, je suis ici pour apprendre. Je pourrais peut-être vous aider à le faire un de ces jours ?

— Bien sûr, dit Rudy.

— Avec plaisir, renchérit Ethan.

— Tenez-vous-en aux tâches qui vous ont été assignées, lui enjoignit Dallas.

Ce n'était pas par plaisir qu'il douchait l'enthousiasme des deux hommes, qui, visiblement, mouraient d'envie de passer du temps avec elle, mais elle devait obéir aux consignes, comme tout le monde. Personne ici, et surtout pas les stagiaires, ne choisissait son travail.

Elle sembla un peu vexée sur le moment, mais une seconde plus tard elle cligna des yeux et sourit.

— Entendu, répondit-elle. Bien sûr. Je vais retourner balayer, dans ce cas.

Ethan se reconcentra sagement sur son ordinateur et baissa la tête, comme s'il craignait de s'attirer les foudres de Dallas au moindre regard. Rudy, lui, attendit que Sierra ait quitté la pièce pour s'adresser à Dallas :

— Tu peux m'expliquer ?

— Il n'y a pas de raison qu'elle reçoive un traitement de faveur. Je me moque de savoir si elle est jolie ou non.

— Elle essaye seulement d'apprendre.

Dallas fronça les sourcils.

— C'est quelque chose que tu dois respecter, déclara Rudy.

— Franchement, est-ce qu'elle ressemble un tant soit peu à une employée de ranch ?

Ethan bougea sur son siège mais ne se mêla pas à la conversation.

— Il ne faut pas se fier aux apparences, dit Rudy.

— Elle doit peser cinquante kilos toute mouillée.

— Je ne dis pas que nous allons lui faire transporter des balles de foin, mais je ne vois pas pourquoi elle ne pourrait pas nettoyer une bride.

— Ou passer un coup de balai.

Son épaule l'élança.

— C'est toi qui décides, patron.

Dallas ravala sa frustration et s'efforça de prendre un ton plus aimable. Rudy n'était coupable de rien.

— Je veux juste dire qu'elle est bien là où elle est.

— Oui, oui. Et sinon ? demanda Rudy. Nous pouvons faire quelque chose pour toi ?

Il avait manifestement envie, lui aussi, de mettre un terme au débat.

Dallas chercha une réponse à lui donner. Il était entré dans la sellerie uniquement pour éviter Sierra. C'était réussi !

— La sangle de Jayden m'a paru un peu râpée l'autre jour, prétexta-t-il.

— Ah bon ?

Et tu es venu ici spécialement pour me dire ça ? semblait penser Rudy.

— Je vais le noter dans le fichier, proposa Ethan.

— C'était tout ? demanda Rudy.

— C'était tout.

Sur ces mots, Dallas les salua tous les deux d'un signe de tête et sortit. Il entendit depuis le couloir la voix d'Ethan :

— Il est toujours aussi dur ?

— Pas toujours, lui répondit Rudy. Seulement depuis quelque temps.

Un fracas fit sursauter Dallas, puis le bruit du métal rebondissant sur le sol résonna dans l'écurie. Il pensa tout de suite à Sierra et se mit à courir.

Le mouvement décupla sa douleur à l'épaule, mais il continua jusqu'à ce qu'il la découvre étendue au milieu de la salle de soins, le balai à côté d'elle et une pile de seaux en acier répandue tout autour. Certains roulaient encore.

Il l'examina de loin, cherchant la moindre trace de blessure sérieuse.

— Bon sang, mais que s'est-il passé ?

Elle se frotta le coude en grimaçant.

— J'ai trébuché, répondit-elle.

— Sur quoi ?

Elle se trouvait au centre d'une dalle sur laquelle il n'y avait pas le moindre obstacle.

— Le balai. Je me suis pris les pieds dans le balai et le manche a basculé. Il a percuté l'étagère et la pile de seaux s'est renversée.

Dallas s'approcha d'elle, partagé entre l'envie de rire et l'inquiétude.

— Êtes-vous blessée ?

— Non.

— Votre bras ?

— Ça va. J'aurai peut-être un bleu, rien de plus.

Elle se releva doucement. Il voulut lui tendre la main pour l'aider mais se retint de justesse. C'était une employée, pas une jeune fille en détresse, et elle avait dit qu'elle ne s'était pas fait mal.

— Que faites-vous ici ?

— Je suis passée devant la porte, répliqua-t-elle en ramassant les seaux. J'ai jeté un œil et cela m'a intriguée. Donc… c'est ici que vous shampouinez et soignez les chevaux ?

— Oui.

— Cela paraît beaucoup plus logique, dit-elle avec légèreté tout en remettant la pile de seaux sur l'étagère.

Quand elle ramassa le balai, il ne put s'empêcher de remarquer qu'elle s'était mouillé les fesses par terre. Il avait envie de la regarder, il avait envie de rester ici pour discuter avec elle. C'était un signal de danger.

— Du moment que vous n'avez rien, lança-t-il sèchement.

Il fit plusieurs pas en arrière.

— Je pourrais peut-être apprendre à le faire, dit-elle avec un grand sourire. Pourriez-vous m'apprendre à shampouiner les chevaux ?

Il n'en revenait pas, qu'elle se montre aussi sympathique et avenante avec lui. Les messages qu'il lui envoyait n'étaient donc pas assez clairs ?

— Pas aujourd'hui.

— Demain ?

— Balayez. Continuez à balayer jusqu'à ce que quelqu'un vous dise d'arrêter.

Le visage de Sierra s'assombrit, mais il refusa de se laisser émouvoir. Il tourna les talons et s'en alla avant qu'elle puisse lui demander autre chose.

3

Sierra avait tout ce qu'il lui fallait dans sa nouvelle chambre, au sein du logement des employés. Elle était propre et bien agencée, équipée d'une commode, d'une penderie, d'un fauteuil et d'un lit simple très confortable. La chambre disposait d'une petite salle de bains privative, et, après quelques jours passés ici, Sierra s'y sentait comme chez elle.

— Je suis désolée que tu sois coincée ici, dit McKinney en s'asseyant dans le fauteuil placé près de la fenêtre.

Elles avaient eu quelques brèves occasions de se parler depuis l'arrivée de Sierra, mais elles restaient discrètes afin de ne pas dévoiler leur lien d'amitié.

Sierra était installée sur le lit, les jambes croisées. Tout juste sortie de sa douche, elle portait un T-shirt et un legging, et avait encore les cheveux humides.

— Je suis très bien ici, assura-t-elle.

McKinney fronça les sourcils en regardant le mobilier modeste et la vue sur le parking.

— Ce n'est pas ce que j'avais à l'esprit quand je t'ai invitée.

— Nous devons protéger notre couverture.

McKinney acquiesça en faisant la moue, puis elle se pencha en avant et demanda tout bas :

— Alors ? Comment ça s'est passé avec Dallas aujourd'hui ?

— Il n'est resté que quelques minutes dans l'écurie.

Le visage de McKinney s'illumina.

— Et tu lui as parlé ?

Sierra secoua la tête. Dallas et elle s'étaient à peine adressé la parole depuis ce premier jour où elle avait seulement réussi à le faire fuir davantage.

— Il est toujours aussi glacial.

— Il est comme ça avec tout le monde en ce moment, assura McKinney. Tu devrais venir dîner avec nous ce soir, ce serait peut-être l'occasion d'échanger quelques mots avec lui.

— Tu sais bien que c'est impossible.

— Nous avons très souvent des invités à table.

— Des chefs d'équipe et des employés de longue date, pas des stagiaires.

— Personne ne fera attention.

Personne, peut-être… à part Dallas.

— Je pense que tu te trompes, répondit Sierra.

— Ce sera un repas informel. Victor va faire griller des steaks sur la terrasse pour nous préparer des burgers avec ses délicieux pains au levain. Des tas de gens vont passer. Allez, viens, je vais te servir un bon verre de vin, dit McKinney en se levant.

Comment résister à un programme aussi alléchant ?

— Je ne peux pas y aller habillée comme ça.

— Enfile un jean et un pull.

— Tu es sûre que cela ne posera pas de problème ?

— Sûre et certaine, affirma McKinney avec un grand sourire. Ce sera l'occasion parfaite pour toi de parler avec Dallas.

— J'ai l'impression de l'énerver, dit Sierra en sortant un jean de la commode.

— Pourquoi ? Attention, je ne veux pas dire que tu as peut-être fait quelque chose. Ce n'est pas toi le problème, c'est lui qui ne va pas bien.

— Je lui ai demandé si je pouvais apprendre à nettoyer les cuirs et à shampouiner les chevaux.

— Oh ! quelle horreur ! lança McKinney en mettant la main devant sa bouche. Et on dit plutôt *laver* un cheval.

— Ah, c'était donc ça, ma terrible erreur.

— Je te le répète, ce n'est pas toi le problème.

— Je plaisantais, dit Sierra en finissant de s'habiller. Mais je suis désolée d'avancer aussi lentement avec lui. Dès que j'essaye de l'approcher, il s'enfuit.

— Nous allons faire en sorte que cela change.

Au moins, au barbecue de ce soir, il ne pourrait pas la renvoyer travailler pour éviter une conversation. Elle aurait cet avantage pour elle.

— Tu pourrais peut-être me parler un peu de lui, suggéra-t-elle à McKinney. Quelles sont ses passions ? Est-ce qu'il aime la lecture ? Le sport ?

— Je ne crois pas qu'il lise beaucoup. Le rodéo était sa passion et son sport préféré, sans aucun doute.

— Est-ce qu'il a une petite amie ?

Elle ne pouvait s'empêcher de penser qu'il avait sûrement beaucoup de succès auprès des femmes. Il était beau, intelligent, travailleur, et ses nombreuses victoires avaient dû ajouter à son pouvoir de séduction auprès de celles qui suivaient sa carrière.

Elle ressentit une pointe de jalousie en imaginant sa compagne mais la réprima aussitôt. Ses rapports avec Dallas devaient rester strictement professionnels.

— Si c'est le cas, répondit McKinney, je ne suis pas au courant. Mais je sais qu'il attire les regards dans le milieu du rodéo.

— Cela ne m'étonne pas.

Sierra comprenait le succès des ranchers un peu sauvages. Dallas était sexy, tellement sexy que c'en était troublant. Et c'était justement ce à quoi elle s'était promis de ne pas penser.

Elle se força à changer de sujet.

— Et à l'école ? demanda-t-elle. Il avait des matières préférées ?

— Il était bon en maths et en sciences et détestait les matières littéraires. Il s'est inscrit à tous les cours facultatifs liés à l'agriculture et aux travaux manuels. Il adorait travailler le bois et le métal. Tu penses que ça peut t'aider ?

— Un peu.

Ces informations n'étonnaient pas Sierra. Elle cherchait un centre d'intérêt commun, un moyen de nouer une conversation, ce à quoi elle avait échoué jusqu'à présent.

— Tu es prête ? demanda son amie.

— Oui.

Quand McKinney ouvrit la porte, elle tomba sur l'austère Mme Innish, une femme d'une cinquantaine d'années qui faisait la cuisine pour les travailleurs du ranch. Elles semblèrent aussi surprises l'une que l'autre.

— Bonjour ! dit McKinney avec un mouvement de recul.

— Madame Hawkes ? Je ne m'attendais pas à vous voir ici.

— Nous allions sortir, dit McKinney comme si sa présence dans la chambre de Sierra n'avait rien d'étonnant.

— Je venais... Sierra, dit-elle en la fixant d'un regard sévère, c'est vous qui êtes chargée de m'aider en cuisine ce soir.

Sierra avait complètement oublié, et maintenant elle se sentait affreusement gênée. Les employés devaient aider Mme Innish à tour de rôle et Sierra avait donné son accord pour aujourd'hui.

— Je suis désolée, dit-elle, cela m'était sorti de l'esprit. McKinney, pardon, je dois aller en cuisine avec Mme Innish.

— Quoi ? s'exclama McKinney. Non, c'est impossible.

— Je vous rejoindrai plus tard.

— Mais...

— Je me suis engagée.

Sierra devait faire de son mieux pour s'intégrer, et de toute façon il n'était pas question qu'elle laisse quelqu'un d'autre faire son travail à sa place.

— Mais tu n'as pas besoin de t'inquiéter pour...

— J'ai promis que je le ferais, déclara Sierra en suppliant McKinney du regard.

— Bon. Je compte sur toi tout à l'heure ?

— Sans faute.

Mme Innish leva la tête avec satisfaction.

— J'espère bien, répliqua son amie.

Puis elle s'éloigna dans le couloir qui menait à la maison familiale. Mme Innish se tourna alors vers Sierra.

— Vous devriez faire attention, lui dit-elle. C'est votre employeuse, pas votre amie.

Sierra aurait aimé pouvoir corriger Mme Innish, mais elle devait garder le secret.

— Je le sais, répondit-elle en refermant la porte de sa chambre derrière elle. McKinney est une femme très sympathique.

— Ils sont tous très sympathiques jusqu'au jour où vous franchissez cette ligne. Alors là...

Sierra était stupéfaite par sa remarque pleine d'amertume. Elle ne pouvait pas imaginer McKinney autrement que polie et professionnelle.

— Quelle ligne ? demanda-t-elle, cédant à la curiosité.

— Celle qui différencie la subordination et l'amitié. Si vous oubliez qu'elle existe, vous pourriez bien perdre votre poste du jour au lendemain.

— McKinney a renvoyé quelqu'un ?

— Pas elle personnellement. D'autres gens s'occupent de ce genre de choses.

Sierra résista à l'envie d'en savoir plus. Elle ne voulait pas faire des commérages sur son amie. Au lieu de continuer à interroger Mme Innish, elle la suivit dans la cuisine, où flottait une odeur de ragoût de bœuf et de petits pains tout juste sortis du four. Une fois équipée d'une charlotte et d'un tablier, elle regarda autour d'elle et demanda à la cuisinière en chef en quoi elle pouvait se rendre utile.

Mme Innish sortit du réfrigérateur les ingrédients de la salade qu'elle allait préparer et les posa sur le plan de travail.

— Mon Raymond, dit-elle. Il a toujours été un bon garçon, gentil avec tout le monde. Tout le monde l'aimait bien.

— Vous avez un fils ? demanda Sierra en prenant les tomates pour les laver.

— Il est venu travailler ici une partie de l'été dernier.

— Ah oui ?

— Jusqu'à ce qu'il s'entiche de McKinney Hawkes.

Les commérages venaient à Sierra malgré elle.

— Faut-il couper le concombre en rondelles ? demanda-t-elle.

— Il était dehors en moins de deux. Garrett l'a mis à la porte en personne.

— Je suis désolée, marmonna Sierra en prenant une planche à découper. Où puis-je trouver un bon couteau ?

Elle n'avait aucune envie de connaître les détails.

Elle repéra plusieurs couteaux dans un pot et en choisit un.

— Combien dois-je en couper ?

Elle inspecta la peau du concombre et décida de la laisser. Elle était en bon état et contenait les antioxydants et la vitamine K.

— C'était une histoire de classes sociales, affirma Mme Innish. J'en suis sûre.

Sierra réfléchit avant de répondre. Elle ne voulait pas blesser Mme Innish mais ressentait tout de même le besoin de défendre son amie.

Des voix se firent entendre dans le couloir et un groupe d'hommes entra bientôt dans la cuisine pour s'installer à table.

— Ce ragoût sent divinement bon, lança l'un d'eux.

Mme Innish se tut et Sierra fut soulagée que leur échange s'arrête là.

Assis sur la terrasse située à l'arrière de la maison, Dallas contemplait le bassin éclairé et le ruisseau, heureux que le dîner soit terminé. Comme tout le monde, il adorait les burgers de Victor, mais il n'aurait pas supporté une minute de plus ce joyeux rassemblement. Il voulait être seul, maintenant, effacer ce sourire forcé de son visage, se relâcher et admettre que son épaule lui faisait souffrir le martyre.

Il avait remonté Jayden aujourd'hui et pensait avec impatience au cachet antidouleur qui l'attendait dans sa chambre. Il n'en prenait plus qu'un toutes les vingt-quatre heures, à présent, et celui-ci allait lui permettre de passer une bonne nuit de sommeil, sans rêves. Du moins l'espérait-il.

Il finit son verre de limonade tandis que les lumières s'allumaient l'une après l'autre sur la terrasse. La vue sur les grandes marches, le mur d'enceinte en pierre et la cascade qui séparait le bassin en deux devenait encore plus spectaculaire à la tombée de la nuit. Il souhaitait à tous les convives de continuer à en profiter, mais pour lui la soirée était finie.

Il se leva et se dirigea vers la cuisine pour y déposer son verre avant de monter se coucher. Ce fut alors qu'il entendit une voix :

— J'ai essayé plusieurs fois de changer de sujet.

C'était celle de Sierra. Il s'arrêta net.

— Qui a été renvoyé, selon elle ?

Il reconnut la voix de McKinney. Elles étaient toutes les deux de l'autre côté d'un large pilier.

— Son fils Raymond.

Dallas se crispa en entendant ce nom.

— Elle en a parlé d'une façon étrange, ajouta Sierra.

C'était le moment d'interrompre la conversation. Il fit quelques pas pour s'approcher des deux jeunes femmes.

— Sierra, je ne m'attendais pas à vous voir ici ce soir, dit-il.

Elles se tournèrent vers lui, McKinney avec un air perplexe, et Sierra, plutôt sur ses gardes. C'était compréhensible, vu son attitude envers elle. Néanmoins, il ne comptait pas en changer. Elle n'était clairement pas à sa place au ranch et il ne voulait surtout pas avoir affaire à elle.

— Vous avez une minute ? lui demanda-t-il tout de même.

La priorité était de l'empêcher d'en dire davantage à McKinney. Il trouverait bien le moyen de redevenir désagréable avec elle après cela.

— Il y a un problème ? demanda-t-elle d'un ton inquiet.

— C'est moi qui ai invité Sierra, dit fermement McKinney.

— Je n'ai pas l'intention de la chasser.

— Oui, j'ai une minute, bien sûr.

Sierra lui sourit, ayant déjà retrouvé son amabilité. Après une seconde d'hésitation, McKinney accepta de les laisser.

— À tout de suite, dit-elle à Sierra. N'oublie pas de prendre un verre de vin, surtout. Je te conseille le bourgogne, il est à tomber !

— D'accord, merci, répondit poliment Sierra.

Pourtant, elle ne semblait pas intéressée par la proposition de McKinney, alors que n'importe qui aurait sauté sur l'occasion. Était-ce parce qu'elle ne buvait pas d'alcool ? Ou parce qu'elle n'appréciait pas le vin ?

Mais pourquoi se posait-il ces questions sur elle alors qu'il avait un problème urgent à régler ?

— Venez, je vous en prie, dit-il en la guidant vers l'escalier qui menait au jardin.

Ils s'approchèrent du barbecue en pierres près duquel étaient disposés huit fauteuils Adirondack. Le feu brûlait encore.

— Que se passe-t-il ? demanda-t-elle.

Dallas décida de lui parler en toute franchise.

— Je préférerais que vous ne parliez pas de Raymond Innish à McKinney.

Ils s'arrêtèrent près du feu. La nuit était calme et la petite colonne de fumée s'élevait tout droit vers le ciel sans nuages. Sierra se tourna vers lui en plissant les yeux.

— Je n'étais pas en train de faire des commérages, j'espère que vous le savez.

— Ce garçon était tombé sous le charme de McKinney, expliqua Dallas.

— Et vous l'avez renvoyé pour cela ?

— Non, mais parce qu'au lieu de faire son travail il cherchait toujours des prétextes pour s'approcher d'elle. Elle n'a pourtant pas eu l'air de s'en rendre compte.

— Vous n'auriez pas pu lui donner un avertissement ?

— Son manque d'implication a poussé le contremaître à regarder son dossier de candidature de plus près. Il se trouve qu'il y avait intégré une fausse lettre de recommandation.

Elle haussa les sourcils, puis regarda les flammes, l'air pensif. Elle était très belle ainsi, de profil, éclairée par cette lumière douce et chaude. Beaucoup trop belle pour la tranquillité d'esprit de Dallas. Son attirance pour elle grandissait à chaque fois qu'il la voyait.

— Vous ne vouliez pas mettre McKinney dans une situation inconfortable, dit-elle.

— Nous ne voyions pas l'intérêt de le faire. Et puis la mère de Raymond est une employée de longue date, à qui nous tenons sincèrement. Il nous a paru préférable de régler la situation en toute discrétion.

— Mme Innish pense que vous considériez son fils comme indigne de McKinney.

Dallas haussa les épaules et le regretta en sentant la morsure de la douleur.

— Il est adulte. Ça ne tient qu'à lui d'être honnête avec sa mère. J'espère qu'au moins il a retenu la leçon.

— Vous avez mal à l'épaule.

Elle avait dû le voir grimacer.

— Ça va.

Elle sourit et secoua la tête.

— Vous aussi, Dallas, vous êtes adulte. Ça ne tient qu'à vous d'être honnête avec moi.

Il fronça les sourcils, contrarié qu'elle retourne ses propres paroles contre lui.

— McKinney m'a dit que vous étiez tombé lors d'une compétition de rodéo.

— Ce sont les risques du métier.

— J'ai déjà vu du rodéo à la télévision. Ça avait l'air dangereux.

— À la télévision seulement ? Jamais en vrai ? demanda-t-il pour éviter de parler de lui.

Elle sourit de nouveau et il se réjouit d'avoir fait apparaître cette lueur dans ses yeux. Il avait envie de recommencer. Il avait envie de beaucoup de choses à cet instant, comme de la prendre dans ses bras et de l'embrasser.

— J'ai toujours vécu en Californie, répliqua-t-elle. À Carmel.

— Pas vraiment un haut lieu du rodéo.

— Pas vraiment, non.

— Puisque vous êtes l'une des nôtres maintenant, vous devriez assister à une compétition.

— Je suis des vôtres ?

— C'est ce à quoi vous aspirez, en tout cas, fit-il en plaisantant.

— Eh, cow-boy. Je nettoie très bien l'écurie.

— Vous vous êtes pris les pieds dans votre balai.

— Un point pour vous. Vous auriez un conseil à me donner ?

Comme il aurait voulu lui dire oui ! Lui proposer son aide, lui enseigner les bases, trouver des excuses pour passer du temps avec elle... Mais son attirance pour elle était déjà beaucoup trop forte. Il devait impérativement garder ses distances.

— Regardez où vous marchez.

— Je parlais plus généralement de mon travail au ranch.

— Je vous le répète, il y a des tas de gens ici capables de vous apprendre des choses.

— Et vous, vous êtes occupé.

— Je suis occupé.

— D'accord.

Il se sentait terriblement grossier.

— J'ai beaucoup à faire, déclara-t-il.

— Je comprends.

— Vraiment ?

Elle le surprit en posant la main sur son bras. Il portait une chemise à manches longues, mais ce contact lui fit le même effet que si elle avait touché sa peau nue.

— C'est bon, Dallas. Ça ne fait rien.

Il n'attendait pas d'elle qu'elle l'excuse.

— Je sais que ça ne fait rien, rétorqua-t-il en se dégageant d'un geste.

Elle eut l'air offensée l'espace d'une seconde. Tant mieux. Maintenant, elle allait peut-être le laisser tranquille.

— Bonsoir, Sierra, lui dit-il.

Puis il se tourna brusquement et s'éloigna.

4

Sierra s'arrêta devant la porte ouverte de l'écurie et déposa sa brouette remplie de paille souillée le temps de respirer l'air frais. C'est alors que, pour la première fois depuis plusieurs jours, elle aperçut Dallas au loin.

Il était à cheval, très élégant, semblant ne faire qu'un avec sa monture. Droit, le bassin bien ancré dans sa selle et son stetson enfoncé sur la tête, il tenait ses rênes d'une main et avait l'autre bras le long du corps. Ses doigts effleuraient son jean délavé, qu'il portait avec des santiags éraflées. Il parlait avec deux autres cavaliers : Austin et un homme plus âgé qu'eux.

Le seul fait de le voir réveilla le désir qu'elle avait éprouvé pour lui le soir du barbecue. Elle l'avait réprimé sur le moment, mais cette fois-ci elle se laissa envahir par cette délicieuse sensation. Cet homme était tellement beau.

Malheureusement, elle était trop loin d'eux pour entendre ce qu'ils se disaient. Elle aurait rêvé d'être une petite souris pour pouvoir écouter les conversations de Dallas. De là où elle se trouvait, elle pouvait seulement constater qu'il se montrait distant et stoïque.

Elle savait par McKinney qu'il vivait très mal le fait d'être blessé et empêché de faire ce qu'il voulait. Et, à en croire sa réticence à aider Sierra, il n'avait pas l'âme d'un professeur. *La patience ne doit donc pas être son point fort*, songea-t-elle en souriant.

La discussion entre les trois cavaliers arriva à son terme. Austin et l'autre homme montèrent vers le sommet de la colline. Au lieu de les suivre, Dallas regarda en direction de Sierra.

Elle fit un pas en arrière pour se cacher dans l'ombre mais se rendit compte que ce n'était pas elle qui avait attiré son attention. Il observait deux jeunes garçons dans un enclos situé près de l'écurie.

Elle reconnut Albert et Zeke, qui étaient tous les deux des fils d'employés du ranch. Ils avaient une dizaine d'années et essayaient vainement de seller un petit cheval.

Dallas avança au pas jusqu'à l'enclos, descendit de sa monture et s'appuya à la barrière. Il parla aux garçons, et Albert, qui était maigre et blond, lui posa une question. Dallas lui répondit. Ils posèrent alors la selle et quittèrent l'enclos.

Dallas attendit patiemment.

Quelques instants plus tard, les enfants revinrent avec un casque chacun, et une caisse en bois qu'ils portaient à deux. Dallas les regarda en souriant et Sierra sentit son cœur se serrer.

Après avoir écouté les instructions de Dallas, Zeke, un petit brun, posa la caisse à côté du cheval, qui n'avait pas bougé d'un pouce. Albert monta dessus, prit la selle que lui tendait Zeke et parvint à la poser sur le dos du cheval, qui restait toujours aussi tranquille. Les garçons sourirent fièrement.

Dallas continua à leur donner des indications tandis qu'ils finissaient de seller et de sangler leur monture, puis il les rejoignit dans l'enclos pour vérifier leur travail. Quand ce fut fait, ils repartirent et revinrent bientôt avec un second cheval.

Sierra entendit des voix et des bruits de pas dans l'écurie et se remit aussitôt au travail. Elle devait aller vider la brouette sur le tas de fumier. Mais elle ne regrettait pas d'avoir pris le temps d'observer Dallas, cela avait été très instructif.

Il venait de lui prouver, sans le savoir, qu'il n'était pas du tout aussi insensible qu'il voulait le faire croire. Ou alors il aimait particulièrement les enfants, ce qu'elle n'aurait jamais deviné. Mais elle avait surtout l'impression que, si quelqu'un avait réellement besoin de son aide, il ne se dérobait pas.

Elle y réfléchissait encore quand elle mit sa longe à Cedric pour le faire sortir de son box.

Cedric, un vieux cheval du ranch, était un croisement entre un percheron et un morgan. Très placide, il était l'un des rares avec lesquels Sierra se sentait parfaitement à l'aise. Il lui souffla doucement dans le cou et elle lui répondit en le grattant derrière l'oreille. Il pencha la tête pour l'inciter à continuer.

— Tu es si gentil, lui dit-elle. Tu veux aller faire un tour dehors ?

Cedric et sa meilleure amie, Apple, une jument appaloosa, étaient à la retraite. Ils n'étaient montés qu'occasionnellement, en général par des enfants, pour de simples promenades.

Apple hennit en voyant que Sierra emmenait Cedric.

— Ne t'inquiète pas, dit-elle pour la rassurer. Je m'occupe de toi juste après.

Tandis qu'elle avançait dans le couloir, une idée lui vint à l'esprit. Elle se rendit compte qu'elle n'avait pas abordé Dallas de la bonne manière. Il était inutile de lui demander poliment de l'aide. Ce qu'il fallait, c'était avoir réellement besoin de son aide.

Elle se félicita intérieurement de cette découverte et sourit en entendant la voix de Dallas, qui semblait venir de la sellerie.

Elle savait ce qu'elle allait faire.

Elle regarda Cedric, qui posa sur elle ses grands yeux bruns.

— Que dirais-tu d'une douche ?

Il ne répondit pas mais semblait d'accord pour tout.

Elle n'aurait pas besoin de le doucher entièrement. Si elle l'emmenait dans la salle de soins et s'agitait pendant quelques minutes en faisant assez de bruit pour attirer l'attention, peut-être que Dallas arriverait et que, voyant qu'elle s'y prenait n'importe comment, il se sentirait obligé de lui porter secours.

Il serait sûrement agacé, mais si elle parvenait à le retenir quelques minutes, le temps d'échanger deux ou trois mots, ce serait déjà un progrès.

— Allons-y, dit-elle à Cedric.

Il se laissa volontiers conduire, et en entrant dans la salle il se plaça de lui-même dans l'aire de douche. De toute évidence, il connaissait cela par cœur. Elle repéra un anneau fixé au mur et attacha sa longe.

Pour le remercier de sa coopération, elle commença par le caresser en le grattant de nouveau derrière les oreilles.

— Tu es prêt ? lui demanda-t-elle en lui frottant le garrot comme elle avait vu McKinney le faire.

Il étira peu à peu son encolure, donnant l'impression à Sierra que ce massage lui faisait un bien fou. Il semblait être au paradis des chevaux.

— Ça te plaît ? fit-elle en le massant un peu plus fort.

La tension de ses muscles sous ses doigts lui rappela celle de ses clients humains. Elle était incapable d'imaginer quel stress un cheval à la retraite pouvait bien subir, dans un ranch où il était si bien traité, mais il était évident que Cedric avait l'épaule crispée.

Elle se mit à le masser des deux mains, cherchant les points sensibles avec le bout de ses doigts. Le cheval bougea légèrement les sabots, secoua la tête et profita de ce soin qu'il semblait apprécier tout particulièrement.

— Qui aurait cru cela ?

Au bout de quelques minutes, elle passa de l'autre côté et recommença les mêmes gestes. Cedric ferma les yeux et souffla doucement par les naseaux.

— Nous allons bien nous entendre, toi et moi. Tu es grand et tu ne parles pas, mais ça ne nous empêche pas de très bien communiquer.

Elle entendit de nouveau la voix de Dallas résonner dans le couloir. Il était trop loin pour qu'elle comprenne ce qu'il disait, mais cela suffit à lui rappeler qu'elle devait attirer son attention.

Tout en se gardant d'effrayer Cedric, elle éleva la voix pour lui parler :

— Ça va être formidable, dit-elle gaiement.

Le cheval cligna des yeux et fit un mouvement de tête.

— Tu te sentiras tout propre et rafraîchi quand nous aurons fini.

Elle tendit l'oreille. Dallas poursuivait sa conversation.

S'emparant du tuyau, elle ouvrit le robinet et s'assura que l'eau était tiède avant d'orienter le jet vers l'épaule de Cedric. Elle fut bientôt aspergée et se rendit compte un peu tard que des bottes en caoutchouc auraient été bien utiles, voire des cuissardes.

Comme la pression paraissait convenir à Cedric, elle lui arrosa le dos, puis l'encolure, résignée à être trempée.

Au bout de quelques secondes, elle ferma le robinet et écouta. Dallas discutait toujours.

Elle lâcha le tuyau et attrapa un bidon de shampooing sur l'étagère.

— Allez, c'est parti ! lança-t-elle tout haut.

Elle souleva le gros bidon comme elle put et versa maladroitement du shampooing sur le dos du cheval. Tout en le faisant mousser, elle eut une inspiration. Elle chantait plus fort qu'elle parlait, et peut-être que Cedric serait content de l'entendre chanter, même si elle avait une voix médiocre.

Elle commença doucement, puis éleva progressivement la voix tout en savonnant Cedric de la tête à la queue, ce qui lui faisait apparemment tout autant plaisir que d'être massé.

— Mais qu'est-ce que vous fabriquez ?

La voix de Dallas la fit sursauter. Elle tourna la tête et le vit, debout dans l'encadrement de la porte, les bras croisés et le regard sévère. Absorbée par sa tâche, elle avait oublié qu'elle avait fait tout cela dans le seul but d'attirer son attention.

— Je lave Cedric, répliqua-t-elle gaiement.

— Quelle quantité de shampooing avez-vous utilisée ?

— J'ai l'impression que c'est très efficace. Regardez, la mousse est toute noire.

— Il fallait commencer par lui mettre une double attache.

Dallas défit le nœud de la longe, en attrapa une deuxième et les noua à deux anneaux placés de chaque côté du cheval.

— Vous avez mis du savon beaucoup trop près de ses yeux. Et vous avez vu ce tuyau ? Cedric pourrait très bien marcher dessus ou s'emmêler les pieds dedans.

Les avant-bras couverts de mousse, le ventre et les jambes

trempés, à l'écoute de la liste de ses erreurs, Sierra savait qu'elle avait toute l'attention de Dallas, à présent. Elle espérait juste que sa maladresse n'avait pas atteint le niveau du ridicule.

— Il s'est montré très coopératif, dit-elle.

— Heureusement que c'était Cedric.

— Je ne l'aurais pas fait avec un autre cheval. Je sais qu'il est gentil.

— Il pèse sept cent cinquante kilos.

Dallas attrapa une éponge, l'humidifia et essuya délicatement le haut de la tête de Cedric pour lui protéger les yeux. Sierra se sentit coupable en prenant conscience de ce qui aurait pu lui arriver.

Quand il eut fini, Dallas se tourna vers elle et fronça les sourcils. Il semblait plus fataliste que fâché.

— Laissez-moi deviner, dit-il, c'était de l'improvisation totale ?

L'énervement de Dallas contre Sierra fut de courte durée.

Il ne pouvait s'empêcher d'admirer sa repartie et son calme face à la critique. Mais il voulait la décourager de se mettre dans des situations dangereuses. Si elle s'obstinait, quelqu'un risquait d'être blessé.

Il observa la mousse noircie qui couvrait Cedric et demanda à Sierra :

— Vous ne l'avez pas brossé avant ?

Son air désemparé fut une réponse suffisante.

— Demandez de l'aide la prochaine fois, ajouta-t-il.

— Mais je vous *ai* demandé de l'aide, répliqua-t-elle.

— Je ne parlais pas de moi.

Il le lui avait suffisamment répété.

Après une brève pause, elle continua à frotter Cedric.

— McKinney m'a donné quelques conseils. Je ne voulais pas déranger Rudy.

— Mais vous voulez bien me déranger, moi.

Il passa de nouveau l'éponge sur la tête de Cedric pour s'assurer qu'il ne restait pas de savon.

— McKinney m'a dit que vous étiez très expérimenté.

— Beaucoup de gens ici sont très expérimentés.

— Et vous en faites partie.

— J'ai l'impression que nous tournons en rond.

Elle s'écarta de Cedric.

— Vous feriez peut-être mieux de vous éloigner, suggéra-t-elle en prenant le tuyau sur son support.

— Utilisez le mode basse pression, indiqua-t-il en résistant à l'envie de s'approcher pour l'aider.

Elle apprendrait mieux en faisant les choses par elle-même.

— Entendu.

— Il faut tourner l'ajutage vers la gauche.

Elle approcha le bec de son visage pour voir de près les différentes positions. Il s'élança instinctivement pour le lui prendre des mains, ce qui la fit sursauter.

— Il peut y avoir de la pression dans le tuyau, expliqua-t-il. Faites attention.

— Merci.

Il la regarda pour voir si elle était ironique, mais apparemment elle lui était sincèrement reconnaissante pour ses conseils.

Il orienta l'ajutage vers le sol et fit tourner la bague. Comme il s'y attendait, une giclée d'eau s'échappa brusquement du tuyau. Il le lui rendit et alla rouvrir le robinet.

— Vous allez mettre des heures à rincer toute cette mousse, dit-il.

— Alors autant m'y mettre tout de suite.

Il s'écarta pour éviter d'être mouillé tandis qu'elle aspergeait Cedric.

— Vous n'avez pas vraiment mis la tenue adéquate, observa-t-il.

— Je m'en souviendrai pour la prochaine fois.

Elle en savait au moins suffisamment pour commencer par le haut et aller vers le bas.

— Évitez d'orienter le jet d'eau vers ses sabots.

Elle suivit ses instructions et continua à rincer Cedric, qui attendait placidement qu'elle ait fini.

— Je vous ai vu dans l'enclos avec les enfants, dit-elle. Vous sembliez très patient avec eux.

— Ils arrivent à l'âge où ils veulent être autonomes.

— Vous avez des souvenirs de vous-même à cet âge ?

Oui, il en avait. Mais c'étaient des souvenirs doux-amers, auxquels il évitait de penser. Il avait encore sa mère auprès de lui à l'époque. L'accident qui lui avait coûté la vie était survenu bien plus tard.

— Pas beaucoup, dit-il pour éviter d'en parler.

— Vous montiez déjà à cheval ?

— À dix ans ? répliqua-t-il en riant.

— Je prends ça pour un oui.

— Je montais déjà seul à quatre ans.

Elle sourit et ce fut comme si un soleil s'allumait en elle.

— Impressionnant, répondit-elle.

— Les chevaux font partie de la vie, ici.

— C'est ce que je vois. Vous avez votre préféré ?

— En général, c'est Jayden que je monte quand je suis au ranch.

Il faillit lui faire la liste de ses chevaux de rodéo, mais il aimait mieux ne pas penser à cela non plus pour l'instant.

— Et pour le rodéo ? demanda-t-elle comme si elle lisait dans ses pensées.

Il haussa les épaules, se rappelant trop tard combien ce mouvement était douloureux.

— Cela dépend des fois.

— McKinney m'a dit que vous faisiez des concours de lasso *et* de rodéo. J'imagine que vous avez besoin pour ça de chevaux différents ?

— Effectivement.

— Et vous en avez beaucoup ? Tous aussi bien dressés ?

Elle parlait calmement mais elle lui donnait l'impression d'être en mission, et non de faire simplement la conversation.

— Vous avez oublié cet endroit, dit-il en lui montrant l'épaule de Cedric.

— Oh !

Elle réorienta le jet.

— Qu'est-ce qui vous a donné envie d'essayer le travail dans un ranch ? lui demanda-t-il.

— Un besoin de changement.

— Pourquoi ?

Elle recula et inspecta Cedric. Comme il semblait bien rincé, Dallas ferma le robinet.

— J'en avais assez de travailler avec des gens, répliqua-t-elle en enroulant le lourd tuyau.

Cette fois, il ne se retint pas de l'aider.

— Vous n'aimez pas les gens ?

— Ils me déçoivent parfois. Pas vous ?

— Les gens sont prévisibles.

Il excluait Sierra de cette généralité. Qui aurait pu prévoir qu'elle entreprendrait de shampouiner Cedric ?

— J'aimerais que ce soit le cas.

— Vous n'êtes pas d'accord ?

— Pas pour les choses qui comptent.

— À quoi pensez-vous ?

Elle réfléchit un instant avant de répondre :

— L'honnêteté. La fiabilité.

— Selon moi, les gens sont honnêtes, en général. La plupart du temps. Quand ils ne le sont pas, il est souvent facile d'identifier leurs motifs.

Un sourire éclaira de nouveau le visage de Sierra.

— Vous êtes conscient que c'est bon signe, n'est-ce pas ?

Il ne comprenait pas.

— Qu'est-ce qui est bon signe ?

— Ce sont les gens honnêtes qui partent du principe que les autres le sont aussi.

— Et ce n'est pas votre cas ? Je me demande ce que ça dit de vous, Sierra.

Elle ne répondit pas mais il vit l'amusement dans son regard.

Elle ne manquait pas d'autodérision, ce qui était selon lui une grande qualité.

Le silence se prolongea.

Elle aurait pu avoir l'air ridicule avec ses cheveux et ses vêtements mouillés, et ces traces de savon partout sur elle. C'était tout le contraire. Elle était tout simplement irrésistible. Les joues rougies par l'effort, elle avait un sourire énigmatique aux lèvres.

Il fut de nouveau submergé par l'envie de l'embrasser. Mais cette fois cette envie était encore plus déstabilisante, car ils étaient seuls, à l'abri des regards.

Il vit le désir briller dans ses yeux bleus.

— Vous êtes trempée.

Comme si ce n'était pas évident...

— Jusqu'aux os, souffla-t-elle.

Sa voix sensuelle le séduisit encore plus.

Voyant qu'elle ne fuyait pas l'attirance flagrante qu'il y avait entre eux, il posa la main sur sa joue et s'approcha d'elle. Elle le regarda dans les yeux et entrouvrit les lèvres. Alors il la prit délicatement par la nuque et se pencha lentement, comme s'il vivait la scène au ralenti. La petite voix qui, dans sa tête, lui recommandait de ne pas faire de bêtises se fit de plus en plus faible.

Elle vint à sa rencontre et leurs bouches se trouvèrent. Elle émit un murmure tout en l'embrassant. Il la prit alors par la taille et le tuyau tomba.

— Aïe ! s'écria t-elle.

Il se redressa d'un coup.

— Tu t'es fait mal ?

— Le bec est tombé sur mon pied.

— Je suis désolé.

Elle sembla soudain prendre conscience de ce qu'ils avaient fait. Les yeux écarquillés, elle fit un pas en arrière.

— Non, dit-elle, c'est moi qui suis désolée. Ça n'aurait pas dû... Je n'aurais pas dû...

— C'est ma faute, dit-il en secouant la tête. C'est moi qui t'ai embrassée.

Il se sentait affreusement mal. Jamais il n'aurait dû franchir cette limite. Néanmoins, il ne pouvait ignorer que, pendant les quelques secondes qu'avait duré leur baiser, il avait oublié ses souffrances physiques et morales.

Elle jeta un regard inquiet autour d'elle, craignant manifestement que quelqu'un les ait vus. Il n'y avait personne.

— Cela n'aurait pas dû arriver, dit-elle d'une voix légèrement paniquée.

— Tu as raison, répondit-il en reprenant le contrôle de lui-même.

— Pouvons-nous oublier que c'est arrivé ?

— Absolument.

Il doutait d'y parvenir, mais il voulait bien essayer. Il pourrait au moins faire semblant d'avoir oublié.

— Bien.

Elle hocha la tête avec un air gêné et se baissa en tendant la main vers le tuyau.

— Laisse, je m'en charge, dit-il en l'attrapant avant elle.

Elle recula et mit la main sur l'épaule de Cedric, comme si elle avait besoin d'un point d'appui.

— Je suis désolé, répéta Dallas, conscient qu'il avait fait le premier pas.

Certes, elle avait répondu à son baiser, mais il était tout de même le responsable. Il n'avait simplement pas pu résister à la tentation.

Elle chassa ses excuses d'un geste.

— C'est oublié. Nous… Enfin… C'était une impulsion, ça aurait pu arriver à n'importe qui.

— Exactement.

Il ne le pensait pas un seul instant. Jamais il n'avait été en proie à une attirance aussi forte. Jusque-là, à chaque fois qu'il avait embrassé une femme, cela avait été mûrement réfléchi.

Il aurait voulu savoir si elle embrassait souvent les hommes de façon impulsive, mais cela ne le regardait pas. Du reste, il n'avait pas envie de penser à ceux qu'elle avait embrassés avant lui.

— Laisse-le sécher un peu avant de le remettre au box, dit-il en regardant Cedric.

— Oui.

Non sans peine, il se força à sortir. Il s'arrêta quand il fut dans le couloir et ajouta :

— Tu trouveras des serviettes dans le placard de la salle d'en face, si tu veux gagner du temps.

— Merci, répondit-elle d'une petite voix.

Il se retourna.

— Ça va ? demanda-t-il.

— Oui, oui. Très bien.

Il se sentait incapable de partir sans s'assurer de ce qu'elle ressentait. Il revint vers elle et la regarda avec attention.

— Je ne t'ai forcée à rien, j'espère ? Je veux dire…

Il ne savait pas comment formuler sa question.

— Parce que tu es mon patron ?

— Je ne suis pas ton patron. Mais, oui, je suis un membre de la famille Hawkes.

Elle secoua la tête et répondit :

— Tu n'as rien à te reprocher. C'est venu de moi aussi.

Il continuait pourtant à s'en vouloir. Oui, elle avait été consentante, mais il avait tout de même eu tort de céder à cette impulsion.

— Dallas, dit-elle en le regardant dans les yeux. Tout va bien, je t'assure. Nous mettrons ça sur le compte de… Je ne sais pas, soupira-t-elle avec un petit haussement d'épaules.

— Du cadre romantique ? fit-il pour détendre l'atmosphère.

Elle rit et fit un geste vers elle-même.

— De mon allure séduisante ?

Il rit à son tour, mais elle n'imaginait pas à quel point sa remarque ironique était juste. Dallas, lui, savait que cette image sublime allait rester gravée dans sa mémoire et le tourmenter pendant des jours et des jours.

5

Pour aller du ranch à la maison principale en voiture, Sierra s'était aperçue qu'il suffisait de marcher sur le bord de la route. Rapidement, quelqu'un passait en pick-up et s'arrêtait pour l'emmener.

Aujourd'hui, c'était Ethan. Le jeune informaticien était logé dans le dortoir, mais il lui proposa tout de suite de la conduire jusqu'au logement des employés, comme d'autres l'avaient fait avant lui.

Ethan était naturel et sympathique. Originaire de Denver, il faisait partie d'une famille dont plusieurs membres travaillaient ou avaient travaillé au ranch des Hawkes. Il était venu y passer l'été afin de vivre une nouvelle expérience et de moderniser le fonctionnement des opérations.

Sierra sentait qu'il cherchait par moments à se montrer un peu charmeur, mais elle prenait soin de garder ses distances pour ne pas lui donner de faux espoirs. Sa rupture était trop récente pour qu'elle imagine déjà entamer une nouvelle relation.

Et surtout elle ne cessait de penser au baiser de Dallas.

Elle se rendait compte, non sans surprise, que ce baiser avait presque effacé le souvenir de Roger dans son esprit. Et, si elle pensait à lui, c'était seulement pour constater qu'il ne lui avait jamais procuré de sensations comparables à celles qui l'avaient envahie pendant ce court instant avec Dallas.

— Est-ce que je t'ennuie ? demanda Ethan en contournant la grande maison.

— Non, pas du tout.

Elle lui sourit en essayant de se rappeler le sujet de leur conversation.

— Tu me parlais des systèmes automatisés.

Il eut l'air content. Elle ne s'était donc pas trompée.

— Oui, dit-il. C'est un énorme gain de temps et d'énergie pour les gens qui travaillent ici.

— Ils doivent apprécier tes innovations.

— Austin, oui, répondit-il en se garant. Rudy, pas tellement. Quant à Dallas… Je crois qu'il préférerait rester dans les années 1990.

La seule mention du nom de Dallas éveilla l'intérêt de Sierra.

— Tu crois ? Je ne le voyais pas comme un homme vieux jeu.

— Si tu l'entendais se disputer avec Ethan !

— À propos de la technologie ?

Elle comptait bien retenir toutes les informations qu'il voudrait bien lui donner.

— À propos de tout. Selon lui, il n'y a aucune raison de changer ce qui marche très bien depuis toujours.

— Ah oui ?

Dallas était donc plus attaché au passé qu'à l'avenir. Intéressant.

— J'imagine qu'il est difficile pour lui de revenir au ranch après dix ans d'absence et d'être confronté au changement.

Sierra savait que Dallas avait passé la plus grande partie de la dernière décennie sur les routes. Il avait quitté sa famille à dix-huit ans pour ne revenir qu'occasionnellement, quand son programme le lui avait permis. Ce qui était arrivé de plus en plus rarement au fil des années.

— Tu voulais me parler d'autre chose ? demanda-t elle.

Cet échange lui donnait déjà envie d'interroger discrètement les autres employés, à commencer par Rudy.

— À propos de Dallas ? Non, répondit Ethan en se tournant vers elle.

Comme il la regardait fixement, elle comprit que c'était le

moment de partir. Elle ne voulait surtout pas l'encourager à entrer dans un jeu de séduction.

— Merci de m'avoir déposée, lui dit-elle gaiement en ouvrant la portière. À demain.

Il esquissa un sourire un peu déçu.

— À demain, Sierra. Bonne soirée.

— Toi aussi, salut.

Elle sortit du pick-up et claqua la portière en espérant ne pas l'avoir vexé. Elle serait ravie d'être amie avec lui, mais rien de plus.

Pénétrant dans le bâtiment par l'arrière, elle traversa l'entrée des employés, où ils pouvaient laisser leurs bottes et leur manteau, puis passa dans la salle d'eau pour se laver les mains. Alors qu'elle relevait ses manches, elle entendit une conversation de l'autre côté de la porte mal fermée. Cette porte donnait sur la cuisine des Hawkes. Elle reconnut facilement les voix qu'elle percevait.

— C'est logique et sensé, affirma Austin.

— Doucement, répliqua McKinney. Ça mérite que nous en discutions.

— Nous savons déjà de quel côté tu es, dit sèchement Dallas.

— C'est une question de progrès, argua son amie.

Sierra pensa à ce que lui avait dit Ethan. Cette discussion concernait sans doute les innovations technologiques.

— Il faut vivre avec son temps, renchérit Austin.

— Je ne comprends pas pourquoi tu t'y opposes, dit Garrett.

Sierra sursauta en entendant la voix profonde du père de famille. C'était un homme intimidant, et en sa présence elle avait toujours peur de faire un faux pas et de s'attirer son hostilité.

— Notre équipe est nombreuse, ajouta calmement Garrett. Et diverse. Tous les profils y ont leur place. Ta sœur en est l'exemple parfait.

— Le travail est physique et difficile, rétorqua Dallas.

Sierra se figea. Le sujet de leur conversation ne semblait pas être celui auquel elle avait pensé dans un premier temps.

— Elle reste, déclara McKinney avec emphase.

— Si nous en venions au vote ? demanda Austin.

— Alors nous en sommes là ? lança Dallas. À nous disputer à propos d'une stagiaire ?

Oh ! non. Ils parlaient de Sierra elle-même !

— Nous nous disputons à propos de tout, en ce moment, répliqua McKinney.

— McKinney, dit Garrett sur un ton de mise en garde.

Pendant le silence qui suivit, Sierra n'entendit plus que les battements de son propre cœur. Elle retint son souffle.

— J'aimerais mieux que nous trouvions un consensus, affirma Garrett.

— Et j'aimerais mieux que nous engagions du personnel qualifié, riposta Dallas.

— Elle apprend, dit McKinney. Tout le monde a besoin d'apprendre à un moment ou un autre.

— Quel âge a-t-elle ? demanda Dallas. Vingt…

— Vingt-trois ans, répondit McKinney. Comme moi.

Il y eut un nouveau silence.

— Je l'ai vu sur son CV, précisa McKinney.

— Tu as de la chance de l'avoir eu entre les mains. Ce n'est pas mon cas. Et vous ?

De toute évidence, la question était adressée à son père et son frère.

Sierra retourna dans l'entrée en se demandant si elle était en colère contre Dallas ou triste qu'il veuille la faire renvoyer.

Leur baiser n'avait donc eu aucune importance pour lui.

Peut-être qu'il passait son temps à embrasser les femmes, ou qu'il regrettait d'avoir cédé à l'impulsion du moment. C'était tellement gênant…

Elle se laissa tomber sur un banc et ôta ses bottes en soupirant. Il n'y avait aucune chance qu'elle ait mal interprété ses paroles. S'il ne la méprisait pas, il considérait au minimum qu'elle n'avait rien à faire dans ce ranch.

Bien.

Elle rangea ses bottes et enfila des chaussons. Le moment était sans doute venu de partir, de toute façon. Elle ne parviendrait pas à aider Dallas dans ces circonstances.

La voix de Garrett interrompit le fil de ses pensées :

— Inutile de prendre des décisions hâtives.

Cette remarque ne lui était pas adressée, bien sûr.

Toutefois, n'était-ce pas un bon conseil à suivre ?

Rien ne l'obligeait à prendre des décisions hâtives, d'autant que Dallas n'avait pas complètement tort – du moins à propos de son incompétence en tant qu'employée de ranch. Mais elle était ici en tant que professionnelle du bien-être, et, quoi qu'il pense d'elle, elle tenait à relever le défi de l'amener à se sentir mieux.

Elle pouvait oublier le baiser. Elle ne travaillait dans l'écurie que pour dissimuler la vraie raison de sa venue. Elle n'était pas douée, mais quelle importance ? Tout ce qui comptait, c'étaient les progrès qu'elle faisait avec lui.

Pour être honnête, ces progrès étaient inexistants pour l'instant. Mais elle commençait à en savoir davantage sur lui, et bientôt elle serait en mesure de faire des suggestions à McKinney, qui s'inquiétait tant pour son frère. Sierra le devait à son amie. Elle le devait à toute la famille Hawkes, qui l'hébergeait, la nourrissait et la payait même depuis son arrivée.

Elle se leva, bien décidée à surmonter sa vexation. Au lieu de se soucier de l'opinion de Dallas, elle allait se comporter en professionnelle.

Dallas évitait généralement Brighton Road, la route sinueuse qui menait à la ville de Jagged Creek. Il préférait passer par l'autoroute, même si cela lui faisait faire un détour. Mais aujourd'hui l'accès à l'autoroute était bloqué par un éboulement causé par une crue soudaine en haut de la montagne.

Cela arrivait parfois, et l'intervention des services pouvait prendre un certain temps, car une route aussi peu empruntée n'était pas la priorité des autorités.

En arrivant au pont à une voie qui surplombait Goat Canyon, il monta le son de la musique jusqu'à ce qu'elle fasse vibrer sa voiture. Les yeux fixés droit devant lui, il franchit l'endroit où le véhicule de sa mère avait quitté la route.

Un quart d'heure plus tard, il arrivait à Jagged Creek.

L'Oberfeld Hotel, construit récemment, se dressait désormais entre le supermarché et le square. La ville attirait de plus en plus de touristes, ce qui réjouissait les habitants. Trois cafés branchés avaient ouvert et la tonalité avait changé dans les rues. Les chemises à carreaux, les jeans et les santiags avaient été remplacés par des pantalons en toile, des tennis blanches impeccables et des pulls ras du cou.

Certains magasins de Main Street exposaient en vitrine des tasses, des T-shirts et des ceintures évoquant la région. Une marque avait même proposé à Dallas de créer des objets dérivés le représentant en train de faire du rodéo. Comme s'il avait besoin de ce genre de notoriété.

Il se gara le long du trottoir, devant le Cactus Spur. En ce début d'après-midi, il était encore trop tôt pour une bière, mais le Spur servait un très bon café et se faisait livrer chaque jour des beignets tout frais de chez Maggie's Bake Shop.

À cette heure-ci, il était sûr de retrouver à l'intérieur plusieurs ranchers de la région, qui lui donneraient des nouvelles des autres ranchs. Puis il irait chez Boots and Blues pour s'acheter une nouvelle paire de bottes, et peut-être un jean et une ou deux chemises. Le shopping n'était pas son point fort. Il était capable de porter ses vêtements jusqu'à ce qu'ils partent en lambeaux, mais il fallait bien les remplacer de temps en temps.

Alors qu'il venait de couper son moteur, il remarqua le panneau sur la porte, indiquant que le café était fermé. Il était pourtant censé ouvrir à midi.

Il descendit de sa voiture et fit quelques pas sur le trottoir. L'affichette indiquait que le Cactus Spur était fermé « jusqu'à nouvel ordre », sans autre explication. Comment un établissement aussi populaire avait-il pu fermer ? Le gérant avait-il prévu des travaux de rénovation ? Il n'en avait pas fait en plus de quarante ans et cela n'avait dérangé personne. Pourquoi commencer maintenant ?

Contrarié, il resta immobile face à la porte, les mains sur les hanches.

— C'est fermé depuis un mois, dit une voix d'homme derrière lui.

Dallas se retourna et reconnut tout de suite Wilson Camry, un rancher de soixante-dix ans qui était une figure locale.

— C'est bien dommage, ajouta Wilson en rejoignant Dallas.

— Je ne vous le fais pas dire. Que s'est-il passé ?

— Dozer a vendu. Il a dit qu'il prenait sa retraite.

— Vendu à qui ?

— Une femme, répondit Wilson avec un haussement d'épaules. Il paraît qu'elle veut ouvrir une *boutique*, précisa-t-il d'un ton moqueur.

— Ça ne me dit rien qui vaille.

Dallas ignorait quel genre de boutique ce serait, mais il était prêt à parier qu'il n'y trouverait ni bière à la pression, ni cacahuètes dans leur coque, ni burgers assez généreux pour satisfaire l'appétit d'un rancher.

— Où vont les gens pour boire, maintenant ?

— Soit au Spring Wall, soit au Cell.

Dallas fronça les sourcils. Il ne serait pas le bienvenu au Spring Wall avec ses habits poussiéreux, quant au Cell, c'était le rendez-vous des hommes qui buvaient trop et cherchaient la bagarre.

— Je voulais un café et un beignet, dit Dallas.

— Chez Maggie.

— Et des gens avec qui faire un brin de conversation.

Il ne trouverait personne chez Maggie à cette heure-ci.

— J'ai entendu dire que tu étais de retour à cause d'une blessure... ? fit Wilson.

— À l'épaule, oui.

— C'est bien dommage. Désolé pour toi.

— Merci. J'y retournerai bientôt.

Y croyait-il vraiment ? Les jours passaient et la perspective d'un rétablissement complet lui semblait de plus en plus lointaine.

Au début, il avait été optimiste malgré la prudence de son médecin, pensant qu'il connaissait mieux son propre corps que quiconque. Mais à présent…

Que ferait-il s'il ne pouvait pas reprendre le rodéo ? Il n'avait pas de plan B. À vingt-neuf ans, il ne s'était jamais arrêté assez longtemps pour réfléchir à autre chose qu'à sa prochaine compétition. Il aimait l'action. Il en avait besoin pour éviter de trop penser.

— Tu vas chez Maggie, alors ?

— Je crois.

À défaut de conversation, il aurait tout de même un café et un gâteau pommes-cannelle. C'était mieux que rien.

— Tu salueras ton père de ma part.

— Je n'y manquerai pas. À bientôt.

— À bientôt.

Dallas remonta en voiture et se rendit chez Maggie. Sur le trottoir, déjà, il sentit la bonne odeur des pâtisseries et entendit des voix qui résonnaient joyeusement. Des voix de femmes.

— Il est beaucoup trop tôt pour le dire, dit l'une d'elles.

Il s'arrêta net. C'était Sierra. Il en était certain.

— Cela me rappelle cette fille… Comment s'appelait-elle ?

Il fut encore plus surpris en reconnaissant la voix de McKinney.

— Celle qui avait les cheveux arc-en-ciel, ajouta la sœur de Dallas.

— Il y en avait quelques-unes à la fac, dit Sierra, amusée.

— Elle avait un drôle de vélo qui paraissait trop petit pour elle.

— Oui, tout en longueur. Je m'en souviens.

Dallas n'en croyait pas ses oreilles. Elles se connaissaient donc depuis l'université ?

— Exactement ! s'exclama McKinney. Et un jour, en plein cours, elle a…

Dallas entra. McKinney s'interrompit et le regarda avec stupeur. Sierra, elle, était de dos.

— Dallas ! Ça, alors ! dit McKinney.

Il s'approcha de leur table et vit Sierra s'humecter nerveusement les lèvres. Puis elle lui sourit et il fut de nouveau sous le charme – à son grand désarroi.

— Alors, toutes les deux, vous... ?

Il attendit une explication.

— Nous mangeons des beignets, répondit McKinney en lui montrant son assiette.

— Ils sont délicieux, dit Sierra.

De toute évidence, elles ne savaient pas exactement ce qu'il avait entendu. Il allait donc les éclairer.

— Vous avez fait vos études ensemble ?

Curieusement, elles parurent toutes les deux soulagées. Il ne s'était pas attendu à cela.

— Ah, ça, dit McKinney.

— Nous avions quelques cours en commun, précisa Sierra.

— Donc vous vous connaissez depuis longtemps.

Elles lui cachaient quelque chose. Sinon, elles auraient mentionné leur amitié plus tôt.

Elles échangèrent un regard.

— Oui, répondit McKinney.

— Donc vous avez menti, souligna Dallas.

— À quel sujet ? demanda sa sœur d'un air innocent.

— Cette histoire d'égalité des chances.

Cela expliquait pourquoi McKinney avait voulu installer Sierra dans une chambre d'amis.

Sierra ne disait plus rien et dissimulait mal sa gêne. McKinney, elle, le regarda avec une expression scandalisée, mais il n'allait pas se laisser influencer par sa comédie.

— Pourquoi ?

— Nous n'avons pas menti, assura McKinney. Je travaille effectivement sur un programme d'égalité des chances depuis des mois. Il se trouve que Sierra est la première candidate.

— La jeune femme sans aucune expérience que tu as connue à l'université.

— Oui, dit McKinney en le regardant dans les yeux.

Dallas regarda Sierra.

— Dallas, dit McKinney.

Il l'ignora et continua à fixer Sierra. Alors il fut pris à son propre piège et le souvenir de leur baiser envahit son esprit.

— Dallas, répéta McKinney plus sévèrement.

Le regard de Sierra était calme, chaud et profond. Le bleu de ses iris s'adoucit.

— Nous attirons l'attention, chuchota la sœur de Dallas.

Sierra cligna soudain des yeux et s'éclaircit la voix.

— Tu veux t'asseoir ? demanda-t-elle à Dallas.

— Non.

Il ne voulait pas s'asseoir et bavarder tranquillement. Il ne voulait pas sympathiser avec elle. Il exigeait des réponses, mais le lieu était mal choisi pour un affrontement verbal.

— Je vais prendre ma commande à emporter, dit-il.

— Tu n'as pas besoin d'être énervé, répliqua McKinney.

— Je ne suis pas énervé.

Il était plutôt déconcerté. Par sa famille, par son avenir, et surtout par l'effet que Sierra avait sur lui.

Cherchant à s'éclaircir les idées et à reprendre le contrôle de ses émotions, Sierra profitait de la fin de soirée pour se promener seule dans le jardin. L'air frais lui caressait le visage et la lune projetait sa lumière argentée sur le paysage enchanteur.

Elle huma le parfum des fleurs et des pins, et s'arrêta un instant sur le petit pont qui traversait le ruisseau. Tout en écoutant le murmure de l'eau, elle pensa à Roger et réfléchit à l'échec de leur relation. Certes, il avait une grande part de responsabilité, mais elle n'était pas exempte de tout reproche. Elle avait eu tort de le laisser devenir le centre de son existence.

Cette expérience doit me servir de leçon, songea-t-elle en reprenant le chemin de la maison. À partir de maintenant, elle devait définir ses propres priorités et déterminer ce qu'elle voulait vraiment faire de son avenir. Elle allait suivre les conseils qu'elle donnait à ses clients. Prendre un nouveau départ en s'appuyant sur un socle émotionnel plus solide.

Le fait que l'image de Dallas lui revienne sans cesse à l'esprit ne l'aidait pas à trouver de la sérénité. Elle repensait au regard intense qu'il avait fixé sur elle au café et rêvait d'être de nouveau dans ses bras, de l'embrasser plus longtemps et plus passionnément que la première fois, de poser les mains sur lui et d'explorer son corps...

— Vous avez l'air dans la lune.

La voix de Mme Innish tira brutalement Sierra de ses pensées. Elle fumait une cigarette, assise sur un banc près de la porte de la cuisine.

— Vous en voulez une ?

— Non, merci, répondit Sierra en se retenant de lui rappeler tous les risques que cela représentait pour sa santé.

— Vous ne fumez pas ?

Sierra secoua la tête.

— J'essaye moi-même d'arrêter, dit Mme Innish.

— Bravo ! répondit Sierra d'un ton encourageant.

— C'est difficile. Je suis descendue à cinq par jour.

— Diminuer sa consommation, c'est déjà un bon début, ajouta Sierra en s'asseyant en face d'elle. Vous avez essayé les chewing-gums à la nicotine ? L'hypnose ?

— *L'hypnose* ? répéta Mme Innish en riant.

— Certaines personnes trouvent que c'est efficace.

Sierra connaissait plusieurs psychologues qui utilisaient l'hypnose pour combattre de nombreuses accoutumances et dépendances.

— Je ne crois pas trop à ce genre de numéros de cirque.

— Je parlais d'un spécialiste agréé, précisa Sierra en souriant. Pas d'un spectacle.

À sa grande surprise, elle vit Mme Innish sourire à son tour. Puis celle-ci répondit avec une pointe d'humour dans la voix :

— J'imaginais effectivement une vieille femme en guenilles avec des cartes de tarot et une boule de cristal.

C'était la première fois que Sierra l'entendait plaisanter.

— Ce serait tout autre chose.

— Je devrais sûrement aller à Denver pour voir cette personne, dit Mme Innish.

— Sans doute. Je pourrais vous aider à trouver le bon thérapeute.

Mme Innish la regarda avec étonnement.

— Je travaillais dans un centre de bien-être à Carmel, expliqua Sierra.

— Ah. En Californie.

— Oui, en Californie.

— Et en quoi consiste le travail dans un centre de bien-être en Californie ?

Sierra évita de parler d'elle en particulier.

— Nous proposions des séances de yoga, des conseils sur la nutrition. Je vendais aussi des lotions naturelles et des infusions. Les traitements par les plantes peuvent être efficaces. Les huiles essentielles de poivre noir et d'angélique, par exemple, peuvent aider à se sevrer de la nicotine.

— Et vous êtes passée de *ça* à un ranch ? demanda Mme Innish en haussant les sourcils.

Il y eut un bruit de pas, puis la voix de Dallas s'inséra dans la conversation :

— C'est une excellente question.

Il s'approcha et regarda fixement Sierra.

— Cela ressemble à un grand écart, ajouta-t-il.

— Je suis en stage ici, rappela-t-elle avec assurance.

— Bonsoir, Dallas, dit Mme Innish avec respect.

— Bonsoir, Bea, répondit-il en saluant la cuisinière d'un signe de tête.

Puis il se tourna de nouveau vers Sierra.

— Je ne vois pas le lien entre les deux, déclara-t-il.

Le rapport n'était peut-être pas évident, en effet, mais Sierra avait déjà réfléchi à sa réponse.

— Que sont l'herbe et l'avoine, sinon des plantes ?

— Du fourrage, répondit sèchement Dallas.

— C'est la même chose. Hydrates de carbone, protéines, lipides, cellulose, minéraux et acides gras.

— Tu veux dire que tu t'intéresses à l'alimentation du bétail ?

— Comme tout le monde, non ?

— Tout le monde à l'exception de quatre-vingt-dix-neuf pour cent de la population, je dirais. Et ce taux doit être encore plus élevé à Carmel.

— Je vous laisse poursuivre cette discussion sans moi, jeunes gens, dit Mme Innish en se levant.

Ils se souhaitèrent bonne nuit et elle rentra. Sierra se promit de trouver les huiles essentielles dont elle lui avait parlé afin de lui proposer son aide.

— Je ne me doutais pas que vous vous entendiez bien, toutes les deux, dit Dallas quand ils furent seuls.

— Elle m'a surprise.

— De quelle manière ?

— Elle a fait de l'humour.

— Ah bon ? demanda-t-il d'un air dubitatif.

— Oui.

— Tu en es sûre ?

— Absolument. Elle a comparé l'hypnose au fait de voir dans une boule de cristal.

— En quoi est-ce de l'humour ?

— Eh bien, pour l'un, il y a des preuves empiriques. L'autre est une escroquerie destinée à plumer les clients des fêtes foraines.

— Lequel est lequel ?

— Très drôle.

Il n'avait pourtant pas l'air de plaisanter.

— Tu n'es pas sérieux. La divination n'a jamais été prouvée. En revanche, des dizaines d'études ont démontré les résultats concrets de l'hypnose. Elle permet à beaucoup de gens de perdre du poids, d'arrêter de fumer, d'atténuer la douleur, de réduire la dépression et l'anxiété...

— Le pouvoir de la suggestion.

— Oui, justement.

Le cerveau n'était-il pas l'organe le plus puissant du corps humain ?

— Le pouvoir de la suggestion est difficile à tester en laboratoire.

— Une méthode n'a pas besoin d'être testée en laboratoire pour marcher.

— Ça aide, dit-il avec un petit rire.

— Ça se passe dans ton cerveau. On utilise l'hypnose pour se libérer de l'anxiété et de la douleur. Comme la méditation, elle peut stimuler la production d'endorphines. Ça, c'est de la science.

— Ça ne marche que si la personne est convaincue que ça va marcher.

— Quelle importance ? Ce qui compte, c'est le résultat.

Il fit un pas de plus vers elle, entrant dans la lumière d'une lampe du jardin.

— L'effet temporaire d'un placebo n'équivaut pas à un remède.

— S'il te permet d'arrêter de fumer, c'est un remède.

Il eut l'air amusé.

— Tu sais que c'est difficile de suivre ta logique ?

— Tu sais que c'est difficile de vaincre ton entêtement ?

— Je veux bien le croire.

— Tu as raison de le croire.

— Alors pourquoi essayes-tu ?

Elle réfléchit un instant avant de répondre :

— Je pense pouvoir te convertir.

Un sourire se dessina sur ses lèvres sensuelles.

— C'est une erreur de ta part.

— Je ne le crois pas.

C'était la première fois qu'ils parlaient vraiment de lui, et elle se demandait jusqu'où elle pouvait aller. Après une brève hésitation, elle décida de faire une tentative :

— Qui sait ? dit-elle en montrant son épaule. Cela pourrait peut-être t'aider.

Elle vit son visage se crisper et comprit qu'elle aurait mieux fait de se taire.

— C'est dans ma tête, selon toi ? lança-t-il.

— Ce n'est pas ce que j'ai dit.

Il recula d'un pas et plissa les yeux.

— Un morceau de sucre, un pendule et je n'aurai plus mal ? C'est ce que tu penses ?

— Non, Dallas, sincèrement...

— Bonne nuit, Sierra.

Elle voulut le retenir mais il était déjà parti.

6

Un homme avait besoin de travail physique pour se protéger des pensées parasites et trouver rapidement le sommeil le soir. Dallas en était convaincu, c'est pourquoi il s'était tué à la tâche toute la journée.

Bien qu'il ait rejeté les idées de Sierra, il était prêt à tout essayer pour apaiser sa douleur. Voilà comment il en était arrivé à faire de la quasi-méditation ce matin, en se remémorant une conversation qu'il avait eue avec une femme un soir, dans un bar de Mesquite.

Il restait sceptique mais, si son corps était réellement capable de fabriquer ses propres antidouleurs, cela ne pourrait que favoriser le processus de guérison. Cela ne l'avait pas dispensé de prendre un ibuprofène, car au fond il ne faisait confiance qu'aux médicaments testés en laboratoire.

Malgré tout cela, il avait eu de plus en plus mal au fil des heures, et à présent il pouvait à peine lever le bras. Ce que son père ne semblait pas remarquer, alors qu'ils étaient seuls à table pour dîner.

— Tu étais avec l'équipe chargée de l'entretien des clôtures aujourd'hui, dit Garrett.

— Oui, répondit Dallas.

— Pourquoi ?

— Parce qu'il y avait des clôtures à réparer.

— Nous avons des gens pour ça.

— Et j'en fais partie.

— Non.

— Pardon ?

— Tu es le propriétaire, pas un simple rancher.

— C'est toi, le propriétaire.

— Dallas…

— Je me rendrai utile tant que je serai ici, dit Dallas en interrompant son père. Mais ne faisons pas comme si c'était définitif.

Dix ans plus tôt, il avait fait le choix de partir, et tout le monde savait pourquoi, y compris son père. Ce qui ne l'empêcha pas d'insister :

— Ta place est avec la famille.

Dallas respira profondément. Ils avaient déjà eu cette conversation mille fois. Le souvenir de la mort de sa mère hantait Dallas à un point que le reste de sa famille ne semblait pas comprendre.

— C'est ma vie. C'est mon choix, répliqua-t-il.

— Sois réaliste, enfin, soupira Garrett en désignant l'épaule de Dallas. C'est trop dangereux, le rodéo.

— Alors qu'être rancher, c'est beaucoup plus sûr ?

— Oui ! Oui, beaucoup plus. Et ça représente notre avenir. Pour des générations.

C'était donc cela.

Dallas avait encore faim, mais il se leva de table.

— N'allons pas sur ce terrain-là, déclara-t-il.

— Oh ! si.

— Tu as Austin. Tu as Tyler. Tu as McKinney. Pourquoi fais-tu une fixation sur moi ?

— Vous devez tous apporter votre contribution.

— Tu veux dire nous marier et te donner des petits-enfants ?

— Tu sais que c'est beaucoup plus que ça.

— Ce que je sais, c'est que c'est *ton* rêve, pas le mien.

— Ce n'est pas un rêve. C'est un héritage. C'est un devoir. Tu te souviens que nous avons failli le perdre.

— Et pourquoi donc, papa ? Ne serait-ce pas parce que c'était *dangereux* ?

En voyant le visage furieux de son père, Dallas regretta de ne pouvoir retirer ce qu'il venait de dire. Il était allé trop loin, cette fois. Garrett s'était retrouvé seul à la tête du ranch parce que son unique frère était mort jeune, piétiné par un troupeau.

Mais Dallas ne pouvait pas réparer le passé.

— J'y retournerai, affirma-t-il. Dès que je serai remis, je repartirai.

— Tu as des responsabilités ici et maintenant.

— Envers moi-même. Pas envers toi.

Le regard de son père devint glacial.

— Envers ta famille, ton grand-père et ceux qui l'ont précédé.

Dallas serra les mâchoires. Le ranch appartenait à la famille Hawkes depuis six générations, et son père était décidé à faire perdurer cette histoire.

— J'ai deux frères, lui rappela Dallas.

Il avait aussi une sœur qui, de toute évidence, se passionnait pour le ranch. Le domaine était entre de bonnes mains, quoi que fasse Dallas.

— Tyler est à l'étranger.

— Juste le temps de faire son service militaire. Il va rentrer et c'est un bon rancher.

— Le ranch est immense.

— Tu l'as toujours dirigé tout seul.

— Et ça m'a presque tué.

Garrett exagérait. Oui, quarante mille hectares, cela faisait beaucoup à gérer pour un seul homme, mais pour lui c'était une seconde nature. Et Dallas en avait assez de cette manipulation sentimentale.

— *Presque* tué ? C'est-à-dire ? lança Dallas d'un ton sarcastique.

Garrett jeta sa serviette sur la table et se leva à son tour. Il était aussi grand que Dallas et ils se regardèrent dans les yeux.

— Pourrions-nous, pour une fois, avoir une conversation civilisée ? demanda Garrett.

— Pas sur ce sujet.

Garrett respira plus fort. Au bout de quelques secondes, il secoua la tête avec un air écœuré et tourna les talons.

En regardant son père monter l'escalier d'un pas raide, Dallas s'en voulut de ne pas être parti en premier.

Il saisit le dossier de sa chaise et étouffa un cri de douleur.

Sierra s'était trompée. C'étaient l'adrénaline et le courage qui lui avaient permis de tenir toute la journée. Les endorphines n'y étaient pour rien.

Il s'écarta de la table. Au point où il en était, il avait plus besoin d'un double whisky que d'un ragoût tiède.

Il se servit un verre et s'assit au coin du feu. Fermant les yeux, il essaya de faire des mouvements pour se soulager, mais son épaule le torturait toujours autant.

— Tu as l'air de souffrir.

C'était la voix douce de Sierra qui venait de la porte, derrière lui.

— Laisse-moi, lui dit-il sans se retourner.

Il n'était pas d'humeur à parler. Il l'entendit pourtant s'approcher de lui.

— Je peux peut-être...

— Je t'ai demandé de partir.

— Tu as une ordonnance ? demanda-t-elle, imperturbable.

— Oui.

— Tu as besoin d'un cachet ?

— Je n'ai pas besoin d'une infirmière.

Elle soupira.

— Il te faut quelque chose, Dallas.

Il adorait l'entendre prononcer son prénom, mais tout ce qu'il voulait, ce soir, c'était rester seul et se complaire dans son malheur.

Elle lui toucha l'épaule.

Il se dégagea et rouvrit grand les yeux.

— Non, Sierra, s'il te plaît.

— Je vais faire attention, promit-elle.

Il sentit ses mains, chaudes et légères. Elle ne lui faisait pas mal du tout.

— Oh ! dit-elle en parcourant ses épaules du bout des doigts. On dirait un bloc de béton.

— Merci, répondit-il ironiquement.

Elle continua en appuyant un peu plus fort sur les points douloureux, ce qui lui procura un soulagement inattendu. Quand elle insista sur la zone située juste au-dessus de sa clavicule, il ne put retenir un râle.

— Tu as besoin de te relaxer, dit-elle en formant des cercles avec ses pouces.

Il aurait voulu lui dire d'arrêter et de le laisser tranquille une bonne fois pour toutes. Mais son massage lui faisait tellement de bien...

— Détends-toi, murmura-t-elle en descendant jusqu'en bas de son dos avant de remonter lentement. Libère ton esprit et laisse ton corps faire son travail.

Il était aussi épuisé mentalement que physiquement. Au lieu de la chasser, il ferma les yeux et bannit ses pensées négatives en se concentrant sur le crépitement du feu, le parfum de Sierra et l'effet à la fois douloureux et libérateur de ses gestes.

Sierra avait saisi cette deuxième chance de nouer un contact avec Dallas dès qu'elle s'était présentée.

Il ne se plaignait pas, mais elle savait que son massage lui faisait mal. La seule façon de dénouer le haut de son dos était d'accentuer la pression.

Il tressaillit.

— Dis-le-moi, si ça ne va pas.

— Ça va, répondit-il d'une voix qui laissait croire le contraire.

— Tu te sentiras mieux après, je te le promets.

— C'est déjà le cas.

— Tant mieux.

Elle aurait voulu oser lui demander d'enlever sa chemise. Elle aurait aussi voulu avoir de l'huile de jojoba ou d'arnica, ou son huile de massage personnelle, un mélange d'amande douce, de lavande, de marjolaine et de menthe poivrée.

Il tressaillit de nouveau et inspira en serrant les dents.

Elle remonta le long de son épaule, vers son cou, non sans remarquer ses muscles parfaitement dessinés.

— Tu pourrais te faire payer pour ça.

— Pour torturer les gens ? demanda-t-elle en souriant.

— Ce n'est pas une torture.

Elle appuya un peu plus fort.

— Eh !

— C'est bon pour toi. La tension de tes muscles empêche ton sang de bien circuler vers tes tendons. Ton corps ne peut pas guérir s'il est complètement bloqué.

— J'ai essayé de stimuler mes endorphines aujourd'hui.

Sierra fut étonnée par sa remarque.

— Alors ? demanda-t-elle avec curiosité.

— Ça n'a pas marché du tout.

Dommage.

— Tu as sans doute besoin de l'aide d'un professionnel.

— Ça ne risque pas d'arriver.

— Tu es têtu comme une mule, répliqua-t-elle en explorant le contour de son omoplate.

— Moi ? *Moi ?* C'est toi qui refuses d'admettre que tu n'as rien à faire dans un ranch.

— J'élargis mes horizons.

— Il y a mille façons d'élargir tes horizons.

— Peut-être. Mais j'ai choisi celle-ci.

— Pourquoi ?

— Pourquoi pas ?

— Ce n'est pas une réponse.

Elle sentit un nœud sous ses doigts et appuya fort en faisant de petits cercles avec son pouce. Dallas grimaça et prit une inspiration.

— C'est ta vengeance ?

— Pas du tout. C'est de la corruption.

— Tu veux dire de l'extorsion.

— Non, de la corruption. Si je te permets de te sentir mieux, j'espère que tu cesseras de faire pression pour que je sois renvoyée.

Il y eut un silence, puis Dallas demanda :

— Où as-tu entendu ça ?

Elle n'allait tout de même pas lui avouer qu'elle avait écouté aux portes...

— Les murs ont des oreilles.

Il se retourna, l'obligeant à interrompre son massage.

— Non, sérieusement. Comment es-tu au courant ? C'est McKinney qui t'en a parlé ?

Sierra regretta d'avoir été aussi franche.

— Non, McKinney ne m'a rien dit. Maintenant, tourne-toi.

Elle le guida délicatement, et à sa grande surprise il se laissa faire.

— Tu ne me diras rien, c'est ça ?

— Je protège les innocents.

— D'accord. Mais j'attends tout de même une réponse à mon autre question.

— Laquelle ?

— Pourquoi veux-tu absolument rester ici ?

Il était sans doute temps de lui dire la vérité – au moins en partie.

— Je te propose un marché, dit-elle.

Il mit la tête en arrière pour l'interroger du regard.

— Tu enlèves ta chemise.

En voyant ses yeux s'assombrir, elle se rendit compte de ce qu'elle venait de dire.

— Pour le massage. Tu enlèves ta chemise pour que je puisse te masser correctement, et je t'expliquerai pourquoi je tiens tant à rester.

Il hésita un instant et la regarda dans les yeux, comme s'il essayait de lire dans ses pensées.

— J'espère que ça vaut le coup.

— Ne me dis pas que tu es timide.

Le regard brûlant de Dallas la fit frissonner. Il valait peut-être mieux qu'il reste habillé, en fin de compte. Mais comment pouvait-elle manquer à ce point de professionnalisme ? Elle travaillait toujours sur des corps dévêtus, il n'y avait aucune raison de faire les choses différemment avec lui.

Elle s'efforça de se ressaisir.

— Le massage sera bien meilleur, expliqua-t-elle.

— Entendu.

Elle lutta pour ignorer le timbre soudain grave et rauque de sa voix. Puis, retenant son souffle, elle le regarda défaire un à un les boutons de sa chemise. Ses pectoraux apparurent, puis ses abdominaux, et enfin il dévoila ses épaules et ses biceps musclés. Elle fut instantanément submergée par le désir, assaillie par le flot de pensées sensuelles qui envahissaient son esprit.

Il jeta sa chemise sur la table basse et se pencha légèrement en avant pour lui faciliter la tâche. Elle inspira profondément, puis posa les mains sur ses épaules nues. Il avait la peau douce et chaude, et elle dut lutter pour résister à l'envie de déposer un baiser sur son deltoïde.

Se concentrer sur sa blessure. Ne penser à rien d'autre. Voilà ce qu'elle devait faire. Le masser comme n'importe quel autre client.

— Alors ? Raconte-moi, je t'écoute.

— J'ai rompu avec mon fiancé. Ou plutôt c'est lui qui m'a quittée. Je ne m'y attendais pas du tout. Enfin, pas vraiment.

Quand la flamme avait commencé à s'éteindre entre Roger et elle, elle n'avait pas voulu l'admettre.

— Que s'est-il passé ?

— Il a trouvé quelqu'un d'autre.

Dallas tourna la tête pour la regarder.

— Tu es sérieuse ?

Son incrédulité la réconforta.

— Merci pour cette remarque, répondit-elle avec un sourire. Eh oui, Diva était beaucoup plus sophistiquée que je ne le serai jamais.

— Diva ?

— Son vrai prénom est Devin. Mais elle avait cette attitude... Une vraie perfectionniste concernant son allure et ses opinions. Et tout le reste.

Elle se demandait si c'était ce qui avait plu à Roger. Le fait que Devin soit si différente, à la fois de lui et de Sierra elle-même.

— Pas de façon positive ? devina Dallas.

— Son obsession pour la mode et le maquillage me paraissait un peu excessive, mais de toute évidence les hommes n'étaient pas de mon avis. Tu aurais sans doute apprécié.

— J'en doute.

Elle ne le contredit pas, mais une beauté comme celle de Diva était sûrement universelle.

— Elle avait de longs cheveux blonds, épais et brillants, et des formes parfaites. Elle portait de beaux vêtements qui la mettaient en valeur, avec de la dentelle juste là où il fallait. Et ses chaussures. Si tu avais vu sa collection !

— Tu aimes les chaussures ?

— Oui, je ne suis pas contre une belle paire de talons aiguilles de temps en temps.

Il regarda les tennis bleues qu'elle portait.

— Rien à voir avec celles-ci.

— Je sais faire preuve d'imagination. As-tu apporté l'une de ces paires au ranch ? demanda-t-il avec un soupçon d'espoir dans la voix.

— Tu te moques de moi ?

— Non.

Elle n'arrivait pas à savoir s'il était sérieux.

— Es-tu un passionné de chaussures ?

— Peut-être.

— Non, je n'en ai apporté aucune.

— Quel dommage, dit-il avec un soupir exagéré.

— Je ne sais pas si tu plaisantes ou non.

— À propos de quoi ?

— De ton goût pour les chaussures.

— La plupart des hommes aiment les chaussures. Les belles chaussures. Sur les femmes. Nous ne nous intéressons pas aux nôtres.

— Ça, alors, quelle révélation, glissa-t-elle en pensant aux santiags usées qu'il portait tous les jours.

Il rit, ce qui dut lui faire mal car il se crispa aussitôt.

— Tu dois te détendre, lui rappela-t-elle.

— Tu pourrais peut-être te les faire envoyer ici ?

— Ça ne risque pas d'arriver.

Ses chaussures et toutes ses autres affaires étaient perdues pour toujours.

— Pourquoi ?

— Je suis partie dans la précipitation.

Cela donnait l'impression qu'elle s'était enfuie, comme si elle s'était rendue coupable d'un crime.

— J'aurais pu prendre le temps de faire mes bagages, précisa-t-elle, mais je n'en avais aucune envie.

— Parce que… ?

— Parce que j'habitais chez Roger. Je travaillais pour Roger. Ma vie dépendait pour ainsi dire de celle de Roger.

— C'était aussi ton patron ?

Elle se rendit compte qu'elle s'approchait un peu trop de la vérité. Elle allait devoir faire preuve de créativité, maintenant.

Elle lui répéta ce qu'elle avait dit à Mme Innish :

— Oui, chez Opuntia Lifestyles. Nous vendions des remèdes naturels, des plantes, des lotions, toutes sortes de choses destinées à améliorer le bien-être de nos clients.

— Donc c'était un escroc.

— C'est un raccourci très injuste, affirma-t-elle.

— Tu n'es pas obligée de le défendre.

— Ce n'est pas lui que je défends. Je te l'ai dit, les remèdes naturels sont très efficaces.

— Je persiste à ne faire confiance qu'à la médecine et la pharmacologie.

— Et ça, tu appelles ça comment ? demanda-t-elle en appuyant fort avec ses doigts.

Il grogna.

— Pardon, je ne voulais pas te faire mal.

— Non, ça fait du bien.

— Tu vois, le massage est un remède naturel.

— Associé à la science.

— Bien sûr. Il faut connaître et comprendre l'anatomie pour le faire bien. Mais il ne requiert ni médicament ni intervention chirurgicale.

Dallas se tut un instant, donnant à Sierra la satisfaction d'avoir eu le dernier mot.

— Quand a-t-il commencé à sortir avec Diva ? demanda-t-il après un silence.

— Je ne sais pas, mais j'aurais sans doute dû le pressentir. On ne voyait que Devin quand elle entrait dans une pièce. Les hommes ne voyaient qu'elle. Roger y compris.

— Tu as l'air jalouse.

— Pas du tout, rétorqua-t-elle sèchement.

— Tu en es sûre ?

Elle recula brusquement en enlevant les mains de ses épaules. Elle ne comprenait pas sa remarque.

— Absolument.

— Tu devrais prendre le temps de réfléchir à ta réponse, déclara-t-il en la regardant.

Elle n'avait pas besoin de réfléchir davantage, et, si elle ne voulait pas jeter de nouveau un froid entre eux, mieux valait que leur conversation s'arrête là. Mais le regard de Dallas s'assombrit et il dit avec agacement :

— Nous ne sommes pas un centre de désintoxication pour soigner les peines de cœur, tu sais.

Elle rassembla tout son professionnalisme pour lui répondre d'une voix calme :

— Je n'ai jamais pensé ça. Bonne nuit, Dallas.

Et elle partit.

7

Dallas passa une journée entière à se dire qu'il avait raison. Puis il passa les deux jours suivants à admettre qu'il avait eu tort.

Il avait été déstabilisé en pensant que Sierra souffrait d'avoir été délaissée par un autre homme. Mais qu'est-ce qui lui interdisait d'être jalouse de la nouvelle petite amie de son ex ? Ou de se servir de son travail au ranch pour se remettre d'une rupture douloureuse ? Cela ne le regardait pas.

Au lieu de lui faire une remarque désagréable sur sa vie personnelle, il aurait dû la remercier pour son massage. Grâce à elle, son épaule allait mieux pour la première fois depuis son accident.

Ce fut avec cette meilleure forme physique ternie par son sentiment de regret qu'il arriva au bal organisé par l'Oberfeld Hotel. Voyant que l'équipe du ranch Hawkes était déjà là, il chercha Sierra du regard pour lui présenter les excuses qu'il lui devait et lui adresser les remerciements qu'elle méritait. Mais il ne la trouva nulle part dans la foule.

La fête battait déjà son plein dans la salle décorée avec toutes sortes de tissus et de plantes exotiques. Le nouveau grand hôtel de Jagged Creek avait convié les habitants de la ville à cette grande soirée inaugurale pour les remercier de leur accueil et leur faire découvrir l'établissement en avant-première.

Avec circonspection, Dallas regarda les serveurs passer avec leurs plateaux en argent chargés de petits-fours raffinés. Il préféra s'approcher du bar pour commander une bière. Ce ne fut qu'une fois servi qu'il aperçut Sierra à l'autre bout de la pièce, et d'un coup son humeur s'allégea.

Plus tôt, il avait remarqué sa robe bleue au moment où elle montait dans l'un des véhicules du ranch pour se rendre en groupe au bal. Mais à présent il pouvait prendre le temps de la contempler et d'admirer ses jambes nues. Il aurait volontiers passé la nuit à les regarder. Mais il aurait dû pour cela ignorer ses épaules découvertes, ses seins sublimes et sa taille fine.

Où diable avait-elle trouvé des chaussures aussi sexy ? Ces sandales à talons aiguilles, argentées et bleu marine, dont la lanière lui enserrait élégamment la cheville, mettaient merveilleusement en valeur la ligne de ses mollets.

Alors qu'il marchait instinctivement vers elle, le groupe de musique country qui allait animer la soirée monta sur scène et commença à jouer. Dallas vit alors un rancher qu'il ne reconnaissait pas s'approcher de Sierra. Il accéléra le pas mais ne fut pas assez rapide. Sierra sourit à l'homme et prit la main qu'il lui tendait pour le suivre sur la piste de danse.

Dallas attendit patiemment que la chanson soit terminée, puis il rejoignit Sierra en devançant de justesse un autre rancher.

— Tu danses ? demanda-t-il.

Elle accepta et il la prit délicatement par la taille. Au bout de quelques instants, comme elle ne semblait pas fâchée contre lui, il l'attira un peu plus près de lui.

— C'est McKinney qui t'envoie ? demanda-t-elle en suivant son mouvement avec souplesse et légèreté.

— Pour que je te présente mes excuses ?

Il n'était pas surpris que Sierra se soit plainte de sa grossièreté auprès de sa sœur.

— Non, répondit-elle en riant. Pour que tu m'invites à danser.

— Quoi ? Mais pourquoi McKinney voudrait-elle que je danse avec toi ?

Il y eut un bref silence, puis Sierra continua :

— Pour éviter que je m'ennuie. Je ne connais presque personne ici.

— Les hommes présents ne demandent qu'à danser avec toi.

En disant ces mots, il ne put s'empêcher de poser la main dans le bas de son dos. Le seul fait de penser à ces hommes le rendait curieusement possessif.

Leurs corps se frôlaient désormais.

Luttant pour contrôler son désir, il prit une profonde respiration avant d'ajouter :

— Je sais que je te dois des excuses.

— Ce n'est rien.

— Si, c'est important. Ta vie personnelle ne me regarde pas.

— Je t'en ai parlé volontairement.

— Mais je n'aurais pas dû te donner mon avis. Tu es l'invitée de McKinney et tu as eu la gentillesse de m'aider. Je n'avais pas à te parler comme ça.

Elle leva les yeux vers lui, et il se prit à rêver que cette chanson ne finisse jamais.

— Merci, Dallas. Pour ce que tu viens de me dire, et pour ce que tu m'as appris.

— Je ne t'ai rien appris, dit-il avec embarras.

— Si, avec Cedric.

— Je me suis surtout moqué de toi.

Il l'avait surtout embrassée.

Ce souvenir le poussa à la serrer un peu plus dans ses bras, et par bonheur elle ne résista pas.

— Comment te sens-tu maintenant ? Ton épaule ?

— Ton massage m'a fait du bien.

— J'en étais sûre.

Il entendait le sourire dans sa voix.

— Tu avais raison, c'est ça ?

— C'est ça.

— Ne me prends pas de haut. Ce n'est pas comme si tu m'avais massé avec ta boule de cristal.

— Je n'ai pas de boule de cristal. Mais j'ai effectivement quelques balles de massage.

— C'est toujours de la science.

— Tu ne devrais pas balayer d'un revers de main ce que tu ne peux ni voir ni sentir. Les pensées et les émotions ont beaucoup de pouvoir.

Il ne pouvait la contredire car les pensées et les émotions qu'il avait à cet instant étaient en effet très puissantes. Notamment son envie de l'embrasser en commençant par ses lèvres, son cou, le sommet de son épaule.

La chanson se terminait. Il fallait qu'il trouve une idée pour qu'elle reste avec lui au lieu d'accepter l'invitation à danser d'un autre cavalier.

— Si nous allions prendre l'air ? proposa-t-il.

Sans attendre sa réponse, il la prit par la taille et la guida vers la grande porte vitrée.

L'air frais du soir enveloppa Sierra quand elle sortit avec Dallas sur la terrasse de l'hôtel. Ils marchèrent en silence, sous le ciel étoilé, jusqu'à la pelouse bordée d'érables. Dallas avait toujours le bras autour de sa taille, et pour rien au monde elle n'aurait fui cette délicieuse intimité.

— Tu passes une bonne soirée ? demanda-t-elle, prenant soin d'entamer une conversation innocente.

— Maintenant, oui.

Sa voix grave et sensuelle la fit frissonner.

— Pourquoi ? Tu n'étais pas bien dans la salle ?

Comme ils continuaient à avancer, la lumière et le bruit étaient de plus en plus faibles.

— Je n'aime pas trop ça.

— La foule ?

— Les fioritures.

— C'est-à-dire ?

— Les palmiers enrubannés, les fleurs cultivées en serre, les verrines de crevettes... Qui peut bien avoir l'idée de mettre des crevettes dans un si petit verre ?

— Un traiteur ?

Il s'arrêta et se mit face à elle.

— Les gens qui ont trop de verres et pas assez de crevettes.

— Ces verrines sont excellentes.

— Tu parles bien comme une Californienne.

— Tu as quelque chose contre la Californie ?

— Je dis juste qu'une verrine ne nourrit pas un habitant du Colorado.

— Ce n'est pas le but d'un hors-d'œuvre.

— C'est le but de la nourriture, non ?

— Si je comprends bien, tu aimes que la nourriture soit copieuse.

— Pas toi ?

— J'aime qu'elle ait bon goût. Quels sont tes plats préférés ?

— Peu importe.

— Comment est-ce possible ?

— Mets une assiette pleine devant un rancher qui a faim et soit il aimera, soit il adorera.

— Du moment que ce n'est pas une verrine de crevettes, précisa-t-elle.

— Franchement, je n'en vois pas l'utilité.

— Du point de vue d'un rancher.

Le timbre rauque de sa propre voix la surprit. Elle respira profondément, essayant de calmer les battements de son cœur.

— Tu as tout compris, murmura-t-il en s'approchant d'elle.

Elle s'ordonna mentalement de reculer. En vain. Ses pieds refusaient de bouger.

— Le luxe et l'excentricité ne t'intéressent pas, conclut-elle.

— À part, peut-être, pour les chaussures. Et certaines jolies robes, ajouta-t-il avec un petit sourire.

— Dallas...

Elle avait voulu prendre un ton de mise en garde, mais au lieu de cela son murmure venait de sonner comme une capitulation.

— Sur certaines femmes très belles.

Il se pencha vers elle et elle ferma les yeux, renonçant à toute résistance. Il prit alors possession de ses lèvres et la serra contre lui, lui faisant sentir sa force et son désir. Elle plaqua les seins contre son torse puissant en répondant à son baiser.

Il passa la main dans son dos et baissa la fermeture Éclair de sa robe pour caresser sa peau nue. C'était si bon d'être dans ses bras, de savoir qu'il avait envie d'elle comme elle avait envie de lui… Jamais elle n'avait éprouvé une telle excitation.

Soudain, une voix de femme s'éleva non loin d'eux :

— Je ne pense pas qu'il voulait dire ça !

Dallas et Sierra se séparèrent en sursautant.

— Alors que voulait-il dire ? répondit une autre femme.

Le bruit de leurs pas venait vers eux.

Sierra se contorsionna pour essayer de remonter sa fermeture Éclair.

— Elles arrivent, chuchota Dallas.

N'ayant pas le temps de l'aider à se rhabiller, il se posta à côté d'elle et passa la main dans son dos pour tenir les deux pans de sa robe. Les deux femmes passèrent juste à ce moment-là et l'une d'elles poussa un cri en les voyant soudainement.

— Pardonnez-nous, dit Dallas. Nous ne voulions pas vous faire peur.

— Nous ne vous avions pas vus.

Elles devaient avoir une cinquantaine d'années et portaient des robes de créateurs. De toute évidence, elles avaient été maquillées et coiffées par des professionnels.

Voyant qu'elles les dévisageaient, Sierra se retint de remettre ses cheveux en place. Elle sentait que son apparence trahissait ce qui venait de se passer et elle pensait à sa robe restée ouverte…

— C'est une belle fête, n'est-ce pas ? demanda-t-elle aussi naturellement que possible.

— Fantastique, répondit l'une des deux femmes.

L'autre acquiesça d'un signe de tête.

— Les canapés au crabe sont excellents, dit Sierra. Et ces tartes au citron. Vous avez goûté les tartes au citron ? Elles fondent dans la bouche.

Elle savait qu'elle en faisait trop.

— J'ai pris du cheese-cake, dit la seconde femme, qui semblait se détendre un peu. Une merveille !

— Oh ! oui, fit Sierra.

Elle n'avait pas goûté le cheese-cake.

— Bon, dit la première femme en toisant Dallas et Sierra d'un air soupçonneux. Bonne nuit, alors.

— Bonne nuit, répondit tranquillement Dallas.

— Au revoir, dit Sierra avec un sourire et un signe de la main, aussi ridiculement forcés l'un que l'autre.

Elle retint son souffle jusqu'à ce que les deux femmes se soient éloignées.

— Rhabille-moi, dit-elle aussitôt à Dallas.

Il se mit derrière elle et remonta la fermeture Éclair de sa robe. Enfin, elle put respirer.

— C'était...

— Un baiser, dit-il en revenant face à elle.

— Ce n'était pas un baiser.

C'était plus que cela, et il le savait aussi bien qu'elle.

— Qu'est-ce que c'était, alors, selon toi ?

Une erreur, était-elle tentée de répondre. Une erreur monumentale, une grave faute professionnelle. Elle s'était jetée dans les bras de Dallas et avait adoré chaque seconde de ce moment. Elle n'aurait pas pu se comporter plus mal.

— Nous ne pouvons pas faire ça, dit-elle.

— Trop tard.

— Ce n'est pas drôle.

— Pardon. Tu as raison. Comme la dernière fois, nous allons oublier ce qui s'est passé.

— Exactement. C'est ce que nous allons faire.

Mais ils se regardèrent et il y eut comme un éclair de désir entre eux. Il entrouvrit les lèvres.

— Dès maintenant, ajouta-t-elle dans un souffle.

Il cligna des yeux et recula d'un pas, la mâchoire contractée.

— On retourne à l'intérieur ? demanda-t-il.

— Oui. Oui.

Dallas n'avait pas prévu de ramener Sierra au ranch, mais grâce à McKinney, qui organisait le retour de toute l'équipe, elle allait être sa seule passagère.

Quand tout le monde rejoignit le parking de l'Oberfeld Hotel, le tonnerre commençait à gronder et le ciel se couvrait. Un éclair fendit le ciel, et de grosses gouttes se mirent à tomber. Dallas eut juste le temps de faire monter Sierra à l'avant de son pick-up et de claquer la portière avant que s'abatte une pluie torrentielle. Il eut beau courir, il était déjà trempé quand il s'installa au volant.

— Juste à temps ! s'exclama-t-elle.

— Parle pour toi.

Il recoiffa ses cheveux mouillés d'un geste théâtral.

— Désolée, dit-elle avec un sourire adorable.

— Il valait mieux que ce soit ma chemise que ta robe.

— C'est vrai qu'elle est toute neuve.

— Alors heureusement que nous l'avons sauvée.

Il l'observa, cherchant à savoir si elle était mal à l'aise de faire le trajet seule avec lui.

— Tu as passé une bonne soirée ? demanda-t-il.

Après leur baiser, ils étaient allés chacun de leur côté et il s'était retenu de l'inviter de nouveau à danser.

— Ça faisait longtemps que je n'étais pas sortie en ville. Et toi ?

Il avait aimé danser avec elle et l'embrasser. En dehors de cela, il n'y avait rien à retenir. Sachant qu'il allait conduire pour rentrer, il n'avait même pas pu boire un whisky ou deux.

— Comme je te l'ai dit, ce n'est pas le genre d'événements que je préfère.

— Tu t'es déjà demandé pourquoi ?

— Non.

Il attacha sa ceinture, démarra et mit ses essuie-glaces à la vitesse maximale. Puis il regarda dans le rétroviseur et vit qu'il y avait un petit embouteillage pour sortir du parking.

— La plupart des gens aiment les fêtes, fit observer Sierra.

— Je ne suis pas la plupart des gens.

Il coupa le moteur, préférant attendre que la voie se libère.

— Qu'est-ce que tu aimes, dans une fête ?

— Les jeans, la bière qu'on boit à la bouteille et le sol jonché de coques de cacahuètes.

— C'est le mode de vie qui va avec le rodéo ?

— La journée dans la poussière et le soir dans un bar poisseux.

— Je comprends que tu aies hâte d'y retourner, lança-t-elle avec ironie.

— On s'amuse beaucoup.

— Je n'en doute pas.

— Tu me juges ?

— Non, pardon si je me suis mal fait comprendre.

— Tu t'es mal fait comprendre en étant sincère ?

Leurs regards se fixèrent l'un sur l'autre.

— Je ne suis pas une snob, dit-elle.

— Je n'ai pas dit le contraire.

— Tu as le droit de vivre comme tu l'entends.

— Merci.

— Tu me permets de reformuler ?

— Vas-y.

— Qu'est-ce qui t'attire dans le rodéo ?

— Le fait de ne pas être ici, répondit-il impulsivement.

— Ici ? demanda-t-elle en fronçant les sourcils. Tu veux dire… cette soirée dans un hôtel de luxe ?

— Je veux dire à Jagged Creek.

— Tiens donc. Cette partie du Colorado ressemble pourtant au paradis des ranchers.

Il ne comptait pas lui raconter dans le détail son histoire familiale, le poids écrasant des six générations qui l'avaient précédé, et toutes les attentes et les échecs qui accompagnaient le fait d'être le fils de Garrett Hawkes.

— La piste de rodéo est le paradis d'un rancher.

— Mais si tu ne peux plus…

Elle s'interrompit, mais il n'avait pas de mal à deviner la fin de sa phrase.

— Si je ne peux plus quoi ?

— Faire de compétition.

— Qui dit que je ne pourrai plus faire de compétition ?

— Je pensais que ta blessure était trop sérieuse.

— Je ne sais pas encore, dit-il en redémarrant pour prendre enfin la route.

La pluie tombait toujours à verse, tambourinant sur la carrosserie de son pick-up et l'empêchant de voir à plus de deux mètres devant lui. Par chance, il connaissait la route par cœur et anticipait chaque virage et chaque bifurcation.

— Mais c'est une possibilité, répondit Sierra.

— Beaucoup de choses sont possibles.

Il refusait encore d'envisager le pire des scénarios.

— Et certaines sont probables.

— Quelle question me poses-tu exactement ?

— Je me demandais si tu avais réfléchi à un plan B. C'est quelque chose dont tout le monde peut avoir besoin.

— Et toi, quel serait le tien ?

Elle était aussi à un tournant de sa vie. Si elle voulait philosopher, elle n'avait qu'à le faire sur son propre avenir.

— Tu marques un point, concéda-t-elle avec un petit sourire.

— Ce n'est pas une situation très agréable, hein ?

— À vrai dire, je n'en sais rien. Je n'ai pas encore de projet bien défini. Retourner à Carmel ? Aller vivre à Los Angeles ? M'installer dans un endroit complètement nouveau ? Je verrai bien ce que je ferai.

— Los Angeles ? répéta-t-il avec curiosité.

— J'ai une très bonne amie là-bas.

— C'est une grande ville.

— C'est une ville gigantesque. Je ne suis pas sûre d'être prête pour ça. J'aimais beaucoup Carmel, qui est beaucoup plus petite. Mais de là à y retourner…

— Ton ex est toujours là-bas.

— Oui, et j'aurais du mal à l'éviter.

— Tu ne veux plus du tout le voir ?

— C'est ce qui m'a poussée à partir.

Dallas se sentit tout à coup plus léger. Il sourit et répondit :

— Tu es contente que…

Il y eut un bruit impressionnant et le volant lui échappa. Appuyant par intermittence sur la pédale de frein, il lutta pour reprendre le contrôle du véhicule, qui quitta la route et dérapa dans la boue.

Sierra poussa un cri, puis se tut.

Après avoir glissé un moment, le pick-up s'arrêta.

— Que s'est-il passé ? demanda Sierra d'une voix tremblante.

— Un pneu crevé.

— Tout cela à cause d'un pneu crevé ?

— Sur un terrain glissant, oui.

Il alluma ses feux de détresse et coupa le moteur. Ils se trouvaient juste à la sortie d'un virage, à flanc de coteau.

— Eh bien ! dit Sierra avec un soupir de soulagement. C'était… Je ne sais pas… Tu t'en es bien sorti.

— Nous avons évité l'accident.

Avec le ravin d'un côté et la montagne de l'autre, ils l'avaient échappé belle.

— Faut-il appeler quelqu'un ? demanda-t-elle.

— Appeler qui et pour quoi faire ?

— Un dépanneur, pour changer le pneu.

— Dans le coin, c'est moi qu'on appelle pour ce genre de choses. J'ai ce qu'il faut à l'arrière.

C'était le jour où il n'aurait pas dû oublier son stetson.

— Tu peux le faire ?

— Changer une roue ?

— Avec ton épaule, précisa-t-elle.

Il avait oublié ce détail. Mais il n'avait pas le choix, de toute façon.

— Bien sûr.

— Je peux t'aider ?

Il regarda sa robe et ses chaussures, et répondit :

— Non.

— C'est vrai que je n'ai pas vraiment la tenue adéquate, mais toi non plus.

— Il faut bien faire des sacrifices.

Il la regarda, si délicate et vulnérable sous l'orage. Elle lui rappelait une autre femme...

Bon sang, il détestait cette route.

La foudre frappa non loin d'eux et la pluie redoubla de violence.

— Si nous attendons, la tempête se calmera peut-être, suggéra-t-elle.

— Nous ne pouvons pas rester ici, c'est trop dangereux. Ne bouge pas, je vais faire vite.

— Mais ton épaule ?

— Elle s'en remettra.

Il passa les minutes suivantes à batailler avec son matériel dans la boue et sous des trombes d'eau. Son épaule le paya cher, mais il surmonta la douleur et arriva à ses fins.

Sierra le regarda avec inquiétude quand il se remit au volant.

— Ça va ? demanda-t-elle.

— Oui, oui.

Il était trempé et frigorifié et avait mal partout, mais Sierra était ici avec lui, et il savait maintenant qu'elle n'était plus attachée à son ex-fiancé. Il avait connu des jours bien pires que celui-là.

8

Dallas était resté silencieux pendant toute la fin du trajet, et, quand ils furent arrivés au ranch, Sierra le regarda avec consternation. Il était couvert de boue et son expression crispée en disait long sur la douleur qu'il devait ressentir.

Il ouvrit la porte d'entrée et s'effaça pour laisser passer Sierra devant lui.

— Vous en avez mis, du temps ! lança McKinney depuis le salon.

Assise dans un fauteuil, les jambes étendues sur un repose-pieds et un verre de cognac à la main, elle portait encore sa robe de soirée.

— On a crevé en route, répondit Dallas. Il faudra remettre une roue de secours dans le 250 noir.

— Je le dirai à Willis, dit Austin, qui était assis en face de sa sœur. Il a des courses à faire demain.

Sierra s'attendit à ce que Dallas raconte leurs aventures, mais au lieu de cela il lui fit signe d'entrer dans le salon et resta silencieux.

— Un cognac ? proposa Austin en se levant.

— Volontiers, merci, répondit Sierra.

Un moment de détente avant de se coucher serait le bienvenu. Elle ôta ses chaussures et s'installa dans un fauteuil en cuir, face à la fenêtre, pour regarder l'orage. Dallas se servit un verre et s'assit sur le bras d'un canapé, évitant ainsi de salir les coussins.

Sierra prit le verre généreusement rempli par Austin et le remercia.

— C'est un cognac très rare, dit McKinney.

— Papa sait que nous le buvons ? demanda Dallas en prenant une longue gorgée.

— Ce n'est pas comme s'il risquait d'en manquer, répondit Austin avec un haussement d'épaules.

— Il va vous tuer, annonça Dallas.

— Tu t'inquiètes trop, rétorqua Austin.

Cet alcool sentait délicieusement bon, mais Sierra hésitait maintenant à toucher à son verre.

— Vous êtes sûrs que nous pouvons le boire ? demanda-t-elle.

— Toi, tu ne risques rien, déclara Dallas.

— Tu le fais passer pour un homme excessif, reprocha McKinney.

— Loin de moi cette idée, dit Dallas d'un ton ironique.

Sierra porta son verre à ses lèvres et dégusta une petite gorgée.

— Ouah.

— Ça vaut le coup, de voler les bonnes choses, hein ? renchérit McKinney avec un grand sourire.

— Au moins, tu reconnais la vérité, maintenant, dit Dallas en plaisantant.

— Il en reste au moins une caisse entière, dit Austin.

— J'ai l'impression de commettre un crime, chuchota Sierra en souriant.

Mais elle reprit tout de même une gorgée.

— Personne n'ira en prison, dit Austin en finissant son verre. Mais, moi, je vais me coucher. La nuit va être courte pour tout le monde.

— Pourquoi je me sens visé ? demanda Dallas.

— Tu es le seul à penser que tu dois travailler aussi dur que les autres alors que tu es en convalescence. Tu devrais plutôt te reposer, répondit Austin.

— Je serai debout à l'heure.

— Moi aussi, je vais au lit, dit McKinney en se levant. Mais finis tranquillement ton verre, Sierra. Et dors autant que tu veux demain matin. Je vais moi-même m'accorder une grasse matinée, et je sais qu'Austin aussi. Il veut juste se faire passer pour un travailleur sérieux, ajouta-t-elle en adressant un clin d'œil à son frère aîné.

— Je *suis* sérieux, affirma-t-il.

Sierra regarda son verre. Elle en avait à peine bu la moitié et se serait sentie coupable de le vider d'un trait, sans l'apprécier à sa juste valeur. Elle croisa alors le regard de McKinney et comprit que son amie voulait lui donner une occasion de parler avec Dallas.

— Bonsoir, dirent en chœur McKinney et Austin.

Puis ils s'en allèrent.

À cet instant, Dallas reposa son verre vide. Sierra crut que l'occasion était manquée, mais au lieu de partir à son tour il se resservit et s'assit sur une chaise.

— Tu te sens bien ? demanda-t-elle pour rompre le silence.

Il l'interrogea du regard.

— Ton épaule. Tu as dû te faire mal en changeant la roue.

Il bougea le bras et grimaça.

— Ça va, ça va.

— C'est le pire mensonge que j'aie jamais entendu.

— Vraiment ? Le pire ?

— Tu n'es pas obligé d'être tout le temps courageux.

— Tu me parles comme à un enfant de sept ans qui s'est écorché le genou.

— Ce n'est pas ce que je voulais dire. Je sais que tu souffres. Que tu souffres beaucoup.

Elle posa son verre, se leva et s'approcha de lui.

— Je peux ? demanda-t-elle en posant les mains sur ses épaules.

— Ce n'est pas la peine.

— Je crois que si.

Soulager la souffrance des autres, qu'elle soit physique ou émotionnelle, était sa vocation depuis toujours. Elle n'avait pas choisi son métier par hasard.

— Ça risque de te faire mal, mais tu iras mieux après, promit-elle.

— Je sais.

— Alors laisse-moi faire.

— D'accord.

Il ne protesta pas quand elle déboutonna le haut de sa chemise pour le masser, mais rapidement elle se sentit très limitée.

— Il faudrait que tu t'allonges et que je mette un peu d'huile sur mes mains. N'importe laquelle.

— Je pense qu'il y a quelque chose en bas, dans la salle de sport.

— Il y a une salle de sport ici ?

— Oui, au sous-sol, ainsi qu'un sauna et un bain de vapeur.

— Je ne savais même pas qu'il y avait un sous-sol.

Ce qu'elle avait vu de la maison était déjà gigantesque !

— Viens, je vais te montrer.

Il la conduisit au bout du couloir, dépassa la porte de la cave et lui fit découvrir l'escalier qui descendait vers ce mystérieux sous-sol. Quand ils furent en bas, il alluma et elle vit divers appareils de musculation, des tapis, ainsi que deux belles portes en cèdre qui devaient mener aux deux salles dont il venait de lui parler.

— Je crois que c'est par ici, dit-il en se dirigeant vers un petit couloir.

Deux salles de bains se faisaient face. Dans l'une d'elles, il trouva une bouteille contenant un mélange d'huiles florales.

— Je ne sais pas du tout depuis combien de temps elle est là, dit-il.

— Il n'y a pas de date de péremption. Tu peux t'étendre à plat ventre sur un tapis ?

Il la regarda et hésita, sans qu'elle sache pourquoi.

— Est-ce que je t'ai déjà fait du mal ?

— Non.

— Alors fais-moi confiance.

— D'accord. Allons-y.

Il respira profondément et s'installa.

Sierra était heureuse de sentir les nœuds se défaire sous ses doigts.

— Je peux appuyer plus fort ? demanda-t-elle doucement à Dallas.

Elle ne voulait pas perturber la tranquillité qu'il avait trouvée.

— Bien sûr, marmonna-t-il, les yeux fermés.

Elle sourit et poursuivit son massage en prenant garde de ne pas le brusquer. Il ne fallait pas qu'il se crispe de nouveau. Au bout d'un moment, elle s'arrêta et lui demanda :

— Tu veux bien te retourner ?

Il se mit lentement sur le dos et rouvrit les yeux.

— Tu es à genoux par terre depuis longtemps, dit-il avec un visage préoccupé.

— Ne t'inquiète pas pour moi, je suis sur le matelas. Concentre-toi sur ta relaxation. Continue comme ça, c'est bien.

— Tu veux que je continue quoi ? Je ne fais rien.

— Tu guéris.

— C'est la première fois que je trouve ça agréable.

— Alors c'est que je fais du bon travail.

— Oui. On t'a déjà dit que tu avais des mains magiques ?

Oui, certains clients le lui avaient dit. Mais elle fit non de la tête, pour éviter de lui révéler sa véritable profession.

— Tu as des mains magiques.

Il passa le doigt sur l'avant-bras de Sierra, puis sur sa paume, et continua jusqu'à la pointe de son majeur.

— Magiques, répéta-t-il.

— Ton système nerveux parasympathique est activé.

— Je ne sais pas ce que ça veut dire.

— Ça veut dire plus de sérotonine et de dopamine pour toi.

— Ah oui ? murmura-t-il en lui prenant les mains. On dirait que j'aime ces choses-là.

— C'est normal.

Il l'attira vers lui.

— Dallas, fit-elle.

Pourtant, elle mourait d'envie de l'embrasser.

— Oui ?

— Je n'ai pas fini.

— Tant pis.

— Tu...

Il la fit taire en effleurant ses lèvres. Leur baiser fut d'abord doux, à peine esquissé, puis il referma les bras autour d'elle et leur désir prit le dessus. Serrée contre lui, elle sentit ses muscles et l'embrassa avec toute la passion qu'elle ressentait.

Il baissa de nouveau la fermeture Éclair de sa robe, mais cette fois il n'y avait rien ni personne pour les interrompre. Elle ne voulait pas que quoi que ce soit les arrête.

Ivre d'excitation, elle ôta ses bretelles et baissa sa robe jusqu'à sa taille. Dallas regarda ses seins, les prit dans ses mains et les embrassa.

— Tu es magnifique.

Puis il prit de nouveau possession de ses lèvres et elle sentit son torse nu contre le sien. Sans cesser de l'embrasser, il lui caressa les cuisses, remonta sous sa robe et ferma les mains sur ses fesses. Puis il glissa les doigts sous sa culotte. Elle laissa échapper un long soupir et s'abandonna à ses gestes irrésistibles. Elle avait tellement envie de lui...

Cédant à l'urgence, elle déboutonna son jean et ils finirent de se débarrasser de leurs vêtements. Voyant qu'il voulait se placer au-dessus d'elle, elle l'arrêta.

— Je te rappelle que tu es blessé, lui dit-elle.

— Pas tant que ça.

Elle resta tout de même à genoux sur lui.

— Une fois de plus, as-tu des raisons d'avoir peur de moi ?

— Non.

— Alors fais-moi confiance.

— Bien, madame.

Elle prit alors un préservatif dans son sac et l'enfila sur le sexe rigide de Dallas. Puis elle le fit entrer en elle et fut transportée dans un autre monde. Tandis qu'il la prenait par les hanches pour accompagner ses mouvements, elle fut envahie par des sensations qu'elle n'avait jamais connues auparavant. Elle voyait des flammes briller dans ses yeux. Faire l'amour avec lui était encore plus beau, encore meilleur que tout ce qu'elle aurait pu imaginer.

Leur respiration se fit plus courte, plus sonore. Sierra regarda Dallas aussi longtemps qu'elle le put, jusqu'au moment où elle perdit le contrôle. Rejetant la tête en arrière, elle se laissa assaillir par les vagues de plaisir qui déferlaient en elle, jusqu'à la délivrance.

Elle mit une minute à se rendre compte qu'elle s'agrippait de toutes ses forces à l'épaule de Dallas. Elle le lâcha aussitôt.

— Désolée.

— Je n'ai rien senti, répondit-il en riant.

— Rien ? demanda-t-elle en le regardant à nouveau dans les yeux. Rien du tout ?

— Rien de douloureux.

Elle lui sourit. Elle ne s'était jamais sentie aussi bien de toute sa vie. Elle savait que le regret serait inévitable, mais pas tout de suite. Non, pas tout de suite.

Comme elle se penchait en avant, il l'enlaça et ils restèrent ainsi jusqu'à ce que les battements de leur cœur aient retrouvé leur rythme normal.

— Ce n'était pas censé arriver, dit-elle finalement.

— Cela m'a paru très naturel, répondit-il en lui caressant les cheveux.

— Je suppose que nous avons satisfait notre curiosité.

Leur désir avait été assouvi. Désormais, ils allaient pouvoir tourner la page.

— C'est une façon de voir les choses.

Elle aurait voulu lui demander de quelle façon il les voyait, lui, mais elle ne pouvait pas se le permettre. Sa relation personnelle avec lui devait rester séparée de leur lien professionnel. Même s'il ignorait l'existence de ce lien professionnel. Et même si leur relation personnelle devait s'arrêter là.

Avec un sentiment de regret, elle lui caressa la joue et l'embrassa tendrement sur la bouche.

— Il est très tard, murmura-t-elle.

— Et alors ?

— Alors nous aurons du mal à travailler demain.

— McKinney t'a dit de faire la grasse matinée.

— Tous les autres vont se lever tôt. Tu l'as dit toi-même, il est suffisamment difficile de s'intégrer sans que je sois traitée comme une princesse.

— La situation était différente quand j'ai dit ça.

— Pourquoi ? demanda-t-elle en attrapant sa culotte. Parce que maintenant tu veux que je reçoive un traitement de faveur ?

Il fronça les sourcils.

— Tu avais raison, Dallas. Je ne peux pas être une princesse.

— Je suis désolé d'avoir prononcé ces mots.

— Ne le sois pas.

— Je t'ai mal jugée.

— Pas vraiment.

— Sierra.

Elle se leva et finit de se rhabiller.

— Bonne nuit, Dallas.

— Mais, Sierra, nous ne pouvons pas faire comme si rien ne s'était passé.

— Nous l'avons fait avant.

— Pour un baiser. Là, c'était...

— Plus qu'un baiser. Je sais.

Cependant, hélas, elle n'avait pas le choix. McKinney l'avait fait venir pour une raison précise et elle devait respecter cet engagement.

Appuyé contre la clôture de l'enclos, Dallas observait Caden Renick, un employé du ranch, qui dressait un jeune cheval. Austin le rejoignit.

— Tout se passe bien ?

— Oui, répondit Dallas. Caden est excellent.

— Qui l'aurait cru ? Tu te souviens de ses débuts il y a dix ans ? Il était d'une maladresse incroyable. Mais c'est un travailleur acharné.

— Et il a un bon contact avec les chevaux.

Austin laissa passer un silence avant de reprendre la parole :

— Pas trop fatigué ?

Dallas perçut un sous-entendu dans sa voix.

— Pas plus que vous tous.

— Je suis redescendu à 2 heures du matin, dit Austin. Il n'y avait plus personne dans le salon.

— Et alors ?

— Tu n'es pas monté te coucher avant 3 heures passées.

— Et... ?

— Sierra.

— Quoi, Sierra ?

— Ne nie pas que tu étais avec elle.

— Si c'est le cas, qu'est-ce que ça peut te faire ?

— C'est une employée.

— Elle m'a massé l'épaule.

Austin haussa les sourcils.

— Elle est très compétente, ajouta Dallas. Son massage m'a fait beaucoup de bien.

— Ravi de l'apprendre.

— Et elle progresse dans son travail. Comme Caden, elle se donne du mal et apprend autant qu'elle peut.

— Excuse-moi, mais je ne vois pas en elle une future employée de ranch.

— Qui sait ?

— Ne te fais pas trop d'illusions. À mon avis, elle ne restera pas ici longtemps.

— De quelles illusions parles-tu ? Moi non plus, je ne vais pas rester.

— Ah bon ? Je te rappelle que tu vas bientôt avoir trente ans.

Dallas se crispa. La date qu'il redoutait chaque année approchait. Sur la route, il pouvait éviter d'y penser, mais ici c'était impossible.

— Je vais de mieux en mieux.

— C'est une bonne nouvelle.

— Je pense retourner sur le circuit en avance. Me remettre dans le rythme avant de reprendre la compétition.

— Tu n'imagines quand même pas que tu vas continuer le rodéo !

— Si.

— Tu veux te blesser encore plus gravement ?

— Je veux remporter des titres et de l'argent.

— Papa est au courant ?

— Je ne vois pas comment il pourrait l'ignorer.

— Le médecin t'a conseillé d'arrêter ta carrière.

— Les médecins disent toujours ça. Si on les écoutait, il n'y aurait plus personne sur le circuit.

— Dallas, tu dois commencer à penser à long terme.

— C'est ce que je fais.

— Je ne parle pas de la fin de la saison de rodéo.

— Quelques mois, c'est le début du long terme.

— Tu sais, je n'essaye pas de te mettre la pression.

— Non, bien sûr, rétorqua Dallas d'un ton sarcastique.

— Je veux juste t'inciter à réfléchir.

— Réfléchir, c'est tout ce que je fais en ce moment.

— Notre ranch est grand. Les temps changent, et il faudra bien une famille entière pour le gérer.

Dallas avait l'impression d'entendre son père.

— D'après ce que j'ai vu, répliqua-t-il, tu pourras tout gérer tout seul depuis un ordinateur.

— Ce n'est pas aussi simple. Et ton attitude est très négative.

— Peut-être. Mais c'est ton rêve, pas le mien.

— C'est un devoir.

Dallas essaya de ne pas se laisser atteindre par cette critique. Il en avait assez qu'on le fasse culpabiliser.

— Seulement si on l'accepte, déclara-t-il.

Chacun avait le droit de faire ses propres choix.

Sierra avait pris l'habitude d'aller voir Cedric à chaque fois qu'elle en avait l'occasion, et manifestement il appréciait ses visites. De nouveau, dès qu'elle entra dans son pré, il trotta vers elle.

Trois semaines plus tôt, elle aurait eu peur. À présent, elle ne le voyait plus comme un animal énorme mais comme un ami.

Il tendit la tête pour qu'elle le caresse, puis lui présenta son épaule pour qu'elle le masse, ce qu'elle fit bien volontiers.

— Il t'adore, dit McKinney en arrivant à cheval de l'autre côté de la clôture.

— Il mérite qu'on s'occupe de lui, répondit Sierra en souriant.

— J'espère que ma retraite sera aussi agréable que la sienne. Je ne savais pas que tu massais aussi les animaux.

— Je ne l'avais jamais fait avant, mais avec lui c'est venu naturellement.

McKinney descendit de son cheval et rejoignit Sierra dans le pré.

— Qu'as-tu de prévu aujourd'hui ? demanda Sierra en regardant le lasso accroché à sa selle.

— Nous faisons descendre un troupeau pour vacciner les veaux. Je suis attendue pour les deux derniers kilomètres.

— Tu es tellement à l'aise dans ton rôle de cow-girl ! On voit que ça te passionne.

Sierra l'enviait. Ce devait être intense, de se sentir aussi attachée à une terre, à un mode de vie. Mais elle l'admirait aussi. Elles avaient beau faire à peu près la même taille, McKinney était beaucoup plus athlétique que Sierra. Elle possédait une force et une énergie impressionnantes.

— Et toi, il paraît que tu as fait profiter Dallas de tes compétences ?

Y avait-il un sous-entendu derrière sa question ? Sierra se sentit nerveuse, tout à coup. Qu'avait-elle appris exactement, et par qui ?

— C'est génial, ajouta McKinney avec enthousiasme. As-tu réussi à le faire parler ?

Sierra se concentra de nouveau sur Cedric pour dissimuler sa gêne.

— Comment es-tu au courant ?

— Dallas l'a dit à Austin.

Sierra était surprise que Dallas se soit confié à son frère, d'autant plus qu'elle s'était mise d'accord avec lui pour que ce qui s'était passé n'arrive plus.

— Toi et tes massages magiques, glissa McKinney.

Sierra regarda son amie pour essayer de voir si elle faisait ou non allusion à autre chose.

— Apparemment, ça marche aussi bien sur les hommes que sur les chevaux.

Elle parlait seulement du massage. Sierra pouvait respirer.

— Alors, de quoi avez-vous parlé tous les deux ? Tu as l'impression d'avancer, avec lui ?

— Il n'a pas dit grand-chose, répondit Sierra. Il avait juste besoin de soulager la douleur.

McKinney eut l'air déçue.

— Mais c'est bon aussi pour le lien émotionnel, assura Sierra.

Elle se sentait affreusement coupable d'avoir trahi la confiance de son amie.

— Oui, tu as raison, répondit McKinney. Ton approche me semble excellente. Lentement et en douceur.

— Le corps et l'esprit sont intimement liés. Soigner l'un, c'est soigner l'autre.

— Tiens, regarde. À 8 heures.

— À 8 heures ?

— Dallas arrive derrière toi.

Sierra se retourna et vit approcher l'homme le plus sexy qu'elle ait jamais vu, avec ses bottes usées, son jean délavé, sa chemise à carreaux aux manches relevées et son éternel stetson. Elle se revit nue dans ses bras et ne put contenir un frisson de désir.

— Salut, dit-il de sa voix grave.

Irrésistible.

— Tu viens nous aider pour le troupeau ? lui demanda McKinney.

— J'y pensais, oui, répondit-il tout en fixant Sierra.

S'ils ne faisaient pas attention, ils allaient se trahir.

— Tu te sens mieux ? demanda McKinney à son frère. Il paraît que Sierra t'a massé.

Dallas se tourna finalement vers sa sœur.

— On fait des commérages en famille, maintenant ?

— Elle est géniale, hein ? lança McKinney.

— Elle est géniale, déclara Dallas.

L'entendre prononcer ces mots-là, de sa voix si sensuelle...

— Elle est surtout incompétente, dit Sierra en se focalisant sur Cedric.

Elle n'avait pas dit cela pour plaisanter mais sa remarque fit rire McKinney et Dallas.

— Essaye d'obtenir un autre massage, dit McKinney. Ce serait bien pour toi.

— C'est à Sierra de décider.

— Sierra sera d'accord et tu devrais accepter son aide.

McKinney voulait donner à Sierra une occasion d'avancer dans son travail. Évidemment. Elle ne pouvait pas deviner que la situation lui avait échappé.

— Bien sûr, dit Sierra en se retournant vers eux. Je peux te masser quand tu veux.

— C'est vrai ? fit-il, étonné.

— Oui.

— Tu en es sûre ?

Si seulement elle avait trouvé une façon de lui dire en silence qu'elle parlait uniquement d'un *massage*...

— Parfait ! conclut McKinney. Je vous laisse vous organiser.

Elle sortit du pré et remonta à cheval.

— Nous partons dans une demi-heure ! lança-t-elle à Dallas en remettant son stetson.

Puis elle s'éloigna au trot.

Dallas et Sierra se regardèrent.

— On pourra lui dire que tu as changé d'avis, proposa-t-il.

— Non, je vais le faire.

Si elle se dérobait, McKinney poserait des questions. Et puis elle avait sincèrement envie d'aider Dallas à aller mieux, ainsi que d'en savoir plus sur son état émotionnel. Elle voulait simplement faire tout cela sans finir dans son lit.

— Vraiment, dit-il avec une lueur dans le regard.

— Dallas.

— Quoi ?

— Tu sais que nous nous sommes mis d'accord.

Comment allait-elle bien pouvoir tenir parole alors qu'elle mourait d'envie de se jeter sur lui ?

— Je sais que l'un de nous deux s'est mis d'accord, répondit-il.

Elle lui jeta un regard appuyé.

— Je respecte absolument ta décision, assura-t-il en levant les mains en signe d'innocence.

Cedric tourna sur lui-même pour présenter son autre épaule à Sierra.

— Il a tout compris, lança Dallas.

— Il sait exactement ce qu'il veut, dit-elle en recommençant à masser le cheval.

Dallas ne répondit pas, mais elle se rendit compte qu'elle lui avait involontairement suggéré d'exprimer lui aussi ce qu'il voulait. Par chance, il n'en fit rien.

Elle écouta le bruissement des feuilles agitées par le vent et les voix des ranchers au loin.

— Ton massage m'a fait énormément de bien, dit Dallas après un silence.

Elle savait qu'elle pouvait encore l'aider. Ce qu'elle ignorait, c'était comment elle allait trouver la force de résister à son désir pour lui. Mais elle n'avait pas d'autre choix.

9

— Que se passe-t-il ? demanda Dallas en entrant dans le bureau de son père.

Garrett l'avait pour ainsi dire convoqué, et il eut la surprise de voir qu'Austin était là, lui aussi, déjà installé dans un fauteuil en cuir noir.

Dallas les observa l'un après l'autre avec méfiance.

— Ferme la porte, dit Garrett. Et viens t'asseoir.

Dallas s'exécuta.

— Tu veux bien me dire de quoi il s'agit maintenant ?

— Ton trentième anniversaire.

Ces mots firent à Dallas l'effet d'un coup de poing. Cette date marquait aussi l'anniversaire de la mort de sa mère.

Il voulut se lever pour partir mais son père le retint.

— Elle n'est plus là, Dallas. Il est temps pour nous tous d'aller de l'avant.

Le reste de sa famille pouvait aller de l'avant, mais Dallas, lui, était toujours prisonnier d'un terrible sentiment de culpabilité.

— Papa, dit Austin d'un ton de reproche.

Garrett s'éclaircit la voix et reprit plus doucement :

— Je voulais te parler parce que, pour tes trente ans, selon le testament de ton grand-père…

Dallas se redressa brusquement et interrogea Austin du regard.

— … tu hériteras d'une partie du ranch.

Dallas n'était pas sûr de comprendre.

— Pardon ? demanda-t-il après une pause.

Était-ce un nouveau subterfuge pour l'inciter à rester ?

— Ton grand-père espérait, souhaitait, rêvait, que ses petits-enfants reprennent un jour le ranch et le dirigent tous ensemble pour le transmettre ensuite aux générations suivantes. Mais il savait qu'il ne pourrait pas vous y obliger. Cela devait être votre choix. Alors il a pris ce risque.

— Mon choix, c'est de partir, leur rappela Dallas.

— Tu es ici, pour l'instant, souligna Austin.

— Temporairement.

— Sept cent cinquante hectares, annonça Garrett d'un ton neutre.

Dallas crut avoir mal entendu.

— J'ai pris la partie sud-est, déclara Austin. De Bromegrass Ridge à la rivière.

— Tu...

— En tant qu'aîné, j'ai pu choisir en premier.

— Légalement, dit Garrett, tu as le droit d'en faire ce que tu veux. Choisir ton terrain...

— Et rester, devina Dallas avec amertume. Rester ici pour toujours, c'est ça ?

Il se leva et fit les cent pas.

— Rester, partir, t'apitoyer sur ton sort, tu peux bien faire ce que tu veux, dit sévèrement son père. Je ne peux te forcer à rien.

Dallas s'arrêta et le regarda.

— Tu peux même vendre si tu en as envie.

Vendre ? Là, cela devenait intéressant. Empocher l'argent et...

— Il ne vendra pas, lâcha Austin, visiblement ulcéré par cette suggestion.

— Regarde sa tête, dit Garrett.

— Tu ne peux pas amputer le domaine.

Non, bien sûr, Dallas n'envisageait pas de vendre une partie du ranch. Même si l'idée de quitter définitivement ce lieu hanté était très tentante.

— Je dois y réfléchir.

Austin se leva d'un bond.

— Tu n'es pas sérieux !

— Toi, rétorqua Dallas, tu n'aurais pas pu m'en parler plus tôt ? Tu possèdes ta partie du ranch depuis plus d'un an et tu savais que j'étais le suivant.

— Ce n'était pas à moi de te le dire, fit Austin.

— Et ce n'est pas à toi non plus d'en parler à Tyler et McKinney, dit Garrett à Dallas. Tu as une décision à prendre et elle ne concerne personne d'autre.

— Tu veux l'encourager à partir ? demanda Austin, visiblement agacé.

— Il sait ce qu'il a à faire.

Pour une fois, Dallas eut le sentiment que son père le comprenait et respecterait son choix, quel qu'il soit. C'était aussi étrange qu'inattendu.

— C'est notre héritage, argua son frère. Le nôtre, celui de nos enfants et des enfants de nos enfants.

— Arrête un peu, grommela Dallas.

— Non, il faut que tu l'entendes et que tu aies tout ça à l'esprit quand tu y *réfléchiras*.

Sierra fut surprise de sentir à quel point Dallas était tendu.

— Qu'est-ce que tu as aujourd'hui ? demanda-t-elle, à genoux au-dessus de lui.

Ils avaient déroulé un tapis de sol dans une pièce de l'étage qui offrait une vue spectaculaire sur le ranch. Le coucher de soleil était sublime, ce soir.

Comme il ne répondait pas, elle insista. Elle avait besoin de le comprendre pour bien faire son travail.

— C'est à cause de moi ?

— Non.

— Tu en es sûr ?

— Oui.

— Il y a autre chose, alors ?

— Non.

— Dallas, tu es complètement noué.

Elle appuya un peu plus fort.

— Aïe.

— Désolée, mais je n'arrive à rien.

Elle ne pouvait pas le forcer à parler, et de toute façon cela aurait été contre-productif.

— Que dirais-tu d'un peu de musique ?

— Je n'ai pas envie d'écouter de musique.

Elle descendit dans le bas de son dos. Il valait peut-être mieux commencer par un endroit qui ne le faisait pas souffrir et remonter progressivement.

Il réagit instantanément.

— Qu'est-ce que tu fais ?

— J'essaye de faire en sorte que tu te détendes.

— Je suis détendu.

— C'est le deuxième pire mensonge que j'aie jamais entendu.

Il ne répondit pas.

Elle lui massa la région des lombaires pendant un long moment, sans sentir de progrès.

— Tu as envie d'en parler ?

— Non.

— Et tu accepterais d'en parler, même si tu n'en as pas envie ? Ce serait quand même utile.

— Non, ça ne servirait à rien.

— Donc tu reconnais qu'il se passe quelque chose ?

Il poussa un soupir sonore.

— Je prends ça pour un oui.

— On t'a déjà dit que tu étais têtue ?

— Je te retourne le compliment, cow-boy.

— Je suis tenace. Parce que je sais ce que je veux. Ou plutôt ce que je ne veux pas.

Elle remonta lentement jusqu'à ses omoplates.

— Et qu'est-ce que tu ne veux pas ? osa-t-elle lui demander.

— Ce n'est un secret pour personne.

— Être ici ?

— Bravo, tu as gagné !

— As-tu déjà pris le temps de te demander pourquoi ?

— Je n'ai pas besoin de me le demander.

— Parce que... ?

— Parce que je sais ce que j'ai fait.

Elle eut le cœur serré en entendant sa réponse. Il semblait parler d'une chose triste et sombre. Mais au moins il lui avait répondu.

Décidant de se contenter de cela pour l'instant, elle continua à le masser en silence, jusqu'à ce qu'elle le sente se détendre un peu. C'est alors qu'il reprit la parole :

— J'ai toujours été un bon rancher. Austin et Tyler aussi, ajouta-t-il, la voix légèrement étouffée par le tapis de sol. McKinney, elle, était encore petite à l'époque.

— Quelle époque ?

— Nous étions adolescents. Elle n'avait que sept ou huit ans.

— Je vois.

Elle ignorait où il voulait en venir mais souhaitait qu'il continue à s'exprimer.

— Austin se considérait comme le chef et ne voulait jamais entendre raison. En tout cas, c'est ce que je pensais. Alors je combattais ses idées. De toutes mes forces.

Avec ses pouces, elle s'approcha de la blessure de Dallas, formant de petits cercles.

— Nous étions montés à Creston Ridge, Austin, Tyler et moi. Un orage approchait. Nous apercevions le troupeau de juments que nous étions venus chercher en contrebas, dans la vallée. Je voulais descendre directement tandis qu'Austin insistait pour faire un détour afin d'éviter la pente raide. Mais si nous avions fait ça, nous les aurions perdues de vue et elles auraient eu tout le temps de s'échapper. Nous les cherchions depuis trois jours et l'orage menaçait.

Sierra se rendit compte qu'elle avait arrêté de le masser. Elle s'y remit aussitôt.

— Tyler était de mon côté. C'était la première fois que ça arrivait. Je crois qu'il en avait assez de dormir par terre et de manger des aliments secs. Il n'avait aucune envie de passer la nuit sous la pluie et nous n'osions pas rentrer sans les juments. Notre père aurait…

Elle lui massa la nuque.

— Que s'est-il passé ?

— L'orage a éclaté alors que nous étions au milieu de la pente. Le cheval de Tyler a glissé dans la boue. Ils ont fait une chute brutale.

— Une chute… grave ?

— Tyler a perdu connaissance et son cheval s'est blessé à la jambe. Pendant une minute… Pendant une minute, j'ai cru que nous allions devoir abattre l'animal sur place. Heureusement, il a pu se relever. Au lieu de rentrer fièrement avec les juments, nous nous sommes traînés dans la boue avec un cheval boiteux et un frère en mauvais état. Finalement, j'étais meilleur au rodéo. Je *suis* meilleur au rodéo.

Il y eut des pas dans le couloir et il se tut. Au bout d'un long moment, il parla de nouveau :

— Ma mère est morte le jour de mon anniversaire. McKinney te l'a dit ?

Sierra se figea.

— Oh ! Dallas. Je suis désolée. Je ne savais pas.

Comme il ne disait rien, elle ajouta :

— Donc… chaque année, ton anniversaire te rappelle à quel point elle te manque.

Il respira profondément et elle chercha des mots réconfortants à lui offrir.

— Le temps aide à cicatriser les blessures.

— C'est ce qu'on dit.

— C'est la vérité. Si je peux me permettre, est-ce que tu as quitté le ranch juste après sa mort ?

— Je suis parti dès la fin du lycée.

— C'était la même année ?

— Oui.

— Tu ne rentres pas souvent.

— Seulement quand j'y suis obligé.

— Tu ne penses pas… Tu ne penses pas que tu t'empêches de guérir en évitant de revenir ?

— Non.

— Tu n'as jamais eu envie de remplacer les mauvais souvenirs par…

— Tu as fini le massage ?

— Non.

Elle l'empêcha de se relever et s'occupa des points les plus contractés de son dos. Il grogna.

— Je te fais mal ?

— Non. C'est bien.

Physiquement, il voulait bien qu'elle appuie là où cela faisait mal. Émotionnellement, non.

Le lendemain, Dallas repensait aux propos de Sierra en songeant qu'elle s'était trompée. Il avait besoin de passer moins de temps au ranch, et non davantage comme elle l'avait suggéré. Et, s'il y avait un jour où il aurait préféré être loin, c'était bien aujourd'hui. En tournée, il pouvait facilement ignorer son anniversaire. Ici, et particulièrement cette année, c'était impossible.

Il avait une décision capitale à prendre.

— Je choisis la parcelle qui va des White Foam Falls au goulet nord, annonça-t-il en regardant la carte du ranch avec son père et son frère aîné.

— Il n'y a pas sept cent cinquante hectares, fit observer Garrett.

— Presque.

C'était largement suffisant pour lui qui n'avait jamais imaginé posséder une partie du ranch.

— Tu ne vois pas ce qu'il est en train de faire ? dit Austin à leur père.

— Il prend le haut du domaine. Ce n'est pas le choix le plus judicieux, fiston.

— C'est le mien.

— C'est de loin la section la plus facile à séparer du reste, souligna Austin. Il va vendre.

— C'est ton intention, Dallas ? demanda Garrett en plissant les yeux.

— Je n'ai pas d'intention particulière.

Il avait appris cette nouvelle moins de deux semaines plus tôt.

— Donc tu fais en sorte d'avoir toutes les possibilités.

Dallas acquiesça. Il aurait été idiot de raisonner autrement.

— Dallas, s'il te plaît, soupira Austin en se laissant tomber dans un fauteuil. Ne fais pas quelque chose que tu ne pourras pas défaire.

— Je ne sais pas encore ce que je vais faire.

Il ne voyait pas comment il pourrait conserver ce lien permanent avec la vallée de Jagged Creek. Il n'avait pas la force d'affronter la douleur et le regret, de penser chaque jour à ce qu'aurait été la vie de sa famille s'il avait fait un choix différent ce jour-là et si sa mère n'était pas morte.

— Qu'est-ce qui pourrait te faire rester ? demanda Garrett.

— Il n'y a rien pour moi ici.

— Ta *famille* est ici.

— Une partie seulement.

— Tu penses que c'est différent pour nous ? lança Austin. Tu crois qu'elle ne nous manque pas, à nous ?

Dallas lança un regard noir à son frère. Le manque, c'était une chose. La culpabilité en était une autre.

— Vendre, c'est la dernière chose que voulait grand-père.

— Alors pourquoi a-t-il fait ça ?

Dallas n'avait rien demandé. Mais c'était une issue pour lui, un moyen de partir définitivement.

— Diviser le domaine, répondit Austin, ce serait le pire des scénarios.

— Ton frère a raison.

— Comme toujours, non ? tonna Dallas.

Garrett fronça les sourcils et Austin fit un geste de dépit.

— Pourquoi cette remarque ? demanda leur père.

— Si nous avions toujours suivi l'avis d'Austin, tout irait bien aujourd'hui.

— Mais encore ?

Dallas secoua la tête. Il n'y avait rien à expliquer. Cela avait toujours été ainsi et tout le monde le savait.

— White Foam Falls, dit-il en posant l'index sur la carte. C'est mon choix.

Puis il sortit du bureau.

— Dallas ! appela sévèrement Garrett.

Mais il ne s'arrêta pas. Il ne pensait qu'à aller chercher son cheval pour partir seul. Il ne prenait plus du tout d'antidouleurs, et, après plusieurs massages et des exercices de renforcement, il se sentait capable de seller Jayden.

Il prit ses affaires dans la sellerie sans adresser un mot à Rudy et Ethan, qui n'eurent qu'à voir l'expression de son visage pour respecter son silence. Alors qu'il préparait Jayden, Sierra vint le rejoindre.

— Salut, dit-elle d'un ton prudent.

Il ignorait si elle l'avait vu par hasard ou si quelqu'un lui avait dit qu'il était énervé.

— Salut, répondit-il en continuant ce qu'il était en train de faire.

— Joyeux...

— Non, s'il te plaît.

Il s'en voulut aussitôt de se montrer aussi dur avec elle.

Elle avala sa salive et demanda :

— Tu vas quelque part ?

Il aurait dû lui présenter ses excuses, mais il n'avait pas la force de se lancer dans une conversation. Or Sierra était la meilleure pour le faire parler.

— Oui.

— Où ?

— Me promener.

— Dallas.

Il monta sur son cheval.

— Tu es en colère.

— Je sais.

— Veux-tu…

— Non. Je veux aller me promener à cheval.

Elle n'avait pas à le supporter quand il était d'aussi mauvaise humeur.

— Nous pourrions discuter une minute.

— Ce n'est pas ton problème.

— Je sais, mais…

— Ça va, Sierra.

— Ça ne me dérange pas, tu sais.

— Ah bon ? Eh bien, moi, si.

Elle le scruta d'un regard inquiet. Incapable de supporter sa compassion, il tourna la tête.

Elle finit par reculer et il serra les mollets pour faire avancer Jayden. En s'éloignant, il dut lutter pour ne pas se retourner. Il savait ce qu'il verrait s'il le faisait : Sierra, vêtue d'un jean usé et d'une chemise violette à carreaux, les cheveux attachés avec quelques mèches qui s'étaient échappées de sa natte et voletaient autour de ses yeux bleu ciel. Elle était unique, elle était magnifique, et il n'avait pas le courage de recevoir toute son attention. Pour l'instant, il ne voulait qu'une chose : fuir.

Des heures plus tard, il marchait au pas le long du lac de Spruce Grouse. Il avait passé la journée à repousser le souvenir de sa mère, mais à présent, alors que le soleil se couchait et que la température baissait, ses pensées les plus sombres revenaient envahir son esprit. L'orage, l'accident et toutes les décisions qu'il avait prises après s'être levé le matin de ce jour terrible. Quel détail aurait pu changer les choses ? Telle était la question qui l'obsédait.

Jayden tressaillit, lui signalant qu'il se raidissait. Il avait raison, mieux valait sortir de ce tunnel obscur.

Dallas se mit à penser à Sierra. À son sourire, à son regard plein de chaleur et de lumière, à sa détermination et à sa manière adorable de se moquer d'elle-même. Puis il se remémora le contact de ses mains sur ses épaules, et sur son cou, là où elle finissait toujours ses massages. C'était le moment qu'il préférait. Il n'avait pas de douleur particulière à cet endroit, mais ce qu'elle lui faisait était si doux, si intime…

Cette pensée lui donnait encore plus envie de refaire l'amour avec elle. Mais, hélas, ce n'était pas réciproque.

Il savait qu'elle allait bientôt partir. Cela faisait plus d'un mois qu'elle était là, et, malgré le mal qu'elle se donnait, il était évident qu'elle n'était pas passionnée par son travail. Et pour cause. Qu'y avait-il de passionnant à faire les box et les cuirs à longueur de journée ?

Mais oui, évidemment ! Comment n'y avait-il pas pensé plus tôt ? Il était temps pour elle de découvrir les bons côtés de la vie au ranch.

Il fallait lui apprendre à monter à cheval.

Cela allait sans doute lui plaire. Elle aimait les chevaux et les chevaux l'aimaient.

Il pouvait lui proposer de lui apprendre. Il *allait* lui proposer de lui apprendre.

Quel sentiment étrange, tout à coup ! C'était toujours son anniversaire, il se trouvait toujours au ranch, mais, en prenant le chemin du retour, il se rendit compte qu'il souriait.

10

Vêtue d'un bas de pyjama gris perle et d'un T-shirt rose, Sierra allait se coucher quand on frappa à la porte de sa chambre.

— J'arrive !

La soirée commençait à peine et tout le monde était encore debout, mais elle devait se lever tôt le lendemain matin pour aider Mme Innish à préparer le petit déjeuner.

Elle ouvrit la porte et se trouva face à Dallas.

Il paraissait détendu, de bonne humeur, même. Cela la rendit heureuse. Elle s'était inquiétée en le voyant partir à cheval tout à l'heure.

— Salut, dit-elle doucement.

Était-il prêt à parler, cette fois ?

Il regarda sa tenue avec étonnement.

— Je dois me réveiller aux aurores pour aider en cuisine.

— Tu as une minute à m'accorder ?

— Bien sûr.

Elle le fit entrer et referma derrière lui, impatiente de savoir ce qu'il avait en tête. À en croire sa tenue et la poussière qu'il avait encore sur lui, il était venu la voir directement après avoir remis Jayden au box.

Elle l'invita à s'asseoir et se mit en face de lui, sur le bord du lit. Il la regarda un long moment.

— Alors ? demanda-t-elle.

— J'ai réfléchi.

— Oui, et… ?

— Tu es ici depuis un certain temps et tu travailles dur.

— Merci.

— Je suis sincère.

— Tant mieux.

Elle ne voulait ni le presser ni mener leur conversation dans la mauvaise direction. Il pouvait prendre tout le temps dont il avait besoin.

Il se pencha en avant et son regard s'adoucit.

— Tu fais toutes les corvées, dit-il.

— Je m'y attendais.

Ce n'était pas toujours facile, mais elle aimait le contact avec les chevaux. Surtout avec Cedric.

— Tu devrais faire des choses amusantes.

— J'en fais. Parfois.

— Je pourrais t'apprendre à monter à cheval.

Sa proposition la prit au dépourvu, mais évidemment elle avait envie d'apprendre. Elle ne pouvait qu'y penser tous les jours, dans un lieu comme celui-ci. Et ce serait l'occasion de passer du temps avec lui. Dans le cadre de la mission confiée par McKinney, bien sûr.

— Volontiers, répondit-elle.

— Oui ?

— Oui, j'aimerais beaucoup.

Il sourit et se leva. Elle l'imita. Dans cette petite chambre, ils étaient si près l'un de l'autre qu'elle voyait les petites étoiles ambrées dans ses yeux bruns. Elle brûlait de caresser sa barbe naissante, d'enfouir les mains dans ses cheveux, de dévorer sa bouche…

— Sierra, murmura-t-il.

Il se pencha vers elle.

Elle leva les mains dans l'intention de le repousser, mais au lieu de cela elle les plaqua contre son torse et sentit la chaleur de son corps et les battements de son cœur.

— Nous…

Il s'interrompit mais elle savait à quoi il pensait. Ils ne pouvaient pas céder à la tentation.

Elle leva les yeux vers lui. Il effleura ses lèvres.

Ses jambes faiblirent et elle dut s'accrocher à sa chemise. Il referma alors ses bras autour d'elle et l'embrassa encore et encore, attisant le désir qui la consumait. Elle glissa les mains sous ses vêtements pour le toucher et commencer à le déshabiller. Mais il arrêta son geste et abandonna sa bouche.

— Je n'en reviens pas, de dire ça, susurra-t-il dans un souffle.

— De dire quoi ?

Mais elle avait compris. Il faisait marche arrière.

— Tu as eu l'air de regretter la dernière fois, lui rappela-t-il.

Elle avait regretté... Oui et non. Et oui.

Elle acquiesça. Elle ne pouvait pas lui reprocher de se comporter en gentleman.

— Je n'étais pas venu pour ça.

— Non, tu es venu pour me proposer des leçons d'équitation.

— Et mon offre tient toujours.

— Merci.

— Demain ?

— Parfait.

— Bonne nuit, Sierra.

— Bonne nuit, Dallas.

Il marcha jusqu'à la porte et se retourna pour la regarder dans les yeux, comme s'il regrettait autant qu'elle d'avoir été aussi sage. Puis il sortit.

Elle tomba, tremblante, sur son lit. Comment pouvait-elle ressentir une passion aussi intense pour lui ? Il était séduisant, bien sûr, mais ce n'était pas le seul beau gosse du ranch. Pourquoi les autres la laissaient-ils indifférente alors qu'elle ne pensait plus qu'à lui nuit et jour ?

Dans cet état d'excitation, elle ne voyait pas comment elle allait réussir à s'endormir.

On frappa de nouveau à sa porte.

Elle retint un cri de joie et se précipita pour aller ouvrir.

C'était McKinney.

— Je ne te dérange pas ? demanda gaiement son amie.

— Euh...

Sierra jeta machinalement un coup d'œil dans le couloir, mais il n'y avait personne d'autre. Elle fit entrer McKinney et referma la porte.

— J'ai vu Dallas, dit son amie.

— À l'instant ?

— Non, je l'ai croisé tout à l'heure, il sortait de l'écurie. Et devine quoi ? Il *souriait*.

— C'est bien.

— C'est son *anniversaire*.

— Je sais. Tu m'en as parlé.

Après le récit de Dallas, McKinney lui avait à son tour expliqué la situation.

— Sierra, tu te rends compte ? Il *souriait*.

— C'est très bien. Il y a du progrès.

— C'est incroyable. Je ne sais pas comment tu as fait. Je ne te pose pas de questions, je sais que c'est confidentiel, mais bravo, Sierra. Et merci.

— Je ne crois pas avoir tellement de mérite...

— Quoi que tu fasses, continue. Si tu savais comme je suis contente que tu sois là !

— Moi aussi, je suis contente d'être là, répondit sincèrement Sierra.

— Alors ça te fait du bien d'être ici ? demanda McKinney en retrouvant son sérieux. Tu te sens mieux, toi aussi ?

— Oui, ça m'aide beaucoup.

Elle avait presque oublié l'existence de Roger. Et, quand elle pensait à lui, c'était seulement pour se réjouir qu'ils aient rompu. Dès son premier baiser avec Dallas, elle avait dû se rendre à l'évidence : jamais son ex-fiancé ne lui avait procuré de telles émotions. Elle aurait commis une grave erreur en se mariant avec lui.

— Tant mieux. Bon, je te laisse tranquille, tu allais te coucher, apparemment.

— Je suis de corvée de petit déjeuner.

— Tu es sûre que ça va ? Je ne t'ai pas fait venir pour que tu sois l'assistante de la cuisinière.

— Ça ne me dérange pas, de faire la cuisine de temps en temps. Ma salade de fruits a un succès fou.

— Auprès des ranchers ?

— Comme quoi tout arrive.

McKinney partit en riant et Sierra se trouva de nouveau seule. Elle était presque déçue que Dallas ait une telle force de caractère. Elle avait toujours autant envie de lui.

On frappa encore une fois. Qu'est-ce que McKinney avait pu oublier ?

Elle ouvrit. C'était Dallas.

Il entra et referma la porte tandis qu'elle l'attirait dans ses bras.

Dallas avait essayé de garder ses distances pour respecter la volonté de Sierra. Jusqu'au moment où il s'était dit qu'elle avait pu changer d'avis. Et, de toute évidence, c'était le cas.

Nus dans les bras l'un de l'autre, ils étaient à l'étroit sur son lit simple, mais cela n'avait aucune importance. Il voulait bien lui faire l'amour n'importe où, n'importe quand. Avec elle, il était au paradis.

Grâce à sa force retrouvée, il put se placer au-dessus d'elle en s'appuyant sur un coude et promener sa main libre sur ses seins, son ventre, son sexe chaud et humide.

— Tu m'apaises, murmura t il en l'embrassant.

— C'est le pouvoir des massages, répondit-elle en souriant tout contre ses lèvres.

— Non, c'est... Je ne sais pas. Ce que tu dis, ce que tu fais, le son de ta voix, la beauté de ton sourire. Et tes yeux. Tu as des yeux incroyables.

— Ce sont tes hormones qui parlent.

Il voulut la contredire, mais à cet instant elle prit son érection dans sa main et se mit à aller et venir doucement.

— Dallas, susurra-t-elle.

Il l'embrassa encore. Avant de poursuivre leurs étreintes, elle s'empara d'un préservatif dans sa table de chevet et l'enfila sensuellement sur le sexe de Dallas. Puis elle leva une jambe pour la mettre autour de lui, souleva le bassin, et il la pénétra.

— Oh ! oui, soupira-t-elle dans le creux de son oreille.

Encouragé par sa réaction, il bougea en elle au rythme de ses murmures sensuels. C'était si bon de la sentir, de la toucher, de l'embrasser... Il aurait voulu que cela dure éternellement. Mais le plaisir fut bientôt trop intense pour qu'ils le contiennent plus longtemps. Elle jouit et se serra autour de lui, l'entraînant à son tour jusqu'à l'orgasme. Puis il retomba sur elle et tenta de retrouver son souffle.

Au bout d'un moment, il eut peur de l'écraser et voulut se redresser, mais elle l'en empêcha en serrant les bras autour de lui.

— Pas encore, dit-elle.

— Tu es sûre ?

— Je ne veux pas encore redescendre sur terre.

— Entièrement d'accord.

Il n'avait jamais fait l'amour comme cela. Il n'avait jamais ressenti cela. Il n'avait jamais tenu une femme dans ses bras après l'amour en cherchant un moyen de la retenir.

— Bon, dit-elle avec humour. Nous voilà dans une situation compliquée.

Il se mit sur le côté et ôta les mèches qui barraient son merveilleux visage. Elle avait les joues rosies et les yeux brillants.

— Pourquoi ? demanda-t-il.

— J'ai le sentiment de devoir le dire à McKinney.

C'était pourtant elle qui avait tenu à ce qu'ils restent discrets. Lui voulait bien crier sur les toits ce qu'il y avait entre eux.

— Pourquoi te sentirais-tu obligée d'en parler à quiconque si tu n'en as pas envie ?

— McKinney est mon amie.

— Et alors ?

Cela ne l'empêchait pas d'avoir une vie privée.

Elle se mordilla la lèvre et répondit :

— Je ne veux pas lui cacher un secret aussi important.

Cela signifiait-il qu'elle voulait officialiser leur relation ? Qu'elle avait des sentiments pour lui ? Il en avait pour elle, cela ne faisait aucun doute, et ils étaient de plus en plus forts.

— C'est comme tu veux, dit-il nonchalamment.

En réalité, il ne demandait pas mieux que de le proclamer au monde entier.

— Mais si je lui en parle, déclara Sierra, je lui demanderai de garder le secret. Ce qui ne serait pas juste. Et si elle le répétait au reste de la famille, eh bien… tu sais.

— Je sais quoi ?

De toute façon, McKinney était digne de confiance.

— Ce serait bizarre, étant donné que je travaille pour toi.

— Pas si bizarre que ça, assura-t-il en l'embrassant sur le front.

Ce qui se passait entre eux ne regardait personne et il ne laisserait pas les autres s'en mêler.

— Je fais n'importe quoi, soupira-t-elle en fermant les yeux.

— Tu n'as rien fait de mal.

Il souffrait de la voir aussi torturée alors qu'il se sentait mieux que jamais. Il avait encore envie de faire l'amour, puis de s'endormir avec elle.

Enfin, peut-être pas ici. Son propre lit serait plus confortable.

— Tu devrais partir, dit-elle tristement. Oublions ce qui s'est passé et revenons-en à ce que nous avions décidé.

— Tu n'as pas l'impression que nous allons tourner en rond ? Tu vois bien que nous n'arrivons pas à garder nos distances.

— Nous ne pouvons pas avoir une liaison secrète.

— Es-tu mariée ? Non. Fiancée ? Non. Je ne suis ni marié ni fiancé, et je n'ai personne dans ma vie.

— J'espère bien.

— Ce que je veux dire, c'est que ce n'est pas une liaison. Aucun de nous ne trompe qui que ce soit.

— Je trompe McKinney.

— Tu n'es pas en couple avec McKinney.

— J'ai un devoir envers elle.

— En tant qu'amie ?

Elle acquiesça.

— Ça t'ennuierait, Dallas... que nous revenions en arrière ? Au moins le temps que je réfléchisse à tout ça ?

— Ça m'ennuierait beaucoup, beaucoup. Mais c'est toi qui décides, Sierra. Parles-en ou non à McKinney. Moi, en tout cas, je suis là et je vais quand même t'apprendre à monter à cheval.

Voyant qu'elle le regardait fixement, il crut qu'elle allait refuser.

— En extérieur, dit-elle. À la lumière du jour et en présence d'autres personnes.

— Tu peux faire venir un public aussi nombreux que tu le souhaites.

— C'est juste que je ne nous fais pas confiance.

Un élan de désir s'empara de lui.

— Moi non plus, murmura-t-il en l'embrassant. Je t'ai dans la peau, Sierra. Je vais m'interdire de te toucher, mais ce ne sera pas de gaieté de cœur, crois-moi.

— Dallas.

— Tu vas me manquer à la seconde où je quitterai ton lit.

— Toi aussi, tu vas me manquer, répondit-elle d'une voix faible. Je mentirais si je prétendais le contraire.

— Merci pour ton honnêteté.

Elle sourit et secoua la tête.

— Nous avons mis un sacré désordre.

— Sierra, je ne regrette pas une seule seconde. J'aimerais que ce soit la même chose pour toi.

— Bonne nuit, Dallas, dit-elle avec résignation.

— Bonne nuit, adorable Sierra. À demain.

Il se leva, se rhabilla et prit le temps de la regarder avant de sortir. Il voulait s'endormir avec cette image dans la tête.

Dallas avait respecté à la lettre les demandes de Sierra. C'était le milieu de l'après-midi, le soleil brillait, et Zeke et Albert participaient à la leçon d'équitation. Sierra montait Frothy, une jument grise de onze ans d'une gentillesse absolue. Dans son pré, situé à quelques mètres de la carrière, Cedric hennissait avec mécontentement, comme pour reprocher à Sierra cette infidélité.

— N'essaye pas d'aller vite, dit Dallas.

— Je n'ai aucune intention d'aller vite.

— Et ne tire pas sur les rênes. Il faut les tenir comme ça.

Il lui montra la bonne position des mains tandis qu'Albert finissait son parcours.

— Fais attention à ta posture et regarde en direction de l'endroit où tu veux aller. Les chevaux répondent aux mouvements de ton corps. Si tu regardes à gauche, ils veulent aller à gauche.

— D'accord, répondit-elle en essayant de tout mémoriser.

— Vas-y, donne-lui un petit coup de talons.

Sierra suivit ses instructions et Frothy se dirigea tranquillement vers le petit parcours de maniabilité que Dallas avait préparé. Albert et Zeke, qui n'en étaient pas à leur première leçon, attendaient sagement sur le côté, tandis que Cedric continuait son remue-ménage.

Frothy facilitait grandement la tâche de Sierra. Presque sans aucune action de sa part, elle slalomait habilement entre les cônes orange.

— Bravo, dit Dallas quand Sierra revint vers lui.

— Ce n'est pas moi qu'il faut féliciter.

— Bien sûr que si.

— Cette petite sait exactement ce qu'elle a à faire, dit Sierra en caressant sa jument.

— Je n'allais pas te mettre sur un cheval à moitié dressé.

— Frothy est une experte.

— Je voulais que tu réussisses, expliqua-t-il avec un petit sourire.

— C'est à elle que tu confies les enfants de dix ans, je me trompe ?

— Je plaide coupable.

— Je ne sais pas si je dois me sentir insultée ou reconnaissante.

— Je veux que tu passes un bon moment.

Il éleva la voix pour se faire entendre d'Albert et Zeke :

— Si nous finissions par une petite balade ?

— Oui ! s'exclamèrent les enfants.

— Et toi, tu es partante ? demanda-t-il à Sierra. Tu n'as pas trop mal aux fesses ?

— Non, ça va, répondit-elle en riant.

Elle commençait à sentir un petit inconfort, mais elle savait depuis son fameux week-end avec McKinney que c'était inévitable pour une débutante.

— Rappelle-toi ce que je t'ai dit, essaye d'accompagner les mouvements du cheval.

Elle n'était pas sûre de comprendre ce que cela voulait dire, mais elle fit son possible tandis que Frothy suivait docilement Jayden sur le chemin. En les voyant s'éloigner, Cedric protesta encore plus.

— Où allons-nous ? demanda Albert en ouvrant la barrière de la carrière sans avoir besoin de descendre de son cheval.

— À l'Étang vert, répondit Dallas. Ne prenez pas trop d'avance. Zeke, va chercher Cedric, il peut venir avec nous.

— Il peut venir ? demanda Sierra, étonnée. Il n'a pas besoin d'un cavalier ?

— Tu crois vraiment qu'il s'éloignerait de toi ?

— Je ne sais pas. Un cheval laissé en liberté peut avoir envie de partir, non ? Et comment le retrouver ensuite ?

— Il te suit comme un chien.

— Si tu le dis.

Elle fut un peu inquiète en voyant Cedric arriver au galop, mais il ralentit et vint se mettre à côté de Frothy, qui ne semblait pas perturbée le moins du monde. Il tendit la tête vers Sierra pour qu'elle le caresse, ce qu'elle fit.

— Allons-y ! dit Albert.

Les deux garçons partirent au trot vers le bois. Dallas et Sierra chevauchèrent côte à côte pendant que Cedric marchait derrière eux.

— Qu'est-ce que tu en penses ? demanda Dallas.

— Je pense que je vais mettre du temps à apprendre.

— Et à propos du ranch ? Quelles sont tes impressions sur la vie ici ?

Il lui parlait en regardant droit devant lui, sans doute pour lui montrer le bon exemple.

— Ça me plaît.

C'était vrai.

En acceptant de venir, elle avait espéré que le ranch serait un endroit calme où elle pourrait rassembler ses esprits, et elle n'avait pas été déçue. En revanche, elle ne s'était pas attendue à avoir une telle affinité avec les chevaux, et particulièrement l'un d'entre eux. Elle ne s'était pas attendue non plus à éprouver un tel sentiment de liberté au milieu des grands espaces. Et surtout elle ne s'était pas attendue à… Dallas.

L'émotion la submergea, à tel point qu'elle dut fermer les yeux pendant une seconde. Leur étreinte d'hier soir avait été magique. Il s'était montré tendre, attentionné, intuitif, et même drôle par moments.

— Tu veux bien développer ?

Elle lui jeta un regard pour voir s'il faisait allusion à quelque chose en particulier.

— Tu penses à hier soir ?

— Non, pas du tout. Je parle du ranch en général. Qu'en penses-tu, en tant que citadine ?

Elle ignorait si elle devait être déçue ou soulagée. D'un côté, elle aurait adoré reparler de ce moment avec lui. Ils avaient vécu quelque chose de si fort… Mais la voix de la raison lui rappelait qu'elle devait mettre cette expérience de côté et se concentrer sur son travail avec Dallas.

— En tant que citadine, répéta-t-elle en souriant, j'aime le ranch. J'aime les chevaux.

Cedric émit un petit hennissement, comme pour approuver ses propos. Cela fit rire Dallas.

— Et c'est réciproque, dit-il.

— J'aime ces grands espaces. Je pensais que ça m'intimiderait de ne voir que la nature autour de moi, à des kilomètres à la ronde, mais en fait c'est apaisant. Je comprends que tu y sois aussi attaché.

Elle se tut, lui laissant la possibilité de la contredire, mais il ne le fit pas.

— Ce n'est pas fait pour tout le monde, souligna-t-il.

— Mais c'est le paradis pour certains.

Il laissa passer un silence avant de répondre :

— Je suis heureux que tu le ressentes comme ça.

Il avait l'air sincère, mais il garda son propre point de vue pour lui.

— C'est un endroit pour construire un bel avenir, Dallas.

Bien sûr, il avait des souvenirs terribles ici. Mais il avait aussi sa famille. Une famille qui l'aimait, s'inquiétait pour lui et voulait désespérément qu'il reste.

— Tu crois ? demanda-t-il, l'air pensif.

— Je le sais.

Puis elle osa ajouter :

— Tu as de la chance.

— Certains jours plus que d'autres, répondit-il avec un petit rire.

11

Austin s'assit dans un fauteuil Adirondack à côté de Dallas. Il était tard et le feu crépitait dans le barbecue en pierre devant eux.

— J'aimerais savoir ce que tu as l'intention de faire, dit Austin.

— À quel propos ?

Dallas pensait à Sierra. Il n'avait que des questions et aucune réponse à propos de Sierra. Et pourtant rien n'était plus agréable que de penser à elle.

— Ne sois pas niais, rétorqua Austin.

Dallas se tourna vers lui.

— Je n'ai jamais été niais.

Austin soupira et lança :

— À propos de ton *terrain*.

— Ah, ça.

Il y avait pensé, bien sûr, mais c'était encore flou dans son esprit.

— Tu peux me répondre, s'il te plaît ? demanda Austin, agacé.

— Je ne sais pas encore.

— Je ne te crois pas.

— Je suis au courant depuis quelques jours seulement !

— Tu n'es pas la seule personne concernée.

— Ça, je le sais.

Leur père rêvait de voir toute sa famille cohabiter sur les terres familiales. Austin, lui, voulait gérer le ranch avec des ordinateurs, des satellites et des drones.

Mais Dallas voulait continuer le rodéo. Il voulait être sur la route, vivre dans l'action et l'adrénaline, et ne penser à rien d'autre qu'à la prochaine compétition.

Il savait que son épaule ne retrouverait pas son agilité d'avant et que cela risquait de le priver du plus haut niveau. Mais il ne voulait pas pour autant rester assis dans un bureau. Et encore moins voir tous les jours la route sur laquelle sa mère était morte, apercevoir la prairie dans laquelle se trouvait sa tombe et traverser les pièces dans lesquelles elle avait ri, aimé et embrassé la vie.

— Tu dis ça, mais je ne crois pas que tu en aies pleinement conscience.

— Je suis trop bête pour comprendre ?

— C'est plutôt que ça t'arrange de ne pas réfléchir à tous les aspects de la question.

— La question est très simple : d'un côté, la dynastie des Hawkes, de l'autre, une belle somme d'argent sur mon compte.

— Tu serais prêt à vendre ? Vraiment ?

— Comme si tu n'y avais pas pensé quand tu as reçu ton terrain.

— Pendant une demi-seconde à peine. Tu te rends compte de ce que nous avons entre les mains ? Tu imagines ce que certains donneraient pour avoir cette chance ? Cette terre ? Ce *nous* ?

— Nous ?

Dallas n'avait pas le sentiment de faire partie d'une équipe.

— Oui, nous, dit Austin. Nous sommes quatre. Notre père était tout seul, lui, et il s'est battu pour nous transmettre ce trésor.

— Tyler est au bout du monde. Moi, je suis sur la route. Et qui sait ce que McKinney voudra faire de sa vie ?

— McKinney est très attachée au ranch.

— Et un jour elle tombera amoureuse de quelqu'un qui aura peut-être d'autres projets. Regarde Ethan Douglas.

— Tu crois qu'il y a quelque chose entre McKinney et Ethan ?

— C'était juste un exemple pour dire qu'elle ne choisirait pas forcément un rancher.

— Mais pas Ethan.

— Non, pas Ethan. En tout cas, je n'ai rien remarqué.

Austin eut l'air de se détendre.
— D'accord, répondit-il avec un hochement de tête.
— Tu as quelque chose contre Ethan ?
— Je le connais à peine. Mais... Je ne sais pas. Il aime la technologie.
— Toi aussi.
— McKinney ne serait pas heureuse en ville.
Dallas ne pouvait pas le contredire sur ce point.
À vrai dire, Austin avait souvent raison. Il était de bon conseil et, si Dallas l'avait toujours écouté, il n'aurait pas commis les plus graves erreurs de sa vie.
Il se leva et respira profondément.
— Je réfléchis, dit-il.
— Ah oui ?
— Je sais que je ne suis pas le seul concerné.
— Tu n'es pas obligé de partir, dit Austin en se levant à son tour.
— Je ne vois pas comment je pourrais rester.
Le seul fait de l'imaginer le faisait paniquer.
— La mort de maman était un accident.
— Je sais.
C'était écrit sur le rapport du shérif.
— Tu n'aurais pas pu l'empêcher.
— Si, et tu le sais aussi bien que moi.
— Tu ne l'aurais pas trouvée.
— J'aurais dû essayer.
— Peut-être, admit Austin. Qui sait ce qu'elle est allée faire en ville ce soir-là... Nous ne saurons jamais pourquoi elle est restée aussi tard alors que la tempête arrivait.
— La ville n'est pas si grande que ça.
Dallas l'aurait cherchée partout. Dans les restaurants, chez ses amies... S'il était parti dès qu'Austin le lui avait demandé, il savait qu'il l'aurait trouvée avant qu'elle prenne la route seule pour rentrer.
Après un silence, Austin poursuivit :
— Nous devons penser à l'avenir, pas au passé.
— Oui, bien sûr.

— Tu ne crois pas que beaucoup de gens auraient pu se sentir coupables à la mort d'oncle Richmond ? Tous les ranchers présents sur cette route, dont papa, ont dû…

— Papa était adolescent.

— Et toi, alors ?

— Quatorze ans et dix-huit ans, ce n'est pas du tout la même chose.

— Je dis juste…

— Je *sais* que tu veux que je reste. J'ai compris. Je te le répète : je dois encore y réfléchir. *D'accord* ?

Austin finit par acquiescer et se taire.

Dallas se sentait épuisé tout à coup et il avait mal à l'épaule.

Il avait envie de voir Sierra. Non, il avait *besoin* de la voir.

Sierra parvint à éviter Dallas toute la journée. Elle ne supportait plus de mentir à McKinney et voulait absolument lui parler avant d'aller plus loin.

En début de soirée, elle la trouva devant l'écurie, en train de panser son cheval.

— Tout s'est bien passé avec le bétail, aujourd'hui ? demanda Sierra.

— C'était super, répondit McKinney avec un grand sourire. J'étais avec Ethan, qui voulait tester un nouveau système à circuit intégré. Si tu voyais son matériel ! Il accroche une puce à l'oreille de chaque animal et peut ensuite les repérer par GPS depuis un ordinateur. Et toi ? Tu as passé une bonne journée ?

— Oui, rien de particulier.

Maintenant qu'elle était seule avec son amie, elle hésitait à lui dire la vérité.

— Tu as pu voir Dallas ? demanda McKinney.

— Pas aujourd'hui. J'étais dans l'écurie, et lui, tu sais… à droite et à gauche.

— Bon, ce sera pour une prochaine fois. Tu as déjà dîné ? Je vais prendre une douche, et ensuite tu peux me rejoindre dans la cuisine de la grande maison, si tu veux.

— Avec plaisir.

C'était l'occasion de repousser un peu leur conversation. D'un autre côté, dans la cuisine, elles pourraient être interrompues à tout moment, notamment par Dallas.

— Parfait, répondit McKinney en détachant son cheval.

Le soleil était couché, à présent, et les lumières extérieures venaient de s'allumer. McKinney se tourna vers la porte de l'écurie.

— McKinney, attends, dit Sierra.

Son amie se tourna vers elle et l'interrogea du regard.

— J'ai quelque chose à te dire, déclara Sierra.

Cette fois, McKinney la dévisagea avec inquiétude.

— Sierra, ça va ?

— Oui, ça va. Physiquement, en tout cas, tout va bien.

Émotionnellement, c'était autre chose.

— C'est Roger ? Tu as eu de ses nouvelles ?

— Non, ce n'est pas Roger. C'est Dallas.

— Je croyais que tu ne l'avais pas vu aujourd'hui, dit McKinney en fronçant les sourcils.

— Non, pas aujourd'hui.

— Il avait l'air d'aller bien la dernière fois que je l'ai vu. C'était hier matin, je crois. Juste avant votre leçon d'équitation. Attends. Que s'est-il passé ? Est-ce qu'il s'est mal comporté ?

— Non, non ! Pas du tout. C'est que, lui et moi, nous...

— Tu ne vas pas me laisser tomber, hein ? Je t'en supplie, dis-moi que tu ne vas pas laisser tomber, fit-elle en s'approchant de Sierra.

— Je ne vais pas laisser tomber.

— Oh ! merci.

— Mais tu vas peut-être vouloir me renvoyer.

McKinney rit comme si Sierra avait dit une plaisanterie.

— Qu'est-ce que tu racontes, enfin ? Pourquoi je ferais ça ?

— Parce que j'ai couché avec Dallas.

Voilà. C'était dit. Quel soulagement !

McKinney se figea.

— *Pardon ?*

Était-elle en colère ou sous le choc ? Impossible de le dire.

— Je suis désolée, dit Sierra.

— Attends. Reviens en arrière. Tu peux m'expliquer ?

— Il y avait une attirance. Entre nous.

— Tu *crois* ?

Sierra chercha ses mots.

— J'ai… J'ai essayé de reprendre mes distances après notre premier baiser, balbutia-t-elle. J'ai cru que j'en serais capable. C'est vrai, je suis une professionnelle, après tout, non ? Mais c'était de plus en plus fort. Et puis nous nous sommes retrouvés tout seuls.

— Quand ? Où ? Comment ? Non, oublie le comment. Je n'ai pas besoin de savoir comment.

— En bas, dans la salle de sport. Je lui faisais un massage. Avec le recul, je me rends compte que c'était une mauvaise idée.

— Il a dit que tes massages lui faisaient un bien fou.

— Oui. Mais cette fois il était tard. Il n'y avait plus personne à part nous. Et… tu devines la suite.

McKinney poussa un soupir ébahi.

— Je suis désolée de t'avoir menti, ajouta Sierra.

— Tu ne m'as pas menti. Je ne t'ai jamais demandé si tu avais couché avec mon frère.

— J'aurais dû t'en parler tout de suite. Je n'aurais pas dû poursuivre mon travail avec lui après m'être rendu compte que nous étions incapables de garder nos distances.

— Ce n'est pas un client comme un autre, glissa McKinney avec un petit sourire.

— Plus maintenant.

— Il ne l'a jamais été. C'était une opération sous couverture. Tu étais plus une amie qu'une coach.

— Je pense que c'est encore pire. Il vaut mieux que je parte.

— Quoi ? Non. Tu ne peux pas partir. Il va tellement mieux maintenant.

— Tant mieux.

Oui, Dallas avait beaucoup progressé, physiquement et émotionnellement. Mais elle ne pouvait pas continuer dans ces circonstances. Ce n'était pas juste vis-à-vis de lui.

— Et vous êtes toujours...

— Non, ce n'est arrivé que deux fois.

— Deux fois ? répéta McKinney avec amusement.

— Ce serait beaucoup plus digne de pouvoir dire une fois, n'est-ce pas ?

— Comme si tu avais fait un écart, puis que tu t'étais aussitôt remise dans le droit chemin en prenant conscience de ton erreur ?

— Exactement.

— Deux fois en plus d'un mois, ce n'est pas dramatique. Ce n'est pas comme si tu avais entamé une relation avec lui.

— Je ne peux plus être sa coach.

— Tu n'es pas obligée de le rester de façon formelle. Passe encore un peu de temps chez nous, discute avec lui. Tu peux même coucher avec lui si tu en as envie, puisque tu n'es plus sa coach.

— Je ne peux pas être intime avec lui sans être honnête avec lui.

McKinney recula et ouvrit grand les yeux.

— Non ! s'exclama-t-elle. Ne fais pas ça.

— J'ai le sentiment de devoir le faire.

McKinney secoua vigoureusement la tête et répliqua :

— Ce serait une catastrophe pour toi comme pour moi. Voyons, Sierra, grâce à toi, il se sent mieux que jamais. Je l'ai vu sourire à table. Il a même plaisanté avec Victor. Nous n'allons pas tout gâcher !

- Alors il faut que je parte.

En prononçant ces mots, Sierra eut envie de pleurer.

— Quelques jours de plus ? supplia McKinney. Tu peux fixer une date et prendre ton temps pour partir. Ça te permettra de t'organiser pour la suite. Tu pensais rejoindre Nancy à Los Angeles, c'est ça ?

Sierra soupira. Continuer à voir Dallas en sachant qu'elle allait bientôt se séparer de lui... Mais c'était la seule solution.

— D'accord, dit-elle finalement.

— Oh ! merci, dit McKinney. Tu vas tellement me manquer.

— Toi aussi, tu vas me manquer.

Le ranch tout entier allait lui manquer.

Sierra avait l'occasion d'annoncer à Dallas qu'elle allait partir.

Aujourd'hui, la séance d'équitation avait lieu dans la parcelle nord-ouest du ranch, aux White Foam Falls. Avec l'aide de Hardy Rawlings, ils y avaient emmené les chevaux en camion pour se promener au bord de l'eau. Les montagnes, les prés et les chutes d'eau spectaculaires composaient un panorama à couper le souffle.

Albert et Zeke se baignaient maintenant dans l'étang, surveillés de près par Hardy, tandis que Dallas et Sierra étaient assis un peu à l'écart, sur une couverture. Ils avaient donné à boire aux chevaux, puis les avaient attachés à un piquet le temps de manger des fruits et des barres de céréales.

— C'est un endroit magnifique, dit Sierra.

Comme si elle n'avait pas de sujet plus important à aborder...

— L'un de ceux que je préfère, répondit-il, à demi allongé sur la couverture.

Elle mourait d'envie de s'étendre contre lui et de poser la tête sur son épaule.

— J'imagine une maison au milieu de ce pâturage, dit-il en pointant le doigt vers le nord de l'étang.

— Tu y vois un pâturage ? Tu laisserais les bovins détruire ces belles fleurs sauvages ?

Il envisageait donc de s'installer au ranch. Quel progrès considérable !

— Des chevaux. Pas des bovins.

— Ah. Eh bien, j'imagine que ce sera plus joli.

— Une maison en bois, précisa-t-il. Un toit pointu pour évacuer la neige. Rien de trop imposant.

— Tu n'aimes pas la maison familiale ?

— Et toi ?

C'était une maison superbe, mais selon Sierra elle manquait d'âme.

— C'est un peu comme vivre à l'hôtel.

— Exactement, répondit-il.

Elle n'en revenait pas, de l'entendre évoquer la construction de sa future maison au ranch – même si c'était encore abstrait.

— Combien de chambres ? demanda-t-elle pour voir jusqu'où il pouvait aller.

— Je ne sais pas. Quatre, peut-être.

Elle voulut l'interroger sur son envie de fonder une famille, mais elle eut soudain la gorge trop nouée pour parler.

— Une terrasse orientée au sud et un étage, ajouta-t-il.

— Ça fait rêver.

— C'est vrai ? Tu aimes cet endroit ?

— Oui, beaucoup.

— Tu ne le trouves pas trop isolé ?

C'était calme, on ne pouvait pas dire le contraire. Mais elle n'allait certainement pas le dissuader de faire des projets.

— L'autoroute n'est qu'à deux kilomètres.

— C'est vrai. Et Jagged Creek, à une heure de voiture. Et la route est meilleure en partant d'ici que de la maison principale.

Elle acquiesça en silence. Cela lui faisait tellement de peine de penser qu'elle ne serait plus là pour voir tout cela…

— Ce seront des chevaux de rodéo, expliqua-t-il. Je les élèverai, je les dresserai et je les vendrai. Ça me permettra de rester en contact avec le circuit, même sans concourir.

Sa vie serait parfaite et elle n'en ferait pas partie.

— C'est une idée formidable, dit-elle en luttant pour empêcher sa voix de se briser.

Il sourit et un silence suivit.

Elle avala sa salive avec difficulté.

— Dallas ?

— Oui ?

— Je partirai dans quelques jours.

Il tourna brusquement la tête vers elle et la dévisagea avec un air stupéfait.

— Peut-être la semaine prochaine, précisa-t-elle. J'ai passé un séjour extraordinaire ici, et je te remercie pour tout ce que tu as fait pour moi. Mais, tu sais...

— Tu *pars* ?

— J'ai déjà passé plus de temps ici que prévu.

Pourtant, elle devait se rendre à l'évidence : elle ne voulait pas partir. Elle s'imaginait dans la maison de Dallas, au milieu de la prairie. Elle imaginait même leurs enfants courant autour d'eux dans l'herbe.

Il se pencha vers elle.

— Enfin, Sierra, qu'est-ce que tu racontes ? Que sommes-nous en train de faire, à ton avis ?

— Nous parlons de ton avenir.

Elle se mit à genoux face à lui et afficha un grand sourire.

— Et j'en suis très heureuse, ajouta-t-elle. Tu as fait beaucoup de chemin.

— Et *ton* avenir ?

— Eh bien... Je dois encore y réfléchir.

— En Californie ? demanda-t-il avec une amertume qui la surprit.

— Sans doute.

C'était l'endroit où elle connaissait du monde et où elle avait une chance de retrouver du travail.

— D'accord, conclut-il sèchement.

Il se leva et appela Hardy et les enfants pour partir.

Dallas était certain de ne pas avoir mal interprété l'attitude de Sierra. L'alchimie entre eux était fantastique depuis quelques semaines, et elle semblait de plus en plus heureuse au ranch. Elle avait appris à monter à cheval, ils s'amusaient de mieux en mieux ensemble, et il avait vraiment cru que, comme lui, elle commençait à avoir des sentiments.

Ceux de Dallas étaient déjà trop forts pour qu'il puisse les ignorer. Désormais, quand il regardait la montagne, il n'était plus assailli par de terribles souvenirs. Il pensait à Sierra, à son sourire, à son rire, au fait que sa seule présence lui permettait d'aller mieux.

Mais, maintenant qu'il savait qu'elle allait partir, la souffrance revenait.

Il passa la moitié de la nuit à serrer les dents et à s'apitoyer sur son propre sort.

Puis, vers 3 heures du matin, il décida de se secouer. Sa blessure guérissait, et il arrivait enfin à imaginer un avenir à long terme.

Un avenir dont Sierra faisait partie.

Forcément.

Il devait se battre pour elle.

Quand il se leva, sa détermination compensait son manque de sommeil. Il réfléchit en prenant son petit déjeuner. Comme il ignorait ce qu'elle ressentait, il devait avant tout gagner du temps afin de lui montrer ce que pourrait être leur vie ensemble.

Il était plein d'énergie en se dirigeant vers le logement des employés. Arrivé dans le couloir de sa chambre, il vit que sa porte était entrouverte. Elle était donc déjà levée. Tant mieux. L'idée de la trouver au lit et de la rejoindre sous la couette l'aurait comblé de bonheur, mais il n'était pas là pour cela.

— Mais tu n'as rien dit.

La voix de McKinney venant de la chambre l'arrêta net devant la porte. Que faisait sa sœur ici, si tôt ?

— Non, rien, répondit Sierra. Je ne voulais pas.

— Mais il était énervé.

— Il avait l'air énervé, en tout cas. Je me trompe peut-être, mais j'ai eu l'impression que son humeur s'était transformée en une seconde.

— Tu es sûre qu'il n'a pas découvert la vérité ?

— À quel moment ? C'est allé tellement vite. Il me parlait de la maison qu'il voulait construire, et d'un coup il a appelé les enfants pour que nous rentrions.

— C'est l'essentiel, dit McKinney. Enfin... tu comprends ce que je veux dire.

— Oui. S'il apprend quel est mon vrai métier...

— Mon frère n'est pas le genre de personne qui fait appel à un coach bien-être pour aller mieux.

Que se passait-il ? Dallas n'y comprenait rien.

— Nous avons fait ce qu'il fallait, assura sa sœur.

— Ce n'est pas l'impression que j'ai, répliqua Sierra d'une voix préoccupée.

— Tu ne vas pas lui dire la vérité, au moins ?

— Non, jamais. Tu peux compter sur moi.

Dallas poussa la porte au ralenti.

Elles se tournèrent toutes les deux vers lui et leurs yeux s'emplirent d'angoisse. Il fixa Sierra et lui demanda, les mâchoires serrées :

— Tu peux m'expliquer ?

12

Sierra eut toutes les peines du monde à ne pas s'effondrer sous le regard sombre de Dallas. Il avait l'air tellement triste et déçu !

— Je m'inquiétais pour toi, déclara McKinney en se levant pour fermer la porte.

Dallas ne quitta pas Sierra des yeux.

— Tu es coach bien-être ? demanda-t-il.

Sierra avait la gorge desséchée.

— Tu allais très mal, argua McKinney.

— C'est Sierra que je veux entendre, rétorqua-t-il.

Elle parvint juste à faire oui de la tête.

— Alors c'est ça ? Ton travail consiste à assister les gens qui sont… quoi ? Stressés, déprimés, incapables de s'en sortir tout seuls ?

Elle retrouva enfin sa voix :

— Non. Ce n'est pas ça.

— Alors c'est quoi ? Explique-moi. Quel pouvait bien être mon problème pour que tu décides de me prendre en charge *secrètement* ?

— Tu n'as pas de problème.

— Tu étais en colère, dit McKinney. Tu le sais bien. En colère contre tout et contre tout le monde. J'avais peur que tu abandonnes la famille.

— J'ai le droit de vivre ma vie sans que vous considériez que je vous abandonne.

— Tu m'as comprise. Ne me dis pas que tu n'étais pas rempli de colère. Et ne me dis pas que tu ne te sens pas mieux maintenant.

— Tu as fait tellement de chemin, ajouta Sierra.

— Tu en es sûre ? Parce que je peux te dire que là je suis très en colère.

Comment aurait-elle pu le lui reprocher ? Sa réaction était parfaitement légitime.

— Bon sang, Sierra, comment as-tu pu… ?

Il s'interrompit.

— Je n'aurais pas dû coucher avec toi, dit-elle. Je suis désolée.

Il écarquilla les yeux et se tourna vers sa sœur.

— McKinney est au courant, en plus ? s'exclama-t-il. Alors que tu voulais soi-disant que personne ne le sache ?

— Je viens juste de l'apprendre, déclara McKinney.

— Et je suis censé te croire ? railla Dallas.

— C'est ma faute, dit Sierra.

— Oui, lança-t-il, c'est ta faute. Tu as toujours su que tu ne resterais pas. Comment as-tu pu me laisser croire… ? Peu importe, gronda-t-il en tendant la main vers la poignée de la porte. Décidément, cette famille ne changera jamais.

— Dallas, supplia McKinney.

Mais il partit sans se retourner.

Sierra se leva.

— Tu crois que je devrais y aller ? demanda-t-elle à McKinney.

— Je ne sais pas. Je n'ai aucune idée de ce qu'il faut faire.

— Nous ne pouvons pas le laisser s'en aller comme ça.

Mais que lui dirait-elle si elle le rattrapait ? Il connaissait la vérité à présent, et elle n'avait rien à ajouter pour sa propre défense.

Lui dire combien elle était désolée de lui avoir menti. Voilà au moins ce qu'elle pouvait faire.

Elle se rendit dans la maison familiale et aperçut Austin et Garrett en train de prendre leur petit déjeuner.

— Pardon, dit-elle, je cherche Dallas.

— Il vient de sortir, répondit Austin.

— A-t-il dit où il allait ?

— Essaye l'écurie.

Elle courut dehors et entra dans le bâtiment empli de l'odeur du foin et des chevaux. Tout cela allait infiniment lui manquer. Comment avait-elle pu s'y attacher autant en si peu de temps ?

Dans la sellerie, elle trouva Rudy et Ethan.

— Vous avez vu Dallas ? demanda-t-elle.

— Pas aujourd'hui, répondit Rudy. Tu as besoin d'aide pour quelque chose ?

— Non, merci, il faut juste que je voie Dallas.

Son anxiété lui nouait l'estomac. Elle avait à la fois peur de ne pas le trouver et peur d'être face à lui.

Elle parcourut tous les couloirs de l'écurie. Cedric se manifesta quand elle passa devant son box, mais elle n'avait pas le temps de s'arrêter. Son cœur battait de plus en plus vite.

Alors qu'elle arrivait à la porte du fond, un mouvement attira son regard dans un box. Dallas était là, en train de donner une pomme à un cheval.

Elle se tourna vers lui et rencontra son regard.

Elle s'approcha lentement.

— Je suis désolée, dit-elle.

— Tu l'as déjà dit.

— Je ne voulais pas que ça se passe de cette façon.

— De quelle façon, Sierra ?

— De façon... incontrôlée.

— Tu veux dire que tu ne couches pas avec tes clients, d'habitude ?

— Dallas..., soupira-t-elle. C'est la première fois que ça m'arrive.

— Tu fais ce que tu veux, ça ne me regarde pas.

— Si, ça te regarde. Je veux t'expliquer...

— Tu m'as menti et tu as couché avec moi, et maintenant tu es désolée. J'ai compris. Il n'y a rien de plus à expliquer.

Son ton était faussement détaché.

— Nous voulions essayer de t'aider. McKinney s'inquiétait beaucoup pour toi, et je suis masseuse et thérapeute agréée.

— J'aurais dû te payer ?

— Ce n'est pas ce que je voulais dire.

— Écoute, j'ai compris, tu n'avais aucune mauvaise intention, inutile d'en parler davantage.

Cela aurait été plus facile s'il s'était emporté contre elle, s'il avait exprimé son ressentiment au lieu de se contenir à ce point.

— Je peux faire quelque chose pour me faire pardonner de...

— De m'avoir brisé le cœur ?

Ses mots la transpercèrent.

— Dallas, je...

— Tu ne voulais pas me blesser, je sais. Maintenant, tu pourrais partir, s'il te plaît, Sierra ?

— Je suis venue pour arranger les choses.

— Eh bien, c'est raté.

Il ne lui pardonnerait pas ce qu'elle avait fait, et elle ne voyait pas comment se pardonner à elle-même.

— S'il te plaît, dit-elle, sache au moins que McKinney a fait ça pour toi. Dans ton intérêt.

— Bien sûr. Comme Austin. Comme mon père. D'ailleurs, ils ont sans doute raison. Je devrais les écouter, cesser de réfléchir et de suivre mon instinct. Si je me contentais d'écouter tous ces gens brillants qui m'entourent, le monde irait beaucoup mieux.

— Ce n'est pas ce que j'ai voulu dire.

— Ah bon ? C'est toi que je devrais écouter, alors ? Je devrais suivre les conseils du gourou du bien-être ? Tu dois être excellente dans ton domaine, sinon, ma famille ne t'aurait pas engagée.

— J'étais l'amie de McKinney. Tu souffrais et elle était inquiète.

Elle avait conscience de se répéter, mais que pouvait-elle lui dire d'autre ?

— Je vais partir, dit-elle finalement.

— C'est mieux, oui.

Après un silence, elle ajouta :

— Tu as fait beaucoup de chemin, Dallas. Tu ne le ressens peut-être pas à cet instant, mais, physiquement et émotionnellement, tu as fait des progrès considérables.

— Merci beaucoup pour ton avis d'experte, rétorqua-t-il d'une voix glaciale.

Le cœur lourd, elle s'en alla.

— J'ai manqué un épisode ? demanda Austin en entrant dans la chambre de Dallas et en voyant son sac de voyage à moitié rempli.

— Non, répondit Dallas sans cesser de plier ses vêtements.

— Tu as dit que tu allais y réfléchir.

— C'est ce que j'ai fait.

— Et tu as décidé de partir ? Sans prévenir personne ? Sans nous laisser la possibilité de te faire une offre ?

— Une offre ?

— Oui ! Pour te racheter ta parcelle. Ou te la louer. Si tu avais l'intention de la garder, tu ne partirais pas en pleine nuit comme un voleur.

— La nuit n'est pas encore tombée. Et je ne pars pas comme un voleur, McKinney sait que je m'en vais.

— Mais elle ne sait rien à propos de ton terrain et du testament de grand-père.

— Vous n'avez pas les moyens de le racheter.

— Donc c'est bien ça, tu as l'intention de vendre.

Dallas haussa les épaules. Pour l'instant, tout ce qu'il savait, c'était qu'il devait partir. Le souvenir de Sierra et des moments passés avec elle était trop présent ici.

— Sierra te cherchait, tout à l'heure, dit Austin.

— Je sais.

— Tu es tombé amoureux d'elle, c'est évident.

Dallas ne chercha pas à le contredire, mais il n'avait aucune envie d'en parler.

— Ça n'a pas marché entre vous ? demanda Austin.

— On peut dire ça.

— Qu'est-ce que tu as fait ?

— *Moi ?*

— Elle n'est sûrement pas partie sans raison.

Sierra était partie ?

— Tu t'es mal comporté ? demanda Austin.

Dallas était désorienté, tout à coup. Pris de panique.

— Quand est-elle partie ?

— Il y a deux heures environ. Tu ne savais pas ?

L'instinct de Dallas lui hurlait de la rattraper sur la route. Mais il ne pouvait pas se fier à sa propre intuition, qui ne lui attirait que des problèmes.

Sierra ne voulait pas de lui. Elle n'était venue que pour faire son travail.

— Tu devrais voir ta tête, dit Austin.

Dallas secoua la tête et se força à continuer à faire son sac comme si de rien n'était.

— Dallas, tu es amoureux d'elle, répéta Austin.

— Peu importe.

— Tu vas vraiment la laisser partir ?

— Elle n'était pas venue ici pour tomber amoureuse de moi. Elle est venue pour me soigner. McKinney l'a engagée pour… Je ne sais pas. Pour me redonner le sourire ou quelque chose d'aussi stupide.

— Ah oui ? C'était une bonne idée, si tu veux mon avis. Tu étais devenu insupportable.

— Merci.

— Et puis si c'est arrivé quand même ?

— De quoi ?

— Qu'elle tombe amoureuse de toi ? Ce n'était pas prévu, d'accord, mais vous êtes devenus très proches, tous les deux. J'ai vu la façon dont elle te regardait.

— C'est-à-dire ?

— Elle te dévorait des yeux.

Dallas saisit le rebord de son lit pour garder l'équilibre. Il n'avait pas l'habitude d'être à ce point saisi par l'émotion.

— Cette femme a fait l'amour avec toi, rappela Austin. Avec *toi*, le cow-boy, alors qu'elle est belle et raffinée. Ce n'est pas rien.

Dallas lança un regard noir à son frère.

— Détends-toi, ce n'est pas une critique, dit Austin. Juste une observation.

Il avait raison.

Sierra avait fait l'amour avec Dallas. Deux fois. Et ce n'était pas par conscience professionnelle. Et que dire de tous les moments qu'ils avaient passés ensemble, de leur complicité qui n'avait fait que grandir de jour en jour ?

— Si tu ne la rattrapes pas, tu le regretteras, lâcha Austin.

Un coup de tonnerre ponctua ses propos.

Au volant du pick-up qu'elle avait emprunté à McKinney pour se rendre à Granby, Sierra ralentit quand la pluie redoubla de violence. Son amie avait tenté de la retenir, mais Sierra n'avait pas eu la force de rester. Elle fuyait le ranch et Jagged Creek comme elle avait fui Carmel, mais cette fois elle le vivait comme un déchirement. Les mois qu'elle avait passés avec Roger étaient insignifiants en comparaison des quelques semaines si intenses qui venaient de s'écouler.

Son portable sonna. En jetant un œil sur l'écran, elle vit que c'était un numéro du Colorado, mais pas celui de McKinney. Elle commença par ignorer l'appel, puis, voyant que son correspondant insistait, elle décrocha en activant le haut-parleur. C'était peut-être important.

— Allô ?

— Sierra ?

C'était Dallas. Elle soupira. Cela faisait si mal d'entendre sa voix...

— Oui ?

— Où es-tu ? demanda-t-il.

— Sur la route.

— Je sais, McKinney me l'a dit. Mais où ?

— Je ne sais pas.

Il y avait trop peu de visibilité pour qu'elle reconnaisse quoi que ce soit.

— Tu veux bien faire demi-tour ?

— Non.

— S'il te plaît, reviens.

— Pourquoi je ferais ça ?

Elle n'avait pas besoin d'entendre encore ses reproches.

— Il faut qu'on parle.

— De quoi ?

— De nous.

— Il n'y a pas de *nous*.

— Nous avons fait l'amour, Sierra.

— Nous avons cédé à notre attirance et nous n'aurions pas dû.

Elle entra dans un virage.

— Peut-être.

— Je suis ravie que tu sois d'accord.

Trop tard, elle se rendit compte que le virage était plus serré qu'elle l'avait cru.

— Néanmoins...

— Non ! cria-t-elle.

— Que se passe-t-il ?

Le véhicule glissa et elle perdit le contrôle.

— Sierra ?

Elle hurla au moment où la voiture quittait la route pour dévaler la pente. Bloquée par la ceinture de sécurité, elle sentit le choc et entendit les vitres se briser l'une après l'autre. Finalement, la voiture s'arrêta et le moteur s'éteignit, ainsi que les lumières. La pluie s'abattait maintenant directement sur elle, si bien qu'elle n'aurait su dire si elle était seulement trempée ou si elle saignait par endroits à cause des bris de verre. L'adrénaline l'empêchait pour l'instant de sentir la moindre douleur.

— Dallas ? appela-t-elle en cherchant son téléphone à tâtons.

Elle renonça rapidement de peur de se couper.

Il allait venir à son secours, de toute façon. Elle le savait. Quel que soit le temps que cela prendrait, il finirait par la trouver.

Le bruit affreux de l'accident résonnait encore dans les oreilles de Dallas quand il lança ses instructions à sa famille et à Newt. Ensemble, ils mobilisèrent tous les pick-up et les 4x4 du ranch.

Un instant plus tard, il conduisait pendant que McKinney, assise à côté de lui, essayait encore et encore d'appeler Sierra.

— Rien, dit-elle après sa dixième tentative.

— Il est possible que son téléphone soit cassé, ou qu'elle n'ait plus de réseau.

Dallas refusait d'imaginer Sierra inconsciente, ou pire encore. Mais c'était une route dangereuse, surtout la nuit et par mauvais temps. Ils ne le savaient tous que trop bien. Il avait besoin de la trouver au plus vite, de la serrer dans ses bras et de constater qu'elle allait bien.

Il ralentit en arrivant dans la zone où Sierra avait dû arriver, compte tenu de son heure de départ. McKinney sortit une puissante lampe de poche pour inspecter le bord de la route.

— Ça va ? demanda-t-elle.

— Oui, ça va, répondit-il sèchement.

— Ça doit te rappeler maman.

— Ça nous rappelle tous maman. Mais c'est différent.

— Je suis d'accord.

— Tant mieux. On peut arrêter d'en parler ?

Un reflet sur une surface métallique attira son regard. Il freina.

— Là, regarde ! s'exclama-t-il. Éclaire de ce côté.

McKinney braqua la lampe dans la direction qu'il lui indiquait.

— C'est le pick-up !

Il serra le frein à main, activa ses feux de détresse, mit une lampe frontale et prit une corde et une trousse de secours.

— Appelle tout le monde, enjoignit-il à McKinney.

— C'est ce que je fais. Tu veux descendre seul ?

— Je ne vais sûrement pas attendre ici.

Il sortit sous la pluie battante. McKinney suivit son mouvement avec la lampe.

— C'est abrupt, observa-t-elle.

— Ne t’inquiète pas. Continue à éclairer.

— Je te suis.

— Non, attends que je voie ce dont j’aurai besoin.

— D’accord.

Elle sortit à son tour et braqua la lumière vers le pick-up accidenté. Dallas l’entendit téléphoner à leur père. La laissant derrière lui, il descendit sur la pente glissante et appela :

— Sierra ? J’arrive !

Elle ne répondit pas, et il mit encore de longues minutes à l’atteindre. Enfin, il ouvrit la portière côté conducteur.

— Sierra ? dit-il doucement.

Elle entrouvrit les yeux et esquissa un sourire faible.

— Il était temps, souffla-t-elle.

— Tu es blessée ?

— Peut-être au bras. Rien de grave, je pense.

Il regarda et vit qu’elle saignait abondamment.

— C’est tout de même sérieux, dit-il en ouvrant sa trousse de secours.

Il lui fit un bandage en continuant à lui parler. Elle lui assura qu’elle ne s’était pas évanouie.

— Tu peux marcher ?

— Oui. Sors-moi d’ici.

13

Sierra se réveilla dans la chambre d'amis où elle avait passé sa première nuit au ranch. Elle cligna des yeux, et sa douleur au bras lui rappela instantanément les événements de la veille.

— Comment te sens-tu ?

La voix de Dallas la surprit. Il se leva du fauteuil et vint auprès d'elle pour lui prendre la main.

— Bien, répondit-elle en toussotant.

— On t'a fait dix points de suture.

— Je m'en souviens. Merci pour tout.

Dallas l'avait ramenée et portée jusqu'à cette chambre, puis McKinney l'avait aidée à se mettre au lit.

— *Merci* ? répéta-t-il d'un ton incrédule. Tu es sérieuse ?

— Tu m'as secourue.

— Mais c'est à cause de moi que tu as eu besoin d'être secourue.

— Pourquoi ? demanda-t-elle avec stupeur.

— Je t'ai chassée.

— Je suis partie.

Il s'assit au bord du lit.

— Je suis désolé que nous nous soyons disputés.

— Tu avais toutes les raisons d'être fâché.

Plus elle y pensait, plus elle regrettait de ne pas avoir été franche avec lui dès le début. Elle avait essayé de gagner sa confiance en se fondant sur un mensonge.

— Je n'ai pas envie de te contredire, déclara-t-il en lui embrassant les doigts.

— Très bien.

Elle ferma les yeux et respira profondément. Elle avait mal dans tout le corps.

— Tu veux dormir encore un peu ? demanda Dallas en lui caressant les cheveux.

— Quelle heure est-il ?

— Midi passé.

— Quoi ? s'exclama-t-elle en se redressant.

— Eh, doucement. Tu as besoin de repos.

Elle s'assit quand même.

— Tu n'as pas l'intention de suivre mes conseils, si je comprends bien ? demanda-t-il en fronçant les sourcils.

— Je me sens bien.

C'était vrai. Malgré la douleur, elle se sentait bien. Grâce à Dallas.

— Sérieusement, dit-elle en posant la main sur son bras. Merci.

— C'est Austin qu'il faut remercier.

— C'est toi.

Comment oublier le soulagement qu'elle avait ressenti en entendant sa voix, puis en sentant ses mains sur elle ?

— C'est lui qui m'a dit de te rattraper sur la route. Sans lui, je ne t'aurais peut-être pas téléphoné. Je n'aurais pas su que tu avais eu un accident. Austin est toujours de bon conseil, ajouta-t-il avec un sourire.

C'était la première fois qu'elle l'entendait parler de son frère de cette manière.

— La nuit où ma mère est morte, confia-il tristement, il m'a dit de partir à sa recherche. J'ai tardé. J'aurais dû y aller plus tôt.

— Tu ne peux pas savoir si ça aurait changé quelque chose.

— C'est vrai, et je suis seulement en train de le comprendre aujourd'hui. Je dois désormais accepter de vivre sans savoir.

Elle lui caressa le bras.

— Heureusement pour moi, dit-elle après un silence, tu m'as appelée hier soir.

— Heureusement pour *moi*. Austin pense que je devrais t'épouser.

Était-elle en train de délirer à cause des antidouleurs ?

— Pardon ? demanda-t-elle, ébahie.

— Il est catégorique. Et, comme il a toujours raison, je suis tenté de l'écouter.

— C'est une plaisanterie ?

— Pas vraiment. Il voit le bien que tu me fais, et surtout il a remarqué que j'étais amoureux de toi, donc...

Elle crut que son cœur allait exploser. Dallas était *amoureux* d'elle ?

— Sierra, dit-il en se penchant vers elle. Je t'aime.

Il l'embrassa et elle noua les bras autour de lui, oubliant ses points de suture et ses ecchymoses.

— Je t'aime, Dallas.

— Dieu merci !

Il la regarda avec des yeux brillants et un immense sourire.

— Alors c'est une demande en mariage ? demanda-t-elle sans être sûre de comprendre ce qui se passait.

Il fit non de la tête.

Elle réprima une pointe de déception. Il l'aimait, c'était tout ce qui comptait.

— J'ai quelque chose à faire d'abord. Mais, le jour où je te ferai ma demande, est-ce que tu diras oui ?

— Tu n'es pas censé connaître la réponse à l'avance, répliqua-t-elle en riant.

Il rit à son tour et l'embrassa.

Dallas sentait peser dans sa poche l'écrin de la bague de sa grand-mère. Des années plus tôt, il s'était mis d'accord avec ses frères : le premier qui demanderait une femme en mariage pourrait choisir entre les bagues de leur mère, de leur grand-mère et de leur arrière-grand-mère. Les saphirs de celle qu'il allait offrir à

Sierra rappelaient le bleu de ses yeux, et son diamant avait l'éclat de son sourire. Il s'était forcé à attendre deux jours pour lui faire sa demande, le temps qu'elle soit de nouveau sur pied. Mais ils ne cessaient de plaisanter ensemble à ce sujet.

— Alors, ça y est ? demanda-t-elle tandis qu'ils traversaient le ruisseau pour regagner la maison. C'est maintenant ?

— Non, mais c'est vrai que ce serait un très bon endroit.

— Oui, c'est magnifique.

— Mais il vaudrait mieux attendre le coucher du soleil, pour la lumière.

— Deux heures ? Tu veux me faire attendre deux heures de plus ?

— Qui dit que ce sera aujourd'hui ?

Il la serra contre lui et l'embrassa sur le front.

— Et si moi, je te demandais en mariage ?

— Ne fais pas ça.

— Pourquoi ? Tu refuserais ?

— Impossible. Mais tu gâcherais ma surprise.

— Ta surprise ? Quelle surprise ?

— Tu verras bien. Regarde, dit-il en lui montrant la fenêtre de la salle à manger. Tout le monde est déjà à table.

Ils rejoignirent McKinney, Austin et leur père.

— Victor, demanda Dallas, pourrions-nous avoir une bouteille de champagne ? Le Crystal Gold, s'il vous plaît. À condition que papa veuille bien, ajouta-t-il en regardant son père.

— Pour quelle occasion ? demanda Garrett.

Dallas sortit la petite boîte en velours de sa poche et souleva le couvercle. Puis il déclara :

— Je veux demander à Sierra de m'épouser.

McKinney poussa un cri de joie.

— Victor ! s'exclama gaiement Garrett. Champagne pour tout le monde !

— Sierra n'a pas encore dit oui, fit observer Austin.

Sierra regarda la bague et Dallas vit des larmes dans ses yeux.

— Elle est magnifique, murmura-t-elle.

— C'était celle de ma grand-mère.

— Excellent choix, déclara Garrett.

— Enfin, soupira Austin en se levant, Dallas a écouté les conseils de son grand frère.

— Moi d'abord ! cria McKinney en bondissant de sa chaise pour aller embrasser Sierra.

— Tu peux nous laisser finir, s'il te plaît ? lança Dallas, amusé.

Victor revint avec une bouteille de champagne et fit sauter le bouchon.

Sierra tendit la main vers Dallas et le regarda dans les yeux.

— Oui, dit-elle d'une voix émue. Au cas où quelqu'un en aurait douté, c'est un grand oui.

La bague lui allait comme si elle avait été faite pour elle.

Garrett servit le champagne et tout le monde leva son verre.

— Sierra, bienvenue dans la famille ! dit Austin en embrassant sa future belle-sœur. Et merci. Grâce à toi, Dallas va rester et créer son élevage de chevaux de rodéo.

— Tu es toujours d'accord ? demanda Dallas à Sierra.

— Oh ! oui. Et nous construirons la maison en bois ?

— Nous construirons la maison en bois. Et nous pourrons aussi y fonder une famille, si c'est ce dont tu as envie.

Elle se jeta à son cou et le serra de toutes ses forces.

— C'est exactement ce dont j'ai envie, Dallas. Je t'aime tellement.

— Et je t'aime encore plus.

— À la famille ! dit Garrett. À ma nouvelle fille et à l'avenir radieux des Hawkes.

BARBARA DUNLOP

Scandaleuse vérité

Traduction française de
MARIE MOREAU

PASSIONS

HARLEQUIN

Titre original :
FROM HIGHRISE TO HIGH COUNTRY

1

Austin Hawkes, qui consacrait sa vie au vaste ranch familial, ne portait d'ordinaire que des jeans et des chemises de rancher. Il avait toutefois fait une exception aujourd'hui pour le mariage de son frère, Dallas, qui l'avait choisi comme témoin.

Malgré le costume qu'il portait, Austin ne pouvait s'empêcher de regarder la montagne en pensant à ses troupeaux tandis que le pasteur unissait Sierra Armstrong et Dallas Hawkes dans le jardin, à l'arrière de la grande maison.

Le mois d'octobre commençait tout juste. Après un été particulièrement sec, la pluie avait fini par revenir et l'herbe haute ondulait dans les prés. Les feuilles de tremble étaient dorées, celles des peupliers roussissaient, et le rassemblement annuel des animaux aurait lieu dès que Dallas serait devenu un jeune marié heureux.

L'automne était forcément une saison très chargée pour un domaine de quarante mille hectares comme le Hawkes Cattle Ranch, mais Sierra et Dallas avaient été impatients de se dire oui. C'est pourquoi ils étaient aujourd'hui entourés de leurs proches pour un mariage en petit comité, avec en toile de fond les chutes d'eau et la rivière qui traversait la vallée.

Le temps était nuageux, et un vent léger faisait danser les mèches blondes échappées du chignon tressé de Sierra. Au moment où le couple prononçait les serments, un arc-en-ciel apparut au-dessus des montagnes.

Sierra était une mariée magnifique. Sa robe blanche, ornée de dentelle, ajustée au niveau du buste et légèrement évasée de la taille aux genoux, contrastait avec les jeans qu'elle portait depuis son arrivée au ranch. Elle avait dans les cheveux une couronne de fleurs sauvages dont le bleu rappelait celui de ses yeux.

Austin n'était pas tout à fait sûr que son frère méritait cette femme. Mais Sierra était assez intelligente pour savoir ce qu'elle faisait, et il fallait reconnaître que Dallas s'améliorait avec le temps. Le champion de rodéo téméraire et sans attache qui avait passé les dix dernières années sur les routes était enfin rentré chez lui pour construire son avenir.

Après l'échange des consentements, le pasteur se tourna vers Austin, qui s'avança en présentant l'alliance de sa grand-mère. Il était très heureux que Sierra entre dans la famille et avait hâte de voir arriver au ranch une nouvelle génération de Hawkes.

Tout le monde applaudit quand Dallas et Sierra furent déclarés mari et femme et s'embrassèrent avec un sourire radieux. Ils furent félicités, photographiés, puis conduisirent leurs invités jusqu'au petit pont qui traversait le ruisseau et menait au jardin où les attendait le festin préparé par Victor et Mme Innish, les cuisiniers du ranch.

Austin resta un instant à l'écart pour observer avec plaisir son père et son frère. Cela faisait une éternité qu'il ne les avait pas vus se parler ainsi, dans la paix et la bonne humeur. Sierra, de son côté, riait avec McKinney, la petite sœur d'Austin, qui rayonnait presque autant que la mariée dans sa robe bleu azur. Les deux jeunes femmes étaient amies depuis l'université et Sierra avait choisi McKinney comme témoin.

Une énorme côte de bœuf tournait sur la broche. Des chauffages au gaz étaient placés entre les tables rondes habillées de nappes blanches et dressées pour six personnes. Les bouquets de fleurs sauvages disposés entre les assiettes étaient assortis à celui de Sierra. On avait sorti l'argenterie et les flûtes en cristal, et des bouteilles de champagne attendaient dans des seaux à glace.

Austin regarda le soleil qui apparaissait derrière la fine couche de nuages. Il espérait que le déjeuner se terminerait assez tôt pour qu'il puisse se changer et rejoindre Hardy Rawlings dans la prairie de Golden Ridge. Les garçons avaient déjà dû y rassembler le troupeau principal pour qu'on puisse le ramener demain matin dans l'enclos.

Un mouvement près de la maison attira son regard.

Il crut d'abord que c'était un rancher qui passait, avant de remarquer les couleurs éclatantes des vêtements. Puis il distingua plus nettement cette personne. Une femme qui semblait arriver tout droit d'un défilé de mode. Elle portait un chemisier ample violet et argenté, un pantalon gris moulant et des bottines à talons aiguilles. Ses longues boucles d'oreilles frôlaient son foulard, et des lunettes de soleil excentriques masquaient ses yeux.

Elle s'arrêta sur le chemin pavé et regarda le groupe rassemblé dans le jardin, hésitant visiblement à se joindre à la fête.

C'était compréhensible. Si cette femme était une amie de Sierra venue de Californie pour le mariage, elle devait être gênée d'avoir manqué la cérémonie.

Il se tourna vers Sierra pour voir si elle avait remarqué l'arrivée de son invitée, mais la jeune mariée était accaparée par tous ceux qui voulaient lui présenter leurs vœux de bonheur. Plutôt que de l'interrompre, Austin alla à la rencontre de l'étrangère. Malgré son retard, elle avait droit à l'hospitalité.

— Bonjour, lui dit-il.

— Bonjour.

Elle releva ses lunettes de soleil et les posa sur sa tête. Il lut de l'incertitude dans ses yeux.

— Je suis Austin, frère et témoin du marié, dit-il en lui tendant la main.

Elle la serra d'un geste souple et élégant. Elle avait de longs doigts fins, si délicats qu'il eut peur de les abîmer avec sa peau calleuse.

— Ruby Monaco, répondit-elle. De toute évidence, j'arrive au mauvais moment.

— En effet.

Maintenant qu'il lui tenait la main, il n'avait plus envie de la lâcher. Il se surprit à regarder ses grands yeux brun foncé, ses longs cils noirs et ses lèvres sensuelles.

— Nous sommes tous dans le jardin.

Comme si ce n'était pas évident.

Elle hocha la tête et ôta sa main de celle d'Austin.

— Venez, je vous accompagne.

— Vous êtes sûr ?

— Oui, absolument, dit-il, étonné par sa réaction.

Avec un léger haussement d'épaules, elle marcha avec lui vers le groupe.

— Vous venez de Californie ? demanda-t-il.

Sierra était originaire de Carmel et avait aussi des amies à Los Angeles.

— Non, de Boston.

— Ah oui ?

Sierra n'avait parlé d'aucune amie de Boston.

— J'enseigne à l'université.

— Félicitations.

— L'histoire, précisa-t-elle.

— Ce doit être intéressant.

— Je prépare un livre en ce moment.

— Ah, d'accord.

Elle ralentit et s'arrêta en regardant les mariés et leurs invités.

— Vous êtes sûr ? Je peux revenir plus tard.

— Pourquoi ?

Il ne comprenait pas sa question. Elle avait manqué la cérémonie mais ce n'était pas la fin du monde. Si elle avait été retardée pour une raison ou une autre, Sierra ne lui en voudrait certainement pas.

— Je vous dérange, dit-elle.

— Être en retard, ce n'est pas déranger.

Il crut lire de la panique dans son regard au moment où Sierra les rejoignit.

— Austin ?

Il se tourna vers sa belle-sœur.

— Bienvenue dans la famille, lui dit-il en l'embrassant.

— Merci, répondit-elle avec un sourire dont elle avait le secret.

— Et regarde, ajouta-t-il, Ruby est arrivée.

Sierra regarda la jeune femme d'un air perplexe.

— Tu as l'air surprise.

Elle ne s'était pas attendue à voir Ruby ?

Sierra le regarda, puis se tourna de nouveau vers Ruby.

— Bonjour, lui dit-elle. Je ne savais pas qu'Austin avait une petite amie.

Ruby eut aussitôt envie de disparaître.

Elle était arrivée en pleine réception de mariage. Quelle malheureuse coïncidence… Ce n'était vraiment pas la façon dont elle avait voulu se présenter à la famille Hawkes.

— Une petite amie ? répéta Austin en paraissant s'étrangler de stupeur.

Mais la mariée tendait déjà la main à Ruby pour la saluer.

— Je suis Sierra. La mariée.

Elle rit en montrant sa ravissante robe blanche.

— Ce n'est pas…, fit Austin.

— Vous habitez à Jagged Creek ? lui demanda Sierra.

Concentrée sur Ruby, comme si elle essayait de se rappeler si elle l'avait déjà croisée, Sierra lui serra la main en ignorant Austin.

— Non, à Boston, répondit machinalement Ruby. Je crains qu'il y ait une confusion.

— C'est le moins qu'on puisse dire ! s'exclama Austin.

— Pardon, j'ai interrompu quelque chose ? demanda Sierra d'un ton inquiet. Je suis désolée.

Elle recula. À cet instant, le marié arriva et passa le bras autour de sa taille.

— Ça va ? demanda-t-il avec bonne humeur.

Ruby n'eut qu'à le regarder pour deviner que c'était le frère d'Austin. La ressemblance était frappante, le marié avait juste les cheveux un peu plus foncés.

Sierra leva les yeux vers lui et lui demanda :

— Tu savais qu'Austin avait une petite amie ?

— Pardon ? s'exclama-t-il.

— Au moins, je ne suis pas la seule à ne pas être au courant.

Austin essaya à nouveau d'intervenir :

— Ce n'est pas…

— Je crains qu'ils aient eu une querelle, glissa Sierra à son mari.

— Tu dois vraiment faire ça ici ? dit le marié à Austin.

Ruby leva les mains pour mettre un terme à cette scène absurde et fit un pas en arrière. Il était grand temps pour elle de se sauver aussi dignement que possible.

— Veuillez m'excuser, dit-elle, je vais vous laisser.

Déranger une famille un jour de mariage, c'était bien la dernière chose qu'elle souhaitait.

— Que se passe-t-il ici ? demanda un homme plus âgé en s'approchant.

C'était sans doute possible M. Hawkes, le père des deux jeunes hommes.

— La petite amie d'Austin est là, répondit le marié.

— Arrête, s'il te plaît, dit Austin en élevant le ton.

— Je crois qu'ils se disputent, dit Sierra.

— Il vaut mieux que je parte, dit Ruby en s'écartant prudemment d'un pas de plus.

Elle avait peur de trébucher sur les pavés avec ses talons aiguilles.

— Dallas ? dit Sierra en regardant son mari avec inquiétude.

— Tu vas laisser ton amie partir comme ça ? demanda Dallas à Austin.

— Il y a un énorme malentendu, dit Ruby. Je suis arrivée à l'improviste et Austin a eu l'amabilité de…

— Tu n'as pas invité Ruby ? demanda Sierra en regardant Austin avec stupeur.

— Qu'est-ce qui t'arrive ? demanda M. Hawkes.

— Nous devrions les laisser parler, dit Dallas en adressant à son frère un regard compréhensif.

— Faites vite, enjoignit M. Hawkes.

— Prenez votre temps, répliqua Sierra avec douceur. Sachez juste que le déjeuner sera servi dans une dizaine de minutes.

Ils s'éloignèrent tous les trois pour rejoindre leurs invités. En les suivant du regard, Ruby dut reconnaître que ce décor était tout simplement féerique. Quel ranch offrait une vue sur des chutes d'eau et un ravissant ruisseau ? Elle ne s'était pas attendue à cela en faisant une halte ici dans sa quête d'un ranch ancien et prospère du Colorado.

— Partez, maugréa Austin. S'il vous plaît, partez.

Elle chercha désespérément un moyen de rattraper ce début désastreux. Comment faire pour s'attirer ses bonnes grâces après ce qui venait de se passer ?

— Je suis désolée qu'il y ait eu un tel quiproquo. Je voulais juste me présenter.

— Qui interrompt un mariage pour se présenter ?

— J'ignorais que c'était un mariage.

— La robe blanche et les fleurs ne vous ont pas mise sur la voie ?

— J'ai mis une minute à comprendre.

Au début, elle avait cru qu'il s'agissait d'un pique-nique. Un pique-nique très haut de gamme, certes. Mais, avant qu'elle ait eu le temps de décider quoi faire, Austin était venu l'accueillir.

— Vous ne raisonnez pas très rapidement, *professeure*.

Son ton sarcastique la heurta.

— C'est vous qui m'avez invitée à vous suivre.

— Je vous ai prise pour une amie de Sierra.

— Vous avez eu cette idée tout seul.

— À cause de votre tenue sophistiquée !

— Je ne m'habillerais jamais comme cela pour un mariage.

Elle avait mis des vêtements de tous les jours, pas du tout assez élégants pour un tel événement.

— C'est un mariage dans un ranch.

— Tout de même. Un pantalon et des bottines ?

Il marqua une pause, comme s'il se rendait compte qu'ils s'étaient éloignés du sujet. Au moins, il n'avait plus l'air aussi renfrogné que tout à l'heure.

— Je ne vais pas vous déranger plus longtemps. Nous pourrions peut-être fixer un rendez-vous prochainement ?

— Dans quel but ?

— Faire connaissance et discuter. Comme je vous l'ai dit, je fais actuellement des recherches. Le Hawkes Cattle Ranch est remarquable du point de vue historique. Votre famille représente l'esprit même de cette vie, du travail, de l'initiative et de la persévérance. Le simple fait que vous ayez survécu jusqu'à aujourd'hui, non seulement survécu mais prospéré à ce point…

Elle fit un grand geste pour désigner les montagnes, les pâturages, ainsi que l'immense maison qui se dressait à quelques pas. Pour elle, avoir découvert ce ranch était une chance inespérée qu'elle refusait de laisser passer.

— Cela vaut la peine d'être étudié.

— Non, répliqua-t-il sèchement.

Quel mauvais caractère ! Il n'était même pas prêt à accepter un entretien préliminaire ?

Mais elle n'allait pas se décourager aussi facilement.

— Je ne vous ai encore rien demandé, fit-elle observer.

— Vous voulez prendre de mon temps.

— J'ai commencé mes recherches depuis des semaines déjà, dit-elle pour le rassurer. Je me suis renseignée sur la région, la ville de Jagged Creek, les ranchs et la famille Hawkes. Nous ne partirons pas de zéro.

— C'est non.

Elle chercha les bons mots pour le faire changer d'avis. Elle avait désespérément besoin de ce projet pour sauver sa carrière, et Austin était le meilleur contact qu'elle puisse trouver pour le mener à bien.

Fils aîné de la famille Hawkes, il n'avait pratiquement pas

quitté le ranch depuis trente ans – contrairement à ses deux frères, puisque l'un était champion de rodéo, tandis que le second s'était engagé dans l'armée. Il avait aussi une sœur, McKinney, mais qui était beaucoup plus jeune et avait sans doute une moins grande connaissance du ranch.

C'était Austin que Ruby voulait interroger. Mais puisqu'elle devait être réaliste…

— Je pourrais peut-être parler à quelqu'un d'autre ? demanda-t-elle en regardant les convives rassemblés pour la réception.

— Non, pas question. Je parle au nom de toute la famille.

C'était un peu présomptueux de sa part. En général, les gens étaient heureux qu'un chercheur s'intéresse à leur histoire familiale pour écrire un essai. Comment Austin pouvait-il répondre à la place de ses proches sans leur avoir demandé leur avis ?

— Vous ne pouvez pas prendre cette décision tout seul, répliqua-t-elle.

— Je le peux, et je le fais.

— Vous êtes si énervé que ça ? Vraiment ? Vous voulez vous venger sur moi pour une malheureuse confusion ?

— Ça n'a rien à voir.

Elle n'y croyait pas un seul instant et laissa échapper un rire moqueur.

Austin s'approcha d'elle et baissa la voix, ce qui ne semblait pas indispensable étant donné que les autres parlaient entre eux et étaient trop loin pour les entendre.

— Nous avons énormément de travail, surtout en ce moment. C'est le rassemblement d'automne. Personne n'a de temps à perdre pour écrire un livre.

— C'est moi qui l'écrirai.

— Vous m'avez compris.

Oui, et elle aurait sans doute dû s'avouer vaincue et partir. Mais l'enjeu était trop important pour elle.

Elle prit une profonde respiration et s'efforça d'insister le plus calmement du monde :

— Il s'agirait seulement de quelques questions.

— Je vous ai dit non. Il me semble que ce n'est pas difficile à comprendre, si ?

— Je crois que nous sommes partis du mauvais pied.

— Austin ? lança quelqu'un. Vous venez, tous les deux ?

Il se tourna vers l'endroit où tout le monde avait pris place à table. Il avait sans doute un discours à prononcer pour les mariés. Ruby devait se dépêcher de le convaincre.

— Austin, dit-elle, je suis sincèrement désolée. Je ne voulais pas que les choses se passent ainsi.

— Sans blague, lança-t-il avec un sourire froid.

Puis il tourna les talons et rejoignit sa famille.

Ruby croisa le regard interloqué de Sierra juste avant de s'enfuir vers la voiture de location qu'elle avait garée devant la maison.

Une fois assise au volant, elle ferma les yeux et serra les mâchoires. Cela ne pouvait pas être déjà la fin.

Une fois le déjeuner terminé et le gâteau coupé, Austin se mit légèrement à l'écart de la fête, près de la cheminée à gaz placée au bord du ruisseau. Il n'avait pas l'intention de partir avant la fin de la réception, mais l'heure tournait et le soleil était en train de décliner. Il avait espéré pouvoir prendre des nouvelles de Hardy et du troupeau avant la tombée de la nuit. Seulement, personne ne semblait pressé de rentrer.

En le voyant, Dallas laissa Sierra avec McKinney et un petit groupe d'invitées et vint vers lui, la cravate desserrée.

— Pourquoi Ruby est-elle partie comme ça ? demanda-t-il.

— Ruby n'est pas ma petite amie.

Cela faisait deux heures qu'Austin attendait une occasion de mettre les choses au clair.

— C'est encore trop tôt ?

— Non. Ce que je veux dire, c'est que je n'avais jamais rencontré cette femme.

— C'est vrai ?

— Oui, c'est vrai.

— Alors pourquoi l'as-tu invitée au mariage ?

— Très drôle.

— Pourquoi ? Je t'ai bien vu l'accompagner vers la réception.

— J'ai cru que c'était une amie de Sierra.

— Qu'est-ce qui t'a fait penser ça ?

— Tu l'as bien regardée ?

Son assurance, son style vestimentaire, sa façon d'être… Elle venait d'une grande ville, cela ne faisait aucun doute. Il l'avait deviné avant qu'elle lui dise qu'elle venait de Boston. Dallas n'avait pas de femmes comme elle parmi ses amies proches, donc c'était forcément Sierra qui l'avait invitée.

— Oui.

Dallas leva les sourcils et ajouta :

— Tu es sûr que tu ne t'intéresses pas à elle ?

— Fiche-moi la paix. Tu ferais mieux de rejoindre la mariée.

— À voir comme elle s'amuse avec les autres, elle n'a pas besoin de moi pour l'instant.

— La question n'est pas de savoir si elle a besoin de toi ou non. Tu devrais te comporter en gentleman.

Dallas avait passé ces dix dernières années dans les concours de rodéo, entouré de ranchers assez peu raffinés. Il ne faisait aucun doute qu'il adorait Sierra, mais il manquait parfois de bonnes manières.

— Tu es impatient de partir, hein ? fit Dallas.

— Pas tant que ça.

Son frère rit et changea de sujet :

— Quel troupeau devez-vous ramener demain ?

— Le troupeau principal. Hardy l'a déjà rassemblé à Golden Ridge.

— Tu peux aller le rejoindre, tu sais.

— Je ne vais pas partir maintenant.

Hardy appellerait Austin s'il avait besoin de lui. À condition, bien sûr, que le nouveau relais de réseau fonctionne aujourd'hui…

Dallas hocha la tête et son regard se promena sur les invités avant de se poser sur Sierra.

— Je n'en reviens pas qu'elle ait dit oui, dit Austin pour plaisanter.

— Que voulait-elle ?

— Sierra ?

— Ruby. Qui est-ce ?

Austin contracta les mâchoires en repensant à sa conversation contrariante avec elle.

— Elle veut interviewer la famille.

Dallas se retourna vers lui.

— Elle est journaliste ?

— Pire.

Un article de journal aurait au moins eu l'avantage d'être bref.

— Elle écrit un livre.

— Sur quoi ?

— Sur nous, apparemment.

— Pour le tourisme ? Au fait, je t'ai dit que la nouvelle boutique de souvenirs avait voulu vendre des tasses avec une photo de moi en train de faire du rodéo ? Ils ont eu l'air choqués quand j'ai dit non. Ils m'auraient reversé vingt-cinq cents par tasse vendue.

L'air écœuré de Dallas fit sourire Austin.

— Tu n'as pas besoin de cet argent ?

— Je n'ai pas besoin d'être ridicule.

— Pour répondre à ta question, il ne s'agit pas d'un livre de tourisme. Elle m'a dit qu'elle était professeure d'histoire à l'université.

— Un livre d'histoire ?

— Je crois, oui.

— Sur nous ?

— Sur grand-père Clem, j'imagine.

Ruby allait sans doute avoir envie de remonter à la naissance du ranch, fondé par leur aïeul six générations plus tôt.

— Intéressant, répondit Dallas, qui ne semblait pas s'inquiéter de cette intrusion dans leur vie privée.

Mais Austin ne comptait pas laisser qui que ce soit chercher des secrets et des scandales dans le passé.

— Je n'ai pas de temps pour ça, marmonna-t-il.

— Je comprends. Moi non plus. Les ouvriers se démènent pour que l'isolation de la maison soit terminée d'ici la fin du mois. Ensuite, nous pourrons achever l'intérieur même si la neige se met à tomber. Et, la semaine prochaine, nous allons à la vente de chevaux de rodéo de Wichita Falls.

— Tu veux toujours créer ton propre élevage ?

Austin n'était pas enchanté par cette idée.

— Les chevaux de rodéo, c'est ce que je connais. C'est une affaire qui peut marcher.

— Et qui te permettra de rester en contact avec le circuit.

— Les blessures en moins.

Dallas se toucha l'épaule. Il gardait les séquelles d'une chute qu'il avait faite cette année en compétition.

— C'est un pari, souligna Austin.

Il aurait aimé voir son frère s'associer au reste de la famille dans l'élevage de bovins. Tout comme il espérait que Tyler, son autre frère, allait bientôt quitter l'armée pour rentrer au ranch.

Mais Dallas avait décidé d'utiliser sa parcelle du domaine pour élever des chevaux de rodéo. Vu son caractère volontaire et tenace, il n'allait pas changer d'avis.

— C'est ce que je connais, répéta Dallas avec un visage fermé.

Ils avaient déjà eu cette discussion plusieurs fois.

— Comme tu voudras.

Cette fois, Austin n'insista pas. Il ne voulait sous aucun prétexte ternir cette belle journée. Et, après tout, Dallas était libre de faire ce qu'il voulait de ses terres et de son avenir.

Que cela plaise ou non à Austin.

— Tu devrais l'appeler, dit Dallas après un silence.

— Qui ?

— Ruby.

— Pourquoi je l'appellerais ?

— Pour lui parler de grand-père Clem, des déplacements de troupeaux, des hivers, des loups. De l'aventure, de cette vie excitante. Peut-être qu'elle voudra bien sortir avec toi.

Cette remarque grotesque laissa Austin bouche bée.

— Il faudrait que tu trouves quelqu'un, Austin. Tu es célibataire depuis une éternité.

— Tu ne veux pas être le seul à te faire passer la corde au cou, c'est ça ? Désolé, c'était une mauvaise plaisanterie. Sierra est merveilleuse et tu sais que nous l'adorons tous. Tu as beaucoup de chance.

— Je sais que j'ai de la chance ! Et tu pourrais en avoir aussi, si tu rencontrais une femme bien.

Austin se renfrogna.

— J'ai un troupeau qui m'attend, conclut-il.

Mieux valait laisser son frère sur son petit nuage. Il ne comptait ni discuter de sa vie sentimentale avec lui, ni rappeler Ruby Monaco. Il n'était pas question qu'elle fouille l'histoire de leur famille pour la vendre dans son livre.

2

Ruby ne s'était pas attendue à trouver un établissement comme l'Oberfeld Hotel dans la petite ville de Jagged Creek. Elle avait cru que le site Internet amplifiait son opulence. Mais elle se trouvait bel et bien dans cet hôtel cinq étoiles, dans une suite flambant neuve dont la baie vitrée donnait sur les montagnes du Colorado.

Elle avait pris un trimestre de congé sabbatique. Après avoir perdu la bataille pour un poste de titulaire au profit du prétentieux Bert Bartholomew, elle avait besoin d'une pause pour se concentrer sur elle et réfléchir à la suite de sa carrière.

Néanmoins, elle ne put s'empêcher de consulter les mails arrivés sur sa messagerie universitaire. Il y en avait justement un de Bert Bartholomew.

> Il est difficile, chère madame, d'exagérer l'influence du pouvoir parlementaire britannique sur la démocratie et l'histoire sociale de l'Europe.

Elle soupira et referma son ordinateur portable sans lire la suite. Ce mail faisait suite à l'intervention pleine de suffisance qu'il avait faite lors de la dernière conférence de Ruby. Certes, en tant que Britannique, il avait des choses à dire sur le sujet, mais quel besoin avait-il de la prendre de haut comme cela ?

La porte de la salle de bains était restée ouverte et elle posa les yeux sur sa luxueuse baignoire. Elle avait été tentée de s'y plonger ce matin mais avait opté pour une douche afin de se mettre rapidement au travail.

Le revers qu'elle avait essuyé hier avec Austin ne l'avait pas découragée. Elle comptait toujours mener son projet à bien. Une personne sensée devait savoir reconnaître ses propres faiblesses, analyser la situation et réagir en conséquence. La meilleure façon pour elle d'être la prochaine titulaire d'un poste prestigieux était de publier un livre marquant sur un sujet original et passionnant.

Voilà pourquoi elle avait besoin de la famille Hawkes.

Une fois maquillée, les cheveux attachés en une longue natte, emmitouflée dans un épais peignoir blanc, elle porta son ordinateur jusqu'à la table située dans l'alcôve de sa suite et s'installa face à la fenêtre. Si elle avait résisté à l'appel de la baignoire, elle céda à celui du cookie géant déposé pour elle entre un bouquet de fleurs fraîches et une bouteille de chardonnay. Selon la tournure qu'allait prendre sa journée, elle ouvrirait peut-être la bouteille plus tard.

Pour l'instant, le succulent biscuit aux flocons d'avoine et aux pépites de chocolat était plus que bienvenu. Le petit déjeuner équilibré, ce serait pour un autre jour.

Le wi-fi de l'hôtel était rapide et, une fois connectée, Ruby put facilement chercher en ligne les commerces et les restaurants locaux les plus anciens. Elle espérait y rencontrer des gens, qu'ils soient clients ou employés, bien renseignés sur l'histoire de la région.

Elle se redressa d'un coup en découvrant le site Internet d'une maison de retraite appelée Topaz House. Les pensionnaires installés dans cette résidence vivaient sans doute dans les environs depuis des décennies. C'étaient exactement les personnes qu'elle voulait rencontrer.

La page d'accueil de Topaz décrivait trente-six suites spacieuses, une salle à manger commune, plusieurs salons et des activités planifiées. Ce lieu avait l'air très agréable à vivre, mais surtout Ruby y voyait une formidable mine d'informations.

Elle mordit dans son cookie en se demandant si le personnel accepterait qu'elle passe poser quelques questions. Qui sait, avec un peu de chance, elle pourrait même y rencontrer un ancien employé de ranch enclin à évoquer le passé.

Elle enregistra l'adresse de la résidence dans son téléphone et la repéra sur un plan. C'était à quelques minutes à pied de l'hôtel !

Profitant d'un regain d'énergie, elle s'habilla en chantonnant. Elle retenterait sa chance chez les Hawkes, c'était certain, car elle rêvait de mettre leur ranch au centre de son livre. Mais elle avait beaucoup d'autres pistes à suivre pour laisser à M. Austin Hawkes le temps de se détendre un peu.

Après avoir demandé conseil à la conciergerie de l'hôtel, elle se rendit au Maggie's Bakeshop pour y acheter une vingtaine de beignets. Ils étaient encore chauds et une délicieuse odeur s'échappait de la boîte qu'elle porta jusqu'à la résidence.

La Topaz House était un bâtiment ancien en pierre grise dont le perron était encadré de piliers blancs et surmonté d'une grosse horloge qui indiquait 13 h 55, alors qu'il était à peine 10 heures du matin. On aurait dit un hôtel de ville d'un autre temps, ce qu'il était sans doute, mais qui avait été parfaitement entretenu. Tout était magnifique, les jardins comme l'architecture.

Ruby passa la grande porte d'entrée et pénétra dans un hall chaleureux et accueillant. Les murs étaient peints dans des nuances apaisantes de beige et de bordeaux. Des flammes dansaient dans la longue cheminée à gaz, au-dessus de laquelle était fixée une plaque en cuivre martelé. Des canapés et des fauteuils meublaient la grande salle, dont la porte ouverte donnait sur un salon et une salle à manger.

— Je peux vous aider ?

Ruby tourna la tête et vit venir vers elle une jeune femme souriante.

— Bonjour, répondit Ruby. Je ne sais pas à qui je devrais m'adresser.

— Pour vous débarrasser de vos beignets ? demanda la jeune femme avec humour.

— Exactement, répliqua Ruby en riant.

— Je me ferai une joie de vous les prendre. Je suis Kiera Brooks, coordinatrice de loisirs pour les résidents de Topaz.

— Ruby Monaco.

Kiera prit la boîte et huma l'odeur des beignets avec un air d'extase avant de les poser sur une table.

— Que puis-je faire pour vous ?

— Je suis professeure d'histoire à l'université de Boston, dit Ruby en lui tendant une carte de visite. Je fais actuellement des recherches sur les ranchs historiques du haut Colorado, surtout ceux qui existent encore aujourd'hui.

Kiera prit la carte et la regarda avec un intérêt manifeste. C'était bon signe.

— Je vais séjourner quelque temps à Jagged Creek, ajouta-t-elle. J'aimerais rencontrer des gens qui ont vécu dans le milieu des ranchs et de l'élevage.

— Vous êtes venue au bon endroit pour ça.

L'optimisme de Ruby redoubla.

— Ça fait plaisir à entendre !

— Vous avez apporté les beignets comme pot-de-vin ? dit Kiera pour plaisanter.

Ruby rit et répondit :

— Je ne voulais pas arriver les mains vides.

— Maggie's est une véritable institution ici. Y a-t-il des torsades à la cannelle dans cette boîte ?

— Absolument. Servez-vous.

Avec un grand sourire, Kiera souleva le couvercle et prit une torsade à la cannelle, qu'elle posa sur une serviette en papier.

— Nous pouvons apporter le reste dans le salon, suggéra Kiera. Je suis sûre qu'ils attireront l'attention.

Ruby n'en revenait pas de sa chance.

— Merci. Pensez-vous que ça dérangerait vos pensionnaires que je leur pose quelques questions ? Est-ce contraire au règlement de la résidence ?

— Un règlement qui interdirait les visites et la conversation ? Bien au contraire, assura Kiera en conduisant Ruby vers le salon. C'est ce que nous essayons d'encourager. Les enfants de la garderie viennent tous les mardis matin pour jouer avec leurs aînés, et la chorale de la paroisse répète ici le jeudi soir. Plus il y a de vie sociale, mieux c'est.

Elles entrèrent dans une grande pièce au centre de laquelle se trouvaient trois tables rondes entourées de sièges confortables. Il y avait aussi une cheminée, une grande télévision et une baie vitrée qui donnait sur le jardin arboré.

Trois femmes étaient installées près de la fenêtre, tandis que deux hommes assis à l'une des tables jouaient aux cartes.

— Vous pouvez vous installer ici, dit Kiera en posant la boîte de beignets et la pile de serviettes en papier sur une table libre. Vous voyez la dame qui porte un chemisier vert ? C'est Mimi. Elle a toujours vécu à Jagged Creek. Quand elle était jeune, elle travaillait dans un ranch en tant que cuisinière pour le personnel. Elle adore parler. À côté d'elle, c'est Cloris qui est en train de tricoter. Son père était un employé du Hawkes Cattle Ranch.

Ruby jubilait. Kiera poursuivit :

— Je ne sais pas si vous en avez entendu parler. C'est l'un des ranchs les plus importants de la région.

— J'en ai entendu parler. Vous croyez que Cloris accepterait d'échanger quelques mots avec moi ?

— Allons lui poser la question.

L'un des deux hommes aux cheveux gris se leva lentement et prit sa canne pour s'approcher d'elles.

— C'est une boîte de chez Maggie ? demanda-t-il en se penchant au-dessus de la table.

— Oui, Fred, répondit Kiera.

— Je vous en prie, servez-vous, fit Ruby.

L'autre homme les rejoignit.

— Je vous présente Ruby, leur dit la coordinatrice. Elle est venue pour que vous lui racontiez votre expérience dans les ranchs.

— Ça fait des années que je ne suis pas monté sur un cheval, dit Fred en prenant un beignet.

— Tu n'as même pas de cheval, railla l'autre homme.

— Voici Oscar, dit Kiera à Ruby.

Oscar choisit un beignet au chocolat. Kiera leur donna une serviette à chacun et ils s'assirent tous les quatre à table.

— L'un de vous deux a-t-il été rancher ? demanda Ruby.

— Tout le monde était rancher, ici, autrefois, répondit Fred en mangeant une première bouchée. Merci pour les beignets, ils sont toujours aussi bons.

— J'aimerais beaucoup entendre votre histoire. Je travaille à l'université de Boston et je fais des recherches ici, dans le Colorado.

— Vous dites que vous venez d'où ? demanda Oscar en mettant la main autour de son oreille.

— De Boston, dit Fred en élevant la voix.

— Les gens de la ville, ronchonna Oscar.

— Je plaide coupable, répliqua Ruby avec bonne humeur. Et vous, vous êtes né à Jagged Creek ?

— Oui. À l'époque où il n'y avait même pas d'hôpital.

— Vous êtes né à domicile ?

— Comme tous les gens de cette génération ! fit Fred avec amusement.

— Comment était la ville ? Petite et calme, j'imagine ?

— Petite, oui, répondit Oscar. Calme, non.

— Il y avait de sacrés personnages, renchérit Fred.

— Tu te souviens de Lucky Luke Scranton ?

— Il a dormi dans son grenier à foin pendant des années ! s'exclama Fred. Jusqu'à ce qu'il ramène une femme de Denver.

Les deux hommes s'esclaffèrent.

— Elle l'a sorti de sa grange à coups de balai pour qu'il construise une maison digne de ce nom, raconta Oscar.

— Ah, on n'en fait plus, des comme ça, déclara Fred en secouant la tête.

— Oh ! elle avait du caractère.

— Je parlais de Lucky Luke.

— Lui aussi.

Ruby échangea un sourire complice avec Kiera, puis continua

à écouter les deux hommes avec attention. Elle espérait pouvoir prendre des notes à un moment ou l'autre, mais elle ne voulait surtout pas les interrompre pour leur demander l'autorisation de les enregistrer. Elle craignait qu'ils perdent leur naturel.

Installé dans son bureau, au rez-de-chaussée de la maison principale, Austin entendit une voix par la fenêtre ouverte et reconnut aussitôt celle de Ruby Monaco. Curieusement, cela lui fit plaisir. Il avait cru qu'elle ne reviendrait pas, mais il se rendait compte à présent qu'il l'avait secrètement espéré.

Une semaine s'était écoulée depuis le mariage de Sierra et Dallas. Les jours suivant sa rencontre avec Ruby, Austin n'avait pu s'empêcher de repenser à elle, allant jusqu'à chercher son profil sur les réseaux sociaux – juste pour s'assurer qu'elle ne lui avait pas menti sur son identité et ses intentions. On n'était jamais trop prudent.

Les résultats avaient confirmé ses propos.

— J'attendrai volontiers qu'il soit disponible, dit Ruby depuis le perron.

Austin se leva, bien décidé à régler cette affaire une fois pour toutes. Il allait lui redire que les Hawkes n'étaient pas des bêtes curieuses à analyser au microscope et qu'elle devait désormais les laisser tranquilles.

Tant pis pour lui s'il avait envie qu'elle reste un peu. Oui, elle était belle, brillante et intrigante. Et Dallas n'avait peut-être pas eu complètement tort de conseiller à Austin de la revoir. Mais, dans ces circonstances-là, c'était impossible.

Il sortit dans le couloir et se dirigea vers la porte d'entrée. McKinney venait à sa rencontre.

— La journaliste de Boston est là pour toi, lui dit sa petite sœur.

— Elle n'est pas journaliste, répondit Austin.

— Ruby Monaco.

— Je connais son nom.

— Mais qu'est-ce qui s'est passé entre vous, exactement ?

— Rien.

— Dallas a dit que tu allais l'inviter à sortir.

— C'est son idée, pas la mienne, répliqua Austin avec agacement.

— Pourquoi ? Elle est ravissante.

— Tu me prends pour quelqu'un de superficiel ?

Il ne s'intéressait pas aux femmes uniquement en fonction de leur physique. Bien sûr, comme tout le monde, il était sensible à la beauté. Mais Ruby avait éveillé son intérêt pour bien d'autres raisons.

— En tout cas, dit McKinney, elle est ici, alors j'espère que tu n'as pas été trop grossier la dernière fois.

— Pas du tout, pourquoi tu dis ça ?

— C'est Dallas qui me l'a dit. Et parce qu'elle a l'air nerveuse.

Ce n'était pas surprenant. Elle devait s'attendre à ne pas être accueillie à bras ouverts. Cela prouvait qu'elle avait un certain courage.

— Je vais voir ce qu'elle veut, dit-il en se dirigeant vers la porte.

— Ce n'est pas trop tôt ! lança McKinney.

Quand il arriva dans l'entrée, Ruby se tourna vers lui. Le seul fait de la voir lui procura une joie inexplicable.

Toujours impeccable, elle portait un pull crème, un jean moulant et des chaussures montantes à lacets, en cuir marron. Elle avait dû les acheter pour être davantage dans le ton, car de toute évidence elles étaient toutes neuves.

— Bonjour, madame.

— Vous pouvez m'appeler Ruby.

— Vous pouvez m'appeler Austin.

— C'est ce que je comptais faire, répondit-elle avec humour. Bonjour, Austin.

Sa voix mélodieuse était aussi séduisante que son apparence.

— Que puis-je faire pour vous ?

Elle sortit un carnet de son grand sac en cuir orné de petits clous et de galons.

— Ça aussi, vous l'avez acheté à Jagged Creek ?

Voyant son air perplexe, il montra ses chaussures.

— Boots and Blues ? demanda-t-il en nommant le magasin de vêtements le plus populaire de la ville.

Elle sourit timidement et il comprit qu'il avait vu juste.

— C'est Kiera qui m'a conseillé cette adresse.

— Kiera ?

— De la Topaz House.

Sa réponse éveilla instantanément la suspicion d'Austin.

— Qu'êtes-vous allée faire à la Topaz House ?

— Parler.

— De quoi ?

— De choses et d'autres.

Elle ouvrit son carnet et ôta le capuchon de son stylo à bille.

— Mais encore ?

Certains pensionnaires de la Topaz House en savaient beaucoup sur les ancêtres d'Austin – peut-être plus qu'Austin lui-même.

— De choses que j'aimerais que vous confirmiez, répondit-elle en tournant quelques pages. Ou démentiez.

Qu'avait-elle donc appris là-bas ?

— Avec qui avez-vous parlé ?

— Mimi Richardson, Fred Wylie, Oscar Maddock et quelques autres.

Quel idiot !

Il aurait se douter qu'en lui fermant la porte il l'envoyait se renseigner ailleurs. Chercher d'autres sources d'information.

— Que vous ont-ils dit ? demanda-t-il en se préparant au pire.

— Que votre arrière-arrière-grand-père, Winston, avait gagné sa femme, Lillian, au poker.

Austin serra les mâchoires. Ce n'était ni entièrement vrai ni entièrement faux. Il y avait bien eu une partie de poker, lors de laquelle une rencontre avec Lillian – nouvellement arrivée à Jagged Creek et femme la plus élégante que les ranchers d'ici aient jamais vue – avait été mise en jeu.

— C'était une autre époque, marmonna-t-il.

Ruby attendit, stylo en main, puis haussa les sourcils.

— C'est tout ? Ça, alors. Je pensais que vous corrigeriez cette histoire-là.

Austin devait se rendre à l'évidence : depuis le début, il avait tout faux avec Ruby. Il n'aurait pas dû la chasser. Si elle était au ranch, au moins, il pouvait savoir qui elle interrogeait et qui lui répondait. C'était le meilleur moyen pour lui de garder un œil sur son futur récit.

— Vous avez l'intention de publier des commérages ?

— Pas des commérages. Des témoignages.

— Ces vieux ranchers sont connus pour embellir leurs histoires.

— Je vous rappelle que mon premier choix, c'était vous.

— Je suis un homme occupé.

Pour toute réponse, elle le regarda avec insistance, comme si elle essayait de déceler ses faiblesses. Il essaya de ne rien montrer, mais ils savaient tous les deux qu'elle avait gagné. Il avait tout intérêt à accepter de coopérer.

— Que cherchez-vous exactement ? demanda-t-il après un silence.

Elle eut le mérite de ne pas triompher ouvertement.

— Je suis professeure d'histoire. Je cherche l'histoire. Bonne, mauvaise, excitante ou ennuyeuse. Je veux savoir ce qui s'est passé autrefois.

— Mais excitante, ça vous plairait plus.

Elle esquissa un sourire espiègle, beaucoup trop sexy.

— Excitante, ça ferait vendre plus de livres.

— Vous voyez, c'est justement ce qui me pose un problème.

Il avait entamé une grande modernisation du ranch qui ne se déroulait pas aussi bien qu'il l'aurait voulu et à laquelle son père s'opposait. Ce travail requérait toute son attention et il n'avait pas le temps de répondre à des questions.

— Je n'ai pas besoin de voir les secrets de ma famille déformés dans un but commercial.

— Les secrets ? répéta-t-elle avec un air intrigué.

Quelle que soit l'expression de son visage, elle était toujours aussi attirante.

— Mes ancêtres n'étaient ni des meurtriers ni des voleurs, si c'est ce que vous espérez.

— Ça aurait été formidable.

Il se renfrogna.

— Pour avoir un récit excitant, précisa-t-elle. Mais ce n'est pas ce que j'espère, non.

— Qu'espérez-vous, alors ?

— C'est vous qui avez parlé de secrets.

— J'ai exagéré. Dans notre passé, il y a des mariages, des enfants, des maladies, des morts, des sécheresses et des revenus qui ont fluctué au rythme des marchés.

— C'est tout ce que je recherche.

Il en doutait sérieusement.

— Je n'ai vraiment pas de temps pour ça.

— Ce ne sera pas si terrible. Je vous suivrai pendant votre journée de travail en vous posant des questions. Je vous dérangerai le moins possible.

— Vous voulez me suivre pendant que je travaille ? Toute la journée ?

Cette idée lui déplaisait et l'attirait en même temps. Et puis... quel meilleur moyen de contrôler ce qu'elle apprendrait ?

— Pourquoi pas ? répliqua-t-elle avec un haussement d'épaules.

— Je commence à 6 heures du matin.

— D'accord.

— Je finis tard.

— Moi aussi.

— Vous montez à cheval ?

— Je suis partante.

— Vous pourriez le regretter.

— Je vous ai dit que j'étais partante.

— Il faudrait que vous vous installiez au ranch.

Il vit sa surprise mais elle se ressaisit aussitôt pour lui répondre :

— Absolument.

À son tour, il prit sur lui pour qu'elle ne voie pas qu'il venait d'obtenir exactement ce qu'il avait voulu.

Tant qu'elle serait ici, elle n'irait pas chercher des informations auprès des résidents de la Topaz House ou de quiconque à Jagged Creek. Vu les circonstances, c'était sans doute la moins mauvaise solution.

Debout dans le bureau d'Austin, Ruby observa, impressionnée, la carte du ranch affichée au mur. Puis elle regarda par la fenêtre les montagnes et la vallée qui formaient un paysage à coupe le souffle.

— Votre ranch est immense.

Elle avait lu sur Internet que sa superficie était de quarante mille hectares. Mais c'était seulement maintenant, en comparant la carte à l'étendue qu'elle avait devant les yeux, qu'elle prenait conscience de ce que cela représentait.

— Nous possédons trente mille têtes, actuellement. Mais nous en aurons moins cet hiver.

Elle nota le chiffre sur son carnet.

— Combien de temps vous a-t-il fallu pour repousser aussi loin les frontières de votre domaine ?

— Sept générations.

— Avez-vous l'acte de vente original ?

Elle avait une passion pour les documents historiques et rêvait déjà de voir celui-ci.

— Je verrai ce que je peux trouver.

— Je peux chercher moi-même, si vous préférez. Vous n'aurez qu'à me montrer quels tiroirs ou quels cartons je dois ouvrir.

— Bien sûr, lança-t-il avec un rire moqueur. Et pourquoi je ne vous montrerais pas toute la comptabilité de l'entreprise, tant qu'on y est ?

— Je ne suis pas contrôleuse fiscale. Je ne cherche pas d'irrégularités.

— Pourquoi aurais-je peur d'une contrôleuse fiscale ?

— Vous semblez sur la défensive, tout à coup.

— Pas du tout.

— D'accord.

Elle ne le croyait pas, mais elle n'allait pas insister sur ce point.

— Je voulais juste me montrer respectueuse de votre temps.

— Alors allons-y.

— Où ?

— Travailler. Nous commencerons par l'écurie. Vous ne pensiez tout de même pas que je passais mes journées dans mon bureau ?

— Bien sûr que non.

À vrai dire, elle n'avait pas essayé de deviner son emploi du temps. Elle l'avait tout juste imaginé en train de réparer une clôture, de compter ses bêtes ou de décharger l'arrière d'un pick-up rempli de balles de foin. Pourvu que le programme ne soit pas de parcourir le ranch au galop pour attraper des animaux au lasso...

Comme il se dirigeait vers la porte, elle voulut le retenir :

— Vous voulez bien attendre une seconde ?

Il se retourna et lui jeta un regard agacé.

— Je peux prendre une photo ? demanda-t-elle en montrant la carte.

Il accepta d'un geste.

— Merci, dit-elle en sortant son téléphone.

Dès qu'elle eut fini, elle le rejoignit pour sortir. Ils passèrent devant la salle à manger où ils avaient pris leur petit déjeuner en compagnie de Garrett, le père d'Austin, qui avait préféré lire la presse sur sa tablette plutôt que de faire la conversation.

— Vous allez devoir laisser votre sac, déclara Austin.

— Pourquoi ?

— Il est trop encombrant.

— Qu'est-ce que je peux emporter ?

Il lui fallait au moins son carnet et son stylo.

— Ce qui entrera dans vos poches. Et il vous faut une veste chaude.

— Pour l'écurie ?

— Il n'y fait pas si chaud que ça.

Il regarda les pieds de Ruby et ajouta :

— Vous avez de bonnes chaussures ?

— Celles-ci sont confortables.

— Il y a beaucoup de boue et de fumier là où nous allons.

— Ah.

Elle n'y avait pas pensé. Cette paire lui avait coûté cher, elle n'avait pas envie de l'abîmer.

— Vous avez besoin qu'on vous prête quelque chose ? demanda-t-il, visiblement résigné à perdre encore un peu plus de temps.

— Non, non. Vous m'accordez une minute ?

Elle avait des chaussures de marche dans sa chambre. Elle aurait préféré les garder aussi en bon état, mais puisqu'elle n'avait pas le choix…

Elle s'en voulait de s'être aussi mal préparée.

Il acquiesça et elle monta l'escalier en courant. Dans la grande et somptueuse chambre d'amis qu'on lui avait attribuée, elle se débarrassa de ses chaussures en cuir et de son pantalon, enfila son plus vieux jean et une veste rembourrée, glissa son téléphone et de quoi écrire dans ses poches et mit ses chaussures de marche.

Elle avait fait aussi vite que possible et s'attacha les cheveux en redescendant, mais malgré cela elle vit qu'Austin l'attendait avec impatience.

Il lui parut incroyablement sexy, tout à coup. Était-ce son air sauvage ? Son attitude d'homme déterminé à se lancer dans un effort physique éprouvant ?

Il portait une épaisse veste en toile qui accentuait la largeur de ses épaules. Une paire de gants en cuir était coincée dans sa ceinture et il avait son stetson à la main. Elle ne put s'empêcher de deviner ses jambes puissantes sous son jean usé. Ses bottes, elles, semblaient avoir des centaines d'heures de travail en extérieur derrière elles.

Il fixa sur elle ses yeux couleur de café.

— Prête ?

Elle hocha la tête en essayant d'oublier combien elle se sentait peu à sa place. Mais elle n'avait sans doute pas de raison de s'inquiéter.

Personne ne comptait sur elle pour rassembler un troupeau, elle accompagnait juste Austin pour prendre des notes. Chacun d'eux avait des compétences différentes, voilà tout.

Dehors, elle fut de nouveau saisie par la beauté de la nature qui entourait la maison. Le ruisseau, les chutes d'eau, et au loin l'étang entouré de trembles. C'était un décor enchanteur.

Austin la mena vers le parking, où étaient garés trois pick-up modernes portant le logo du ranch.

— Nous allons prendre le bleu, dit-il.

Elle le suivit et grimpa sur le siège passager, heureuse qu'il ne veuille ni lui ouvrir sa portière ni l'aider à monter. Elle voulait montrer qu'elle était professionnelle et indépendante.

— Nous allons loin ?

— Non, répondit-il en démarrant.

Il s'engagea dans une allée entre les arbres, et au bout de trois minutes à peine elle vit apparaître l'écurie. Il se gara devant le bâtiment, dont la grande porte était ouverte.

— Nous n'aurions pas pu venir à pied ? fit-elle avec étonnement.

Elle espérait qu'il ne l'avait pas crue incapable de marcher jusqu'ici.

— Si.

Il laissa la clé dans la voiture et sortit.

Elle le suivit.

— Vous pensiez que je ne voulais pas me fatiguer ?

— Non. Je me suis dit que quelqu'un aurait peut-être besoin du véhicule ici à un moment de la journée. Ça ne sert à rien de les avoir tous au même endroit.

— Bonne idée.

— Merci.

— Vous vous moquez de moi ?

— Non, je ne me moque pas de vous, assura-t-il alors que l'amusement brillait dans ses iris. Je vous remercie de soutenir ma décision de déplacer le pick-up.

— J'étais juste curieuse.

— Et j'ai répondu à votre question.

— En vous moquant de moi.

— Vous êtes trop susceptible.

C'était bien la première fois qu'on lui faisait ce reproche.

— Je fais mon possible pour ne pas vous déranger.

— Eh bien, vous vous y prenez mal.

— Comment ça ?

Elle avait fait tout ce qu'il lui avait demandé. Elle s'était même levée avant lui ce matin. Et c'était lui qui avait proposé de lui montrer la carte du ranch dans son bureau.

— Vous êtes… ici.

— Parce que vous m'avez invitée ! lui rappela-t-elle.

Elle lui en était reconnaissante, mais c'était bien l'idée d'Austin.

— Je ne voulais pas dire ici au ranch, précisa-t-il. Je voulais dire que vous…

— Que j'existe ? C'est ça, le problème ?

— Si vous existiez ailleurs, ce ne serait pas un problème pour moi.

Ils entrèrent dans l'écurie et longèrent un large couloir dont le sol en béton était recouvert, au milieu, d'un tapis en caoutchouc. L'odeur d'herbe fraîche de l'extérieur avait fait place à celle de la paille, du cuir et des animaux.

— À Boston, par exemple, ajouta Austin.

— Vous pouvez m'aider à y retourner plus rapidement, rétorqua-t-elle avec pragmatisme.

Elle regarda les box alignés de chaque côté et se remémora son expérience bien des années plus tôt, lors d'un stage équestre dans un club. La plupart des box étaient vides, mais deux beaux chevaux, l'un foncé et l'autre plus clair, sortirent la tête, comme s'ils étaient curieux de regarder passer Austin et Ruby.

Des voix résonnèrent au loin.

— Je veux savoir comment, dit-il d'un ton sarcastique.

— Donnez-moi ce que je suis venue chercher. Dites-moi tout et je vous laisserai tranquille.

— Oui, bien sûr, soupira-t-il.

Elle se retint de lever les yeux au ciel.

— Quoi ? lui demanda-t-il comme s'il lisait dans ses pensées.

— Je n'ai pas perçu une once de sincérité dans votre réponse.

Il la regarda alors dans les yeux et déclara :

— Dites-moi ce que vous voulez savoir.

— Les secrets, Austin. Je veux que vous me racontiez tous vos secrets de famille.

3

Austin ne s'était pas attendu à trouver la maison aussi silencieuse. Sierra et Dallas dormaient dans une caravane près de leur maison en construction, à côté de White Foam Falls. Garrett et McKinney passaient deux jours à Denver, quant à Victor, le cuisinier de la famille, il s'était absenté pour la naissance de son petit-enfant à Boulder.

Aujourd'hui, Austin avait mis Ruby à l'épreuve, mais, à chaque fois qu'elle avait eu l'air fatiguée, il s'était senti coupable et lui avait accordé un peu de répit. Ce dont il était certain, c'était qu'elle ne recherchait pas de traitement de faveur. Elle était en bonne condition physique, et visiblement elle n'avait pas peur de se salir les mains, ce qui l'avait surpris.

Quand un jeune cheval avait projeté de la boue sur elle en faisant des cabrioles, allant jusqu'à lui éclabousser le visage, il s'était attendu à ce qu'elle pousse un cri de consternation. Mais non. Elle avait stoïquement pris le chiffon qu'Austin lui avait tendu et s'était essuyée sans un mot, esquissant à peine une moue de dégoût. Et, lorsqu'un taureau avait feint de les charger à travers la clôture, elle n'était pas partie en courant. Elle avait fait confiance à la barrière en bois.

Plus tard dans la journée, elle s'était passionnée pour la visite vétérinaire des animaux et avait posé mille questions sur les troupeaux. En la voyant ainsi parler avec le Dr Miller, Austin n'avait pas été vraiment jaloux, mais il s'était dit que cet homme – célibataire – était sans doute plus à même que lui d'intéresser Ruby.

— Je me sens complètement revigorée, dit-elle en arrivant au bas du grand escalier.

Elle portait un pantalon noir décontracté, un pull court multicolore dont elle avait relevé les manches, et des chaussures plates bordeaux. Elle avait les joues et les lèvres roses, les cheveux humides et détachés. Elle était superbe, alors qu'elle n'avait pris que deux minutes de plus que lui pour se doucher et se changer.

Elle jeta un œil dans le grand salon et la salle à manger attenante.

— C'est calme, ici, non ?

Il était au bar, en train de se servir un bourbon.

— Oui, tout le monde est absent ce soir. Je vous sers quelque chose ?

— Volontiers. Que me proposez-vous ?

Elle s'approcha de lui pour contempler les bouteilles alignées sur l'étagère. Curieusement, elle semblait pleine d'énergie, comme si cette journée ne l'avait pas fatiguée le moins du monde.

— Il y a d'autres alcools dans le placard d'en dessous. Et nous avons du vin à la cave.

— Du vin ? répéta-t-elle en levant les yeux vers lui.

— Oui. Vous voulez voir ?

— Avec plaisir.

Il lui fit signe de passer devant lui et regarda si sa démarche était raide. Ils s'étaient rendus à cheval à l'écurie annexe, et, si le trajet n'était pas long, cela représentait peut-être un effort conséquent pour une débutante. Cette pensée le fit de nouveau culpabiliser.

Mais elle semblait souple et détendue. Ses jambes fermes bougeaient normalement, et ses fesses...

Il se força à détourner le regard, mais il n'avait pu s'empêcher de remarquer à quel point ses fesses étaient sexy.

— Comment vous sentez-vous ? Vous avez des courbatures ?

— Non, ça va.

C'était surprenant, pour quelqu'un d'aussi peu expérimenté.

Soit elle était douée pour l'équitation, soit elle ne lui avait pas dit la vérité sur son niveau réel. Mais pourquoi aurait-elle menti ?

En découvrant le bar à dégustation, elle poussa une exclamation admirative. Il était en forme de fer à cheval, construit en pierre locale, avec un dessus en marbre beige. Huit fauteuils en bois et cuir formaient un cercle, et au fond de la pièce une arche en pierres menait à la cave.

— C'est...

Elle s'interrompit et promena autour d'elle un regard émerveillé.

— Ostentatoire, suggéra-t-il avec un sourire.

Son père était fin connaisseur et collectionneur.

— Quel choix impressionnant, murmura-t-elle en contemplant les vitrines.

Austin contourna le bar, ouvrit la porte et s'effaça pour laisser passer Ruby.

— Entrez, lui dit-il. Prenez la bouteille qui vous plaît.

— Je ne saurais même pas par où commencer.

— Rouge ou blanc ?

La cave, rectangulaire, mesurait trente-cinq mètres carrés. Des casiers se dressaient du sol au plafond le long des murs et au centre de la pièce, et un coin dégustation était aménagé au fond, avec une table haute étroite et quatre tabourets en bois.

Ruby avança lentement en regardant de bas en haut.

— Les vins du Vieux Monde à gauche, à droite, ceux d'Amérique du Nord. Ceux d'Australie et d'Amérique du Sud sont vers le fond.

— J'aime le chardonnay, dit-elle distraitement en continuant à examiner les étiquettes.

— Que diriez-vous d'un bourgogne blanc ?

— Je n'en ai jamais goûté.

— C'est l'occasion, dit-il en désignant l'endroit où il était rangé.

Elle s'approcha de lui tandis qu'il sortait une bouteille.

— C'est un vin que vous aimez ? demanda-t-elle.

— Je ne suis pas difficile.

La cave de son père ne contenait que des grands crus.

Elle prit une autre bouteille, dont l'étiquette portait un sceau doré. Il s'agissait d'un vignoble de grande réputation.

— Vous avez bon goût, dit-il.

— Ça veut dire que c'est cher, déclara-t-elle en reposant la bouteille à sa place.

— Ne vous inquiétez pas pour ça, répondit-il avec un sourire.

— Je ne voudrais pas profiter de la situation.

Elle inclina la tête et leurs yeux se rencontrèrent.

Elle était magnifique. Un éclat particulier émanait de son regard brun et de sa peau lisse. Ses lèvres étaient pleines et sensuelles, son menton, parfaitement dessiné, son cou, mince et gracieux. Son pull à peine décolleté laissait imaginer la beauté de ses seins.

Austin sentit un élan de désir monter en lui en même temps qu'une envie de prendre Ruby dans ses bras, de lui murmurer des mots doux à l'oreille et de l'embrasser tendrement.

Elle cligna des yeux et mit la main sur une étagère, comme si elle craignait de perdre l'équilibre. Il lui prit instinctivement le coude, et ce simple contact lui fit l'effet d'une étincelle.

Ruby prit une inspiration soudaine et entrouvrit la bouche.

Cédant à la tentation, il tendit la main vers elle et fit glisser, du bout des doigts, la mèche qui était tombée devant son merveilleux visage. Aussitôt après, il se demanda s'il devait lui présenter ses excuses pour ce geste, mais elle s'approcha de lui en gardant les yeux rivés sur les siens. Alors il se pencha et l'embrassa. Elle accueillit son baiser avec un murmure et se blottit tout contre lui tandis que leurs langues se trouvaient.

Il mit la main autour de sa nuque et enfouit les doigts dans ses cheveux. Sans qu'ils cessent de s'embrasser, elle lui saisit les bras et remonta jusqu'à ses épaules avant de l'enlacer.

Alors qu'il mourait d'envie de la soulever et de la porter jusqu'à son lit, elle s'écarta brusquement.

Il ouvrit les yeux et découvrit ses joues et ses lèvres rougies.

— Je n'aurais pas dû ? demanda-t-il avec inquiétude.

— Je l'ai voulu aussi.

— Tu me rassures. J'ai eu peur de t'avoir mal comprise. Et… comment te sens-tu ?

— Très peu professionnelle. Et toi ?

Très excité.

— Je ne m'y attendais pas, répliqua-t-il en se gardant d'être trop franc.

— Moi non plus. Alors… n'en parlons plus. Il ne faut pas que ça se reproduise. Je suis là pour effectuer des recherches et non pour… Bref. Tu m'as comprise.

Oui, c'était très clair.

Ravalant sa déception, il se concentra de nouveau sur le vin.

— Château Marmont grand cru ? proposa-t-il en sortant une bouteille.

— À condition qu'il ne soit pas trop cher, répondit-elle en regardant l'étiquette.

— Il est comparable à la plupart des vins qui remplissent cette cave.

Austin avait toutes les peines du monde à calmer ses sens.

— Je ne sais pas ce que ça signifie.

Il inspira profondément pour calmer les battements de son cœur.

— Peu importe ce que ça signifie. L'important, c'est que je crois que tu apprécieras ce vin.

— Du moment que nous sommes autorisés à le boire…

Elle paraissait moins perturbée que lui par leur baiser, ce qui était un peu vexant.

— J'en suis absolument sûr. Nous pourrions même boire du vin toute la semaine sans entamer les réserves.

— Je ne suis pas venue pour me soûler.

— C'était une façon de parler. Viens, allons goûter ce vin.

Quand Austin lui resservit un verre de ce superbe bourgogne blanc, Ruby sentit qu'elle allait devoir manger quelque chose si elle voulait continuer à profiter du vin.

Ils étaient installés sur un canapé du grand salon, à côté de la cheminée. Ruby avait étouffé son excitation afin de poursuivre une conversation normale avec Austin à propos du ranch, mais le souvenir de leur baiser continuait à la faire frissonner.

Le plafond, haut et traversé de poutres apparentes, était mis en valeur par la lumière chaude projetée par les lampes. Austin avait allumé un feu qui rendait l'atmosphère encore plus agréable.

Cela faisait une éternité qu'elle n'avait pas embrassé un homme, ce qui expliquait sans doute son trouble. Mais non, ce n'était pas la seule raison. Un baiser aussi extraordinaire aurait fait perdre ses moyens à n'importe quelle femme.

— Excuse-moi, dit-elle, mais je crois que je devrais manger quelque chose avant que l'alcool me monte à la tête.

Il eut l'air affreusement gêné, ce qui n'était pas du tout l'effet qu'elle avait recherché.

— Ce n'était pas une critique ! ajouta-t-elle aussitôt.

— Le cuisinier est en congé aujourd'hui, dit-il en se levant.

— Il n'y a pas d'urgence.

— Nous pouvons aller voir ce qu'il y a dans la cuisine.

— Je te suis.

Il prit la bouteille à moitié pleine sur la table basse et elle l'accompagna avec son verre à la main.

— Ça ne t'ennuie pas, que nous préparions nous-mêmes le dîner ? demanda-t-il en entrant dans la cuisine digne d'un grand restaurant.

— C'est ce que je fais presque tous les soirs, tu sais.

Comme toutes les pièces de la maison, celle-ci était immense, à la fois élégante et fonctionnelle. Il y avait tout l'espace nécessaire pour se déplacer entre l'îlot central et les différents meubles couverts de plans de travail en marbre beige. Deux réfrigérateurs côte à côte, un double évier le long du mur et un simple, plus grand, sur l'îlot central, plusieurs plaques de cuisson à gaz, une multitude de placards et de tiroirs, des éclairages partout… Cet endroit était le rêve de tout cuisinier.

— Il doit y avoir des restes, dit Austin en ouvrant la porte en acier d'un réfrigérateur. Nous allons faire simple.

Il inspecta les étagères d'un air dubitatif. Après avoir posé son verre, Ruby s'approcha pour regarder par-dessus son épaule.

— Il y a des œufs, dit-elle.

— Des œufs pour le dîner ? demanda-t-il, visiblement interloqué.

— Et du gruyère.

Elle ouvrit le compartiment à légumes et poursuivit son inventaire :

— Des épinards frais et des tomates. Que dirais-tu d'une quiche ?

— Ça ne me paraît pas très consistant.

— Je vais en faire une grande, dit-elle en sortant tout ce dont elle avait besoin.

Comme il l'observait avec circonspection, elle ajouta :

— Assieds-toi et laisse-moi faire. Tu n'as qu'à me raconter des histoires de rancher courageux, si ça peut t'aider à te sentir plus viril.

Sa plaisanterie eut le mérite de le faire sourire.

— Je ne crains pas pour ma virilité mais pour mon estomac, répliqua-t-il.

Il s'assit tout de même en face d'elle, sur un tabouret de bar, son verre devant lui. Tout en s'affairant sur l'îlot central, elle décida de lancer la conversation pour apprendre des choses sur le ranch :

— Tu m'as dit que le chalet d'origine avait brûlé, c'est ça ?

— Il ne comportait que deux pièces, mais ce fut une énorme perte à l'époque. Quand il a été réduit en cendres, les Hawkes ont dû s'installer dans le poulailler.

— Dans le poulailler ? répéta-t-elle avec stupeur et dégoût.

Austin sourit et précisa :

— Il était tout neuf et n'avait encore accueilli aucune volaille, par chance. L'incendie a eu lieu une semaine avant le mariage de grand-mère Alice et grand-père Clem, et ce dernier l'a caché à sa fiancée. Il avait peur qu'elle renonce à l'épouser si elle apprenait ce qui s'était passé. Grand-mère Alice n'était pas emballée par cette solution de repli.

Ruby sourit en mélangeant du beurre et de la farine dans un saladier pour préparer sa pâte.

— Alice était l'amour de sa vie et rien ne devait se mettre en travers de leur union, raconta Austin. Du moins, c'est la manière dont il a présenté les choses.

— Et elle est restée malgré tout, dit Ruby en prenant une gorgée de vin.

— Oui, mais je pense qu'on l'a entendue crier jusqu'à Jagged Creek quand elle a découvert la vérité.

— À quoi ressemblait la ville à l'époque ?

— Un simple ensemble de bâtiments le long de la route. Quelques maisons, un magasin, un bureau de poste, une banque et une école avec une classe unique pour tous les enfants. Il y avait aussi un saloon, et beaucoup de boue la plus grande partie de l'année.

— Est-ce que certaines de ces constructions existent encore ?

— Non. Le centre-ville a été reconstruit dans les années 1940.

Quel dommage ! J'aurais adoré les visiter, songea-t-elle en mouillant sa préparation pour former une boule de pâte.

— Où est rangé le rouleau à pâtisserie ?

— Aucune idée, répondit Austin en riant.

— Tu en as déjà vu un, au moins ?

— Seulement en photo, fit-il en plaisantant.

Elle ouvrit les placards et les tiroirs, et finit par trouver trois rouleaux à pâtisserie. Elle en choisit un en marbre, curieuse de voir s'il serait plus efficace que ceux en bois qu'elle avait toujours utilisés.

Austin la regarda étaler sa pâte et demanda :

— Tu sais faire ça comme ça, sans recette ?

— Il n'y a que quatre ingrédients à retenir.

— Et pour la garniture ?

— Je vais improviser.

— Tu es très douée en cuisine.

— Eh bien, merci. Parle-moi encore de grand-mère Alice.

— Je ne sais rien de plus sur elle.

— Je suis sûre que si. Combien d'enfants ont-ils eus ?

— Deux. Non. Trois. Un de leurs fils est mort en bas âge.

— C'est affreux. Tu sais comment il s'appelait ?

— Non. Mon arrière-arrière-arrière-grand-père était leur autre fils. Il s'appelait Gunner. Le prénom de sa sœur était Franny. Je sais qu'elle est partie vivre dans l'Est à l'adolescence. Elle fut l'une des premières femmes admises à l'université de Boston.

— Bravo, Franny !

Ruby sentit grandir son intérêt pour les femmes de la famille Hawkes.

Et si c'était cela, l'angle de son livre ? Plutôt que de s'intéresser aux ranchers et au bétail, pourquoi ne pas se concentrer sur elles ?

Tout en mettant le disque de pâte au fond d'un plat, elle pensa à ces générations de femmes qui avaient préparé tant de repas dans ce ranch, qui avaient donné naissance à tous ces enfants et les avaient élevés dans la nature sauvage du Colorado du XIXe siècle.

Elle regarda Austin et vit qu'il fixait ses mains avec une intensité troublante.

De nouveau envahie par une délicieuse impression de sensualité, elle chercha quelque chose à dire pour éviter de penser à son désir pour lui.

— Tu as des photos ? lui demanda-t-elle. Des photos de famille ?

— Non.

Il gardait les yeux fixés sur ses mains.

— Tu en es sûr ?

Son cœur battait sourdement dans sa poitrine.

Elle finit par rencontrer son regard.

— C'était il y a deux siècles, souligna-t-il.

— Certaines personnes se faisaient déjà photographier à l'époque.

Elle ordonna à ses sens de se calmer. Mais Austin était aussi sexy maintenant que tout à l'heure, dans la cave. Elle n'arrivait simplement pas à effacer de sa mémoire le souvenir de leur baiser.

Avec détermination, elle alla jusqu'à l'évier pour se rincer les mains à l'eau froide. Cela allait peut-être la ramener à la réalité.

— Austin ? lança une voix masculine depuis l'entrée. Tu es là ?

Des pas s'approchèrent.

— Ah, te voilà.

— Oui, répondit Austin en se retournant.

L'homme qui venait d'arriver s'arrêta net en voyant Ruby.

— Oh ! pardon, dit-il aussitôt.

— Ethan, je te présente Ruby Monaco. Ruby, voici Ethan Douglas.

— Désolé de vous déranger, dit Ethan d'un air contrit.

Il devait avoir entre vingt-cinq et trente ans. Moins grand qu'Austin, mince et juvénile, c'était un beau garçon dans son genre.

— Vous ne nous dérangez pas, assura Ruby en mettant le plat au four afin de précuire la pâte.

Elle tenait à lui montrer qu'elle était en train de faire la cuisine et non de flirter avec Austin.

— Qu'y a-t-il ? demanda Austin à Ethan.

— Le relais de White Ridge est encore tombé en panne. Hardy et les gars sont là-bas sans réseau.

— Panne technique ou physique ?

— Je l'ai réinitialisé et j'ai tout vérifié deux fois de notre côté.

— Ne me dis pas qu'il s'est encore écroulé, soupira Austin.

— Malheureusement, je le crains.

Austin se leva et s'adressa à Ruby :

— Désolé, mais il faut que nous allions voir.

— Bien sûr, s'empressa-t-elle de répondre.

— Ça risque de prendre un moment.

— Ce n'est pas grave. La quiche se mange très bien tiède.

Ils partirent, la laissant seule dans cette grande maison qu'elle voyait désormais comme une caverne d'Ali Baba recelant mille trésors témoignant de l'histoire familiale des Hawkes.

— Désolé d'avoir interrompu ton rendez-vous galant, dit Ethan tandis qu'ils roulaient dans la nuit.

— Ce n'était pas du tout ça, déclara Austin.

Il se revit en train d'embrasser Ruby.

— Ah bon ? fit Ethan, étonné. C'est pourtant l'impression que j'ai eue en vous voyant ensemble.

— Elle est ici pour effectuer des recherches.

— Et ce n'est pas toi, le sujet ? répliqua Ethan avec un sourire moqueur.

Il fallait tout de suite couper court aux rumeurs.

— Le sujet, c'est le ranch.

— Mais encore ?

— Notre illustre histoire.

Arrivé au sommet de la côte, Austin découvrit, dans la lumière de ses phares, la tour de relais de réseau effondrée.

— Bon sang !

Ils descendirent du pick-up avec des lampes de poche pour constater les dégâts.

— Nous allons avoir besoin de pièces de rechange, constata Ethan.

— Ce n'est pas le vent qui a fait ça.

Le temps avait été clément ces derniers jours. La tour de six mètres ne s'était pas renversée toute seule. Quelqu'un semblait s'être acharné sur elle.

— Du sabotage ?

— Ici ? demanda Ethan. Qui donc ?

— Bonne question.

Cela ne pouvait pas venir de l'un des employés du ranch. La modernisation leur facilitait la vie et ils l'approuvaient tous.

Les ranchs voisins ?

Non. La concurrence était saine, et les relations, cordiales.

À cet instant, Austin remarqua quelque chose d'étrange. Il s'accroupit pour mieux voir.

— Regarde, dit-il à Ethan.

— Quoi ?

— Un ours, dit Austin en passant les doigts sur une touffe de fourrure noire. Un gros, à mon avis.

Il braqua sa lampe vers le sol et fit des allées et venues jusqu'à ce qu'il repère une empreinte dans l'herbe.

— Tu es sérieux ? demanda Ethan en s'approchant de lui.

— Ici. Tu vois ?

— Tu es sûr que c'est un ours ?

— Absolument certain.

Ethan promena un regard confus autour de lui.

— Mais pourquoi un ours s'en prendrait-il à une tour de relais de réseau ?

— Aucune idée, répondit Austin. Ce n'est pas comme s'il y avait de la nourriture dessus.

— Bon. Que fait-on, maintenant ?

— Nous devrons la reconstruire.

— Encore une fois.

— Oui, en la consolidant encore plus.

Austin appréhendait de rapporter cet événement à son père. Ils avaient déjà eu des problèmes techniques avec les puces posées sur les bovins, des erreurs dans les compilations de données de santé, ainsi que des perturbations dans les communications.

Ethan prit l'outil multifonctionnel attaché à sa ceinture et commença à démonter l'antenne fixée sur la tour cassée. Austin l'aida, puis, ensemble, ils portèrent tous les éléments de l'installation électronique jusqu'au pick-up.

— Nous ne pourrons rien faire de plus ce soir, conclut Austin.

— J'inspecterai tout ça à l'atelier, répondit Ethan. Je pourrai aller moi-même à Denver chercher les pièces de rechange, ce sera plus rapide que d'attendre une livraison.

Ayant été témoin des colères de Garrett à propos des coûts et des dysfonctionnements de toutes les nouvelles technologies qu'ils mettaient en place au ranch, Ethan savait ce qui était en jeu. Il valait mieux résoudre le problème avant que le père d'Austin en entende parler.

— Bonne idée, déclara Austin.

Sur le trajet du retour, il réfléchit à ce qu'il devrait faire le lendemain : partir à cheval retrouver Hardy afin qu'ils ramènent le troupeau dans une zone couverte par le réseau. Certes, ils avaient passé des années sans cet outil, mais, maintenant qu'ils l'avaient à leur disposition, Austin préférait s'en servir. Cela lui permettait d'avoir l'esprit plus tranquille.

Il déposa Ethan puis rentra en se demandant si Ruby était toujours debout. À presque minuit, c'était peu probable. Et tant mieux. Après tout, il n'avait aucune raison de vouloir prolonger la soirée avec elle. Il devait au contraire garder ses distances, lui fournir quelques éléments sur l'histoire de sa famille aussi rapidement que possible et lui montrer la sortie.

Cependant, quand il fut dans la maison, il tendit l'oreille et attendit une seconde. Rien.

Il suspendit son chapeau et sa veste, brossa ses santiags et se lava les mains. La faim le guida directement vers la cuisine.

La quiche, privée d'une part, était posée sur l'îlot central à côté d'une assiette propre, d'une serviette en tissu et d'une salade de fruits frais. Il y avait aussi le verre d'Austin et la bouteille qu'ils avaient entamée plus tôt.

Il sourit et remercia intérieurement Ruby avant de s'asseoir pour dîner.

Sa première bouchée de quiche le surprit. Alors qu'il s'était attendu à quelque chose d'un peu fade, ce fut une véritable explosion de saveurs. Ruby avait manifestement trouvé un reste de truite dans le réfrigérateur, et le poisson se mariait parfaitement avec les légumes et les épices qu'elle avait choisis. Quant à la pâte, elle était à la fois tendre et croustillante. Il ne s'était pas attendu à un aussi bon repas.

— Tu es rentré.

L'arrivée de Ruby le surprit.

— Tu n'es pas couchée.

— Je n'avais pas encore sommeil. Je suis retournée dans ton bureau pour regarder la carte. J'espère que ça ne t'ennuie pas.

— Pas du tout.

Il serait même très soulagé si elle choisissait la géographie du ranch comme thématique pour son livre.

— Je chercherai l'acte de vente que tu m'as demandé.

— Merci. Tout va bien dehors ? demanda-t-elle en s'asseyant sur un tabouret à côté de lui.

— Pas vraiment. Mais c'est la vie du ranch. Nous ferons le nécessaire.

Il se garda de lui donner des détails, préférant qu'un minimum de personnes soient au courant.

— Alors ? fit-elle en le regardant manger. Qu'en penses-tu ?

— C'est bon.

— Tu as l'air surpris.

— Je m'attendais à quelque chose de plus...

Elle attendit.

— Neutre, dit-il.

— C'est le piment moulu qui réveille la préparation. Juste une pincée.

Il reconnut alors ce goût subtil.

— C'est ton ingrédient secret ?

— J'aime bien faire des expériences.

Le double sens de sa phrase le fit presque s'étrangler.

— C'est bien, dit-il en retenant son souffle.

L'esprit soudain envahi d'images sensuelles, il se trouva comme hypnotisé par la beauté de ses lèvres, par le mouvement de sa poitrine sous l'effet de sa respiration, par cette mèche de cheveux qui frôlait son épaule...

— Je n'aurais pas dû t'embrasser, murmura-t-il.

Elle se figea.

— Mais tu ne peux pas revenir en arrière.

— Nous ne sommes pas obligés de laisser ça en suspens entre nous.

— Je suis d'accord avec toi sur ce point. Où puis-je trouver un autre verre à vin ? J'ai mis le mien dans le lave-vaisselle.

Il allait se lever, mais elle l'arrêta d'un geste.

— Montre-moi juste le bon endroit. Ce n'est pas comme si je t'avais attendu pour fouiner.

— Pardon ? lança-t-il, irrité par sa remarque.

— Pour trouver le piment et le poisson.

— Ah.

Il était peut-être un peu trop sur la défensive...

— Essaye le placard en haut à droite, au-dessus de l'évier.

— Dans ton bureau aussi, comme je te le disais, ajouta-t-elle en attrapant un verre à pied. Et puis dans cette alcôve au fond du grand salon. Je n'ai pas pu m'empêcher de regarder les photos sur le mur. Qui sont les gens dessus ?

— Je ne sais plus.

Il n'avait pas regardé ces photos depuis des années.

— Tu passes devant tous les jours, fit-elle observer avec scepticisme.

— Oui. Je sais qu'il y a des photos de mariage. Sans doute de Winston et Lillian, mes arrière-arrière-grands-parents.

Tandis qu'il reprenait de la quiche, elle versa du vin dans les deux verres.

— Que peux-tu me raconter sur eux ?

— Ils ont choisi ce terrain pour la construction de la maison. Elle était plus petite au départ. Winston a aussi multiplié par dix la superficie du ranch. Avec lui, nous sommes passés de deux mille cinq cents à vingt-cinq mille hectares. L'obtention de ces nouvelles terres s'est faite au prix d'une négociation féroce avec l'État.

— Et Lillian ?

— Je ne sais pas grand-chose sur elle. Si ce n'est qu'elle était trop sophistiquée pour vivre ici. Ils ont eu deux fils et deux filles, des jumelles emportées par une fièvre avant même leur premier anniversaire.

— Quelle histoire tragique, murmura Ruby, les yeux soudain emplis de tristesse.

Cette expression de vulnérabilité le toucha profondément. Résistant à l'envie de la prendre dans ses bras pour la réconforter, il continua à manger en silence.

— Et les garçons ? Que sont-ils devenus ?

— Roy, l'aîné, ne s'est jamais marié. Il a travaillé comme rancher jusqu'à quatre-vingts ans passés. TJ était mon arrière-grand-père.

— Tu accepterais de venir regarder les photos avec moi ? Ça réveillerait peut-être d'autres souvenirs.

Avec moi.

Ces deux simples mots suffirent à attiser le désir d'Austin.

— Bien sûr.

C'est seulement de l'opportunisme, se dit-il en étouffant ses émotions. Plus tôt elle aurait rassemblé les histoires qu'elle était venue chercher, plus vite la vie reprendrait son cours normal. Il devait penser à son fourrage et à ses bêtes et non au goût des lèvres de Ruby, à l'odeur de ses cheveux ou à la douceur de sa peau.

Il n'eut qu'à voir ses yeux pétillants pour sentir sa détermination faiblir.

— Ne me regarde pas comme ça, dit-il d'une voix rauque.

— Je ne te regarde pas comme ça.

— Si.

— Bon, peut-être, mais ce n'était pas volontaire.

— C'était un accident ?

Ils se fixèrent en silence.

— Nous n'aurions vraiment pas dû nous embrasser, dit-elle.

Il avait de nombreuses raisons d'être d'accord avec elle. Mais elle, quelles étaient ses raisons ?

— Pourquoi ?

— Ça complique... les choses.

— L'exploitation que tu comptes faire de ma famille ?

— Mon objectivité, fit-elle avec un demi-sourire.

— Et tu en as besoin.

Il se pencha vers elle, presque malgré lui.

— Oui, répondit-elle.

Elle était si près de lui, maintenant...

— Mais le mal est fait, susurra-t-il.

— On peut toujours faire pire.

— Je suis prêt à prendre le risque.

— Ce n'est pas ta carrière qui est en jeu.

Mais elle ne recula pas.

— C'est ma vie, répliqua-t-il.

— Donc nous sommes d'accord.

Pour nous embrasser de nouveau ou pour avoir des regrets ?

— Pour faire quoi ?

Elle esquissa un sourire sensuel et répondit :

— À toi de choisir.

Alors il l'embrassa. Il l'embrassa avec délice en ignorant la petite voix qui lui ordonnait d'arrêter.

Ce baiser fut encore meilleur que le premier. Ils se levèrent d'un même mouvement pour se mettre face à face et Austin prit le visage de Ruby entre ses mains. Tandis qu'il lui caressait les joues, le cou et les épaules, elle l'enlaça et se plaqua contre lui. Encouragé par ses gestes, il la souleva pour l'asseoir sur le bar et avança entre ses jambes. Puis il glissa les doigts sous son pull pour toucher la peau nue de son dos.

Elle prit une brusque inspiration et s'écarta en prenant appui sur ses pectoraux.

Il rouvrit les yeux. Elle était irrésistible avec ses cheveux décoiffés et ses joues rosies.

— Je crois que nous avons réussi à faire pire, dit-elle, légèrement haletante.

— Ou peut-être que nous allons arriver à penser à autre chose, maintenant que c'est fait.

Il n'y croyait pas une seconde – du moins en ce qui le concernait.

— Cela me paraît très optimiste, répondit-elle. Mais admettons.

Il sourit et écarta délicatement une mèche égarée devant son ravissant visage.

Elle lui saisit le poignet pour interrompre son geste.

— Nous devons canaliser notre énergie, lui enjoignit-elle.

— Je peux donner mon avis ?

— Tu l'as déjà fait.

Il sourit et capitula en reculant.

— Entendu.

— Toi, dit-elle en descendant du bar, tu as un ranch à diriger.

— Et toi, un livre à écrire.

— Exactement.

Il avait bien d'autres idées à l'esprit, mais, puisqu'elle avait pris sa décision, il devait la respecter. Même si ses mains et sa bouche lui manquaient déjà.

4

Cela faisait plus d'une heure que Newt Candor, le contremaître du ranch, était venu chercher Austin à la table du petit déjeuner pour une urgence. Ruby avait attendu le retour d'Austin, mais visiblement elle n'allait pas pouvoir compter sur lui ce matin.

Après tout, elle ne pouvait pas attendre de lui qu'il se mette à sa disposition tous les jours pour lui servir de guide. Et, vu ce qui s'était passé hier soir, il valait sans doute mieux qu'ils attendent que la tension soit retombée avant de repasser du temps ensemble.

Le seul fait de repenser à leur baiser lui donnait un tel élan de désir ! Elle était certaine que si elle avait cédé à l'envie de faire l'amour là, sur le bar, sans réfléchir, ils auraient passé un moment extraordinaire.

Seulement, elle n'était pas là pour s'offrir une superbe expérience sexuelle. Voilà pourquoi elle devait se ressaisir et reprendre le contrôle de ses sens.

Quelques instants plus tard, elle prenait le volant de sa voiture de location pour se rendre à Jagged Creek, en espérant que Kiera ne lui en voudrait pas de passer de nouveau à l'improviste. Après ses premiers échanges avec les résidents de la Topaz House, elle était impatiente de découvrir toutes les histoires qu'ils avaient encore à partager.

Kiera était à la réception quand Ruby arriva.

— Je me demandais si nous allions te revoir, dit Kiera avec son grand sourire.

Son accueil chaleureux contrastait avec le gris du ciel et la pluie froide qui commençait à tomber.

— J'étais au Hawkes Cattle Ranch. Je suis désolée d'arriver encore sans prévenir.

— Nous sommes ravis que tu sois là. Tu dis que tu étais chez les Hawkes ? demanda Kiera avec un air incrédule.

— Oui. Pourquoi ? Ça t'étonne ?

— Ils n'ont pas un grand sens de l'hospitalité.

Cette remarque éveilla la curiosité de Ruby. Certes, Austin pouvait être froid, et tout le monde là-bas avait l'air très occupé. Mais ils l'avaient invitée à séjourner chez eux, ce que tout le monde n'aurait pas fait.

— Qu'est-ce qui te fait dire ça ?

— Ils sont un peu renfermés. Je reconnais qu'on peut toujours compter sur leur soutien et leur participation aux événements locaux, mais la plupart du temps ils restent entre eux.

— Ah oui ?

Ruby les avait pourtant trouvés aimables. Mais, en effet, le père d'Austin était un homme plutôt distant. C'était sans doute à lui que Kiera faisait allusion.

— C'est Austin qui m'a proposé de rester, précisa-t-elle tandis que Kiera l'accompagnait vers le salon.

— Tu veux dire que tu as *dormi* sur place ? demanda Kiera avec stupeur.

— Ils ont une chambre d'amis.

Certainement plusieurs, en réalité, à en juger par la taille de la maison.

— De plus en plus étrange, déclara Kiera.

Une dizaine de résidents étaient installés dans le salon. Certains regardaient une vieille comédie musicale sur le grand écran, tandis que d'autres somnolaient sur un canapé ou un fauteuil inclinable. Cloris s'était endormie sur son tricot, qu'elle avait toujours entre les mains.

— Je n'ai pas eu l'impression qu'ils en faisaient toute une histoire, dit Ruby. J'ai expliqué mon projet à Austin et il m'a proposé de me faire découvrir le ranch. Tu penses que sa sieste va durer longtemps ? demanda-t-elle en désignant Cloris.

— D'habitude, elle se réveille au bout de quelques minutes. Mais qu'est-ce que tu lui as dit exactement ?

Tout en posant cette question, Kiera invita Ruby à s'asseoir avec elle à une table libre.

— Que je faisais des recherches pour écrire un livre.

Kiera émit un murmure circonspect et tapota sur la table du bout des doigts.

— Qu'y a-t-il ?

— J'étais à l'école avec les frères Hawkes. Austin avait deux ans de plus que moi, Dallas, un, et Tyler et moi étions dans la même classe.

— Donc tu les connais tous les trois ?

Ruby avait sympathisé avec Kiera sans même voir en elle une potentielle source d'information.

— Vaguement. Encore une fois, ils n'étaient pas très sociables. En tout cas, pas avec moi.

— Même à cet âge-là ? Pourquoi ?

N'importe quel adolescent se serait sûrement intéressé à une jeune fille comme Kiera.

— Je ne connaissais rien aux chevaux. Ni au rodéo. Ni au sport en général. Nous n'étions pas vraiment du même monde.

Craignant d'être indiscrète, Ruby garda ses questions personnelles pour elle et préféra changer de sujet :

— Tu sais quelque chose de leur mère ? Ou de leur grand-mère ? Elle est morte à quatre-vingt-trois ans, si mes informations sont justes.

— Tu parles de Peggy-Lyn.

Ruby acquiesça.

— Une vieille bonne femme impérieuse, lâcha Kiera avec une moue désapprobatrice.

— Ah oui ?

Voilà qui était intéressant.

— Je la revois en train d'arpenter les rues, raide comme un piquet, les sourcils froncés, avec son air hautain. J'avais envie qu'elle trébuche. Elle portait des manteaux colorés de grande marque, avec un chapeau cloche assorti, comme pour être sûre d'être remarquée à des kilomètres. Elle donnait son avis sur tout et à tout le monde, y compris au maire. Nous croyions tous qu'elle vivrait éternellement.

— Elle était dure ?

— Redoutable.

— Il fallait sans doute avoir beaucoup de force pour vivre au ranch à son époque. Tu crois qu'elle a connu de vraies épreuves ?

— C'est probable.

Austin avait bien dit que la famille avait dû s'acharner au travail, génération après génération, pour en arriver là aujourd'hui.

— La grande maison était déjà construite quand Peggy-Lyn est arrivée. Elle s'y est installée aussitôt après son mariage.

— Ça t'ennuie si je prends des notes ? demanda Ruby en plongeant la main dans son grand sac.

— Je ne connais vraiment pas grand-chose sur eux.

— Tu en sais toujours plus que moi.

— Tu rapporteras des beignets la prochaine fois ? fit Kiera avec un sourire malicieux.

— Promis.

Ruby sortit son carnet et son stylo.

— Eh bien… je ne sais plus quoi dire, maintenant. C'était plus facile en faisant la conversation.

— Alors continuons à discuter, suggéra Ruby en mettant son carnet sur ses genoux pour que Kiera ne le voie pas. Tu as déjà rencontré les parents ? Jessica et Garrett ?

— Jessica, oui. Elle venait de temps en temps à l'école pour assister aux matchs ou participer aux événements caritatifs, ce genre de choses. C'était une très belle femme.

— Je l'ai vue en photo chez les Hawkes.

Le visage de Kiera sembla se crisper l'espace d'une seconde. Ruby attendit qu'elle dise quelque chose, mais rien ne vint.

— C'était une photo de son mariage avec Garrett, ajouta Ruby pour l'inciter à répondre.

— Oui, c'est logique. Tu sais ce qui s'est passé, j'imagine ?

— J'ai lu dans un vieil article de journal qu'elle était morte dans un accident de la route.

— Effectivement. Une nuit de tempête, une route glissante. Elle était seule dans son pick-up.

— Quelle horreur pour sa famille...

Ruby savait que ses fils étaient adolescents au moment du drame. Sa fille, McKinney, n'était qu'une enfant.

— Il y avait beaucoup de monde à l'enterrement, évidemment.

— Tu y étais ?

Kiera fit non de la tête.

— Je te l'ai dit, nous ne nous fréquentions pas. C'était aussi le cas de nombreuses personnes présentes aux funérailles, mais qui voulaient en profiter pour mettre leur nez dans les affaires des Hawkes. Moi, ça ne me regardait pas.

— Qu'est-ce que tu sous-entends ?

— Il y a eu des rumeurs. Personne n'était sûr de rien. Je ne sais pas ce que ces gens espéraient découvrir en se rendant aux obsèques.

— Que disaient ces rumeurs ?

— Que tout n'allait pas pour le mieux entre M. Hawkes et sa femme.

— Et elles étaient fondées ?

— Elles semblaient crédibles. Mais je n'avais que quinze ans.

C'était pour le moins intrigant. Cependant, Ruby ne pouvait pas s'appuyer sur des rumeurs pour écrire, et elle n'osait même pas imaginer la réaction d'Austin si elle l'interrogeait sur l'état de la relation entre ses parents lors de la mort de sa mère.

— Certains ont raconté qu'elle allait le quitter, ajouta Kiera. Elle ne l'a pas fait. Je veux dire qu'elle est morte, donc... Oh ! regarde. Cloris se réveille.

Austin se tourna vers l'entrée dès que Ruby apparut.

Elle portait une veste grise sur un haut blanc moulant, et ses épais cheveux bruns étaient noués sur le haut de sa tête. Son chignon lâche laissait échapper des mèches qui encadraient son ravissant visage.

La soirée était déjà bien avancée et Ruby s'arrêta en le voyant, assis dans le salon avec son père et sa sœur. Il n'aurait su dire si c'était de la surprise ou de la culpabilité qu'il lisait dans son regard.

Où avait-elle bien pu passer la journée ? Il n'allait pas l'interroger devant sa famille, mais il s'arrangerait pour lui parler en tête à tête dès que possible.

Garrett trouvait que c'était une grosse somme investie dans un dispositif qui ne fonctionnait même pas, tandis qu'Austin tentait de lui expliquer l'effondrement de la tour de relais de réseau.

Il avait été contraint de lui en parler car Ethan avait mis plus de temps que prévu à récupérer les pièces de rechange.

— Nous savions que la mise en marche ne se ferait pas sans quelques obstacles, déclara Austin en se retenant de regarder Ruby avec insistance.

— Enfin, si tu as fait tout ça, c'était quand même pour que ça marche, rétorqua Garrett d'un ton caustique.

— Bonsoir, Ruby, dit McKinney.

— Pardon, dit Ruby en avançant avec hésitation. Je vous dérange.

Comme personne ne la contredisait, elle fit un geste en direction de l'escalier.

— Je vais monter…

— Il n'y a pas d'urgence, dit McKinney. Tu étais en ville ?

— Oui. Tout s'est bien passé pour vous à Denver ?

— Si on veut. Nous avons payé trop cher, mais nous avons un nouveau jeune taureau.

— Nous l'avons payé au prix du marché, grommela Garrett en se renfrognant. C'est le principe des enchères.

— Félicitations, dit timidement Ruby.

Elle regarda McKinney et Garrett, et fit un pas de plus vers l'escalier. Visiblement, elle craignait de se retrouver au milieu d'un conflit.

— Combien de temps devrons-nous attendre exactement pour que tout ça devienne un peu rentable ? demanda Garrett, qui refusait manifestement de changer de sujet.

— Ethan travaille aussi vite qu'il le peut.

— Ce n'est pas une réponse.

— Il a confié la réparation de la tour à une équipe et s'occupe personnellement des composants électroniques. Dès que tout sera réparé, il pourra mettre le logiciel à jour et relancer la connexion avec les puces posées sur les animaux.

Voyant Ruby poursuivre son chemin, Austin eut envie de la retenir mais ne trouva aucun prétexte pour le faire.

— Vous avez acheté un logiciel obsolète ? reprocha Garrett.

— Mais non. Tous les logiciels doivent être mis à jour régulièrement.

Garrett mettait la patience d'Austin à rude épreuve. D'autant qu'il était difficile de rester positif quand ils avaient encore tant d'incertitudes sur ces nouvelles technologies. Combien de fois allaient-ils avoir cette conversation avant que tout fonctionne parfaitement ?

Non sans soulagement, Austin vit son père se lever.

— Bon, conclut-il, on se voit demain matin.

— Bonsoir, papa, dit McKinney avec un sourire plein d'amour.

Garrett lui posa une main affectueuse sur l'épaule en passant près d'elle.

— Bonsoir, dit Austin.

— Bonsoir, monsieur, dit Ruby.

Il la salua et prit l'escalier. Austin retint son souffle, espérant que McKinney allait monter se coucher avant Ruby.

— J'espère que tu sais ce que tu fais, dit McKinney à Austin.

— Je le sais depuis le début.

— Alors que s'est-il passé ? Tu es allé trop vite ?

— Ce n'est pas ça.

Ruby fit un pas de plus vers l'escalier.

— Je crois que je vais...

— Il est encore tôt, dit Austin.

— Nous ne voulions pas être grossiers, dit McKinney en souriant à Ruby. Viens t'asseoir, nous allons prendre un verre. Qu'est-ce qui te ferait plaisir ? Whisky, vin, ou quelque chose de chaud et de sucré ?

— Quelque chose de chaud et de sucré ? C'est-à-dire ? demanda Ruby.

— Un déca avec... ce que tu veux dedans.

— Avec plaisir.

— Allons-y, dit McKinney en l'invitant à l'accompagner dans la cuisine.

Bon, mon tête-à-tête avec Ruby n'est pas pour tout de suite, songea Austin en les suivant.

McKinney prépara du décaféiné et Ruby se porta volontaire pour l'aider. Elle sucra le rebord de trois grandes tasses en verre en discutant avec la sœur d'Austin des qualités des différentes liqueurs. Puis ils passèrent une heure à bavarder en sirotant leur boisson.

Finalement, McKinney se leva, mit sa tasse vide dans le lave-vaisselle et leur souhaita une bonne nuit avant de quitter la pièce.

— Tu seras encore occupé demain ? demanda Ruby à Austin.

— Je n'étais pas occupé aujourd'hui. Et toi, tu as fait quoi en ville ?

— J'ai eu des conversations intéressantes.

— À propos de quoi ?

— Des ranchs, de la région...

— Tu es partie longtemps.

— Il y a beaucoup de gens à Jagged Creek, souligna-t-elle en souriant.

— C'est bien la première fois que j'entends ça, dit-il pour plaisanter.

— Tu m'as comprise.

— Donne-moi des noms.

— Cloris, Fred et d'autres résidents de la Topaz House.

Il savait que certains pensionnaires de cet établissement ne portaient pas les Hawkes dans leur cœur. Or il n'avait aucune envie de voir leurs griefs étalés dans le livre de Ruby.

— Qu'avaient-ils à dire ?

— Déjà que ta grand-mère était une force de la nature, répondit-elle avec un air amusé.

— Peggy-Lyn ?

Elle acquiesça.

— Que t'a-t-on dit sur elle ?

— J'ai cru comprendre qu'elle avait une poigne de fer.

— Elle avait un cœur d'or, dit-il en repensant avec émotion à sa chère grand-mère.

— Caché derrière une apparence bourrue ? demanda Ruby en haussant les sourcils.

— Qui a dit qu'elle était bourrue ?

— Tu ne crois tout de même pas que je vais révéler mes sources, dit Ruby avec un regard malicieux.

Si, justement. Il voulait savoir qui disait du mal de sa famille.

— Elle fut la première femme à présider le conseil municipal, déclara-t-il.

— Félicitations à elle. Tu sais, il y a quelque chose à propos des femmes de ta famille.

— C'est-à-dire ?

Elle sembla hésiter à développer sa pensée. Il insista.

— Qu'y a-t-il ?

— On m'a aussi parlé de ta mère.

Il se raidit aussitôt et demanda :

— À quel sujet ?

— Son accident.

Elle le regarda fixement, comme si elle essayait d'anticiper sa réaction. On ne lui avait pas seulement parlé de l'accident.

— Oui, répondit-il brièvement. Ce fut une terrible tragédie.

— Je comprendrais que tu n'aies pas envie de parler de cette nuit-là.

— Je n'ai pas envie de parler de cette nuit-là.

Cette nuit qui hantait sa famille depuis plus d'une décennie.

— Tu pourrais peut-être me dire autre chose sur elle, suggéra Ruby.

Il était au courant des rumeurs qui couraient sur ses parents. Oui, ils s'étaient disputés ce soir-là. Comme bien d'autres fois.

— Que veux-tu savoir ? demanda-t-il sèchement.

Elle eut l'air surprise par le ton de sa voix.

— Écoute, dit-elle en commençant à se lever, si ce n'est pas le moment…

— Si, c'est bon. Quelle est ta question ?

— Je n'ai pas de question précise.

Il avait du mal à la croire.

— C'est peut-être mieux si nous parlons demain, ajouta-t-elle.

— Pourquoi pas maintenant ?

Pourquoi insistait-il alors qu'il n'avait aucune envie de répondre aux questions de Ruby sur sa mère ?

— D'accord, dit-elle. Il paraît qu'elle était triste.

— Triste ? À cause de quoi ?

— En général. Comme si sa vie ici ne la rendait pas pleinement heureuse.

— C'est une accusation, rétorqua-t-il.

— Pardon, dit-elle avec un air coupable. Mais… est-ce que… Est-ce qu'elle venait de la ville ?

— Oui. D'Austin.

— Au Texas ? C'est de là que vient ton prénom ?

Il acquiesça.

— Jagged Creek n'était pas très animée à l'époque.

— Alors c'est la même chose pour Dallas et Tyler ?

— Pour nous quatre.

— McKinney aussi ?

— Oui, c'est le nom d'une ville moins connue, près de Dallas.

— J'imagine que c'était plus difficile de trouver un prénom féminin parmi les noms de villes.

— J'imagine.

Tout en suivant les lignes du marbre du bout de l'index, Ruby poursuivit :

— Tu penses que l'effervescence de la grande ville lui manquait ?

— Je n'ai jamais remarqué, non, répondit-il, les yeux fixés sur les mouvements de son doigt.

Elle s'arrêta, l'air pensif, puis demanda :

— Ta mère avait-elle de la famille à Austin ?

— Ses parents sont morts avant la naissance de McKinney. Elle avait une sœur, Harmony, que nous n'avons vue qu'une fois, quand nous étions petits. Harmony vivait alors à New York, mais je ne sais même pas où elle habite aujourd'hui.

Il n'aurait sans doute pas reconnu sa tante s'il l'avait croisée dans la rue. Il se rappelait seulement ses vêtements et ses chaussures sophistiqués.

— Elle n'est pas venue à l'enterrement ? demanda Ruby, étonnée.

— Ça faisait un long voyage.

— De New York au Colorado ? Pour les obsèques de sa propre sœur ?

— Elles n'étaient pas proches.

La mère d'Austin n'avait presque jamais mentionné Harmony, et, quand cette dernière était venue leur rendre visite, il avait perçu les tensions entre les deux sœurs malgré son jeune âge.

— Peut-être qu'ils se sont trompés, dit Ruby en reprenant ses dessins imaginaires.

— Qui et à propos de quoi ?

— Peut-être que c'était son passé qui la rendait triste.

Les émotions de la mère d'Austin n'avaient aucun rapport avec l'histoire du ranch.

— Tu ne préférerais pas parler du bétail et des loups ? suggéra-t-il.

— Essayerais-tu de m'inciter à changer de sujet ?

— Je pense juste que ce serait une conversation plus intéressante.

— Ça dépend sans doute de quel point de vue on se place.

— De l'action, de l'aventure, du danger ?

Voilà qui avait de quoi rendre un livre passionnant.

— Sa décision de se déraciner pour venir s'installer ici a dû être difficile à prendre. De même que pour ta grand-mère et ton arrière-grand-mère.

— J'imagine.

À vrai dire, il ne s'était jamais posé la question.

— Je suis curieuse, dit-elle avec un sourire désarmant.

— Ah oui ? répliqua-t-il avec ironie.

Elle était irrésistible quand son visage s'éclairait ainsi.

Leurs yeux se rencontrèrent et le temps se figea.

Il brûlait de la toucher, de l'embrasser, de la sentir contre lui.

Lorsqu'elle se leva de son tabouret, il l'imita afin de s'approcher d'elle.

— Tu dois être fatigué, dit-elle en prenant leurs deux tasses pour les mettre au lave-vaisselle.

Il n'était pas fatigué. Il était en feu.

— Bonne nuit, Austin, ajouta-t-elle en marchant vers la porte.

— Bonne nuit, répondit-il, dévoré par la frustration.

Il n'avait aucun espoir de bien dormir dans l'état d'excitation où il se trouvait.

Ruby s'était enfuie de justesse hier soir.

Inutile de se voiler la face, le désir qu'ils éprouvaient l'un pour l'autre était brûlant. C'est pourquoi elle allait être vigilante et rester concentrée sur son travail.

Son manuscrit devait être solide. Un récit captivant, c'était ce dont elle avait besoin pour attirer l'attention d'un éditeur, des lecteurs et des universitaires. Un récit unique, construit à partir d'une thèse encore inexplorée par les auteurs qui avaient étudié l'évolution du grand Ouest.

Elle avait trouvé son approche : les femmes de la famille Hawkes. C'était un bon début. Mais le plus gros du travail restait à faire.

Tôt ce matin, elle avait pris un petit déjeuner rapide, espérant sortir avant qu'Austin soit descendu. S'il était le meilleur guide possible pour tout ce qui concernait les activités du ranch, il n'était sans doute pas le mieux placé pour la renseigner sur la condition féminine. De surcroît, remettre un peu de distance entre eux ne pourrait leur faire que du bien.

Une fois dehors, elle emprunta l'allée pavée qui contournait la grande maison et arriva sur le côté de l'édifice. Elle y trouva une femme âgée en train de fumer une cigarette, assise sur le banc placé contre le mur, à côté d'une porte ouverte. À en croire sa blouse et sa coiffe, c'était une cuisinière.

Depuis quand travaillait-elle ici ? Ce fut ce que Ruby eut tout de suite envie de savoir.

— Bonjour, dit-elle.

— Bonjour, répondit la femme sans articuler.

Il était difficile de savoir si elle souriait ou faisait la grimace.

— Je m'appelle Ruby, ajouta Ruby en lui tendant la main.

— Mme Innish.

Elles se serrèrent la main.

— Vous êtes matinale.

Devait-elle s'asseoir d'elle-même sur le banc ou attendre d'y être invitée ?

— Il n'est pas tôt, répondit Mme Innish avec un rire saccadé.

— Je trouve que si, dit Ruby avec bonne humeur. J'en conclus que vous préparez le petit déjeuner ?

— Le petit déjeuner, le déjeuner et le dîner de tout le personnel de la maison. Sans compter les casse-croûte.

— Vous avez beaucoup de travail !

Ruby décida de tenter sa chance et s'assit au bord du banc.

Mme Innish écrasa son mégot dans un cendrier, puis se tourna vers elle en haussant les sourcils.

— Vous êtes une invitée de la famille ?

— Pas exactement. Je suis ici pour le travail.

— Mais je sais que vous ne dormez pas dans le logement des employés.

— Le logement des employés ?

Mme Innish fit un signe de tête vers le mur contre lequel elle était adossée.

— C'est ici, expliqua-t-elle. Pour les ranchers qui sont en ménage et le personnel de la maison. Les autres sont hébergés dans le dortoir.

Ruby regarda de plus près cette partie de la maison et remarqua que les plafonds étaient un peu plus bas, et les fenêtres, plus petites. Et, au lieu d'offrir une vue splendide sur la nature, elle donnait sur le parking.

Mme Innish se leva. Ruby l'imita et se hâta de parler pour la retenir :

— J'écris un livre sur l'histoire des ranchs dans les montagnes du Colorado. Ça vous ennuierait que je vous pose quelques questions ?

— J'ai du travail en cuisine, bougonna-t-elle en se tournant vers la porte.

— J'aimerais écrire plus précisément sur les femmes et leur contribution à la croissance de ce secteur. Je pourrais vous accompagner à l'intérieur, si vous êtes d'accord. C'est ce que je fais avec certains membres de la famille, je les suis dans leur travail afin de m'instruire. Est-ce que vous accepteriez ?

Le visage de Mme Innish se crispa.

— Depuis combien de temps travaillez-vous au ranch ? demanda Ruby.

La cuisinière réfléchit avant de répondre :

— Bientôt quarante ans.

— C'est extraordinaire ! Et vous avez toujours été cuisinière ?

— Je faisais la lessive, au début.

— Ce devait être aussi un travail très dur.

— Beaucoup de choses étaient dures, à l'époque. C'était différent.

— En quoi était-ce différent ? demanda Ruby en la suivant à l'intérieur.

— Eh bien, les routes étaient pleines d'ornières et nous avions sans cesse des pannes d'électricité. Internet n'existait pas et les femmes ranchers non plus. Ce n'était même pas la peine d'y penser.

— Vous auriez aimé être rancher ?

— Supporter la chaleur, le froid, les mouches et le fumier ? Je voyais ce que les garçons subissaient quand je lavais leur linge. Non, merci.

— Mais vous aimez faire la cuisine, affirma Ruby en admirant les équipements modernes et fonctionnels de la pièce dans laquelle Mme Innish passait ses journées.

Une délicieuse odeur de biscuits s'échappait du four allumé.

— Vous préparez les repas pour combien de personnes ?

— Entre vingt et trente, répondit Mme Innish en nouant un tablier propre autour de sa taille. Ça dépend des jours et des saisons.

Elle ouvrit le réfrigérateur et en sortit des saucisses et du bacon.

— C'est considérable !

Ruby regarda les deux grandes tables en bois rectangulaires disposées de l'autre côté de l'îlot central et compta trente-deux chaises.

— Vous faites tout toute seule ?

— Je reçois de l'aide quand j'en ai besoin. Les autres se relaient pour me seconder.

Les sourcils froncés, Mme Innish posa quatre plaques en fonte sur la grande cuisinière à gaz.

— Je peux faire quelque chose ?

Sans attendre de réponse, Ruby ôta son manteau et le suspendit à une patère près de la porte.

— Je ne vois pas ce que...

Mme Innish s'interrompit en la voyant mettre un tablier.

— Je ne suis pas mauvaise en cuisine, déclara Ruby.

— Vous savez faire les pancakes ?

— Et comment !

La mère de Ruby avait été la reine des pancakes. Ruby avait appris jeune et aurait pu les faire les yeux fermés.

— Pour trente personnes ?

— Il suffit de connaître les proportions et de faire la multiplication.

— Alors montrez-moi ce que vous savez faire, jeune femme.

Ruby prit une profonde respiration, prit le grand saladier en acier qui était déjà sorti et se mit au travail avec enthousiasme. Elle n'aurait pas pu rêver d'une meilleure occasion pour faire parler Mme Innish.

— Comment êtes-vous entrée au Hawkes Cattle Ranch ? demanda-t-elle en rassemblant la farine, le sel et la levure chimique.

— J'ai répondu à une petite annonce parue dans le journal, répondit Mme Innish en faisant griller des tranches de bacon.

— Vous êtes originaire du Colorado ?

— Non, du Wyoming.

— Donc vous êtes partie de chez vous pour travailler.

— Je voulais gagner un peu d'argent.

— C'est compréhensible, déclara Ruby en attrapant des œufs et du lait.

— Ce n'était pas comme aujourd'hui, dit Mme Innish en sortant les biscuits du four. On ne trouvait pas du travail aussi facilement.

— Vous avez eu le courage de vous en aller aussi loin toute seule.

— Je n'avais pas vraiment le choix.

— Ah bon ? demanda Ruby en mélangeant les ingrédients de sa pâte à pancakes.

— J'étais l'aînée de sept enfants. Je ne pouvais pas rester une charge pour mes parents.

Un homme entra dans la cuisine.

— Bonjour, Bea ! lança-t-il. J'espère que je ne dérange pas… ?

— Dr Bentz ! répondit la cuisinière avec une gaieté évidente. Je ne savais pas que vous étiez là aujourd'hui.

— Il y a eu une mise-bas compliquée cette nuit. Des jumeaux. Mais les deux poulains vont bien ce matin.

Ce n'était pas le vétérinaire que Ruby avait rencontré l'autre jour. Celui-ci devait avoir environ quarante-cinq ans et avait l'air d'un homme sportif et jovial.

— Les biscuits sortent du four et je vais vous préparer des œufs. Cuits des deux côtés ?

— Vous me connaissez si bien.

Puis il se tourna vers Ruby.

— Ruby Monaco, dit-elle pour se présenter.

— J'ai entendu parler de vous, déclara-t-il d'un air entendu en s'asseyant à table.

— Ah ?

Les vétérinaires se connaissaient donc tous, à Jagged Creek ?

— Hardy m'a dit que vous écriviez un livre.

— En effet, répondit-elle en reprenant sa préparation. Que vous a-t-il dit d'autre ?

— Qu'il aimerait en être l'un des héros, rapporta M. Bentz avec un air amusé.

— Mais... ce n'est pas un roman.

— Je ne crois pas que ça fasse une grande différence pour lui.

— Je ne manquerai pas de lui parler.

Elle avait seulement croisé Hardy deux ou trois fois, mais, s'il était volontaire pour répondre à ses questions, elle n'allait pas se priver de l'interroger.

— Les pancakes vont être en retard, dit sèchement Mme Innish.

— Désolée, fit Ruby en se rendant compte qu'elle avait dû l'irriter en monopolisant l'attention de M. Bentz au lieu de se consacrer à sa tâche.

Elle finit hâtivement sa pâte et mit dix pancakes à cuire sur les plaques. Les autres convives entrèrent alors l'un après l'autre dans la cuisine et s'installèrent à table. Tout en accomplissant sa mission, elle écouta leur conversation d'une oreille et songea qu'elle était tombée sur une formidable source d'information. Elle était prête à parier que ce ranch n'avait aucun secret pour eux.

5

Dans l'enclos situé près de l'écurie principale, Austin dévisagea Hardy avec stupeur.

— Comment ça, tu as parlé avec Ruby ? Pourquoi as-tu parlé avec Ruby ? *Quand* as-tu parlé avec Ruby ?

Il l'avait lui-même cherchée en vain toute la journée.

— À l'heure du déjeuner, dans la cuisine, répondit Hardy en dessellant son cheval appaloosa.

— Que faisait-elle dans la cuisine du personnel ?

— Je ne sais pas.

Ils se dirigèrent ensemble vers la sellerie pour ranger leur matériel.

— Qu'a-t-elle dit ? Et toi, qu'est-ce que tu lui as raconté ?

Hardy se tourna vers Austin avec un air perplexe.

— Elle parlait de son livre. De quoi d'autre ? ajouta Hardy en ricanant. Austin, j'ai quarante-quatre ans, cette jeune femme ne risque pas de s'intéresser à moi.

Ce n'était pas du tout à cela qu'Austin avait pensé.

— Je n'ai pas dit le contraire, déclara-t-il.

— Mais tu as l'air jaloux.

— Je ne suis pas jaloux.

Il n'eut qu'à prononcer cette phrase pour penser à tous les ranchers célibataires présents au ranch. Des hommes jeunes et séduisants, qui allaient sûrement avoir envie de tenter leur chance avec Ruby.

— J'ai des histoires à raconter, tu sais, dit Hardy.

— Quelles histoires ?

— Le jour où j'ai évité de justesse un éboulement de terrain, par exemple. Sans mon sens de l'observation, nous y serions tous passés, les gars, le troupeau et moi.

Bon. S'il ne s'agissait que de récits d'aventures, il n'y avait rien à craindre. Ce n'était pas là qu'elle allait déterrer des scandales et des secrets de famille.

— Salut, Rudy ! lança Hardy en entrant dans la sellerie.

— Salut à tous les deux ! répondit le responsable tout en continuant ce qu'il était en train de faire.

Hardy rangea sa selle et sa bride à leur place.

— Et nous avons aussi parlé de la maison, ajouta-t-il en s'adressant à Austin.

— De la maison ? répéta Austin en posant son matériel. Que voulait-elle savoir sur la maison ?

— La date de la construction, le temps qu'il a fallu pour la construire. Je crois qu'elle a bien aimé quand je lui ai parlé de tous les meubles que ton arrière-grand-mère avait fait venir. Et surtout des réceptions. Je lui ai dit que Nettie Harbottle se souvenait sûrement de ces réceptions. Tu savais que Ruby était allée à la Topaz House ? Je n'aurais pas imaginé qu'elle s'intéresserait à nos anciens. Mais qu'est-ce que j'en sais, après tout ?

Il se tut enfin pour reprendre son souffle.

— Elle va aller voir Nettie ?

Il sentait la situation lui échapper. Il avait fait venir Ruby ici précisément pour éviter qu'elle aille interroger les gens au hasard à propos de sa famille. De toute évidence, sa stratégie avait échoué.

— C'est ce que je ferais à sa place, répondit Hardy avec un haussement d'épaules. Shorty a raconté que, quand son père était petit, il se faufilait dans la grande maison pour observer ces fameuses réceptions en cachette. Apparemment, c'était quelque chose. Il y avait même de l'alcool de contrebande.

— Génial, maugréa Austin.

C'était exactement ce qu'il voulait que Ruby apprenne, tiens !

— Tu regrettes parfois de ne pas avoir connu cette époque ? demanda Hardy.

— Non.

Il n'aurait pas renoncé à la modernité pour remonter le temps. D'autant qu'il avait assisté à des fêtes au ranch dans son enfance. Il est vrai qu'elles n'avaient pas été aussi fastueuses qu'autrefois, et qu'il n'y en avait plus eu une seule depuis la mort de sa mère.

Peggy-Lyn, la grand-mère d'Austin, avait été de nature plus réservée que Kathleen, son arrière-grand-mère, qui avait vécu à Chicago pendant la prohibition et dont le père s'était enrichi par le trafic d'alcool – selon la légende familiale. TJ, l'arrière-grand-père d'Austin, avait eu un coup de foudre pour elle. Quelque temps plus tard, l'héritage qu'elle avait reçu de son père, tué par balle dans des circonstances suspectes, avait largement financé la construction de la grande maison.

— Elle m'a aussi interrogé sur ta mère, raconta distraitement Hardy.

Austin se figea.

— Mais encore ?

— Oh ! elle m'a demandé des choses bizarres. Si elle avait eu des passions, si elle avait aimé voyager. Comme si je savais ça, moi !

— Autre chose ?

Hardy lui jeta un regard et répondit :

— Elle est déjà au courant pour l'accident. Tout le monde est au courant.

— Je sais.

Ce n'était pas l'accident qui préoccupait Austin.

— Merci de m'avoir raconté votre conversation, ajouta-t-il en feignant le détachement. Et… ce n'est peut-être plus vraiment nécessaire que tu parles de la famille avec elle.

— Compris, patron. Désolé si j'ai mal fait.

— Tu n'as aucune raison d'être désolé. Mais fais passer le mot. Si elle pose des questions, vous me l'envoyez.

— Entendu.

— Bonne soirée, Hardy.

— Toi aussi.

Comme il était près de 19 heures, Austin se dirigea vers la maison en espérant que Ruby serait déjà là. Il entra par une porte située près de la buanderie pour ôter ses bottes et se laver les mains et le visage. Puis il passa dans le salon.

Elle était là, au fond de la pièce. En train de regarder les photos de famille.

Plus particulièrement une photo de Jessica, la mère d'Austin.

— Je t'ai cherchée aujourd'hui, dit-il en s'approchant d'elle.

— J'étais dans le coin.

— Quel coin ?

— Je me suis promenée ici et là. Tu es bien placé pour savoir que cet endroit est immense.

— Je ne t'ai pas invitée ici pour que tu fasses passer des interrogatoires aux employés.

— Des interrogatoires ?

— Je viens de discuter avec Hardy. Je sais ce que tu as en tête.

Elle passa à la photo suivante, qui représentait Winston, son arrière-arrière-grand-père, à la table de poker du Cactus Spur Saloon.

— Parce que je te l'ai dit ? répliqua-t-elle d'une voix calme, comme si elle était insensible au ton accusateur d'Austin. Alors c'est ici qu'il a gagné le droit d'être présenté à Lillian ? ajouta-t-elle en examinant la photo.

— En effet. Il a d'abord gagné le droit de l'inviter à sortir.

— Puis il a gagné son cœur, chantonna Ruby avec un petit sourire.

Elle était si adorable qu'il dut lutter contre lui-même pour rester énervé contre elle.

— Ne change pas de sujet.

— Quel est le sujet ? demanda-t-elle en se tournant vers lui.

Elle affichait un air beaucoup trop innocent pour être innocente.

— Tu cherches des ragots sur ma famille en infiltrant le personnel.

Elle effaça son sourire mais garda un ton léger :

— Je n'écris pas un livre de révélations scandaleuses, Austin.

Elle fit un pas vers la photo suivante et il la suivit.

— Je suis là pour t'apporter toutes les informations dont tu as besoin.

— C'est ridicule.

— Pas du tout.

— Je ne peux pas écrire un livre à partir du témoignage d'une seule personne.

— Bien sûr que si.

— Ce n'est pas une biographie. C'est Kathleen ? demanda-t-elle en pointant l'index vers la photo en noir et blanc de son arrière-grand-mère en robe sombre, un fume-cigarette à la main, debout devant un vieux piano à queue.

— Oui.

— On m'a dit qu'elle aimait faire la fête.

— Recevoir.

Pourquoi avait-il fait cette remarque ?

Kathleen avait été une rebelle. Elle avait peut-être fait jaser, mais il avait toujours pensé qu'il se serait bien entendu avec elle. Il trouvait admirable que TJ ait épousé une femme aussi intéressante.

— *Recevoir.* D'accord, fit Ruby avec amusement. Elle était très belle.

— Je suis d'accord.

— Apprends-moi quelque chose sur elle.

Elle se tourna de nouveau vers lui et le fixa avec attention.

— Je ne l'ai jamais rencontrée.

— Alors qui l'a connue ? Certains employés aujourd'hui à la retraite ? Quelqu'un a bien dû la côtoyer quand elle était au sommet.

— Je ne sais pas qui elle fréquentait.

Il n'allait sûrement pas envoyer Ruby vers une nouvelle source d'information.

— Parle-moi de l'argent de la mafia.

— Il n'y avait pas d'argent de la mafia.

— Ce n'est pas ce qu'on m'a dit. Trafic d'alcool, bandes criminelles, meurtres.

Elle paraissait pleine de curiosité et d'excitation. Cette expression la rendait encore plus attirante.

— Racontars.

— Il a bien fallu que quelqu'un finance tout ça, lâcha-t-elle en montrant le décor d'un grand geste.

— C'est donc ça que tu vas écrire ?

— Je ne sais pas ce que je vais écrire.

— Si. Tu le sais. Les choses les plus lubriques que tu puisses trouver.

Elle eut l'air offensée par sa remarque.

— Pas forcément. Et le meurtre du père de Kathleen n'est pas un secret d'État. C'est une affaire documentée.

— Enfermée dans les archives des tribunaux, pas étalée dans les pages d'un livre et trempée dans les conjectures et le sensationnalisme.

— Eh bien, merci, Austin, répondit-elle d'un ton acerbe. J'apprécie cette marque de confiance envers mes qualités professionnelles.

— Tu ne peux pas me reprocher de me poser des questions.

Ils se regardèrent en silence.

— Voici ce que je te propose, déclara finalement Austin. À partir de maintenant, tu restes avec moi.

Elle haussa les sourcils avec amusement. Il corrigea aussitôt.

— Demain.

Il aurait pourtant rêvé de passer la nuit avec elle ! Mais elle avait été claire après leur dernier baiser : il ne se passerait plus rien entre eux.

Ruby n'avançait pas comme elle l'aurait voulu.

Elle avait envie de farfouiller partout, de parler avec d'autres gens, d'entendre des histoires et de voir des choses.

Or c'était impossible. Quand Austin lui avait dit qu'elle resterait désormais avec lui, il n'avait pas voulu dire qu'il lui servirait de guide.

Il avait voulu dire qu'il serait son geôlier.

Voilà pourquoi elle se retrouvait appuyée contre l'arrière d'un pick-up, dans la montagne, en train de regarder Austin et deux de ses employés, Hardy et Anders, qui construisaient une clôture autour de la nouvelle tour de relais de réseau.

Comme il lui avait expliqué qu'il voulait ainsi protéger la tour des attaques d'ours, elle ne pouvait s'empêcher de regarder derrière elle toutes les cinq minutes, en se demandant quel animal allait surgir. Elle finit tout de même par se dire que le bruit des machines allait dissuader les bêtes sauvages d'approcher.

Tout en observant les hommes qui travaillaient dans la chaleur du soleil d'automne, elle s'efforça de réfléchir au contenu de son livre, de penser à ces femmes intrépides qui avaient eu bien d'autres épreuves à surmonter que la présence des ours. Mais la sueur qui collait le T-shirt d'Austin à son torse musclé l'empêchait de se concentrer. Ici, dans son élément, en plein effort physique, il était plus sexy que jamais.

Tu restes avec moi.

Les mots qu'il avait prononcés la veille occupaient encore son esprit. Elle avait été sur le point de répondre : « Oui ! Oui, je reste avec toi toute la nuit ! » Ils étaient tous les deux adultes et célibataires, leur désir réciproque était évident et elle était sûre qu'ils avaient tout pour passer un bon moment ensemble.

En le regardant, elle commençait à comprendre ce qui avait poussé ces femmes à abandonner le confort de la ville pour une vie âpre dans les montagnes du Colorado. Le front ruisselant sous son stetson, il n'était sans doute pas différent des hommes qui l'avaient précédé sur ces terres.

Elle devait s'imprégner de cette scène. Prendre des notes afin de retranscrire au mieux l'atmosphère du ranch. Les équipements avaient été modernisés, mais en dehors de cela le travail et les préoccupations des ranchers restaient identiques au fil du temps, tout comme cette nature resplendissante.

Elle ferma les yeux et respira profondément. Puis elle chercha les mots les plus justes pour décrire l'odeur de l'herbe et des feuilles mortes, la course des nuages, le chant des oiseaux, le bourdonnement des mouches, toutes ces choses intemporelles qui allaient faire partie de son récit.

Jusqu'au moment où un moustique lui piqua l'avant-bras et où elle l'écrasa du plat de la main. C'était aussi un détail à ajouter, après tout.

Le vent se calma peu à peu et les moustiques se firent plus nombreux. Espérant les empêcher de s'accrocher à elle, elle se leva et fit quelques pas tout en observant les nuages qui s'amassaient maintenant dans la vallée. C'est alors qu'elle aperçut deux cavaliers qui approchaient. Ils paraissaient si à l'aise en selle qu'elle se surprit à les envier. Depuis son arrivée, elle n'avait monté qu'une fois avec Austin et cette expérience l'avait émerveillée. Chevaucher en silence à travers les champs et la forêt, voilà qui n'avait rien à voir avec les souvenirs qu'elle gardait du poney club où elle n'avait fait que des tours de manège.

Les chevaux eux-mêmes semblaient apprécier leur sort. C'était du moins l'impression que lui donnait leur posture. Dans son carnet, elle décrivit leur foulée souple et le mouvement gracieux de leur crinière et de leur queue.

Au bout de quelques instants, elle reconnut l'un des deux ranchers, qui n'était autre que McKinney. Austin les vit aussi et interrompit ce qu'il était en train de faire pour couper le moteur des machines et le groupe électrogène. Ruby marcha vers lui, Hardy et Anders.

— Qu'y a-t-il ? demanda Austin quand sa sœur les eut rejoints.

Elle descendit de son cheval en même temps que le cavalier qui l'accompagnait.

— Le taureau que nous avons acheté à Denver arrive, annonça McKinney. Nous nous rendons à l'enclos principal pour l'accueillir. Ça t'intéresse peut-être ?

— Bien sûr, répondit le rancher.

McKinney vit Ruby et demanda à Austin la raison de sa présence ici.

— Ruby nous observe.

— Pourquoi ?

— Pourquoi pas ?

— En quoi le fait de vous observer va-t-il l'aider à écrire un livre ?

Ruby s'approcha d'eux, sans chercher à faire comme si elle ne les avait pas entendus. Ils poursuivirent leur échange.

— J'ai dit à Ruby qu'elle pouvait m'accompagner dans mon travail.

— Franchement, je ne vois pas l'intérêt.

— Pourquoi ?

— Tu n'es pas le personnage le plus passionnant de la famille.

— Selon qui ?

— Austin, railla McKinney, tu es en train de construire une clôture.

Les trois autres hommes étouffèrent un rire.

— Ça fait partie des choses qu'on fait ici, riposta-t-il.

— C'est ennuyeux, jugea McKinney en se tournant vers Ruby.

Ruby était d'accord avec elle, mais, comme elle ne voulait pas vexer Austin, elle répondit :

— Je prends des notes sur l'ambiance.

— Je me demande bien pourquoi tu le soutiens, fit McKinney en plaisantant.

— Ruby fait ce pour quoi elle est venue, c'est tout, rétorqua Austin.

— Franchement, Ruby, tu as fait des choses amusantes depuis ton arrivée, au moins ? Tu es montée à cheval ?

— Une fois. Le premier jour. Nous avons fait un petit tour.

— Viens avec moi, lui enjoignit la jeune femme en désignant l'autre cheval. Caden, tu lui laisses les rênes ?

Austin fronça les sourcils.

— Oh ! non, s'exclama Ruby en reculant. Ce n'est pas nécessaire.

Elle n'allait tout de même pas prendre le cheval d'un rancher !

McKinney insista.

— Bien sûr que si.

Caden conduisit sa monture jusqu'à Ruby.

— Je n'ai aucune expérience.

— Aide Ruby à régler les étriers, dit McKinney à Caden.

Le fait de lui confier son cheval ne semblait pas le contrarier le moins du monde.

Ruby regarda Austin. Même si cette occasion de monter avec McKinney la réjouissait, elle ne voulait pas le fâcher.

— Vas-y, dit-il, les mâchoires serrées.

— Tu es sûr ?

— Oui, profites-en.

— Vous avez besoin d'un marchepied ? demanda Caden.

— Je ne crois pas, merci.

Elle se mit à gauche du cheval, saisit le pommeau de la selle, mit la pointe de sa bottine dans l'étrier et se hissa jusqu'au siège en faisant passer sa jambe droite de l'autre côté.

— Voilà qui est mieux, dit McKinney avec satisfaction.

Caden lui donna les rênes et raccourcit ses étriers.

— Matilda est très calme, dit-il d'un ton rassurant. Il en faut beaucoup pour lui faire peur, mais elle aime galoper si vous la laissez faire.

— Nous irons doucement, assura McKinney.

— C'est très gentil de votre part, déclara Ruby à Caden. Merci.

— Si tu veux écrire sur nous, dit McKinney en remontant sur son cheval, autant que ce soit un récit authentique.

Contrairement à Austin, elle semblait accepter sereinement l'idée de ce livre.

Ruby serra les talons et Matilda se mit au pas, suivant volontiers le cheval de McKinney. Leurs sabots faisaient un bruit mat sur le tapis d'herbe fraîche.

— Je n'en reviens pas, qu'il t'ait traînée ici pour te faire regarder ce spectacle, dit McKinney tandis qu'elles descendaient la pente.

— Il ne m'a pas traînée, répondit Ruby.

Cette activité n'aurait pas été son premier choix, mais elle avait fait en sorte d'en tirer parti.

— En tout cas, il doit t'apprécier.

— Qu'est-ce qui te fait dire ça ?

Pourvu que McKinney n'ait pas remarqué leur attirance mutuelle…

— C'est un solitaire. Ne le prends pas mal, mais le fait de t'avoir à ses côtés le ralentit.

— J'essaye de ne pas le déranger.

— Ce n'était pas une critique.

— Je n'ai pas pris cela pour une critique.

— Je suis juste étonnée. Toi, le livre... C'est le genre de choses que mon frère déteste.

— Il me déteste mais il m'apprécie ? fit Ruby, amusée.

McKinney rit et répondit :

— Je veux dire qu'il déteste cette situation, donc il doit t'apprécier.

— Je ne crois pas qu'il m'apprécie beaucoup.

Elle voyait bien qu'elle lui plaisait, mais cela ne voulait pas dire qu'il était content qu'elle soit là.

— Ton livre avance bien ? demanda la jeune femme après un bref silence.

— Pas mal. Le projet prend forme.

— C'était une vraie question, je ne voulais pas que tu me répondes par des platitudes.

La franchise de McKinney fit rire Ruby.

— J'ai déjà pris pas mal de notes mais j'ai du mal à établir mon plan. Je réfléchis encore au thème et à l'approche que je vais choisir.

— C'est embêtant ? demanda McKinney avec un intérêt manifestement sincère. Ou c'est le processus normal ?

— Peut-être un peu des deux.

— Que pourrions-nous faire pour t'aider ?

Ruby était si touchée qu'elle n'hésita pas à se montrer sincère en retour.

— Je pensais aux femmes qui ont vécu dans ce ranch, les épouses, notamment, qui venaient d'ailleurs. À leur capacité d'adaptation et au courage dont elles ont fait preuve.

McKinney hocha la tête avec un air pensif.

— J'aime cette idée. Pour ma part, j'ai toujours vécu ici, donc je ne peux pas me mettre à leur place.

Pourtant, il avait dû lui falloir beaucoup de force, à elle aussi, pour s'imposer dans ce monde d'hommes, parmi ses trois frères. Elle était en quelque sorte l'aboutissement ultime du combat des femmes qui l'avaient précédée sur ces terres.

Le cœur battant, Ruby vit la trame de son récit prendre forme dans son esprit. Elle avait soudain mille questions à poser à McKinney.

— Tu aimes ton travail au ranch ? lui demanda-t-elle en luttant pour contenir son élan d'excitation.

— Oui, beaucoup. J'aime les animaux. J'aime être dehors. J'aime le travail physique. Pour l'instant, du moins. Je ne suis pas naïve. Je fais partie de la famille Hawkes et je sais ce que ça signifie pour moi. Un jour ou l'autre, je quitterai l'équipe des ranchers pour occuper un poste à responsabilités. Ce sera le cas pour nous tous. Y compris mon frère Tyler.

— Tu penses que Tyler va quitter la marine ?

— Oui. Bientôt, j'espère. Comme ça, j'aurai moins de pression sur les épaules. D'un autre côté, ajouta-t-elle en riant, qui voudrait passer sa vie à subir la chaleur, les orages et les moustiques ?

— Les moustiques, surtout, souligna Ruby en agitant la main devant son visage pour en chasser un.

— On s'y habitue. Enfin, presque, dit McKinney avec humour. Alors tu veux parler des femmes du ranch ?

— Oui. Qu'est-ce que tu en penses ?

— Je pense qu'il est grand temps de le faire. Tu as jeté un œil à l'intérieur de la vieille maison ?

— La vieille maison ? Quelle vieille maison ?

— On y arrive en longeant le ruisseau depuis l'écurie principale. Le terrain est un peu envahi par la végétation, il faut y aller à cheval ou en véhicule tout-terrain. Mais il y a plein de choses dans le grenier. Enfin, c'était le cas autrefois. Je ne sais pas ce qu'il en est aujourd'hui.

6

Austin entra dans la vieille maison.

Comme il n'entendait aucun bruit, il monta à l'étage.

Comment McKinney avait-elle pu envoyer Ruby seule ici ? Qu'est-ce qui avait bien pu lui passer par la tête ?

Arrivé en haut de l'escalier, il s'arrêta et tendit l'oreille en espérant avoir devancé Ruby. Mais cette fois il perçut des bruits de pas au-dessus de sa tête et de la musique qui venait du grenier. On y accédait en traversant la chambre du fond, en prenant un second escalier beaucoup plus raide que le premier et en poussant une porte.

La porte était ouverte et il ne tarda pas à apercevoir le tourne-disque en marche. Les craquements qui accompagnaient l'orchestre et la trompette replongeaient le grenier dans le passé.

Ruby était dans un coin, à genoux devant un coffre, agitant la tête au rythme de la musique. Elle portait un chapeau en feutre gris orné d'un ruban et d'une grosse fleur dorés. Elle avait dans les mains une couverture en patchwork qu'elle examinait avec attention.

Elle avait dû entendre ou sentir la présence d'Austin car elle se retourna brusquement, l'air effrayé. Mais elle sourit dès qu'elle le vit. Ses joues rosirent et ses yeux s'illuminèrent.

— C'est absolument merveilleux, dit-elle.

— La musique ?

— La musique aussi, oui, mais je parle de tout le reste. De cette pièce.

Il regarda autour de lui en se demandant ce qu'elle avait trouvé avant son arrivée.

— Tu ne devrais pas être ici toute seule.

— C'est cousu à la main, dit-elle en lui montrant le tissu beige, bleu et jaune qu'elle tenait. Qui a bien pu faire ça ?

— Aucune idée.

Les petites fenêtres étaient fermées et l'air chaud sentait le renfermé. Une ampoule poussiéreuse éclairait faiblement la pièce.

— Tu imagines le temps que ça a dû prendre ?

— Tu n'aurais pas dû monter ici.

Il alla à la fenêtre la plus proche, souleva le loquet et dut tirer fort sur la poignée pour l'ouvrir.

— McKinney m'y a autorisée.

— Elle n'avait pas le droit de le faire.

Il dépassa Ruby et alla ouvrir l'autre fenêtre pour créer un courant d'air frais.

— Elle est aussi chez elle ici.

— Elle n'est pas habilitée à parler au nom de toute la famille.

— Alors que toi si ? Voyons, Austin, tu es injuste. Et ce grenier est une vraie caverne d'Ali Baba.

Oui, justement, c'était bien le problème. Il ignorait ce qui était entreposé ici, elle pouvait y trouver n'importe quoi.

— Regarde la précision de ces points. Est-ce le fruit du travail de Lillian ? Ou de Wanda, la femme de Gunner ? Je miserais sur Wanda. Ça lui ressemble davantage. Mes recherches m'apporteront peut-être une réponse.

— Qui t'a parlé de Wanda ?

— J'ai trouvé un album de photos, dit-elle en lui montrant la table où était posé un épais volume avec une couverture en cuir marron. Wanda était la mère de Winston.

— Je sais qui était Wanda.

— Elle a l'air… je ne sais pas, d'une femme simple et douée de ses mains. Je n'imagine pas Lillian avoir la patience d'accomplir un tel travail.

Voilà qu'elle parlait des ancêtres d'Austin comme si elle les connaissait personnellement !

— Tu ne sais rien de Lillian, lança-t-il, agacé.

— C'est vrai. Mais sur les photos elle porte toujours des vêtements neufs, à la mode, qui semblent sortir tout droit d'une boutique élégante de prêt-à-porter ou de l'atelier d'une couturière.

— Une boutique élégante de prêt-à-porter ? À Jagged Creek ? À cette époque ?

Cela n'avait aucun sens.

— Peut-être qu'elle voyageait, répondit Ruby. Ou qu'elle commandait sur catalogue.

— Tu n'émets que des hypothèses.

— En cherchant des *faits*. Il faudrait savoir, Austin. Soit j'arrive à comprendre la vérité, soit je devrai me débrouiller pour combler les vides. Mais tu ne peux pas empêcher l'un puis me reprocher l'autre.

— Tu pousses toujours aussi loin ? demanda-t-il avec un soupir.

— C'est tout ce que tu as à me répondre ? Que je pousse trop loin ? Tu as vraiment besoin de travailler ta rhétorique.

— Oh ! comme tu es drôle.

— Je n'essaye pas d'être drôle. J'essaye de faire des recherches. C'est comme une chasse au trésor, dit-elle en posant la couverture pour reprendre son exploration du coffre.

Ou un champ de mines.

Elle souleva délicatement un lapin en peluche marron. Tout usé, les oreilles pendantes, il n'avait plus qu'un œil un peu jauni et un nœud papillon écossais effiloché autour du cou.

— Il était à quelqu'un, murmura-t-elle en le caressant.

Austin essayait d'être énervé contre elle, mais, en voyant son attitude si tendre avec une peluche, il ne put que rendre les armes.

— Un enfant l'a chéri, ajouta-t-elle en serrant le lapin contre son cœur.

Austin avait soudain envie d'être un lapin en peluche.

Brusquement, Ruby se leva en tournant sur elle-même.

— Je te parie que je peux trouver une photo de ce petit bonhomme ! s'exclama-t-elle avec joie.

Elle assit le lapin sur la table en l'adossant contre une lampe, face à elle, comme si elle voulait qu'il la voie feuilleter l'album.

— Tu imagines un petit garçon ou une petite fille traînant son doudou adoré partout dans la maison et dans le jardin ? dit-elle à Austin. Ce lapin a un nom, c'est sûr. Un nom très mignon.

Il ne voyait pas comment ils pourraient retrouver son nom. Et, à vrai dire, il ne voyait pas à quoi cela pourrait bien leur servir.

— Ah ! s'écria-t-elle d'une voix triomphante. Il était à Franny. C'est génial !

Il se pencha pour regarder la photo en noir et blanc qu'elle lui montrait et vit le lapin dans les bras d'une petite fille.

— Comment peux-tu savoir que c'est Franny ?

— Elle est assise à côté de Gunner.

— Qui te dit que c'est Gunner ?

— Tu as vu cet air renfrogné ? C'est forcément Gunner enfant. Donc les parents doivent être Clem et Alice. Bonjour, Alice, dit-elle avec un petit rire. Je vois que vous avez survécu au poulailler, et plutôt très bien. Elle est très belle.

Austin était d'accord. Son aïeule était splendide avec ses cheveux bruns rassemblés en chignon. Elle ne souriait pas plus que les autres personnes qui apparaissaient sur la photo, mais ses yeux brillants exprimaient le bonheur.

— Merci, M. Lapin, chantonna Ruby en pinçant le ventre de la peluche.

— Qu'est-ce qui te dit que c'est un monsieur ? fit Austin, amusé.

— Le nœud papillon, évidemment. Et je trouve qu'il ressemble à un garçon. Pas toi ?

Il n'avait pas d'avis, mais la capacité de déduction de Ruby l'impressionnait. Il examina de nouveau la photo en s'attardant sur le père. Elle avait sans doute raison. Derrière la petite famille se dressait cette maison, alors flambant neuve. Ce devait donc être Alice, Clem, Gunner et Franny.

Il ne put s'empêcher de les regarder avec une certaine émotion. C'était la première fois qu'il voyait Franny, et cela lui donnait envie de découvrir d'autres photos de famille.

Il regarda autour de lui avec une curiosité soudaine tandis que Ruby prenait des notes dans son carnet. Sur le tourne-disque, les morceaux de musique se succédaient toujours.

— Tu fais ça souvent ?

— Écrire des livres ? Non. Le plus souvent, je suis face à mes étudiants.

— Je parlais de ce que tu es en train de faire.

— Qu'est-ce que je suis en train de faire ?

— La peluche, la photo, le couvre-lit... Tu es une véritable enquêtrice.

— Oh ! c'est encore en désordre pour l'instant. Je ne sais pas du tout où vont me mener toutes ces pistes. Mais j'aime me plonger dans l'histoire, c'est tellement passionnant ! Tu ne trouves pas ?

— Si, sûrement.

Elle se rapprocha du coffre et en sortit une grande boîte blanche en carton qu'elle épousseta brièvement avant d'en soulever le couvercle. Son contenu était protégé par un papier bleu délavé. Ruby l'ouvrit avec précaution, dévoilant un tissu en soie bleue orné de perles dorées.

— Qu'est-ce que c'est ? demanda Austin.

Elle déplia doucement l'étoffe.

C'était une robe typique des années 1920, qui avait dû connaître des soirées endiablées.

— Oh ! Lillian, murmura Ruby avec émerveillement.

Elle mit la robe devant elle et ajouta :

— Je comprends pourquoi les hommes rêvaient de passer une soirée avec elle. Cette femme avait du tempérament.

— Elle semble à peu près à ta taille, non ?

Ruby se déhancha en agitant la frange qui ornait l'ourlet de la robe, au-dessus des genoux.

— Ce devait être tellement amusant de porter ça pour danser...

Les mots d'Austin lui échappèrent alors, trahissant sa pensée :

— Essaye-la.

— Tu es sûr ? demanda Ruby.

Cette robe la faisait rêver, mais la proposition d'Austin la prenait totalement au dépourvu.

— Oui, vas-y, l'encouragea-t-il. Plonge-toi dans l'histoire.

Il paraissait à la fois sérieux et amusé.

Elle regarda de nouveau la robe. Il avait raison, elle lui allait sans doute.

— Tourne-toi, lui enjoignit-elle.

— Je ne peux pas regarder ?

— Non, tu ne peux pas regarder.

Elle ignora le frisson de désir qui la parcourait.

Austin se retourna.

Après avoir reposé le vieux chapeau qu'elle s'était amusée à mettre sur sa tête, elle ôta son pull, ses bottines et son pantalon noir. Puis elle enfila la robe, en prenant grand soin de ne pas l'abîmer.

Le tissu était doux et frais, et le poids des perles la surprit. La longue frange noire lui caressait les cuisses. Ses bottines n'étaient pas du tout assorties à cette tenue, mais elle n'eut d'autre choix que de les remettre, de peur de s'écorcher sur le parquet vétuste. Enfin, elle remonta la fermeture Éclair et se passa les mains dans les cheveux pour se recoiffer à la hâte.

— Tu as bientôt fini ?

— C'est bon, tu peux regarder.

Il se retourna et resta immobile, silencieux.

— Alors ? demanda-t-elle au bout de quelques secondes.

Elle le vit déglutir avec peine.

— C'est joli. Très joli.

La lueur qu'elle remarqua dans ses yeux faillit la faire chanceler.

— Elle est bien à ma taille, dit-elle en s'efforçant de se ressaisir.

Le but de cette expérience n'était pas de plaire à Austin mais de se mettre dans la peau de Lillian.

Elle se balança instinctivement au rythme de la musique.

— Ce devait être fascinant de vivre dans les Années folles.

— En tout cas, je n'aurais rien eu à redire sur la mode de l'époque. Tu danses ?

— Tu connais les pas ?

— Quels pas ?

— Ceux du swing.

— Aie un peu confiance, s'il te plaît.

Il lui prit les mains et commença à bouger avec elle. Au bout de quelques instants, il la fit tourner sur elle-même.

— Tu danses bien ! dit-elle en riant.

— J'ai pris des cours, répondit-il en posant la main dans le bas de son dos.

— Les ranchers prennent des cours de danse ?

— Je ne suis rancher que le jour.

Il la fit de nouveau tournoyer. C'était merveilleux de se laisser guider par lui.

— Je pensais qu'on était rancher à plein temps, que c'était un mode de vie plutôt qu'un travail.

— Tu as raison. Mais nous dansons. La plupart d'entre nous, du moins. C'est un très bon moyen d'impressionner les femmes.

— Je suis impressionnée, déclara-t-elle en continuant à suivre la musique avec plaisir.

— Tu danses très bien aussi.

— Je fais partie du club de danse de l'université. C'est ma façon de faire du sport.

Il enchaîna de nouveaux mouvements.

— Je me sens vraiment plongée dans le passé !

Ils rirent et se rapprochèrent l'un de l'autre tandis que le morceau se terminait. Quel bon moment…

Le morceau suivant était plus lent.

Austin interrogea Ruby du regard.

Elle savait que c'était une mauvaise idée. Mais elle en mourait d'envie.

Elle acquiesça d'un signe de tête. Avec un grand sourire, il la prit par la taille, et de l'autre main entremêla ses doigts aux siens. Au bout de quelques secondes, elle se laissa aller contre lui, posant la joue dans le creux de son épaule. Elle sentait la chaleur et la puissance de son corps.

Il mit le visage contre ses cheveux et laissa échapper un soupir.

Leurs jambes se touchaient. L'odeur des pins qui entrait par les fenêtres se mêlait au parfum d'Austin.

Il lui caressa le dos. En réponse au frisson qu'elle ne put contenir, il déposa un baiser sur sa tempe. Un baiser léger, comme une question.

Elle devait dire non. Mais elle ne chercha pas à se dégager. Au contraire.

Ce n'était pas ce qu'elle avait prévu. Mais comment aurait-elle pu se préparer à une rencontre avec cet homme-là ? Comment aurait-elle pu l'imaginer ?

— Tu es belle, murmura-t-il.

Elle se sentait belle dans cette robe, dans les bras de ce rancher si différent d'elle et si attirant en même temps.

Il se redressa légèrement pour la regarder dans les yeux. Ce à quoi il pensait ne faisait aucun doute.

Elle brûlait de l'embrasser, et les raisons de s'en priver s'échappaient l'une après l'autre de son esprit.

Ils ralentirent et s'arrêtèrent.

Il lui caressa la joue avec un léger sourire, se pencha vers elle…

Elle l'enlaça et leurs lèvres se rencontrèrent.

Leur baiser fut doux pour commencer, puis de plus en plus fiévreux, jusqu'au moment où elle se plaqua contre lui, le corps en feu. Il referma les mains sous ses fesses et la souleva tandis qu'elle serrait les jambes autour de lui. Il glissa les doigts sous sa robe, puis sous sa culotte en satin, pendant qu'elle ouvrait d'un geste sa chemise à bouton-pression pour passer la langue sur son torse.

Avec un soupir rauque, il la porta quelques pas, puis l'assit sur la table et ouvrit sa robe afin de la faire glisser le long de ses épaules.

Sans cesser de l'embrasser, il lui ôta son soutien-gorge en dentelle pour caresser ses seins nus et masser leur pointe avec ses pouces. Elle gémit d'excitation et déboutonna son jean, les mains tremblantes. Il lui enleva sa petite culotte et baissa son caleçon. Il saisit alors son portefeuille et prit un préservatif, qu'il enfila sur son sexe dressé.

Dès qu'elle le sentit entre ses cuisses, elle avança le bassin et l'accueillit en elle avec un long soupir de plaisir. Elle s'agrippa à ses épaules et l'embrassa encore et encore.

Il enfouit la main dans ses cheveux et la maintint fermement contre lui en allant et venant.

Ce fut comme si elle était transportée dans un autre monde. Comme si la réalité n'existait plus. Envahie par le plaisir, elle ne pensait plus qu'à lui et aux sensations incroyables qu'il lui faisait découvrir.

La tension monta en elle. Elle ferma les yeux. Finalement, quand l'orgasme prit possession de son être, elle ne put retenir un cri d'extase.

Austin la suivit en prononçant son prénom d'une voix rauque.

Alors elle eut la sensation de flotter dans l'air, aussi légère qu'une plume, caressée par le vent frais qui traversait la pièce.

Austin serra Ruby dans ses bras. Sa peau était brûlante et humide, et il sentait son cœur cogner contre sa poitrine.

Essoufflé, il luttait pour se remettre de ce qui venait de se passer entre eux.

Que devait-il dire ? Lui présenter ses excuses ? Lui dire qu'elle était extraordinaire ? Lui confier qu'il n'avait jamais rien connu d'aussi fort avec aucune femme auparavant ?

Il se redressa pour la regarder, espérant trouver un indice sur son visage.

Les lèvres rougies et entrouvertes, les yeux embués, elle semblait légèrement surprise et désorientée.

— Devrais-je m'excuser ? demanda-t-il prudemment.

— Tu regrettes ?

— Pas le moins du monde. Et toi ?

Elle fit non de la tête.

— J'étais loin d'avoir prévu ça, dit-elle en remontant la robe pour se couvrir.

— Et moi donc.

À vrai dire, il en avait rêvé. Mais même ses fantasmes n'avaient pas été à la hauteur de la réalité.

Il aurait voulu lui demander si cela avait été aussi fort pour elle que pour lui.

— Ça va ? demanda-t-il sans plus de précisions.

— Je n'ai pas l'air d'aller bien ?

— Tu as l'air resplendissante.

Elle sourit, ce qui le combla de bonheur.

— Tu as l'air en forme aussi.

— Bon, qu'allons-nous faire, maintenant ?

— Espérons que nous sommes rassasiés et que nous n'y penserons plus.

— Et si ce n'est pas le cas ?

— Alors je suppose que nous recommencerons.

Sa franchise le stupéfia.

— Tu serais d'accord pour recommencer ?

— Ce n'est pas ce que j'ai dit.

— C'est ce que tu as insinué.

— Je ne crois pas.

— Moi, je crois que si, fit-il d'un ton taquin.

— Bien tenté, répliqua-t-elle en riant.

Il haussa les épaules, puis se baissa pour ramasser les sous-vêtements de Ruby.

— Merci, dit-elle quand il les lui tendit.

Il se rhabilla pendant qu'elle descendait de la table pour aller chercher ses propres affaires.

La musique s'était arrêtée depuis un moment.

Il était triste que cette parenthèse enchantée se referme déjà.

— Et maintenant ? demanda-t-il en voyant Ruby promener les yeux autour d'elle.

— Je continue ma chasse au trésor.

— Que cherches-tu ?

Sa volonté de protéger l'intimité de sa famille ne l'avait pas quitté.

— C'est toute la beauté de la chose. Je ne le saurai que quand je l'aurai trouvé. Regarde ce que nous a appris un simple lapin en peluche. La musique va nous remettre dans l'ambiance, ajouta-t-elle en se dirigeant vers le tourne-disque.

Quand elle passa devant lui, il dut lutter pour résister à l'envie de la prendre de nouveau dans ses bras.

Cette fois, elle mit un enregistrement de Rosemary Clooney.

— Nous avons changé d'époque, fit-il observer.

— Une nouvelle atmosphère.

Il était déjà nostalgique de l'ancienne.

Après avoir fait quelques pas dans la pièce, elle s'arrêta devant un secrétaire.

— Tu sais quelque chose sur ce meuble ?

— Rien du tout.

— Tu n'as donc jamais été curieux ?

Elle ouvrit doucement le petit placard qui se trouvait au-dessus de la table d'écriture.

— De fouiller parmi ces vieilles affaires ? Non, pas vraiment.

— Tu es bizarre, dit-elle en sortant une pile de lettres.

— Voilà le genre de choses qu'un homme aime entendre.

Il pensait toujours à leur étreinte magique.

Elle le taquina :

— Tu as besoin que je te redonne confiance en toi, rancher ?

— Je ne serais pas contre, répondit-il en s'approchant pour se poster derrière elle.

La tête toujours baissée, elle regardait les enveloppes l'une après l'autre.

— Tu es le meilleur que j'aie jamais connu.

Malgré son ton moqueur, il se sentit de nouveau plein d'assurance.

— *Ça*, ça fait plaisir à entendre, dit-il en posant les mains sur ses épaules.

— C'était du sarcasme.

— Ce n'est pas l'impression que j'ai eue, lui susurra-t-il à l'oreille.

— Arrête de faire comme si tu n'étais pas sûr de toi. Tu sais que tu es un bon amant.

Non, il ne le savait pas. En fait, il ne s'était jamais posé la question. Ses partenaires avaient toujours paru satisfaites, mais jamais il n'avait été aussi soucieux d'être à la hauteur.

— Tu veux bien que je lise ceci ? demanda-t-elle en lui montrant une enveloppe.

La lettre, envoyée par un certain Bertie Briner, était adressée à Kathleen, l'arrière-grand-mère d'Austin.

— Briner était son nom de naissance, se rappela-t-il tout haut.

— Qui peut être l'expéditeur ? Son père ?

— Non, son père s'appelait Willie. Je ne crois pas qu'elle ait eu un frère, mais peut-être. Ou ce pourrait être un oncle.

— Il n'y a qu'un seul moyen de le savoir.

Comme elle retirait la lettre de l'enveloppe, il arrêta son geste et saisit la lettre à sa place.

— Je veux la lire d'abord, déclara-t-il.

Elle se retourna et leva les yeux vers lui.

— Pourquoi ?

— Parce que j'ignore ce qu'elle contient.

— C'est une lettre de son frère ou de son oncle. Que veux-tu qu'il y ait dedans ?

— Ce pourrait être n'importe quoi.

— Comme… un projet de hold-up ?

— Mon arrière-grand-mère n'était pas une criminelle.

— Son père était un contrebandier.

— Seulement pendant la prohibition. Et c'était une loi stupide, de toute façon.

— C'est comme ça que ça marche ? On peut enfreindre les lois stupides ?

— C'est mieux que d'enfreindre les lois intelligentes.

— S'il te plaît, demanda-t-elle en battant des cils, je peux lire la lettre ?

— Voyons, Ruby, n'essaye pas de m'avoir par la séduction. Ce n'est pas digne de toi.

— C'est ce que tu crois, dit-elle en se frottant contre lui.

Brusquement, elle lui prit la lettre des mains.

— Merci, monsieur.

— Alors tout ce qui s'est passé, c'était seulement pour me soudoyer ? dit-il en plaisantant.

— Si c'était le cas, j'aurais obtenu ce que je veux en échange ?

— Non.

— Alors non, ce n'était pas ça.

— C'était quoi ?

Il ne se souciait plus de la lettre. Cela l'intéressait beaucoup plus de savoir ce que Ruby éprouvait pour lui.

Elle le regarda dans les yeux et répondit :

— Je ne sais pas. Il faut vraiment que je sache ?

Il secoua lentement la tête.

Elle esquissa un petit sourire.

— Un simple désir bestial ?

— Tu peux être sérieuse deux minutes ?

— Je *suis* sérieuse. Franchement, Austin, je ne sais pas ce qui s'est passé. Mais, toi et moi, je... J'ai l'impression que c'était inévitable.

Ce qu'elle disait lui plaisait. Beaucoup.

— Ouvre la lettre, dit-il.

— Tu es sûr ?

— Que pourrait-elle contenir de si grave ?

7

Ruby avait finalement trouvé trois lettres envoyées à Kathleen par son oncle Bertie Briner. Elle se demandait bien pourquoi on les avait gardées toutes ces années, car elles semblaient insignifiantes, mais elles représentaient une nouvelle source d'informations pour elle.

Après la mort de Willie, le père de Kathleen, sur qui on avait tiré dans une ruelle, son frère et associé, Bertie, avait apparemment renoncé à la contrebande pour adopter un style de vie plus tranquille. Dans ses lettres, il parlait de ses excursions à la bibliothèque et dans le parc, et d'une femme prénommée Ophelia qui possédait un salon de thé sous l'appartement qu'il louait. Ruby n'aurait su dire si Ophelia était une simple amie ou s'il s'intéressait à elle, mais de toute évidence il l'appréciait beaucoup.

Dans l'une de ses lettres, Bertie mentionnait Cloris Reed, alors adolescente. Kathleen semblait avoir pris Cloris sous son aile à ce moment-là. Voilà qui était intéressant. Il fallait absolument que Ruby reparle à celle qui était aujourd'hui une pensionnaire de la Topaz House.

Dès le lendemain matin, elle prit donc la route pour Jagged Creek à la première heure, pour éviter de croiser Austin, qui risquait d'entraver son enquête. De toute évidence, ses recherches le mettaient mal à l'aise. Il s'était montré plus flexible hier, après leur étreinte sismique, mais elle ne s'attendait pas à ce qu'il conserve cette attitude.

Même si le sexe les avait rendus euphoriques, au fond, rien

n'avait changé. Ils avaient cédé à l'attirance qui les avait saisis dès le début, rien de plus.

Il n'allait pas renoncer à contrôler ce qu'elle apprenait sur sa famille.

Tout en suivant le trajet qu'elle commençait à bien connaître, elle se revit dans ses bras, en train de faire l'amour avec lui. Elle n'avait aucun regret. Au contraire, elle avait passé un moment si extraordinaire qu'elle était sûre de s'en souvenir toute sa vie.

Arrivée à la résidence, elle laissa sa voiture sur le parking et admira un instant le ciel bleu et les feuilles aux couleurs flamboyantes avant d'entrer.

Elle trouva Cloris en train de tricoter dans le salon.

— Vous revoilà ! dit la vieille dame en la reconnaissant.

— Comment allez-vous, ce matin ?

Cloris se pencha vers elle et chuchota :

— C'est le jour du bread pudding. Toujours une bonne journée. Vous devriez rester pour en avoir une part.

— Bonne idée, merci. Ça vous ennuie si je m'assieds avec vous ?

— Pas du tout. Même si je me demande bien pourquoi une belle jeune femme comme vous vient perdre son temps avec nous, dit Cloris en reprenant son tricot.

— J'aime parler avec vous. L'histoire me passionne.

— Vous devriez être dehors en train de chercher un homme de votre âge. Ce n'est pas ici que vous en trouverez un.

— Vous pensez que j'ai besoin d'un homme ?

— Que vous en avez besoin ? Non. Envie ? Oui. Je me souviens de ma jeunesse, ajouta-t-elle avec une étincelle dans les yeux. Difficile à imaginer aujourd'hui, mais j'étais très mignonne.

— Je n'en doute pas une seconde. Et il paraît que vous étiez proche de Kathleen Hawkes, à l'époque.

Cloris acquiesça.

— C'était une femme formidable, pas comme tous ces vieux ringards.

— On m'a dit qu'elle avait organisé des fêtes... ?

— Et comment ! Elle mettait du Pimm's et du champagne dans le punch. C'était sa recette secrète. Nous dansions jusqu'à l'aube en écoutant les Cowboy Drifters, un groupe de Denver. J'ai embrassé le joueur de banjo, un jour. Il avait vingt-trois ans.

— Et vous, quel âge aviez-vous ?

— Dix-sept ans. Mon père nous a vus et a refusé de me parler pendant une semaine. Et ce fut la fin des Cowboy Drifters. Mme Hawkes, elle, a compris ma toquade pour ce garçon et m'a expliqué deux ou trois choses sur les hommes. Je n'ai jamais oublié la leçon qu'elle m'a donnée et qui m'a été bien utile le jour où j'ai rencontré M. Reed. Je l'ai fait attendre. Je crois que c'est ce qui a attisé son intérêt pour moi. Enfin, jusqu'à nos fiançailles, du moins, ajouta-t-elle avec un sourire malicieux.

— Vous avez été mariés longtemps ?

— Cinquante-trois ans.

— Bravo !

— Bien sûr, tout n'a pas toujours été tout rose. Les ranchers ne font pas forcément les meilleurs maris.

Ruby pensa malgré elle à Austin avant de se reconcentrer sur sa conversation avec Cloris.

— À cause de leurs absences ?

— Oui, et parce qu'ils passent beaucoup de temps entre eux, à faire des bêtises.

Alors que Ruby hésitait à lui demander des détails, elles furent interrompues par une employée qui annonçait le début d'un spectacle de marionnettes. Cloris partit avec elle et Kiera rejoignit Ruby.

— La compagnie fait sa répétition générale chez nous, expliqua Kiera. Ça profite à tout le monde. Les artistes ont l'occasion de jouer en public, et nos pensionnaires sont ravis.

— C'est formidable, que vous organisiez ces activités pour eux, répondit Ruby avec enthousiasme.

— Tu es contente de ta conversation avec Cloris ?

— Très. Elle m'a parlé des réceptions de Kathleen. Apparemment, elles entretenaient toutes les deux un lien particulier.

— Kathleen n'a pas eu de fille, seulement un fils. Mais j'imagine que tu le sais déjà, dit Kiera en riant.

— J'ai déjà une bonne partie de l'arbre généalogique des Hawkes, en effet. Et j'ai appris hier que Kathleen avait un oncle à Chicago.

— A-t-il joué un rôle dans le trafic ?

— Il semble avoir arrêté après la mort de son frère.

— Tu as le temps de rester un peu ? lui demanda Kiera en montrant le coin salon. Je suis en pause.

— Avec plaisir !

— Je te sers une tasse de thé ?

— Oui, merci beaucoup.

— Alors, tes recherches avancent bien ? demanda Kiera quand elles furent confortablement installées.

— Oui. McKinney m'a donné accès au grenier de l'ancienne maison principale.

— Et Austin ? Qu'en pense-t-il ?

— Il était plutôt réticent au début, mais finalement il est monté avec moi.

— Il est monté avec toi ? répéta Kiera avec un regard beaucoup trop perspicace.

— Il avait juste besoin de se faire à l'idée, répondit Ruby d'une voix aussi neutre que possible.

— Et tu l'y as aidé ?

— Nous avons trouvé un terrain d'entente.

— Oh ! ton regard me donne très envie d'en savoir plus, dit Kiera avec humour.

Que dire ? Ruby connaissait à peine Kiera. Mais elle avait confiance en elle, et après tout deux adultes avaient le droit d'être attirés l'un par l'autre. Rien ne l'obligeait à entrer dans les détails.

— Il se pourrait que nous ayons un peu... flirté.

— Bien joué !

— Je n'ai pas fait ça pour le manipuler. C'est juste que... C'est arrivé, voilà.

— Ce ne serait pas plus mal que tu le manipules un peu.

— Ah bon ? Pourquoi ?

— Tu es attirée par lui ?

— C'est un homme séduisant.

— Évidemment, comme tous ceux de sa famille.

— Et... ?

— Les Hawkes sont des bourreaux des cœurs.

— Il n'est pas vraiment question de mon cœur.

Austin était sexy. Terriblement sexy. Mais elle était loin de le connaître suffisamment pour avoir des sentiments pour lui.

— Tant mieux, je suis rassurée. Je t'apprécie beaucoup, Ruby.

— Merci, Kiera. C'est réciproque.

— Je n'aimerais pas te voir souffrir.

— Il n'y a aucun risque. Je suis seulement de passage, ma vie est à Boston.

— J'imagine qu'il n'y a pas d'autre homme à Boston ?

— Je ne me permettrais pas de flirter s'il y en avait un !

Et elle avait fait bien plus que flirter...

— C'est bien ce que je pensais. Mais je pose quand même la question, car des couples décident parfois de s'accorder une certaine liberté.

— Je ne me vois pas dans ce genre de relation.

— Moi non plus. Mais je ne juge pas. Et sinon, je voulais te demander, tu es allée au musée ?

— Le musée ? Quel musée ?

Il y avait un musée à Jagged Creek et Ruby n'était même pas au courant ?

— À vrai dire, il ressemble davantage à une bibliothèque ou un centre d'archives. Il occupe un ancien salon de la maison de Madeline Compton. Les Compton ont fait don d'une partie de leur domaine et d'une somme importante à l'université. L'université se trouve juste à côté de chez eux, donc du musée, qui est administré par un groupe d'étudiants.

— Un centre d'archives ? Tu es sérieuse ?

— Oui. Je connais très bien Madeline. Je peux t'y emmener si tu veux, aujourd'hui après le travail, ou bien la prochaine fois que tu viendras en ville.

— Tu finis à quelle heure ?

Austin n'était pas fier de ce qu'il s'apprêtait à faire : entrer en cachette dans la chambre de Ruby. Mais, voyant qu'elle n'était pas rentrée pour dîner, il en était venu à se demander si elle n'avait pas fait ses valises pour repartir s'installer en ville.

Hier, en faisant l'amour avec elle, il avait eu l'impression qu'elle prenait autant de plaisir que lui. Mais depuis ce matin elle semblait l'éviter.

Avait-elle des regrets ?

Il poussa doucement la porte et vit avec soulagement que ses affaires étaient encore là. Il ne l'avait pas fait fuir, c'était tout ce qui comptait pour l'instant.

Il entendit du bruit au rez-de-chaussée et referma aussitôt. La voix de McKinney lui parvint :

— Ce sont de bonnes nouvelles !

— C'est une nouvelle mine d'or.

Le seul fait de l'entendre fit sourire Austin.

— Comme Kiera Brooks m'avait parlé d'un ancien salon de la maison de Compton, je m'attendais à quelques étagères et deux ou trois tables de travail, mais c'est très spacieux, en réalité.

— Je crois que Mme Compton a progressivement réaménagé sa maison pour laisser plus de place au musée, expliqua McKinney tandis qu'Austin descendait l'escalier.

— Tout est minutieusement classé et très bien entretenu. Et vous avez même une université ! Mais tous les cours semblent se faire à distance.

— La plupart, oui, répondit McKinney. C'est le fruit d'un partenariat avec des établissements de Denver et de Phoenix. Tu as dîné ? Tu veux une part de tarte ?

— Volontiers, merci.

Arrivé dans l'entrée, Austin les vit passer de la salle à manger à la cuisine et hésita à les rejoindre. Il craignait de mettre Ruby mal à l'aise. Tout ce qu'il voulait, c'était qu'elle continue à sourire comme elle le faisait à cet instant.

La porte d'entrée s'ouvrit bruyamment et Dallas apparut sur le seuil.

— Vous êtes de retour, dit Austin en allant accueillir son frère.

— Sierra ne voulait pas manquer le rodéo, répondit Dallas.

— Tu ne comptes pas y participer, au moins ? demanda Austin avec une inquiétude soudaine.

Le rodéo annuel de Jagged Creek devait avoir lieu quelques jours plus tard. C'était là que Dallas avait fait ses débuts avant de devenir professionnel et de remporter la plupart des compétitions. Mais il se remettait tout juste de sa blessure à l'épaule.

Il rassura son frère :

— Pas en tant que concurrent. Mais le maire m'a demandé d'être grand maréchal du défilé.

— Bon, ça ne paraît pas trop risqué.

— C'est aussi ce que dit ma femme.

À en croire son sourire, mentionner Sierra en ces termes le comblait de joie.

— Alors, comment s'est passé le voyage ?

— Pas mal, répondit Dallas en accrochant son stetson. J'ai acheté un bel étalon à Omaha. Entre autres. Maintenant, nous devons finir de construire l'écurie et de clôturer les enclos. Sierra supervise les travaux de la maison. Quatre chambres et une très grande cuisine.

— Vous avez bien dit que vous vouliez des enfants.

— Et nous aurons la place de les accueillir. On prend un verre ?

— Il y a de la tarte, si tu veux, proposa Austin.

Il était impatient de retrouver Ruby.

— Aux pommes ?

— Aux myrtilles.

— Encore mieux.

À cet instant, McKinney et Ruby sortirent de la cuisine, chacune avec une assiette contenant une généreuse part de tarte aux myrtilles et une boule de glace à la vanille.

Le regard de Ruby s'arrêta sur Austin. Elle sourit et regarda son assiette avec un air coupable.

— Nous sommes prises sur le fait, dit-elle, amusée.

— Salut, Dallas, dit McKinney. Je ne savais pas que vous étiez rentrés, Sierra et toi.

— Depuis cet après-midi seulement.

Soulagé par la réaction de Ruby, Austin lui rendit son sourire.

— Nous allions justement nous servir, nous aussi, répondit-il.

— Le voyage s'est bien passé ? demanda McKinney à Dallas.

— Nous revenons avec quelques bons chevaux.

— Où est Sierra ?

— Elle ne savait pas qu'il y aurait de la tarte.

— Pas question que tu me voles la mienne, dit sa sœur en faisant mine de protéger son assiette.

Dallas rit et entra dans la cuisine tandis que McKinney allait s'asseoir dans la salle à manger. Austin s'approcha de Ruby.

— Tu as passé une bonne journée ? lui demanda-t-il.

Il vit de la méfiance dans son regard. Il était vrai qu'il n'avait pas très bien réagi la première fois qu'elle avait disparu.

— Très bonne, merci. J'étais en ville.

Elle parut attendre ses critiques.

— Tu as vu des choses intéressantes ? demanda-t-il d'un ton neutre.

Il regrettait cette tension entre eux, tout en sachant qu'il en était le seul responsable.

— Oui.

— Tant mieux.

Elle inclina la tête et l'observa avec curiosité.

— Qu'y a-t-il ?

— Ça ne te dérange plus ? Pourquoi ?

Il haussa les sourcils. Elle lui demandait sérieusement ce qui avait changé entre eux ?

— Austin ! lança McKinney. Laisse Ruby avancer, sa glace est en train de fondre !

Il s'écarta de son chemin. Avant de s'éloigner, elle chuchota :

— Ce n'était pas pour te soudoyer.

— Je n'ai pas dit le contraire, déclara-t-il.

— Alors ne te comporte pas comme si c'était le cas.

Sur ces mots, elle rejoignit McKinney, le laissant seul à se demander ce qu'il avait fait de mal.

Par chance, McKinney et Dallas entretinrent la conversation pendant le temps qu'ils passèrent tous les quatre à table. Austin ne prêtait attention qu'à une chose : les lèvres de Ruby, qui avaient pris la teinte des myrtilles et qu'il rêvait d'embrasser.

Alors qu'elle allait entrer dans sa chambre, Ruby entendit des pas derrière elle.

— Salut, dit doucement Austin.

Elle n'était pas surprise qu'il l'ait suivie à l'étage. Elle espérait seulement qu'il l'avait fait discrètement, car McKinney et Dallas bavardaient encore au rez-de-chaussée.

— Nous devons vraiment faire ça maintenant ? demanda-t-elle d'une voix lasse.

Elle était trop épuisée à la fois pour se justifier d'avoir passé une autre journée entière en ville et pour parler de ce qui s'était passé la veille entre eux.

— Oui, répondit-il.

— Je suis épuisée.

— Tu vas te changer en citrouille ?

— C'était le carrosse, pas Cendrillon elle-même.

Son regard se fit plus intense.

— Nous avons fait l'amour, Ruby.

Elle regarda machinalement à gauche et à droite pour s'assurer qu'ils étaient bien seuls.

— Il faut que nous parlions.

Elle ouvrit la porte et entra.

— Sois bref, lui enjoignit-elle.

Il la suivit à l'intérieur, referma derrière lui et s'adossa contre la porte.

— Tu vas bien ? demanda-t-il en la scrutant.

— Très bien.

Il hocha la tête d'un air pensif.

— Tu m'as manqué, aujourd'hui.

— C'est ta façon de me demander où j'étais ?

— Je sais où tu étais.

Elle l'interrogea du regard.

— Chez les Compton avec Kiera Brooks.

— Tu m'espionnes ?

Il secoua la tête en souriant.

— Je t'ai entendue en parler à McKinney.

Elle ne put s'empêcher de sourire à son tour.

— Et ce n'est pas de l'espionnage, ça ?

— Je n'ai pas fait exprès.

Il dut remarquer qu'elle se détendait, car il fit un pas vers elle. Elle l'arrêta d'un geste.

— Qu'est-ce que ça veut dire ?

— Reste où tu es, cow-boy.

— Tu m'as manqué, aujourd'hui, répéta-t-il.

— Non. Tu étais inquiet de ne pas savoir ce que j'étais en train de faire.

— Oui, aussi. Mais tu m'as manqué.

Combien de temps allait-elle résister à l'envie de se jeter dans ses bras ?

— Tu ne vas pas me dire que je t'ai manqué aussi ?

— Non, je ne vais pas le dire.

— Ça ne signifie pas que ce n'est pas le cas.

— Tu es tellement sûr de toi !

Mais il avait raison. Elle avait pensé à lui toute la journée. Dès qu'elle s'était retrouvée seule dans sa voiture, elle avait imaginé ses bras autour d'elle, sa bouche contre la sienne, leurs deux corps unis et tremblants d'excitation.

— Tu rougis, dit-il en avançant encore un peu.

— Pas du tout.

— Si.

Elle ouvrit la bouche pour lui interdire de s'approcher davantage, mais aucun mot n'en sortit.

— Je ne suis pas là pour te pousser à faire quoi que ce soit, dit-il.

Elle le savait et acquiesça.

Il lui prit doucement la main et la regarda dans les yeux.

— Tu es sûre que ça va ?

— Je n'ai pas de regrets, Austin.

Il sembla retenir son souffle un instant.

— J'aime t'entendre prononcer mon nom.

— Austin, Austin, Austin, murmura-t-elle.

— Essayerais-tu de me séduire ?

— Certainement pas, prétendit-elle.

Il prit son autre main.

— Parce que je suis tout disposé à me laisser faire.

— Nous ne pouvons pas continuer.

— Parce que… ?

Elle ne trouva pas de réponse à lui donner.

— Tu peux simplement dire non.

— Je sais.

— Ou bien…

Il approcha ses lèvres de celles de Ruby.

— Je croyais que nous devions parler.

— Bien sûr, répondit-il d'une voix rauque.

— Tu es incorrigible.

— De quoi veux-tu parler ?

— C'est toi qui as commencé.

— Je plaide coupable.

Il lui effleura la bouche.

— Tu as dit que nous devions parler, lui rappela-t-elle dans un souffle.

— Nous parlons.

— Pas vraiment.

Le désir la dévorait. Elle avait tellement envie de lui…

Dans un soupir de reddition, elle ferma les yeux et l'embrassa.

Il répondit à son baiser et la prit par la taille pour la plaquer contre lui. Elle sentit son érection. Parcourue de frissons, elle allait presque lui arracher ses vêtements quand il s'écarta brusquement. Il respirait fort, presque avec peine.

— Je ne veux pas que tu le regrettes plus tard.

Elle ne voulait pas non plus avoir de regrets. Mais elle ne voulait pas s'arrêter maintenant.

Pourtant…

Elle lutta pour calmer les battements de son cœur et retrouver le contrôle de ses sens.

— Sommes-nous les deux personnes les plus indécises du monde ?

— J'en ai bien l'impression.

— Je n'ai pas envie d'arrêter.

— Mais une partie de toi préfère ne pas continuer, devina-t-il.

— Peut-être. J'ai peur que ce soit une mauvaise idée.

— C'est dommage, soupira-t-il. Mais je l'accepte.

— Je suis désolée.

— Il ne faut pas. C'est moi qui ai tenté ma chance. Et je te promets qu'au départ je suis venu seulement pour m'assurer que tu n'étais pas perturbée par ce qui s'est passé hier.

Elle était si touchée par ses mots qu'elle se sentit faiblir de nouveau.

— Il faut que tu partes, dit-elle en le chassant d'un geste de la main. Vite.

Il afficha un sourire triomphant.

— Ne fais pas le malin.

— Qui fait le malin ? Je suis anéanti.

— Tu t'en remettras.

Elle recouvrait enfin un brin de lucidité. Il était temps.

— Je te montrerai quelque chose qui t'intéressera, demain, annonça-t-il.

— Ah oui ? Quoi donc ?

— C'est une surprise.

— C'est pour te venger, que tu veux me faire attendre ?

— Œil pour œil, dent pour dent, fit-il, taquin. Mais tu verras, ce sera amusant.

— D'accord, dans ce cas, j'attendrai.

Ils se regardèrent en silence.

— Il faut que tu partes, redit-elle à contrecœur.

— Je ne suis plus là.

Il ouvrit la porte et sortit.

8

Austin n'avait toujours rien dit à Ruby quand il la fit monter dans un pick-up pour l'emmener chez Sierra et Dallas. Ils partiraient de là-bas pour une petite promenade à cheval. Il voulait l'emmener visiter la cabane construite cinq générations plus tôt par ses aïeux Gunner et Winston, père et fils, et dont on se servait encore l'été, quand on emmenait le bétail paître sur le plateau.

Cette cabane ne recelait pas autant de souvenirs que le grenier, mais il espérait qu'elle intéresserait tout de même Ruby. Il avait quelques histoires de ranchers à lui raconter sur leurs aventures vécues là-bas.

— Combien de temps vas-tu faire durer le suspense ? demanda Ruby.

— Tu n'aimes pas les surprises ?

— Non.

— J'aurais cru le contraire.

— Je ne sais pas ce qui a pu te donner cette idée. J'aime planifier les choses. M'organiser, être méthodique.

Il jeta un regard vers elle. Elle était irrésistible avec son vieux jean, son blouson noir et sa casquette de base-ball.

— Si tu le dis, répondit-il.

— Sérieusement ? Tu ne vois pas ça chez moi ?

— Tu as eu quelques réactions impulsives depuis notre rencontre.

— C'étaient des anomalies.

L'humour qui brillait dans ses yeux contrastait avec le ton intransigeant de sa voix.

— Compris. Ai-je le droit de dire que j'aime tes anomalies ?

— Soit.

— J'aime tes anomalies.

Elle sourit et ils roulèrent quelques instants en silence, puis il tourna vers l'allée qui menait chez Sierra et Dallas.

— La maison de ton frère a un intérêt historique ? fit Ruby, étonnée.

— Non. Nous possédons ces terres depuis des décennies, mais personne n'a vécu ici jusqu'à maintenant.

— Je ne comprends pas.

— C'est tout l'intérêt d'une surprise.

Elle regarda le sous-bois dense et les pins qui se dressaient autour d'eux.

— Que faisons-nous ici, Austin ?

— Je t'ai dit que j'allais te montrer quelque chose d'intéressant et je vais le faire.

— Bon. Au moins, la route est belle, dit-elle tandis qu'apparaissait le ruisseau dont la surface scintillait au soleil.

— Tu as déjà pêché ? demanda-t-il en pensant aux truites arc-en-ciel qui peuplaient le cours d'eau.

— J'habite à Boston.

— Il y a un port.

— Non, je n'ai jamais pêché. Mes parents sont des universitaires.

— Ça explique ton choix de carrière.

— En partie seulement. Bien sûr, ils m'ont encouragée tout au long de mes études. Mais j'aimais l'université et j'adorais l'histoire. Mes parents ne m'ont mis aucune pression pour que je passe tous mes diplômes.

— Tu en es certaine ? Pour ma part, on m'a mis beaucoup de pression pour que je devienne propriétaire de ranch.

— De quelle manière ?

— Tu peux garder un secret ?

— Bien sûr. À qui voudrais-tu que je le répète ?

— Il ne doit pas apparaître dans le livre.

— Je ne suis pas obligée de tout mettre dans le livre.

— J'ai ta parole ?

— Oui.

— Mon grand-père m'a légué une immense partie du ranch. Je ne l'ai su que lorsque la clause a pris effet, le jour de mes trente ans. Des milliers d'hectares mis à mon nom. Quel choix me restait-il ?

— Les vendre ?

— C'est le ranch de ma famille. Je ne pouvais pas l'amputer d'une si grande parcelle.

— Je comprends. J'admire ton sens des responsabilités. À l'origine, le sujet de mon livre devait être la disparition des grands ranchs familiaux du Colorado. J'ai choisi le Hawkes Cattle Ranch parce que c'était l'un des seuls encore intacts et prospères.

— À l'origine ?

— Avant que je décide de m'intéresser plus particulièrement aux femmes. C'est une idée plus forte et originale.

— Ah bon.

Il pensa à sa mère. Il n'avait pas envie que l'on vienne fouiller dans la vie privée de ses parents.

— Oh ! C'est magnifique ! s'exclama Ruby en découvrant la chute d'eau de douze mètres qui jaillissait entre des rochers couverts de mousse et tombait dans un profond bassin de couleur verte.

La maison et l'écurie en cours de construction apparurent devant eux. Un an après Austin, Dallas avait fait son choix. Il avait opté pour ce lieu aussi beau que reculé lorsqu'il avait appris qu'une partie du ranch lui revenait. Après avoir menacé de le vendre pour fuir ses souvenirs douloureux, il avait décidé d'y installer avec Sierra un élevage de chevaux de rodéo. Tyler et McKinney, eux, ignoraient encore ce qu'on allait leur annoncer le jour de leur trentième anniversaire.

Austin se gara et Dallas vint les accueillir.

— Ça avance bien, constata Austin en regardant le chantier.

— Nous sommes dans les temps pour finir avant les premières neiges, répondit Dallas. Les électriciens viennent aujourd'hui. Comment vas-tu, Ruby ?

— Très bien, merci. Je suis sous le charme de cet endroit.

— Je dois avouer que c'est surtout l'herbe grasse qui m'a attiré, mais Sierra est folle de cette vue sur la chute d'eau.

— Elle est là ? J'aimerais vraiment m'excuser auprès d'elle d'être arrivée à l'improviste pendant son mariage.

— Oh ! ne t'inquiète pas pour ça. Ça nous a offert une belle occasion de nous moquer d'Austin.

— Je ne vois pas pourquoi, répliqua Austin.

— Tu n'avais même pas demandé à Ruby qui elle était ni ce qu'elle voulait.

— Ton frère n'a pas tort, déclara Ruby.

Ils avaient tous décidé de se liguer contre lui ?

— Tiens, voilà Sierra.

— Salut, Austin, lui dit sa belle-sœur. Bonjour, Ruby, c'est un plaisir de vous revoir.

— Je suis tellement désolée pour mon intrusion au milieu de votre mariage, dit aussitôt Ruby avec un air contrit.

— Ne soyez pas désolée ! C'était plutôt drôle. Nous avons tous pensé qu'Austin et vous alliez très bien ensemble.

Visiblement, Ruby ne savait pas comment réagir à cette remarque.

— J'aimerais avoir cette chance, dit Austin pour venir à son secours.

— Évidemment, lança Dallas. Viens, allons seller vos chevaux.

— Vous voulez voir l'intérieur de la maison ? proposa Sierra à Ruby.

— Ça ne vous dérange pas ?

— Au contraire. Tous les conseils sont les bienvenus.

— Je ne suis pas experte en décoration.

— Mais je suis sûre que vous avez plus de goût que Dallas.

— Eh ! s'écria Dallas.

— Ne t'inquiète pas, mon chéri, tu as d'autres talents. Nous vous rejoindrons dans quelques minutes, Ruby a besoin d'un chapeau digne de ce nom.

Comme les autres membres de la famille, Sierra était très naturelle, et le tutoiement vint rapidement entre Ruby et elle.

— Ma casquette ne convient pas ? demanda Ruby.

— Le stetson a l'avantage de te protéger à la fois du soleil et des branches basses.

Sierra la fit entrer dans la pièce principale de la maison, qui sentait le bois fraîchement scié. Le plafond était haut, et le sol en béton était encore nu.

— Le séjour donnera directement sur la terrasse, expliqua Sierra. Je ne voulais pas de cuisine séparée ni de salle à manger, je préfère une grande pièce familiale.

— C'est très agréable, dit Ruby en admirant la cuisine ouverte. Tu penses mettre un îlot central ?

— Oui, et l'évier sera juste ici, sous la fenêtre.

Elle lui décrivit les rangements et les aménagements qu'elle avait prévus en lui faisant comprendre que Dallas et elle espéraient avoir plusieurs enfants.

— Tu as des frères et sœurs ? lui demanda Ruby.

— Non. Enfin, mon père a eu d'autres enfants après moi, mais je les connais à peine. J'ai grandi seule avec ma mère. C'est peut-être pour ça que je rêve d'une famille nombreuse et d'une maison pleine de vie. Et toi ?

— Je suis fille unique. Mes parents recevaient beaucoup, mais leurs amis étaient principalement des intellectuels. L'ambiance était plutôt calme.

— Ça te plaisait ?

— Oui.

C'était tout ce qu'elle avait connu et elle n'avait pas cherché à imaginer autre chose.

— Tu n'as pas de projet de mariage et d'enfants ?

La question de Sierra la fit bafouiller.

— Pardon, dit aussitôt Sierra. Ça ne me regarde pas.

— Ce n'est pas ça. En fait, je n'y ai jamais pensé. J'étais trop concentrée sur mes études, puis sur ma carrière.

— C'est parce que tu es très brillante.

— Pas vraiment.

— Tu es professeure d'université !

— Je n'ai même pas de poste de titulaire.

— Ça ne va pas tarder. Tu travailles dur, c'est une évidence.

— Merci pour tes encouragements. Mais j'aimerais, comme toi, être sûre de ce que je veux.

— C'est nouveau pour moi, tu sais. Il y a moins de six mois, je n'avais plus de travail, plus de logement, et mon fiancé venait de me plaquer.

— Tu exagères.

— Je t'assure que c'est vrai. McKinney a eu pitié de moi et m'a invitée au ranch. C'est là que j'ai rencontré Dallas. Au début, il y avait de l'électricité dans l'air entre nous. Mais nous nous sommes plu tout de suite.

Ruby ne put s'empêcher de penser à Austin.

— Tu vois ce que je veux dire, on dirait ? devina Sierra. Un homme t'attend à Boston ?

— Non.

— Je vois dans tes yeux que tu penses à quelqu'un.

Sierra se plaqua la main sur la bouche.

— Pardon, je recommence à me mêler de ce qui ne me regarde pas.

— Non, ce n'est rien.

À vrai dire, Ruby se sentait bien avec Sierra et elle aurait voulu être amie avec elle pour pouvoir se confier.

— Je suis là, si tu as besoin de parler, dit Sierra. Sincèrement. Quand tu veux.

En prononçant ces mots, elle prit la main de Ruby et la serra affectueusement. Son geste lui fit chaud au cœur.

— Merci, Sierra.

Il y eut un bruit de bottes sur la terrasse, puis Austin appela :

— Vous êtes prêtes ?

Dans l'état de fébrilité où elle se trouvait, Ruby n'eut qu'à entendre sa voix pour frissonner de tout son être.

Sierra frotta brièvement l'épaule de Ruby avant de sortir sur la terrasse.

— Revenez pour le dîner, dit-elle à Austin. Nous ferons des grillades.

— Oui, bonne idée, renchérit Dallas.

— Merci, nous serons là, répondit Austin. À condition que mon binôme ne me ralentisse pas trop.

— Eh ! s'écria Ruby en riant.

— Vous pouvez prendre un 4x4, proposa Dallas.

— Je ne suis pas si nulle que ça, affirma Ruby. J'ai appris à monter dans un centre équestre près de Canton, au sud de Boston.

— Tu ne m'avais pas dit que tu avais pris des cours, lui reprocha Austin.

— Si.

— Tu m'as dit que tu avais déjà monté.

— Oh ! c'est pareil.

— Bon, amusez-vous bien, les enfants, dit Dallas d'un ton moqueur.

Sierra lui fit les gros yeux et lui donna un petit coup de coude. En la voyant, Ruby rougit malgré elle. Sierra avait tout compris, c'était évident.

La vie dans la cabane n'avait pas tellement changé depuis sa construction. La modernisation du ranch n'était pas arrivée jusqu'ici. Austin espérait que, pour cette raison, elle allait intéresser Ruby.

— Quand a-t-elle été construite ? demanda Ruby en descendant de son cheval.

— Au début des années 1900.

C'était un bâtiment rectangulaire, en bois, avec un toit en papier goudronné percé d'un tuyau de poêle.

— Tu y as déjà dormi ?

— Très souvent.

Il attacha Blunder et Sal, les deux chevaux, puis guida Ruby vers la petite terrasse sur laquelle se faisaient face deux fauteuils Adirondack.

— Tu vas voir, c'est authentique.

Il dut pousser la porte d'entrée avec son épaule pour l'ouvrir. À l'intérieur, il y avait deux couchettes, des porte-selles, un coin cuisine et une table de pique-nique. En l'absence d'eau courante, il y avait aussi des bidons remplis et plusieurs bassines. Des toilettes sèches se trouvaient à l'extérieur.

— À quoi ressemble un séjour ici ? demanda Ruby en regardant difficilement autour d'elle.

Les deux petites fenêtres éclairaient mal la pièce, et le contraste avec la lumière extérieure imposait un temps d'adaptation.

— Tu veux essayer ? Nous pouvons rester dormir.

Il s'approcha d'une couchette et appuya sur le matelas avec ses paumes.

— Très confortable, assura-t-il.

— Mais Sierra et Dallas nous attendent pour dîner.

— Petite nature.

— Tu te permets de me juger ? rétorqua-t-elle avec un sourire.

Dans cet endroit sombre et confiné, il eut soudain une troublante sensation d'intimité.

— Je reconnais qu'on peut s'intéresser à l'histoire sans avoir envie de la vivre à son tour.

— Je crois que je suis très attachée à la plomberie, dit-elle en s'esclaffant.

— Je ne peux pas t'en vouloir pour ça.

Pris d'une irrésistible envie de la toucher, il posa la main sur son épaule et guetta sa réaction. Son regard devint brûlant et elle se mordilla la lèvre.

— J'ai l'impression que Sierra a deviné.

— Deviné quoi ?

— Qu'il se passait quelque chose entre nous.

— Pourquoi ? Qu'est-ce qu'elle t'a dit ?

— Rien, c'est plutôt sa façon de nous regarder...

Si c'était le cas et si Sierra en parlait à Dallas, ce dernier allait sûrement demander des détails à Austin.

— Ça t'ennuierait que les autres le sachent ?

— En fait, je ne saurais même pas comment décrire notre situation. Mais je sais que nous n'avons rien à nous reprocher. Nous sommes libres de faire ce que nous voulons.

— Nous ne sommes pas obligés d'en parler, tu sais. C'est comme tu préfères.

— Tu penses que nous devrions mentir ? demanda-t-elle.

— Ce n'est pas ce que j'ai dit.

— Mais c'est ce que tu penses ?

— Pourquoi tu t'énerves ?

— Je ne m'énerve pas, je suis curieuse. Que dirais-tu si on te posait des questions sur nous ?

— Tu peux être sûre que Dallas va m'en poser.

— Et que lui répondras-tu ? lança-t-elle avec un air de défi.

— Ce que tu voudras que je lui réponde. Je me moque que les gens sachent que j'ai couché avec toi. Ils peuvent bien l'annoncer en une du journal local, ça m'est égal.

— Donc c'est le sexe qui change tout ?

— Je ne vois pas quel autre secret nous partageons. Tout le monde sait que nous travaillons ensemble. Il est évident que nous nous entendons bien, désormais. Que reste-t-il à savoir sur nous, à part que nous avons couché ensemble ?

— Rien.

— Donc nous sommes d'accord ?

— Oui, nous sommes d'accord.

Elle afficha un sourire peu convaincant.

Il y eut un silence, puis elle changea de sujet.

— Combien de temps un rancher peut-il passer ici ?

— Quelques jours, parfois une semaine.

— Sans douche ?

— Il y a un ruisseau en bas du talus.

L'eau était glacée, mais on faisait avec.

— Et l'hiver ? demanda-t-elle en regardant les boîtes de conserve alignées sur les étagères.

— Nous n'amenons le bétail ici que l'été. Qu'est-ce qui ne va pas ?

— Tout va bien, affirma-t-elle sans le regarder.

— Arrête de te comporter comme… Je ne sais pas… Comme si tu étais quelqu'un d'autre.

— Qu'est-ce que tu veux dire ?

— Je vois bien que j'ai dit quelque chose qu'il ne fallait pas.

— Non.

— Je ne saurai pas quoi si tu ne me le dis pas.

Elle serra les lèvres.

— Ruby, je suis un homme. Je suis un rancher. Tu dois m'ouvrir les yeux.

— Tu n'as rien dit de mal.

— D'accord, répondit-il en s'approchant d'elle. Je ne te crois pas. Et, si Sierra se doute de quelque chose, elle va en parler à Dallas. Si tu ne me dis pas ce que je dois dire, comment pourrais-je…

— Tu lui diras ce que tu voudras.

— Arrête, murmura-t-il.

Elle le fusilla du regard.

Pourquoi cette conversation virait-elle à la dispute ?

— Dis-moi ce que j'ai fait de mal.

— Ce n'est pas à moi de te dire…

— Qui le fera, sinon toi ?

— … ce que tu ressens.

— Ce que je ressens ? demanda-t-il avec stupeur. Des choses fantastiques. J'aime être avec toi. Proche de toi. Nu contre toi. Nous ne cessons de dire que c'est une mauvaise idée, et nous avons raison. Mais je m'en moque. Je. M'en. Moque.

Il se pencha pour l'embrasser, parce qu'il ne pouvait plus résister à la tentation et que c'était la seule chose sensée à faire.

Elle répondit à son baiser.

Avec un murmure de plaisir, elle noua les mains autour de son cou et se serra contre lui.

Il rêva de la déshabiller, de l'allonger sur une couchette et de lui faire l'amour pendant des heures, jusqu'à ce qu'ils n'aient plus de force.

Mais ce n'était pas le bon endroit. Ils avaient déjà fait l'amour dans un grenier. À présent, elle méritait des draps en satin, un matelas douillet, des fleurs et du champagne.

Il mit fin à leur baiser et prit son visage entre ses mains.

— Qu'est-ce qui ne va pas ? demanda-t-elle.

— Ce n'est ni le lieu ni le moment.

— Tu as un lieu ?

— Ton lit ou le mien, ou celui d'un hôtel cinq étoiles, mais pas cette vieille cabane.

— Je suis historienne.

— Tu es aussi une femme. Belle, brillante, sophistiquée, à qui je veux offrir des choses raffinées.

— Tu deviens un peu romantique, cow-boy.

— C'est peut-être ce que nous leur dirons, tiens.

— À qui ?

— À Sierra et Dallas. Que tu me rends romantique.

9

Sierra et Dallas n'avaient posé aucune question, mais le mot « romantique » résonna dans l'esprit de Ruby toute la nuit et jusqu'au lendemain après-midi.

De retour dans le grenier de la vieille maison, elle écoutait Nat King Cole en continuant à chercher des objets susceptibles de la faire avancer dans son enquête. Après avoir ouvert des coffres et des boîtes sans grand résultat, elle s'intéressa de nouveau au secrétaire. Elle y trouva des papiers jaunis, des fournitures, un tube de colle séchée… Jusqu'au moment où elle se rendit compte que l'un des tiroirs était fermé à clé.

Cela voulait sûrement dire qu'il contenait des choses intéressantes.

Le mécanisme de la serrure ne semblait pas très compliqué. Elle tenta d'abord sa chance avec un trombone, qui ne lui fut d'aucune utilité. Puis elle prit une règle en acier, qu'elle parvint à glisser dans la fente au-dessus du tiroir. Elle agita la règle et le tiroir de haut en bas.

Quand il céda, elle retint de justesse un cri de joie.

Elle l'ouvrit en retenant son souffle.

La première chose qu'elle vit fut une boîte de crayons à dessin. Puis, dessous, elle découvrit un cahier à spirale, qu'elle sortit délicatement.

Une fois assise par terre, elle souleva la couverture, ce qui provoqua un léger craquement. C'était un carnet de croquis. Il y avait un artiste dans la famille.

Le premier dessin était le portrait d'une ravissante petite fille, dont le visage lui rappelait vaguement quelque chose. Mais il n'y avait ni signature ni initiales, aucun indice.

Elle tourna la page.

Le deuxième représentait une femme splendide. L'artiste avait parfaitement saisi la beauté de ses traits, mais ce n'était pas tout. Il y avait une profondeur dans son regard, une sorte de mélancolie, comme si elle avait dû laisser son amour partir en mer.

Ruby se moqua d'elle-même. Le Colorado était bien loin de l'océan.

Mais de nouveau elle eut une impression de déjà-vu en regardant cette femme. Pourtant, ce n'était ni Lillian, ni Kathleen, ni Peggy-Lyn.

Elle sursauta. Oui, c'était évident. Il s'agissait de Jessica, la mère d'Austin. Ce portrait était incroyable. Mais…

Que faisait-il enfermé à clé au milieu de toutes ces vieilles affaires ?

Elle revint à la première page et se rendit compte que la petite fille n'était autre que McKinney. Puis elle continua à feuilleter le carnet, en espérant trouver un nom quelque part. Elle vit une forêt, un ruisseau, puis reconnut White Foam Falls. L'artiste qui avait réalisé ces dessins avait visiblement connu le ranch dans ses moindres recoins.

En tournant une autre page, elle se figea et cligna des yeux. Jessica était à nouveau là, mais cette fois vêtue d'un déshabillé transparent, orné de dentelle. Allongée sur une couverture, au milieu d'une prairie en fleurs, elle avait une expression et une posture sensuelles, comme si elle venait de faire l'amour.

C'était donc Garrett qui dessinait ainsi ?

Elle avait du mal à imaginer cet homme bourru capable d'un travail aussi délicat. C'était bouleversant de sentir à travers les traits de son crayon tout l'amour qu'il avait eu pour sa femme. Sa mort avait dû l'anéantir.

Il restait une dizaine de feuilles blanches à la fin du cahier. Elle les tourna machinalement, sans plus rien en attendre. Mais soudain ce fut là, sous ses yeux. Une inscription sur la droite, à la dernière page. Estompée mais encore lisible :

Jess. J'attendrai éternellement mon amour. JJ.

Ruby resta bouche bée.

JJ ? Qui était donc JJ ?

Elle entendit des pas. Prise de panique, elle enfouit le cahier dans son sac, posé à côté d'elle.

— Ruby ?

C'était la voix de Sierra.

— Oui ?

Sierra monta l'escalier et entra avec un grand sac en toile sur l'épaule.

— McKinney m'a dit que je te trouverais ici. Regarde, j'ai fait un tour dans la cave, annonça-t-elle en sortant une bouteille de son sac.

— Oh !

— C'est un bordeaux. Grand cru. Je n'y connais rien, mais je crois qu'il est bon.

— Y a-t-il autre chose que des bons vins dans la cave de Garrett Hawkes ? lança Ruby en s'efforçant de masquer son trouble.

— Tu as raison. Tu aimes le vin rouge ?

— Le rouge autant que le blanc.

— Parfait.

Sierra posa ses affaires et sortit deux verres et un tire-bouchon.

— Tu as pensé à tout.

Comme le disque de Nat King Cole était terminé, elle se leva pour aller remettre de la musique.

— Qu'est-ce que tu aimes ? demanda-t-elle à Sierra.

— Les Beatles, si tu as ?

— *Please Please Me.*

— Vendu.

Sierra servit le vin et elles s'assirent chacune sur une chaise de cuisine en bois.

— Bon, alors ? demanda Sierra.

— Alors quoi ?

— Nous nous sommes retenus de vous poser des questions hier soir, avoua-t-elle en riant.

— Des questions sur quoi ? demanda Ruby en faisant semblant de ne pas comprendre.

Sierra se pencha vers elle et chuchota :

— Que se passe-t-il entre Austin et toi ? Il te regarde, tu le regardes… et ça fait des étincelles.

— Une aventure, admit Ruby.

Pourquoi mentir ?

— Sérieusement ? s'exclama Sierra en manquant de s'étrangler avec sa gorgée de vin.

— C'est un très bel homme.

— Absolument.

— Et nous sommes tous les deux célibataires.

Elle porta son verre à ses lèvres. Le vin était excellent.

— J'adore ton attitude, dit Sierra avec un grand sourire.

— Nous n'avons pas l'intention de le crier sur les toits.

— Non, bien sûr.

— Mais ce n'est pas non plus un secret d'État.

— Austin est un type génial.

— Tu sais, ce n'est pas une vraie relation.

Comme elle disait cela, le mot « romantique » lui revint à l'esprit.

— Donc… tu veux dire que cette aventure n'aboutira à rien de plus ?

— Je ne vais pas rester ici très longtemps.

— C'est dommage. Austin mérite une femme comme toi.

— Tu ne me connais même pas, souligna Ruby.

— Suffisamment pour savoir que tu es intelligente et drôle, et que tu as travaillé dur pour en arriver là où tu es aujourd'hui.

— Je pourrais aussi être une tueuse en série.

Sierra l'observa et répondit :

— C'est peu probable.

— Pourquoi ?

— Je sens ces choses-là. En tant que coach bien-être, j'ai appris à cerner la personnalité des gens. Tu es honnête et spontanée. Et puis quelle tueuse en série ciblerait Austin ?

— C'est vrai que ce n'est pas franchement un homme vulnérable. Alors, comme ça, tu es coach bien-être ?

— Si jamais tu as besoin d'un conseil, n'hésite pas !

— Je m'en souviendrai.

Sierra but une gorgée, puis contempla de nouveau Ruby.

— Tu lui fais du bien.

— Je l'énerve, répliqua Ruby en riant.

— Justement ! C'est ce dont il a besoin.

Ruby avait effectivement remarqué que peu de gens osaient s'opposer à Austin. Et c'était aussi ce que Kiera avait eu l'air de sous-entendre.

— Et toi ? Que ressens-tu pour lui ?

— Du désir.

— Bien sûr.

— En dehors de ça, je ne sais pas. Je ne pourrais pas coucher avec un homme que je n'apprécie pas, c'est certain. Mais notre amitié commence tout juste, et je partirai bientôt. Et puis nos rapports sont avant tout professionnels.

Elle se tut en se rendant compte qu'elle se livrait peut-être un peu trop.

— C'est un raisonnement très logique, déclara Sierra.

— As-tu endossé ton costume de coach ?

— Je ne peux pas m'en empêcher.

— Je vois pourquoi tu es compétente.

— Tu essayes de faire passer la logique avant tes émotions. Ça ne marche jamais.

— Je pense au contraire que ça marche toujours.

— Pourquoi ?

Le livre et la carrière de Ruby devaient rester sa priorité.

— Parce que je veux me concentrer sur mes recherches. Austin est…

Elle ne voulait pas mentir sur ses sentiments, mais elle avait peur d'être trop honnête.

— Je ne laisserai rien m'empêcher de faire mon travail.

Puis elle se tut et attendit que Sierra réfute sa piteuse explication. Mais, au lieu de cela, cette dernière la surprit en changeant de sujet.

— Alors ton livre avance bien ?

— Oui.

— Tant mieux. Tu peux m'en parler un peu ?

— En trente secondes ou en trois minutes ?

— Je prends les trois minutes.

Ruby lui fit un résumé de ce qu'elle avait appris depuis son arrivée et lui expliqua en quoi cela avait modifié son projet initial. Évidemment, elle ne lui dit pas un mot du carnet à dessin.

— J'ignorais tout de ces femmes ! s'exclama Sierra. Dallas ne m'en a jamais parlé.

— Je crois que cette histoire d'alcool de contrebande les gêne. Il semblerait que la maison ait été construite grâce à l'argent du trafic.

Sierra s'esclaffa.

— Compte sur moi pour acheter un exemplaire de ton livre dès qu'il sortira !

Chaque année, lors du rodéo de Jagged Creek, une grande dégustation de vin avait lieu sous la tente du Hawkes Cattle Ranch. Austin prenait son rôle d'hôte très au sérieux, mais, tout en accueillant les visiteurs, il ne pouvait s'empêcher de suivre Ruby du regard. Elle était maintenant assise dans les gradins pour encourager les concurrents.

Alors qu'il venait d'échanger quelques mots avec le maire, M. Simons, et sa femme, Sierra s'approcha de lui, un verre de vin blanc à la main.

— Elle est ravissante, dit-elle.

— Mme Simons ?

— Je parle de Ruby, soupira-t-elle en lui donnant une tape sur le bras.

Il regarda de nouveau en direction des gradins. Il voyait Ruby de profil, debout, les bras levés. Elle se prenait totalement au jeu.

Cette chemise à carreaux rouges était-elle nouvelle ? Il ne l'avait jamais vue sur elle.

— Austin ?

— Hein ?

— Je disais que Ruby était ravissante.

— Oui, c'est une évidence.

Il ne voyait pas où Sierra voulait en venir.

— Tu sais que tu peux me parler, Austin.

— Je sais que tu essayes d'obtenir des renseignements.

— Ce n'est pas la peine. J'ai discuté avec Ruby.

— À quel sujet ? demanda-t-il avec étonnement.

— Tu le sais. Alors ? Que penses-tu d'elle ?

Il ne savait pas exactement ce que Ruby lui avait dit.

— Je viens de convenir qu'elle était ravissante.

— Et intelligente, et gentille, et drôle.

Il ne pouvait pas la contredire.

— Inutile de jouer les entremetteuses.

— Moi ?

— Oui, toi, la jeune mariée. Ruby repartira bientôt à Boston.

— C'est ce qu'elle dit. Moi aussi, je devais repartir en Californie.

— Elle a une vie et un travail qui l'attendent là-bas.

Le sourire de Sierra disparut.

Austin eut honte de sa maladresse.

— Pardon, Sierra, je ne voulais pas du tout...

— Tu crois franchement que quoi que ce soit aurait pu me ramener en Californie une fois que j'étais tombée amoureuse de Dallas ?

— Je suis désolé.

— Rien.

— Je sais.

— J'aurais pu avoir la plus belle maison, la meilleure offre d'emploi du monde. Mon ex aurait pu me supplier de lui pardonner et de revenir.

— Je ne voulais pas...

— Rien de tout ça n'aurait compté. Seul Dallas comptait, ajouta-t-elle avec douceur.

— Parce que vous étiez amoureux l'un de l'autre.

— Exactement.

Il observa de nouveau Ruby, qui s'était assise et écoutait la présentation des nouveaux concurrents.

— Sierra, Ruby n'est pas amoureuse de moi et je ne suis pas amoureux d'elle.

Il était juste follement attiré par elle et rêvait de passer des heures et des heures dans ses bras, à faire l'amour, à parler et à rire avec elle.

Mais ce n'était pas de l'amour. Il était beaucoup trop tôt pour cela. Ce n'était pas ce qu'il espérait, de toute façon. Ce qu'il attendait, c'était d'être enfin seul avec elle.

— Tu devrais tenter ta chance, déclara Sierra.

— Elle est ici pour travailler. Nous n'avons même pas fait une vraie sortie ensemble, elle et moi.

— Qu'est-ce qui t'en empêche ? Il y a un grand restaurant à l'Oberfeld Hotel. Et de très belles chambres.

— La logique et la raison.

— Ce ne sont pas les meilleures armes quand il est question d'émotions.

— Ce sont *toujours* les meilleures armes.

— Je te rappelle que je suis une professionnelle.

— Je n'ai pas besoin d'être coaché, dit-il en riant.

— Tu es sûr ?

— Sûr et certain.

Elle posa la main sur son épaule et chuchota :

— Je ne suis pas loin, si tu changes d'avis.

Madeline Compton les rejoignit, un verre de vin à la main.

— Bonjour, Madeline ! dit Sierra. J'espère que vous appréciez la dégustation.

— Le niveau est toujours aussi élevé d'année en année, répondit Madeline.

— Ça fait plaisir à entendre, dit Austin. Je transmettrai à mon père.

— Je compte sur vous. Merci. Dites-moi, où est la charmante jeune femme que j'ai rencontrée la semaine dernière ? Celle qui écrit un livre ?

— Vous parlez de Ruby, dit Sierra en lançant un regard appuyé à Austin.

— Oui, Ruby. Elle est ici ? J'aimerais lui parler.

Sa demande mit Austin légèrement mal à l'aise.

— Elle est dans les gradins, indiqua Sierra. Là, devant, vous voyez ?

— Ah oui. Merci, Sierra.

— C'était à quel sujet ? demanda Austin. Nous pouvons peut-être vous aider ?

— Non, non.

— Si c'est à propos du ranch...

— Que pourrait-elle bien savoir sur le ranch ?

— C'est le sujet de son livre.

— C'est vrai, et c'est une excellente idée de sa part. Jagged Creek est une ville importante.

Sur ces mots, Madeline posa son verre vide sur un tonneau et s'éloigna.

— Que peut-elle bien vouloir à Ruby ? marmonna Austin.

— Elle a dû la trouver sympathique.

— Évidemment. Qui ne trouverait pas Ruby sympathique ? Mais elle veut lui parler d'une chose en particulier.

— Ne t'inquiète pas, dit Sierra en riant. Je ne pense pas qu'elle va lui dire du mal de toi.

— Pardon ?

— Madeline t'aime bien. Elle n'a aucune raison de te critiquer.

— Je me moque bien de ce qu'on peut dire sur moi à Ruby.

Ruby était assez intelligente pour ne pas se laisser influencer par d'autres.

— Alors où est le problème ?

— Quel problème ?

— Pourquoi es-tu si inquiet à l'idée que Madeline parle à Ruby ?

Il hésita avant de répondre :

— Je n'aime pas les commérages. Ce livre, qui sait ce qu'il y aura dedans ?

— Tu penses à quoi ?

Il haussa les épaules.

— À rien.

— Si tu le dis, dit Sierra avec un air amusé.

Puis elle s'éloigna en riant.

En reconnaissant Madeline au pied des gradins, Ruby la salua d'un geste, et la femme lui fit signe de la rejoindre en bas. Ruby avait appris des tas de choses sur le rodéo et avait noirci plusieurs pages de son carnet de notes. Madeline arrivait au bon moment puisqu'on venait d'annoncer une pause avant la suite du programme.

— Bonjour, Madeline, comment allez-vous ?

— Très bien. J'allais m'acheter un burger, vous voulez vous joindre à moi ?

— Volontiers !

À l'effervescence de la fête se mêlaient les odeurs alléchantes des grillades et de la barbe à papa.

— C'est chez Barney qu'on trouve les meilleurs burgers, affirma Madeline en guidant Ruby vers le stand qu'elle avait choisi. Et nous pourrons nous asseoir à l'intérieur.

Le stand de Barney était un véritable petit restaurant, et, dès qu'elles passèrent la porte, le bruit ambiant fit place à un calme appréciable. Elles passèrent commande au comptoir et Ruby écarquilla les yeux en voyant arriver son assiette.

— Nous aurions dû en prendre un pour deux.

— Vous verrez que vous n'aurez aucun mal à le finir.

Comme elles arrivaient à la caisse, Ruby sortit son portefeuille.

— C'est pour moi, dit Madeline.

— Je ne suis pas venue pour que vous m'invitiez à déjeuner.

— C'était mon idée et ça me fait plaisir.

— Eh bien… merci beaucoup. C'est très gentil de votre part.

Elles emportèrent leur plateau et s'installèrent dans un coin de la salle. Après avoir pris une bouchée de burger, quelques frites et une longue gorgée de ginger ale, Ruby dut se rendre à l'évidence.

— Vous aviez raison, dit-elle à Madeline. Je ne me rendais pas compte que j'avais aussi faim et soif.

— Ça prend de l'énergie, d'encourager les concurrents.

Elles déjeunèrent en bavardant gaiement, jusqu'au moment où Madeline prit un air plus sérieux.

— J'aimerais vous poser une question.

— Bien sûr. Je vous écoute.

— J'aimerais profiter de votre présence ici pour vous inviter à dispenser un cours d'histoire à nos étudiants. Ou même plusieurs, si vous en avez le temps et l'envie. Ils seraient enchantés d'avoir face à eux un professeur de l'université de Boston.

— Ce serait avec grand plaisir ! Mais ne vantez pas trop mes mérites. Je viens d'échouer à décrocher un poste de titulaire.

— Ce n'est que partie remise et j'ai toute confiance en vos qualités.

— Merci, Madeline.

Ruby se réjouissait déjà de prendre part à la vie de Jagged Creek.

10

Comme chaque année, la journée de rodéo s'achevait par une soirée dansante, et Ruby ne manquait pas de cavaliers, loin de là. Austin enviait Dallas, qui avait une bonne excuse, en tant que jeune marié, pour danser exclusivement avec Sierra.

Austin attendit la fin du morceau. Dès que le groupe eut joué le dernier accord, il se dirigea vers Ruby en ignorant le rancher qui lui tenait encore la main.

— Tu danses ? proposa Austin.

— Oui, répondit-elle avec un air surpris.

Elle remercia l'autre garçon, puis accorda toute son attention à Austin.

Il la prit dans ses bras et tourna avec elle en suivant le rythme lent de la musique.

— Tu t'amuses bien ?

Elle acquiesça avec un grand sourire.

Il aurait préféré qu'elle dise le contraire, étant donné qu'elle n'avait pas encore dansé avec lui.

— Quelle journée géniale ! Mais je me demande comment Dallas a pu pratiquer un sport qui fait aussi peur. À la place de Sierra, je lui interdirais à vie de refaire du rodéo.

— Ce n'est pas aussi dangereux qu'il y paraît. Enfin, un peu quand même, comme en témoigne la blessure de Dallas. C'est vrai que je suis soulagé qu'il ait arrêté.

— J'imagine. Tu t'inquiétais pour lui ?

— C'est un adulte, il sait ce qu'il fait.

— Oui, mais c'est aussi ton frère.

— Et une tête brûlée. Du moins, il l'a longtemps été.

— Et toi ?

— Je ne fais pas de rodéo.

Se serait-elle inquiétée pour lui s'il en avait fait ?

— Je voulais savoir si toi, tu étais une tête brûlée.

— Non. Je suis plutôt… ferme et discipliné.

— Ah.

— Tu n'as pas l'air très convaincue.

— Ferme, d'accord. Mais discipliné… Tu ne l'es pas tant que ça avec moi.

Son sourire suggestif le rendit fou.

— Tu es fatiguée ?

— Il est 20 h 15.

— Tu as faim ?

Il voulait l'emmener ailleurs, qu'ils soient enfin en tête à tête.

— Si tu avais vu le hamburger que j'ai mangé au déjeuner, tu ne me poserais pas cette question.

— Ruby, murmura-t-il.

— Quoi ?

— J'ai envie d'être seul avec toi.

— Ah. Pourquoi tu ne le dis pas ?

— J'essayais de me montrer… délicat.

— Tu veux dire compliqué.

Il ignora sa remarque et poursuivit :

— Il y a un bel espace salon à l'Oberfeld Hotel.

— Tu veux dire de belles chambres.

— J'essaye à nouveau d'être délicat.

— En ne me proposant pas franchement une soirée torride ?

— Oui.

— Mais tu me la proposes quand même, fit-elle, amusée.

— Pourquoi ? Tu es intéressée ?

La chanson allait bientôt se terminer. Il fallait qu'il agisse maintenant, avant qu'un autre homme invite Ruby à danser.

— Viens, dit-il.

Il sauta de l'arrière de l'estrade qui servait de piste de danse, puis prit Ruby par la taille et la souleva pour la faire descendre à son tour.

— Nous nous sauvons par-derrière ? demanda-t-elle tandis qu'il lui prenait la main.

— Ça évite de répondre aux questions.

— Les gens ne vont pas se demander où nous sommes passés ?

— Pas Sierra, répondit-il en coupant à travers champ pour rejoindre le parking.

— Tu as parlé avec Sierra ?

— Elle te trouve ravissante.

— Ce n'est pas tout à fait mon genre. Et en plus elle est mariée.

— Très drôle. Elle essayait de savoir ce que je pensais de toi.

— Et... ?

— Et quoi ?

— Cette fois, c'est moi qui essaye de savoir.

— Tu me demandes si je te trouve ravissante ? demanda-t-il en la prenant par les épaules.

— Avoue, cow-boy.

Il la mit face à lui et prit possession de sa bouche.

— Oui, Ruby, je te trouve ravissante. Je te trouve magnifique, splendide, spectaculaire.

— Tu n'es pas obligé d'aller aussi loin.

Les yeux rivés sur les siens, il garda les bras autour d'elle et répondit :

— C'est toi qui m'emmènes toujours loin.

Elle sourit et lui parut encore plus belle.

Puis ils reprirent leur chemin et avancèrent entre les véhicules garés sur l'herbe.

Soudain, Ruby s'arrêta net.

— Que se passe-t-il ?

Elle déglutit et l'interrogea :

— Qui est-ce ?

Il suivit son regard.

— Je ne vois personne.

— Là. L'inscription sur ce pick-up. John Jamison Cattle Company.

— Oui, c'est un autre ranch de la région. Pourquoi ?

— Pour rien.

— Comment ça, pour rien ? Tu as prévu de parler d'eux dans ton livre ?

— Non. Peut-être. Je ne sais pas.

— D'accord…

Il attendit qu'elle lui donne une explication.

— Excuse-moi. J'ai été surprise, c'est tout.

— Par un nom peint sur un pick-up.

— Je l'ai vu quelque part et j'essayais de me rappeler où.

— Et alors ? Tu as la réponse ?

— Dans les archives du musée, peut-être.

Ils marchèrent en silence pendant quelques secondes.

Austin devait lui poser la question :

— Tu veux toujours aller à l'Oberfeld ?

Elle se tourna vers lui.

— Bien sûr. Pourquoi je ne voudrais plus y aller ?

— Tu as l'air préoccupée.

— Non, non. Tout va bien, dit-elle avec un sourire rassurant.

Il voulut insister mais se ravisa. Ruby avait envie de prendre une chambre avec lui, il n'allait tout de même pas la pousser à changer d'avis.

Ruby s'était abandonnée pendant des heures dans les bras d'Austin. Ils avaient fait l'amour encore et encore, puis s'étaient prélassés dans la grande baignoire de leur suite à l'Oberfeld Hotel. Pour finir, enveloppés dans un doux peignoir blanc, ils avaient partagé une bouteille de champagne et un succulent gâteau au chocolat.

Comme elle aurait voulu passer la nuit avec lui...

Mais ils avaient préféré rentrer avant l'aube pour s'épargner des questions gênantes le lendemain.

Quand son réveil sonna, elle eut l'impression d'avoir à peine eu le temps de fermer les yeux. Elle trouva tout de même la force de se lever pour rejoindre la table du petit déjeuner, où les Hawkes parlaient du rassemblement du troupeau et de tout ce qu'il y avait à faire pour préparer l'hiver.

Elle aurait dû les écouter avec attention afin de prendre des notes plus tard, mais elle ne put s'empêcher de repenser à ce qu'elle avait vu la veille en quittant le rodéo. Si John Jamison était un homme bien vivant et non un ancêtre ayant donné son nom à un ranch, il pouvait être le JJ qui avait dessiné Jessica et McKinney.

S'il était l'auteur des croquis, alors il avait vécu une histoire avec la mère d'Austin. Une histoire intense, apparemment.

Garrett était-il au courant ? McKinney se souvenait-elle de quelque chose ?

— On ne peut pas se dispenser de faire des investissements ! s'exclama Austin.

Une fois de plus, il était en désaccord avec son père au sujet de la modernisation du ranch. Austin était certain que le ranch en récolterait les fruits dès l'année suivante, ce dont Garrett doutait fort.

— J'ai l'impression d'avoir déjà entendu cette dispute, glissa McKinney.

— C'est un débat, rétorqua Austin.

— Eh bien, je vous suggère de remettre ce débat à plus tard. Il y a des animaux qui nous attendent.

Elle se leva de table et Garrett la suivit dans l'entrée. Austin en profita pour parler tout bas à Ruby :

— Tu n'étais pas obligée de te lever aussi tôt, tu sais.

— Tu t'es levé, toi, non ?

— Parce que je dois travailler.

— Moi aussi.

— Tu sais ce que je veux dire.

— Que mon travail est moins important que le tien.

— Tu t'énerves encore ?

— Je fais une observation.

— Mon observation, c'est que ton livre n'a pas besoin qu'on lui donne à boire et à manger.

— Il a seulement besoin qu'on l'écrive.

Il lui prit la main et se pencha vers elle.

— Je n'ai pas envie qu'on se dispute, chuchota-t-il.

— Je crois que c'est un débat.

— D'accord, dit-il en riant. Je vais mettre un terme au débat. Tu as raison et j'ai tort. Ton travail est tout aussi important que le mien.

Elle sourit, puis lui annonça ce qu'elle n'avait pas encore eu l'occasion de lui dire :

— Madeline Compton m'a demandé de venir donner un ou deux cours à l'université.

— Ah bon ? Sur quoi ?

— L'histoire. Il se trouve que c'est plus ou moins mon domaine de compétences, lui rappela-t-elle avec amusement.

— L'histoire de la famille Hawkes ?

— L'histoire des États-Unis en général. Je ne suis pas sûre que ton nom sera cité.

— Très drôle.

— J'ai accepté. Mais... ça me fait bizarre de le faire tout en étant logée ici.

— Pourquoi ?

— Je ne veux pas tirer profit de votre hospitalité. Je pourrais peut-être...

— Tirer profit ? répéta-t-il d'un air perplexe.

— Je pourrais terminer mes recherches ici et retourner m'installer en ville avant de commencer là-bas.

— Mais pourquoi devrais-tu partir ?

L'expression de son visage se fit plus intime, sensuelle. Il ajouta dans un murmure :

— Je veux que tu restes.

Elle en avait envie aussi. Mais cela ne voulait pas dire que c'était une bonne idée.

— Tu sais bien que c'est impossible, répondit-elle avec regret.

— Je ne veux pas dire pour toujours.

Ils se regardèrent dans les yeux. La nuit dernière avait été tellement merveilleuse… À présent, Ruby savait qu'elle ne se séparerait pas de lui sans souffrir.

— J'aurais aimé que cette nuit dure plus longtemps, dit-il comme s'il lisait dans ses pensées.

— Mais nous n'aurions pas été en état de travailler aujourd'hui.

— Exact.

La voix de McKinney les interrompit :

— Austin ?

Ruby s'écarta instinctivement de lui.

— Je serai occupée aujourd'hui, dit-elle précipitamment, je dois aller voir Madeline, visiter l'université…

Elle s'en voulait de lui cacher une partie de la vérité. Car son objectif principal était de se renseigner sur la famille Jamison. Or elle ne pouvait pas le faire en passant la journée avec Austin.

— J'arrive ! répondit Austin à McKinney.

Puis il s'adressa de nouveau à Ruby :

— Je te demande juste de ne pas partir. Donne des cours, fais ce que tu veux. Mais reste ici.

Cela ne pourrait pas durer longtemps, mais oui, elle allait rester. Elle n'était pas prête à quitter Austin.

Ruby avait d'abord été soulagée d'apprendre que John Jamison, le fondateur du ranch, était mort depuis des décennies. Puis elle avait découvert que son arrière-arrière-petit-fils portait le même nom que lui. John Jamison, qui dirigeait aujourd'hui la John Jamison Cattle Company, était âgé de cinquante-sept ans.

Elle avait trouvé une photo de lui. C'était un très bel homme.

Quand elle était arrivée chez lui pour se présenter et lui expliquer son projet, il s'était montré disposé à répondre à ses questions. Elle avait attendu que la conversation soit bien avancée pour lui demander s'il avait connu Jessica Hawkes.

En voyant l'expression de son visage, elle s'était hâtée de changer de sujet, mais elle avait eu sa réponse. Alors elle avait repensé à McKinney, qu'il avait dessinée avec amour. Qui avait les yeux bleus, comme lui, alors que les autres membres de la famille Hawkes avaient les yeux marron. Qui avait la même bouche que lui et qui était gauchère, comme lui. Elle s'en était rendu compte quand il avait accepté de noter son adresse mail dans son carnet pour qu'elle puisse le contacter.

Finalement, juste avant de partir, elle avait mentionné le nom de McKinney. Il s'était mis à bafouiller.

Ruby détenait désormais un secret explosif.

Devait-elle l'utiliser ou l'enterrer ? McKinney pouvait-elle toujours tenir la même place dans son livre ?

De retour dans sa chambre après le dîner, elle sortit le carnet de croquis de sa cachette et s'assit sur son lit pour le regarder encore une fois. Elle compara l'écriture de l'artiste et celle de John et fut confortée dans sa conviction.

Plus elle réfléchissait, plus elle avait de mal à prendre une décision. Et le fait de noter toutes ses observations dans son carnet ne l'aida pas à avoir les idées plus claires, au contraire.

Elle savait qu'elle n'allait pas trouver le sommeil de sitôt. À défaut de lui apporter une réponse, un bon bain l'aiderait peut-être à se détendre.

Le seul fait d'imaginer Ruby couchée à quelques mètres de lui empêchait Austin de dormir. Quand la maison fut plongée dans le silence, il renonça à trouver le sommeil et sortit dans le couloir pour aller frapper doucement à la porte de sa chambre.

Il attendit une réponse, en vain.

Il ouvrit doucement la porte, persuadé de la trouver endormie et se demandant s'il allait la réveiller.

Le bruit de l'eau lui parvint de la salle de bains avant même qu'il ait posé les yeux sur le lit vide. La surprendre dans son bain, voilà qui lui plaisait encore plus.

Voyant un cahier au pied du lit, il pensa qu'il avait glissé et le ramassa pour le poser sur la commode.

— Ruby ? dit-il doucement en s'approchant de la porte.

— Austin ? répondit-elle d'une voix surprise.

— C'est moi. Je n'ai pas pu résister, dit-il en entrant dans la salle de bains.

Elle se redressa.

— Je... Je ne m'attendais pas à te voir.

— Toi non plus, tu n'arrivais pas à dormir ?

Il regarda l'eau perler sur ses seins.

— Non.

Elle se leva et attrapa une serviette, qu'elle noua autour d'elle. Il s'approcha.

— Tu penses que c'est une bonne idée d'être venu ? demanda-t-elle.

— Tout le monde dort.

— Je sais. Mais quand même...

— Détends-toi. À moins que tu ne sois pas contente de me voir, ajouta-t-il avec un sourire.

— Si, je suis contente.

Il la prit dans ses bras et l'embrassa. En une seconde, leur baiser devint passionné et sa serviette tomba. Alors elle lui ôta son T-shirt et passa la langue sur son torse. Fou d'excitation, il la porta jusqu'à son lit.

Lorsqu'il la posa, elle regarda avec inquiétude autour d'elle.

— Est-ce que tu...

— J'ai fermé la porte à clé.

— Mais… tu as vu ?

— Oh ! oui, je vois, susurra-t-il en admirant son corps nu.

— Mais…

— Quoi ?

Il vit son regard s'arrêter sur quelque chose.

Le cahier à spirale qu'il avait posé sur la commode.

Qu'avait-il de particulier ? Il n'y avait qu'un moyen de le savoir.

— Austin, non, s'il te plaît.

Il le prit et l'ouvrit.

— C'est toi qui as dessiné ça ? demanda-t-il avec admiration.

C'était une vue de la montagne depuis la cabane.

— Non, pas du tout.

Il tourna la page et elle enfila une longue chemise bleu pâle avant de s'approcher de lui. Il reconnut White Foam Falls.

— S'il te plaît, Austin, n'en regarde pas davantage.

— De qui sont ces dessins ?

Personne au ranch ne possédait un tel talent. Il l'aurait su.

— Je n'en suis pas sûre.

— Où les as-tu trouvés ?

Elle secoua tristement la tête.

— S'il te plaît, Austin, ne fais pas ça.

— Ruby, que se passe-t-il ?

Il tourna une autre page et se figea.

C'était un dessin de sa mère, à peine vêtue, allongée dans l'herbe, comme si elle venait de…

— *Où* as-tu trouvé ça ? demanda-t-il d'une voix râpeuse.

Elle ferma les yeux et posa la main sur la commode.

— Dans le grenier, murmura-t-elle. Dans un tiroir fermé à clé.

— Tu l'as *volé* ?

— Je n'avais pas l'intention de le garder.

Il dut lutter pour contenir sa colère.

— Que comptais-tu faire de ces dessins ? Les publier ?

— *Non.*

— Les mettre dans un livre pour que tout le monde puisse les voir ? gronda-t-il en jetant le carnet ouvert sur la commode.

— Non, Austin. Je te jure que non.

— J'avais confiance en toi.

— Je sais. Je...

— Je t'ai même parlé du testament secret de mon grand-père. Ça aussi, tu vas le mettre dans ton livre ? Avant même que Tyler et McKinney soient au courant de l'héritage qui les attend ?

Il s'en voulait d'avoir été aussi naïf.

— Non, répéta-t-elle en secouant la tête. Ce n'est pas du tout ça. Je voulais seulement...

Il attendit.

— Poursuivre mes recherches, dit-elle. J'ai trouvé le carnet et j'ai voulu savoir ce qu'il signifiait.

Malgré lui, il jeta un œil au bloc à spirales resté ouvert. Qui avait bien pu faire ces dessins ? Pourquoi sa mère avait-elle posé de cette manière ?

C'est alors qu'il vit un autre carnet, également posé ouvert sur la commode. Le nom de sa mère y était inscrit. Il le prit et lut les notes griffonnées à la main.

— Austin, non, supplia Ruby d'une voix faible.

Les révélations qu'il avait sous les yeux lui coupèrent le souffle.

— Tu ne veux pas dire que...

— Je ne suis encore sûre de rien, dit-elle en lui prenant le carnet des mains. Ce ne sont que des conjectures pour l'instant.

Le tremblement de sa voix le convainquit qu'elle mentait.

Il reprit le carnet de croquis et le feuilleta, jusqu'à ce qu'il tombe sur le dessin d'une petite fille. McKinney. Accroupie dans l'herbe, elle observait un papillon posé sur une fleur sauvage.

— Tu *sais* qui a fait ces dessins, devina-t-il.

Elle soupira et tendit la main pour prendre le bloc et l'ouvrir à la dernière page. Austin lut ce qui était écrit.

— Qui est JJ ?

— John Jamison, répondit Ruby dans un souffle.

Austin se sentit mal.

— Ce ne sont pas des conjectures, comprit-il. Tu es sûre.

— Pas à cent pour cent. Je n'ai pas de preuve génétique.

Il lutta pour calmer sa respiration.

Qui d'autre avait été au courant ?

Son père ?

Non, Garrett n'aurait pas pu entretenir un tel mensonge concernant McKinney.

Il pensa à sa petite sœur. Quel drame pour elle si elle découvrait un jour que le sang qui coulait dans ses veines n'était pas celui des Hawkes !

— Tu ne vas pas utiliser cette information. Tu ne peux pas faire ça.

— J'ai besoin d'y réfléchir.

— Réfléchir à *quoi* ?

— C'est compliqué. Je ne peux pas d'emblée ignorer un fait. J'essaye de trouver une façon de…

— Tu l'as dit toi-même. Tu n'es pas obligée de tout mettre dans le livre.

— Ce n'est pas aussi simple, dans ce cas précis.

— Bien sûr que si. Il suffit que tu le décides, dit-il en confisquant le carnet pour qu'elle ne mette plus jamais les mains dessus. Tu n'utiliseras pas ces dessins.

— Je ne les aurais jamais *utilisés*.

— Ah bon ? Ce sont pourtant des faits, non ?

Il était de plus en plus en colère. L'idée d'être trahi par Ruby lui était insupportable.

— Il vaudrait mieux que tu partes, lâcha-t-il.

Peu importait qu'il soit minuit et qu'elle ne soit pas habillée. Il devait l'éloigner de sa famille. Bon sang, comment avait-il pu être assez stupide pour l'inviter ici et mettre les siens en danger ?

— Tout de suite ?

— Tout de suite, dit-il en serrant les mâchoires. Et ne reviens pas. Ne reviens plus jamais.

Blessé, dévoré par l'anxiété et furieux contre lui-même, il sortit de la chambre sans se retourner.

11

Ruby arriva à l'Oberfeld Hotel le cœur en miettes. Le luxe de sa chambre ne lui procura aucun plaisir, cette fois. Il ne faisait que lui rappeler Austin et attiser sa douleur.

Le lendemain matin, épuisée par ses émotions et par sa nuit sans sommeil, elle s'habilla machinalement et sortit pour marcher au hasard. Ses pas la portèrent jusqu'à la Topaz House.

Dès qu'elle vit Kiera, son sourire la réconforta.

— Salut, Ruby ! Comment vas-tu ? Ça me fait plaisir de te revoir.

— Je t'ai cherchée le jour du rodéo.

— Je n'ai pas pu y aller, cette année. Tu t'es bien amusée ?

— Oui. C'était une découverte pour moi et j'ai passé une très bonne journée. J'ai mangé un burger avec Madeline.

— Burger Barn ?

Ruby acquiesça.

— Le meilleur, dit Kiera en riant. Tu es là pour discuter avec nos résidents ?

Ruby hésita. Sa gorge se noua et elle dut cligner des yeux pour retenir ses larmes.

— Ruby, que se passe-t-il ? demanda aussitôt Kiera avec inquiétude.

Ruby secoua la tête. Elle ne pouvait pas lui donner d'explications sans trahir la famille Hawkes.

— Viens t'asseoir, dit Kiera en l'emmenant dans un coin du hall d'entrée. Dis-moi ce qui ne va pas.

Ruby inspira.

— Je me suis disputée avec Austin, confia-t-elle.

Kiera prit un air fataliste.

— Je suis désolée. Les fils Hawkes... Enfin, je t'ai dit ce que j'en pensais.

Ruby eut envie de défendre Austin. Il n'était pas responsable. Mais elle ne pouvait pas le faire sans divulguer le secret qui était à l'origine de leur querelle.

— Austin m'a demandé de quitter le ranch.

— Tu as pu rassembler les informations dont tu avais besoin ?

— Oui, oui.

Elle en avait même trop...

— Bon, c'est déjà ça. Tu... Tu étais allée jusqu'où avec lui ?

— Nous avons couché ensemble.

— Et tu as des regrets, maintenant ?

— Je ne sais pas encore. Je suis partagée.

— C'est normal. Les souvenirs sont encore trop présents, j'imagine. J'aurais seulement préféré que ce soit toi qui décides de partir. Les Hawkes ont besoin qu'on leur montre qu'ils ne peuvent pas avoir tout ce qu'ils veulent.

— Ce n'était pas entièrement la faute d'Austin.

— Oh ! non. N'essaye pas de lui trouver des excuses.

— J'ai fait quelque chose.

— Quoi ? Tu as tué un veau ? Mis le feu à la maison ?

— Non. Rien de tout ça.

— Alors il n'avait aucune raison de faire ce qu'il a fait. Que puis-je faire pour toi, maintenant ? Je peux prendre une pause et t'accompagner chez Madeline, si tu veux te replonger dans les archives.

— Oh ! s'exclama Ruby.

— Qu'y a-t-il ?

— J'ai dit à Madeline que je donnerais un cours à la fac.

— Génial !

— C'est ce que j'ai pensé sur le moment, mais aujourd'hui...

— Aujourd'hui, tu as hâte de quitter Jagged Creek, c'est ça ?

— Oui, soupira Ruby.

— Tu ne devrais pas. Ne laisse pas les Hawkes te chasser. Tu es venue ici pour une bonne raison. Va au bout de ton travail. Donne ce cours si tu en as envie. Ça ne les regarde pas.

Kiera n'avait pas tort. Ce livre devait rester la priorité de Ruby en dépit des circonstances. Elle avait trouvé un bon sujet et n'avait aucune raison de l'abandonner. Une question allait néanmoins se présenter à elle : comment parler de Jessica et McKinney ?

— C'est vrai que tu peux prendre une pause ?

— On va au musée ?

— Si ça ne t'ennuie pas.

— Je suis ravie si je peux t'aider.

Kiera put finalement prendre sa journée et consulter les archives avec Ruby, qui s'efforça de chasser Austin de son esprit pour se concentrer sur son travail. Madeline et elle commencèrent à discuter d'une date pour le cours d'histoire.

Mais, au moment de quitter le musée, elle repensa à Austin et à sa peur de voir sa famille ébranlée par les révélations qu'elle était en mesure de faire. Était-elle prête à assumer une telle décision ?

Austin regrettait d'avoir chassé Ruby du ranch en pleine nuit. Après cela, il était resté éveillé à se demander où elle était et ce qu'elle allait faire : rester quelque temps à Jagged Creek ou rentrer directement à Boston ?

Il dut lutter pour ne pas sauter au volant de sa voiture et partir à sa recherche. Elle lui manquait déjà. L'idée de ne jamais la revoir lui semblait inconcevable.

En descendant prendre son petit déjeuner, il entendit une discussion joyeuse.

Sierra et Dallas étaient là ? À 7 heures du matin ?

— Combien de temps pourras-tu rester ? demanda McKinney.

Austin eut alors la surprise de reconnaître la voix de Tyler.

— J'ai trois semaines de permission, pour commencer. Ensuite, je devrai décider…

Il s'interrompit en voyant Austin.

— Ah, te voilà !

Il se leva pour venir l'embrasser. Austin ne l'avait pas vu depuis des mois et il lui parut en grande forme.

Quand ils furent tous attablés, Austin but son café en silence tandis que les autres plaisantaient et échangeaient des nouvelles. Il observa sa sœur et ses frères. Leurs différences physiques lui paraissaient évidentes à présent, alors qu'il n'y avait jamais prêté attention auparavant. La peau et les cheveux plus clairs de McKinney, ses yeux bleus, ses traits fins.

Il examina son père. Était-il possible que tout cela soit arrivé sans qu'il en ait conscience ?

— Qu'y a-t-il ? demanda Garrett en surprenant son regard.

— Rien. Tyler ? ajouta-t-il pour faire diversion. Tu comptes nous aider pour le rassemblement ?

— Je ne le vois pas rester assis toute la journée dans la maison, fit Dallas avec un petit rire.

— Déjà que nous avons un homme en moins, lâcha Garrett en lançant à Dallas un regard de reproche.

— Eh, je suis là si vous avez vraiment besoin de moi, fit observer Dallas.

— Et je me passerai très bien de ta présence pendant les travaux de décoration, fit Sierra en le taquinant.

Il la prit par les épaules en souriant.

— Moi, j'aimerais bien venir voir, dit McKinney à Sierra.

— Je remonterai à cheval avec plaisir, dit Tyler.

Austin avait toujours aimé l'ambiance des petits déjeuners en famille, mais il regrettait que Ruby ne soit pas là ce matin. Il aurait aimé partager cela avec elle et connaître ses impressions, elle qui était fille unique.

Mais elle ne prendrait plus jamais de petit déjeuner à cette table.

— Comment va Rambler ? demanda Tyler.

Rambler était son cheval, un magnifique palomino.

— Très bien. Il t'attend, répliqua Garrett.

Leur père rêvait de voir Tyler revenir s'installer au ranch et ne s'en cachait pas. Austin l'espérait aussi, mais c'était à son frère de décider s'il voulait ou non poursuivre sa carrière militaire.

— Où est Ruby ? demanda soudain McKinney.

— Repartie en ville, répondit-il d'un ton aussi détaché que possible.

— Qui est Ruby ? demanda Tyler.

— Si subitement ? fit Sierra avec étonnement.

— Ce matin ? ajouta McKinney.

— Oui, elle est partie tôt, répondit Austin.

— Pourquoi ? lança Sierra en regardant fixement Austin.

Elle en savait plus que quiconque sur sa relation avec Ruby. Il se contenta de hausser les épaules en lui rendant son regard, espérant qu'elle accepterait de ne pas insister.

Dallas le dévisagea à son tour en levant les sourcils, mais Austin ne lui répondit pas non plus.

— Qui est Ruby ? répéta Tyler.

— Elle écrit un livre, répondit Dallas.

— Est-ce qu'elle reviendra bientôt ? demanda Sierra.

— C'est une fille formidable, dit McKinney à Tyler. Professeure à l'université de Boston. Et Austin lui plaît.

— Pas du tout, rétorqua Austin.

Tous les regards se tournèrent vers lui et il prit conscience de la dureté de son ton. Sierra l'interrogea, visiblement soucieuse :

— Que s'est-il passé ?

— Rien, assura Austin en fixant son assiette. Elle a fini et elle est partie. C'est une bonne chose qu'elle ne soit plus là. Elle était indiscrète.

— Je trouve au contraire qu'elle découvrait des tas de choses passionnantes, riposta McKinney.

— Je suis d'accord, déclara Sierra.

— Elle a eu l'idée de s'intéresser aux femmes de la famille, expliqua McKinney à Tyler. Autrement dit, à *moi*. Il était temps, il me semble.

— Tu veux devenir célèbre ? demanda Tyler à sa sœur.

— Si le premier rôle doit revenir à Kathleen, je veux bien jouer le second.

— Ce n'est pas un livre sur toi, lâcha Austin, réagissant encore de façon impulsive.

Il y eut un silence de quelques secondes. Le visage de McKinney se décomposa.

— Qu'est-ce qui te prend ? lança Dallas à Austin.

Sierra posa la main sur le bras de Dallas.

Austin se leva et se tourna vers son autre frère.

— Tyler, tu es prêt ? Allons seller les chevaux.

Cela fit du bien à Ruby de donner un cours à des étudiants curieux et enthousiastes. Elle prolongea même ce moment avec plaisir, prenant le temps de répondre aux questions.

Mais bientôt ce fut fini, et ses pensées les plus sombres revinrent envahir son esprit.

Elle n'avait aucune envie de rentrer à l'hôtel pour y ressasser les souvenirs de sa soirée de rêve avec Austin. Elle préféra s'installer à une table du musée, au milieu des archives, pour avancer dans son travail.

Mais comment ne pas penser à Austin en écrivant sur son ranch et sa famille ? Et comment ne pas l'admirer après avoir vécu cette expérience avec lui ?

À ses yeux, Austin était un héros d'aujourd'hui, qui prenait des risques tous les jours et se battait pour adapter une activité séculaire à un monde en pleine mutation. Et il le faisait avec intelligence, énergie et intégrité. Des qualités qu'il avait aussi montrées dans son comportement avec elle, même quand elle l'avait dérangé ou irrité.

Même quand elle l'avait blessé.

Sa colère envers elle était justifiée, c'était un fait.

Elle entendit des pas et vit Madeline approcher en souriant.

— J'ignorais que vous étiez encore là.

— Je peaufine mon plan, répondit Ruby.

— Cet environnement vous inspire ?

Madeline s'assit en face d'elle et son visage s'assombrit quand elle regarda Ruby plus attentivement.

— Ruby, que se passe-t-il ?

— Rien. J'étais concentrée, c'est tout.

— Votre travail avance bien ?

— Il n'avance pas…

La voix de Ruby se brisa. Elle se tut et respira profondément pour garder son sang-froid.

— J'ai cru avoir trouvé quelque chose que je pourrais utiliser.

Elle s'interrompit de peur d'éclater en sanglots.

Toute l'expérience et la sagesse de Madeline se lisaient sur son visage. Elle prit affectueusement la main de Ruby et termina à sa place :

— Mais c'est impossible ?

Ruby acquiesça.

— Alors utilisez autre chose.

— Ce n'est pas aussi simple.

— Rien ne l'est jamais, ici. Vous avez dû vous en rendre compte. Les problèmes de réseau, le manque de médecins, les aléas climatiques, les coupures d'électricité… Mais, quand un passage est bloqué, nous en trouvons un autre. C'est ainsi que les gens d'ici avancent depuis toujours.

— Quand le chalet brûle, on s'installe dans le poulailler.

— Voilà. Vous commencez à comprendre.

— Mais je ne trouve pas le poulailler, malgré tous mes efforts.

— C'est parce que vous pleurez encore la perte du chalet.

— Mais la maison est toujours debout, et d'autres gens la verront. Je passerais pour une imbécile en restant dans le poulailler.

— Ah, fit Madeline. Et vous ne pouvez pas cacher la maison.

— Quelqu'un la trouverait.

— Si vous la brûliez vous-même ?

— Elle est ininflammable.

— Dommage que vous ne puissiez pas remonter le temps. Jusqu'avant la construction de la maison.

Ruby resta sans voix.

Tout venait de s'éclairer grâce à Madeline.

Elle allait devoir renoncer à McKinney et Jessica, mais elle avait toujours Kathleen, Lillian et les autres. Ce que son histoire perdrait en intensité, elle le gagnerait en sincérité, et ainsi elle n'aurait pas à vivre avec le sentiment affreux d'avoir trahi Austin.

— Vous avez quelque chose, devina Madeline avec un grand sourire. Je le vois dans vos yeux.

12

Austin avait beau s'épuiser au travail, il n'arrivait pas à dormir. Chaque nuit, les souvenirs de Ruby envahissaient son esprit, l'empêchant de trouver le repos.

Il était sûr d'avoir pris la bonne décision, et pourtant elle lui manquait atrocement. Cela lui causait une douleur physique. Mais il avait beau chercher encore et encore, il ne voyait pas comment être avec elle alors qu'elle s'apprêtait à faire tant de mal à sa famille.

Debout à côté du bar du salon, il se servit un deuxième verre de bourbon et l'avala d'un trait.

— Ce n'est pas bon signe, dit Sierra en entrant dans la pièce.

— Où est Dallas ? demanda-t-il, agacé d'être dérangé.

Il n'avait pas envie de faire poliment la conversation. Il préférait s'apitoyer seul sur son sort.

Il se servit un troisième verre.

— Oui, j'en veux bien un aussi, merci, dit Sierra en s'approchant de lui.

— Désolé, dit-il en se rendant compte qu'il se comportait comme un goujat.

— Ne sois pas désolé. Sers-moi plutôt un verre.

— Bourbon ?

— Très bien.

— Sec ?

— Parfait.

Quand elle eut son verre à la main, elle le remercia et alla s'asseoir dans l'un des gros fauteuils en cuir.

— Assieds-toi, lui dit-elle.

Il s'exécuta.

— Comment vas-tu ? demanda-t-elle.

— Bien. Et toi ?

— Tout va bien. On nous a livré l'électroménager hier et les placards de la cuisine sont fixés.

— C'est bien.

— Mais tu n'en as rien à faire, dit-elle avec amusement.

— Pardon ?

— Austin, pourquoi Ruby est-elle partie ?

Son cœur se serra quand il entendit son nom.

— Il n'a jamais été question qu'elle reste.

— Certes, mais pourquoi un départ si brusque ?

— Qu'essayes-tu de faire, au juste ?

— Je m'inquiète pour toi, Austin. Que s'est-il passé ?

— Je ne peux pas te le dire.

— Si. Je suis capable de garder un secret.

— Je ne peux pas, répéta-t-il.

— Austin.

Il se leva et poussa un soupir de frustration. Il aurait voulu pouvoir lui parler, mais cela aurait été injuste.

— Non, non, je refuse de te dire quelque chose que tu ne pourras pas partager avec Dallas. Il n'est pas question que je mette ça entre vous.

— Là, tu commences à me faire peur.

— S'il te plaît, Sierra.

Elle se leva et s'approcha de lui pour poser la main sur son bras.

— Austin.

La douceur de son geste et de son regard lui fit baisser la garde. Il avait tellement besoin de se confier…

— Ruby et moi, nous nous sommes disputés.

— D'accord.

Ils se rassirent tous les deux.

— Elle sait quelque chose, déclara-t-il. Une chose terrible qu'elle va mettre dans son livre et que tout le monde saura.

— À propos de toi ?

— Pire.

Il marqua une pause avant d'ajouter :

— Garrett n'est pas le père de McKinney.

Sierra cligna des yeux, mais en dehors de cela elle demeura imperturbable.

— Tu l'ignorais, devina-t-elle.

— Je ne m'en doutais pas une seule seconde.

— Qu'est-ce que ça te fait ?

— Ce que ça me fait ? Je me sens trahi.

— Par Ruby ?

— Oui. Pourquoi a-t-elle fait ça ? Pourquoi a-t-il fallu qu'elle fouille dans le passé de notre famille ? Tout se passait si bien.

— Entre vous deux.

— Oui, entre nous deux.

— Elle te manque.

À un point qu'elle n'imaginait pas.

Néanmoins…

— Tu te rends compte de ce qu'elle nous fait ? De ce qu'elle fait à McKinney ?

— Non, pas vraiment.

— Ma petite sœur va découvrir qu'elle n'est pas une Hawkes, que sa vie entière repose sur un mensonge. Que ses frères sont seulement ses demi-frères et que le père qu'elle adore n'a aucun lien de parenté avec elle.

— Je ne peux qu'imaginer le séisme que ce sera pour elle, mais…

— Mais quoi ?

— Ruby n'est pas responsable de cette situation.

— Elle le sera bientôt.

— Ta mère est la seule responsable. C'est elle qui a eu une liaison et qui a dissimulé la vérité.

— Nous ne pouvons plus rien y changer, soupira-t-il.

— Non, en effet.

— Mais rien ne nous oblige à le crier sur les toits et à détruire des vies après tout ce temps.

Après un moment de réflexion, Sierra se pencha vers lui et demanda :

— Es-tu amoureux de Ruby ?

— Non !

Après ce qu'elle avait fait, c'était impossible.

— Tu en es sûr ?

— Ce n'est pas parce que j'aime coucher avec elle que je suis amoureux.

Il y avait beaucoup plus que cela entre eux, et il le savait. Il aimait aussi parler avec elle, rire avec elle, même débattre avec elle.

— Ruby est partie, elle te manque terriblement et tu t'en veux pour ça parce que, de ton point de vue, elle représente une menace envers ta famille. Tu t'interdis de l'aimer pour cette raison.

Il eut comme un vertige. Sierra avait vu juste.

Après un silence, elle ajouta avec douceur :

— Tu as le droit de l'aimer, Austin.

— Non.

— Ta mère et McKinney n'ont rien à voir avec tes sentiments pour Ruby.

— Au contraire, elles ont tout…

— Si Ruby n'existait pas, et si tu étais au courant pour McKinney.

— Je ne serais pas au courant pour McKinney si Ruby n'existait pas.

— Mais imaginons. Que ferais-tu de cette information ?

Il n'avait pas pensé à voir les choses sous cet angle. Qu'aurait-il fait s'il avait appris la vérité par lui-même ? Aurait-il enterré ce secret en espérant qu'il ne serait jamais révélé ? En aurait-il parlé à quelqu'un, à son père ou à McKinney ?

— Aurais-tu entretenu le mensonge et laissé pourrir la situation ?

Il fronça les sourcils.

— Quoi que Ruby décide de faire, conclut Sierra, tu auras, toi aussi, une décision à prendre.

Elle avait raison. La connaissance de ce secret était sa responsabilité, désormais. Il devait faire le bon choix pour sa sœur.

— Donc tu vois, Austin, j'ai une bonne nouvelle pour toi. Tu as le droit d'aimer Ruby.

Il se sentit tout à coup plus léger.

Il avait le droit d'aimer Ruby.

Ruby glissa le plan de son livre dans une enveloppe en papier kraft qu'elle prévoyait de poster en sortant. Elle allait écrire un bon livre qui raconterait la vie des femmes de la famille Hawkes, leur contribution à la réussite du ranch et leur courage.

Elle imagina la réaction d'Austin quand il lirait le document qu'elle allait lui envoyer. Il serait soulagé, et, qui sait, peut-être qu'il cesserait de lui en vouloir en voyant qu'elle ne comptait pas divulguer le secret.

Mais cette pensée n'apaisait pas la tristesse de le quitter pour toujours.

Sa valise était prête et elle avait dit au revoir à Kiera et Madeline. Elle était sur le point de partir pour l'aéroport. Bientôt, Jagged Creek ne serait plus qu'un souvenir.

Debout au milieu de sa chambre, elle regarda autour d'elle pour s'assurer qu'elle n'oubliait rien. Non, elle avait tout.

Il n'y avait qu'une chose qu'elle allait laisser ici en partant.

Son cœur.

Elle l'avait nié aussi longtemps que possible, mais elle ne pouvait plus ignorer ses sentiments. Elle était tombée amoureuse d'Austin. Elle l'aimait comme elle n'avait jamais aimé et comme elle n'aimerait plus jamais. C'était un fait. Et elle ne pouvait rien y changer.

On frappa à sa porte. Elle avait dépassé l'horaire de départ.

Après avoir saisi la poignée de sa valise, elle prit son sac à main et se dirigea vers la sortie, tout en se demandant où elle trouvait la force de marcher vers un tel déchirement.

Elle ouvrit la porte.

Austin était là, debout face à elle.

Son cœur tressaillit de joie, puis elle ressentit une peine immense en se demandant ce qu'il faisait ici.

Il regarda sa valise.

— Tu pars, dit-il.

— Qu'est-ce que...

Elle ne parvint pas à finir sa phrase.

Il paraissait calme, mais cela ne voulait rien dire.

— Je peux entrer ?

— Je dois libérer la chambre.

— Je ne pense pas que ce soit très grave.

Mieux valait le rassurer tout de suite sur le contenu de son futur livre. Cela éviterait qu'il lui fasse de nouveau la leçon.

— J'ai quelque chose à te dire, annonça-t-elle en sortant l'enveloppe de son sac à main.

— Non, dit-il en refermant la porte derrière lui.

Il posa l'index sur sa bouche pour la faire taire.

— C'est moi qui vais parler.

— Mais tu ne...

— Je suis désolé, Ruby.

Elle entrouvrit les lèvres sous l'effet de la surprise.

Une lueur apparut dans les yeux d'Austin.

— Ne fais pas ça, dit-il. Ne me regarde pas comme ça. Je vais perdre le fil de mes pensées.

Elle cligna des yeux.

— Je me suis comporté comme si c'était ton problème, déclara-t-il. J'ai cru que c'était ton problème. Je t'ai fait des reproches et j'ai eu tort.

Elle ne comprenait plus rien.

— Austin...

— Attends. Je sais maintenant que c'est mon problème. Celui de ma famille. Mais je crois que j'ai trouvé…

— Quel problème ? De quoi parles-tu ?

— De McKinney. De ma mère. Du secret et du mensonge.

Il lui fit lâcher sa valise et poser son sac. Puis il lui prit les deux mains et poursuivit :

— Tu n'as jamais menti. Tu n'as trahi personne.

Si, elle l'avait trahi. Elle l'aimait et elle ne se pardonnerait jamais d'avoir envisagé de faire passer sa propre carrière avant son bonheur à lui.

Des livres, des projets professionnels, il y en aurait d'autres. Alors qu'il n'existait qu'un seul Austin Hawkes.

Comment avait-elle pu être aussi idiote ?

— Tu as découvert la vérité.

— Je suis désolée, murmura-t-elle.

— Ne sois pas désolée. La vérité est la vérité. La cacher n'y change rien. Nous devons faire avec. *Je* dois faire avec. Encore une fois, c'est mon problème et non le tien.

— Mais c'est devenu le tien à cause de moi.

— Justement, je crois avoir trouvé un moyen d'en faire notre problème à tous les deux.

Elle comprenait de moins en moins où il voulait en venir.

Il lui lâcha la main pour lui caresser la joue.

— Ne pars pas, Ruby.

— Pardon ?

— Reste. Ne me quitte pas.

Elle resta sans voix.

Il se pencha vers elle et susurra :

— Aide-moi à trouver une solution. C'est un problème de famille.

Il l'embrassa tendrement.

Ce baiser suffit à la combler de bonheur.

Elle se jeta dans ses bras et l'embrassa avec passion.

— Oh ! Ruby, tu m'as tellement manqué. Je t'aime. Pour le reste, nous verrons plus tard. Ensemble.

Il l'aimait.

Il *l'aimait* ?

— Tu m'aimes ? demanda-t-elle, le souffle court.

— Plus que tout au monde.

— Mais… j'ai semé le chaos.

— Non. Le chaos était déjà là. Seulement, je ne le savais pas encore.

— Alors… tu n'es pas en colère ?

— Je ne suis pas en colère. Je suis un peu nerveux. Parce que je viens de te dire que je t'aimais et que tu n'as rien répondu.

— Je t'aime, Austin ! Je t'aime tellement.

Elle le serra dans ses bras et l'embrassa encore et encore. Au bout de longues minutes exquises, il se redressa et la regarda dans les yeux.

— J'ai apporté quelque chose pour toi, dit-il.

Il enfouit la main dans sa poche et en sortit…

Une bague.

Un magnifique solitaire entre deux minuscules rubis.

— C'était celle de Kathleen, précisa-t-il. Je n'ose imaginer sa provenance.

Le cœur de Ruby se mit à battre si fort qu'elle eut du mal à parler.

— Austin, est-ce…

— Absolument. S'il te plaît, Ruby, épouse-moi. Je crois que cette bague a été créée juste pour toi.

Son regard empli d'amour portait encore plus de promesses que sa demande en mariage.

— Oui, Austin. Oui.

Il l'embrassa et fit glisser l'anneau sur son doigt.

— Elle est parfaite. Kathleen l'a peut-être portée, mais c'est sur toi qu'elle est à sa place.

Il l'enlaça et elle sut que, désormais, sa place à elle serait pour toujours dans les bras d'Austin.

— Tu as réussi, dit Dallas à Austin pendant que Ruby montrait sa bague à Sierra et McKinney.

— Elle me semble trop bien pour toi, glissa Tyler.

— Je ne peux pas te contredire, admit Austin en riant.

Il n'arrivait plus à quitter sa fiancée des yeux.

— J'imagine que Sierra avait raison, dit Dallas. Avant je la taquinais en lui disant qu'elle était restée parce qu'elle n'avait plus ni maison ni travail.

— Tu n'as pas fait ça ! s'exclama Tyler, horrifié.

— Ma femme a un grand sens de l'humour, assura Dallas. Elle m'a toujours répondu qu'elle aurait tout quitté pour moi.

— Tu ne la mérites vraiment pas, jugea Tyler.

— Ruby a fait la même chose, conclut Dallas. Elle a tout abandonné pour toi.

— J'ai une chance incroyable, concéda Austin. Mais elle a mis son appartement en location, et je crois qu'elle a déjà un poste en vue à Jagged Creek.

— Déjà ? fit Dallas.

— Madeline a de grands projets pour l'université. L'arrivée de Ruby est une aubaine pour elle.

— Que se passe-t-il ici ? lança Garrett en entrant dans le salon.

— Austin a trouvé une main pour la bague de notre arrière-grand-mère, annonça Dallas.

Garrett regarda les trois jeunes femmes avec stupeur.

— Alors ça, je ne l'avais pas vu venir.

— Contrairement à Sierra, souligna Dallas. Austin lui-même a mis un certain temps à comprendre.

Tyler rit et s'éloigna d'eux pour rejoindre sa sœur et ses belles-sœurs. Garrett demanda alors à Austin :

— A-t-elle toujours l'intention d'écrire son livre ?

— Oui, elle m'a montré son plan.

Austin échangea un regard avec Dallas et comprit que Sierra l'avait mis dans la confidence, comme il l'avait prévu.

— Il m'a beaucoup plu, ajouta-t-il.

Son père fixa sur lui un regard grave.

— Je veux le voir, ordonna-t-il.

— Je demanderai à Ruby.

— Je ne vous laisse pas le choix.

Austin regarda de nouveau Dallas et vit dans ses yeux qu'il pensait la même chose que lui.

Leur père savait.

Il savait pour la liaison et pour McKinney. Certainement depuis toujours.

Austin fut à la fois stupéfait et admiratif. Son père l'avait aimée comme sa propre fille et l'avait même traitée comme son enfant préféré. Pendant toutes ces années, il l'avait protégée.

Un jour, elle devrait bien connaître la vérité, mais pas aujourd'hui. Quand le bon moment serait venu, Austin savait instinctivement qu'il aurait le soutien de son père pour tout dire à McKinney.

Dallas servit le champagne et Austin enlaça Ruby.

— Pas trop submergée, mon amour ? lui murmura-t-il à l'oreille.

Elle se serra contre lui et l'embrassa avant de répondre :

— Seulement de bonheur.

KAREN BOOTH

Un dangereux pari

Traduction française de
MADELEINE POULAIN

PASSIONS

HARLEQUIN

Titre original :
A BET WITH BENEFITS

Ce roman a déjà été publié en 2021.

1

Mindy Eden connaissait bien le sens de l'expression « brûler la chandelle par les deux bouts ». Non contente d'occuper le poste de directrice des opérations chez Eden, le grand magasin tenu par sa famille, elle gérait en outre son entreprise de cartes d'invitation personnalisées, « Min-vite moi », ou « MVM ».

Sous sa direction, le chiffre d'affaires d'Eden remontait enfin après des années d'incertitude. MVM se développait aussi à pas de géant. Mindy avait un agenda de ministre et dormait quatre heures par nuit, mais elle n'aurait changé de vie pour rien au monde.

Ce matin-là, comme d'habitude, son chauffeur l'attendait pour l'emmener chez Eden. Elle était à peine assise dans la voiture que son téléphone se mit à sonner. L'appel provenait de Matthew Hawkins, le directeur par intérim de MVM. Aider ses sœurs à redresser le magasin familial prenait beaucoup de temps à Mindy. Elle avait donc dû faire appel à Matthew pour diriger temporairement son entreprise.

— Bonjour, Matthew. Des nouvelles ?

— Oui, et pas celles que nous espérions.

— Laissez-moi deviner. Ils demandent plus d'argent, c'est cela ?

Mindy venait de faire une offre pour acheter un immense entrepôt désaffecté, le Mercer, afin d'y installer sa société. Le bâtiment se trouvait dans le New Jersey, à quelques kilomètres de New York. Déménager MVM dans cet espace gigantesque ne serait pas une mince affaire. Pourtant, il devenait urgent d'agir. L'entreprise occupait pour le moment quatre sites de production différents et un cinquième pour les bureaux, lequel était désormais bien trop petit.

S'installer au Mercer leur permettrait de rationaliser les opérations et de se développer sans craindre de manquer d'espace. Avec quelques rénovations, l'endroit deviendrait un lieu de travail extraordinaire.

Matthew la tira de sa rêverie en répondant platement :

— J'aimerais que ce soit aussi simple. L'entrepôt a été vendu.

— Comment est-ce possible ? Je pensais que vous étiez en première ligne.

— Malheureusement, il semblerait que votre vie personnelle ait joué un rôle dans cette histoire. Votre vie sentimentale, pour être plus précis.

Mindy faillit lui demander s'il avait perdu la tête. Sa vie sentimentale était pour ainsi dire inexistante. Quant à sa vie personnelle, celle-ci se réduisait à ses sœurs, Emma et Sophie, qu'elle voyait au magasin. Son travail était trop prenant pour qu'elle ait le temps de socialiser.

— Si c'est une plaisanterie, je la trouve de mauvais goût, finit-elle par répondre.

— Il s'agit de votre ex-petit ami, Sam Blackwell. Il a acheté le Mercer sans même nous donner le temps de réagir.

Mindy ne se laissait jamais prendre au dépourvu. Elle avait un don pour anticiper les moindres problèmes qui pouvaient surgir dans son existence. Pourtant, cette fois, elle ne l'avait pas vu venir. Sam était sorti de sa vie cinq mois auparavant, lorsqu'elle l'avait – encore – quitté et chassé de son appartement. Elle n'oublierait jamais leur dernière conversation…

« Tu veux que je parte ? Très bien, mais cette fois je ne reviendrai pas.

— Mes sœurs ont besoin de moi, plus que moi de toi.

— Fais comme tu veux, Min. Bonne chance avec ta famille de fous ! »

Elle avait déjà quitté Sam à plusieurs reprises auparavant, mais il trouvait toujours un moyen de revenir dans sa vie. Ce coup-ci non seulement il était resté loin d'elle, mais il l'avait aussi remplacée. Elle avait vu des photos de lui dans les tabloïds au bras de femmes splendides. La dernière en date semblait être Valerie Cash, une ancienne mannequin devenue rédactrice de mode.

Mindy avait eu du mal à regarder ces photos. Elle ne comprenait pas pourquoi Sam ne revenait pas vers elle comme avant. Peut-être avait-il fini par la croire lorsqu'elle avait déclaré qu'il n'était pas bon pour elle.

— Mindy, vous êtes là ? demanda Matthew à l'autre bout du fil. Je vous parle de Sam Blackwell, votre ex-petit ami.

— Il n'a jamais été mon petit ami.

Sam n'aurait jamais accepté qu'on lui colle cette étiquette. Selon ses propres mots, il n'était « pas fait pour ça ».

— La nature exacte de votre relation m'importe peu, contra Matthew. Ce qui me préoccupe, c'est que nous allons devoir trouver une autre solution, peut-être en faisant bâtir du neuf, par exemple. Je peux commencer à contacter des architectes.

Renoncer au Mercer si facilement ? Pour Mindy, il n'en était pas question.

— Seriez-vous devenu fou, par hasard ? Une construction neuve prendrait au moins dix-huit mois. Nous ne pouvons pas nous le permettre. D'ailleurs, je suis stupéfaite que vous me le proposiez. Ce genre de délai pourrait anéantir tout ce que j'ai construit.

— Sauf votre respect, moi aussi, j'ai construit beaucoup de choses depuis mon arrivée. Vous n'êtes pas la seule à vous être investie dans MVM.

Mindy se mordit la lèvre pour retenir une réponse cinglante. MVM restait son entreprise, pas celle de Matthew. Il allait devoir apprendre à se comporter d'une autre manière.

— Je vais régler le problème. En attendant, ne faites rien.

— De quelle façon ? L'entrepôt est vendu. Si Sam Blackwell accepte de nous le revendre, ce sera à prix d'or.

Exaspérée, Mindy inspira profondément. Matthew était peut-être doué pour l'organisation, mais il n'avait rien d'un battant. Elle, en revanche, savait comment obtenir ce qu'elle voulait de Sam Blackwell. Bien sûr, elle y avait déjà échoué par le passé, mais au moins elle le connaissait par cœur.

— Laissez-moi m'en occuper, trancha-t-elle. Je vous tiendrai au courant.

— Techniquement, c'est mon travail.

Techniquement, je peux vous licencier.

— MVM est toujours mon entreprise, à ce que je sache. Cette histoire impacte tout notre avenir à court et à long terme. J'ai besoin d'une solution rapide, et je sais comment gérer Sam.

— Bonne chance. Vous en aurez besoin.

— Au revoir, Matthew.

Mindy raccrocha et se pencha aussitôt vers son chauffeur.

— Changement de plans, Clay. Nous allons faire un détour avant d'aller chez Eden. Déposez-moi au coin de la Dix-huitième et de la Dixième Avenue, côté nord, s'il vous plaît.

— Vous voulez dire tout là-bas, vers Pier Sixty, mademoiselle Eden ?

— Oui, s'il vous plaît.

Tout là-bas... Vers Sam.

Mindy se laissa aller contre le dossier et ferma les yeux, essayant de se détendre. Elle avait passé les cinq derniers mois à se demander comment Sam réapparaîtrait dans sa vie. Maintenant, elle était obligée de faire irruption dans la sienne. Hors de question de le laisser créer des problèmes à son entreprise. Puisqu'il mêlait vie personnelle et travail, elle se montrerait très personnelle, elle aussi.

Quelques minutes plus tard, Clay se garait devant l'immeuble qui abritait les bureaux de Sam.

— J'en ai pour un quart d'heure, pas plus, lui assura-t-elle en descendant de voiture.

Mindy prit une grande bouffée d'air frais, rajusta ses lunettes de soleil et entra dans le hall d'un pas assuré. Les agents de sécurité la laissèrent passer sans un mot. Elle avait appris depuis bien longtemps que, lorsqu'on avait l'air confiant, personne ne vous posait de questions.

Sans hésiter, elle monta dans l'ascenseur et pressa le bouton du septième étage. Là seulement, elle s'autorisa à souffler et se tint un petit discours pour elle-même.

Tu vas y arriver. Sam Blackwell n'a aucun droit de te faire du mal, que ce soit personnellement ou professionnellement.

Trop tôt à son goût, les portes s'ouvrirent sur la réception, tenue par une femme superbe que Mindy ne reconnut pas. Derrière le bureau, un mur noir s'ornait de l'inscription « S. Blackwell Entreprises » en lettres chromées. La décoration était partout élégante et moderne. Même les agrafeuses et les pots à crayons allaient avec le reste.

— Puis-je vous aider ? demanda la réceptionniste d'un ton froid.

— Mindy Eden pour Sam.

— Est-ce que monsieur Blackwell vous attend ?

L'espace d'un instant, Mindy hésita. Ils n'avaient pas rendez-vous, mais d'une manière ou d'une autre Sam devait savoir qu'elle viendrait. Il ne pouvait pas acheter un bâtiment qu'elle convoitait depuis des semaines sans s'attendre à une réponse.

— Oui, il m'attend, finit-elle par répondre.

La jeune femme décrocha son téléphone et parla brièvement avec Sam, sans quitter Mindy du regard.

— Oui, monsieur Blackwell. Bien sûr, fit-elle avant de raccrocher. Il vous recevra dans quelques minutes, dit-elle à Mindy.

Incapable de s'asseoir, cette dernière se mit à faire les cent pas dans le hall pendant ce qui lui sembla une éternité. L'idée de revoir Sam après tout ce temps la rendait nerveuse. Pourtant, elle allait devoir mettre ses émotions en sourdine. Elle obtiendrait ce qu'elle voulait aujourd'hui. Non, décidément, elle ne laisserait pas cet homme la contrôler.

Mindy s'était presque convaincue de tout cela lorsque Sam, du haut de ses deux mètres, se matérialisa devant elle.

— Mindy…

Sa voix basse et envoûtante la fit frissonner des pieds à la tête. Elle avait l'impression de se réveiller après un long sommeil, ce que Sam lui avait d'ailleurs fait un nombre incalculable de fois, pressant son corps souple et ferme contre le sien sous les couvertures. Il était insatiable, et il voulait toujours plus d'elle.

Le revoir faisait naître en Mindy le désir de lui en donner ne serait-ce qu'un peu. Sam était définitivement trop séduisant, surtout dans cette chemise gris foncé dont les manches retroussées mettaient en valeur ses avant-bras musclés. Il ne portait pas de cravate, et ses cheveux d'un noir de jais étaient juste assez décoiffés pour lui donner envie d'y passer la main.

— Je me demandais quand tu allais finir par venir me voir, reprit Sam.

Il avait donc tout prévu, songea Mindy. Il l'avait attirée ici en achetant le Mercer, et elle s'était jetée dans ses filets sans réfléchir. Peut-être aurait-elle dû laisser Matthew s'en occuper. Maintenant, il était trop tard. Elle devait rester forte et sûre d'elle.

— J'ai besoin d'un quart d'heure. Dans ton bureau.

— Ce sera sûrement beaucoup plus divertissant que ce que j'étais en train de faire, déclara-t-il en haussant un sourcil.

Sam eut un petit sourire en coin. Mécontente d'elle-même, Mindy sut qu'elle pensait exactement comme lui. Un quart d'heure suffisait amplement pour faire des tas de choses intéressantes.

— Si tout se passe comme je l'ai prévu, ce ne sera « divertissant » que pour moi, finit-elle par répondre.

— J'ai eu des propositions plus rebutantes. Dernière porte sur la droite, fit-il en s'effaçant pour la laisser passer.

— Oui, je m'en souviens, contra Mindy en s'engageant dans le couloir.

Elle espérait pouvoir chasser de son esprit le parfum délicieux de Sam, se concentrer sur sa négociation et récupérer le Mercer – si possible en gardant sa fierté et son cœur intacts.

Sam Blackwell avait une opinion arrêtée sur la plupart des choses de sa vie. Pourtant, il ne savait pas du tout comment interpréter l'irruption de Mindy Eden dans son bureau ce matin-là.

À en juger par le nœud qui s'était formé dans sa poitrine dès l'instant où il l'avait vue, elle lui avait manqué. Lorsqu'il la suivit dans le couloir, une autre partie de son corps se chargea de le lui rappeler. Chacune de ses courbes lui avait manqué. Cependant, même si l'attirance restait intacte, Mindy l'avait chassé de sa vie trois fois et il ne pouvait plus lui faire confiance.

Sam referma la porte de son bureau et se tourna vers elle.

— Que puis-je faire pour toi ?

— J'espérais que nous avions dépassé le stade des devinettes, fit-elle en laissant tomber son sac sur une chaise.

— En ce qui me concerne, je n'y ai jamais joué. Je n'ai vraiment aucune idée de ce que tu fais là.

Il passa derrière son bureau, mais attendit poliment pour s'installer.

— Je t'en prie, assieds-toi.

Mindy secoua la tête. Ses boucles rousses ruisselèrent sur ses épaules, contrastant avec le noir de sa veste de tailleur cintrée. Sam aperçut un éclair de dentelle noire entre deux boutons et sourit intérieurement. Il avait toujours aimé la touche sexy que Mindy ajoutait à ses tenues professionnelles.

— Je ne reste pas, répondit-elle à son invitation. Je suis venue pour parler du Mercer, tu sais, cet entrepôt historique dans le New Jersey que j'allais acheter, et que tu as raflé sous mon nez. Tu essaies de mettre des bâtons dans les roues à mon entreprise.

— Effectivement, je l'ai acheté, mais cela n'avait rien à voir avec ton entreprise.

Les lèvres rose foncé de Mindy se pincèrent dans une moue incrédule.

— Alors pourquoi ? Est-ce que c'était une stratégie pour essayer de te remettre avec moi ?

— C'est vraiment ce que tu penses ?

Sam refit le tour de son bureau et s'approcha d'elle, assez près pour sentir son parfum. Son corps et son esprit engagèrent une bataille furieuse, et il ne savait vraiment pas lequel des deux allait gagner. D'un côté, il savait qu'il devait garder une distance raisonnable avec elle ; de l'autre, il avait désespérément envie de la prendre dans ses bras.

— Je n'entends pas parler de toi pendant cinq mois, reprit-il, et tu t'imagines que je suis si obsédé par toi que j'invente un plan machiavélique pour t'attirer dans mon bureau ? Crois-moi, Mindy, si j'avais voulu te voir, je t'aurais appelée.

Elle croisa les bras sur sa poitrine, comme si elle avait besoin elle aussi de maintenir une distance avec lui.

— J'ai du mal à croire que tu n'avais rien planifié. Ce n'est pas ma faute, d'ailleurs, si je ne te crois pas. Tu te mêles toujours des affaires des autres. C'est ce que tu as fait avec Eden, par exemple.

Ce qu'elle appelait « se mêler », Sam le voyait au contraire comme une faveur qu'il lui avait faite.

— Quoi que tu en penses, je ne suis pas intrusif, Mindy. Je ne savais pas du tout que tu voulais acheter cet entrepôt. D'ailleurs, que veux-tu en faire ? Eden a assez d'espace à Manhattan pour construire un bateau de croisière.

— Ce n'est pas pour Eden, mais pour MVM. Nous avons besoin d'un endroit pour centraliser les opérations. Avoir plusieurs bâtiments ruine nos profits.

Dans ce cas, cela changeait tout, songea Sam. MVM était le « bébé » de Mindy. Pourtant, s'il se rappelait bien, elle avait délégué la gestion de l'entreprise à un intérimaire. Pourquoi prenait-elle le temps de régler cette affaire en personne ?

— Je croyais que tu laissais ton directeur par intérim s'occuper de tout.

— Je garde toujours un œil sur les affaires courantes. J'ai du mal à rester complètement inactive.

Moi aussi, j'ai du mal à rester inactif quand tu es près de moi.

Sam se hâta de chasser cette pensée pour répondre :

— Je te comprends. Je fonctionne de la même manière.

— Il me reste à peine plus d'une année sur mes deux ans de travail obligatoire chez Eden. Ensuite, je pourrai me consacrer entièrement à MVM, en faire une entreprise dont tout le monde parlera.

Il avait toujours admiré la détermination de Mindy. Lorsqu'elle voulait quelque chose, elle ne baissait jamais les bras avant de l'avoir obtenu. Essayer de la distraire de son travail avait été une partie très divertissante de leur relation. La plupart du temps, cela impliquait de lui retirer ses vêtements.

Sam fit un effort pour se concentrer sur la conversation et reprit :

— Comment puis-je t'aider ? Est-ce que tu veux que je trouve un autre bâtiment pour toi ?

— Non. Je veux que tu me revendes le Mercer.

Il s'assit au bord de son bureau et croisa les jambes d'un air nonchalant, mais en réalité il réfléchissait à toute vitesse. Après ce qu'elle lui avait fait subir, il n'allait certainement pas faire une faveur à Mindy. En revanche, elle seule pouvait lui donner accès à un événement qui serait peut-être déterminant dans sa carrière – un événement auquel, jusqu'alors, il n'aurait jamais pensé pouvoir.

— J'ai besoin de quelque chose en échange.

— Beaucoup d'argent ?

— Non. Une invitation au mariage de ta sœur.

Les yeux de Mindy s'agrandirent de surprise.

— Le mariage est dans une semaine. Ce n'est plus le moment de lancer des invitations. D'ailleurs, pourquoi diable veux-tu venir ? La moitié des invités te détestent.

Sam n'était pas susceptible, mais le commentaire n'en fut pas moins désagréable.

— C'est *la* soirée de l'année, et je passerai pour un New Yorkais de seconde zone si je n'y vais pas.

— Depuis quand te soucies-tu de ce que les gens pensent de toi ?

— Un bon homme d'affaires se soucie toujours de sa réputation. J'ai concentré mon travail sur New York ces derniers temps, et j'ai besoin de m'introduire dans certains cercles sociaux pour développer mon entreprise.

En effet, sa sœur l'avait encouragé à se fixer à Manhattan pendant les cinq mois qui venaient de s'écouler. D'après Isabel, il ne pouvait pas continuer à ignorer ses sentiments en filant à Prague, à Buenos Aires ou dans n'importe quelle ville où une affaire juteuse l'appelait.

Bien sûr, sa première pensée lorsque Mindy l'avait quitté avait été de s'éloigner aussi vite que possible. Les membres de la famille Eden étaient impossibles à éviter en restant à New York. Pourtant, il avait fini par comprendre que sa sœur avait raison. Il ne pourrait pas toujours échapper à ce qui le faisait souffrir, même s'il avait déjà connu assez d'épreuves pour une vie entière.

— Même pour la reine d'Angleterre, je ne pourrais pas avoir une invitation, déclara Mindy. Sophie se plaint depuis des mois que la liste d'invités est trop serrée.

Aussitôt, Sam pensa à une solution. Elle ne plairait certainement pas à Mindy, mais il était prêt à entendre une réponse virulente.

— Avec qui iras-tu au mariage ? demanda-t-il.

Ses joues rosirent et elle détourna le regard.

— Avec personne. Et alors ?

Sam retint à grand-peine le sourire qui lui venait aux lèvres. Pourquoi était-il si heureux que Mindy Eden, une des femmes les plus extraordinaires de cette ville, n'ait pas de cavalier au mariage de sa propre sœur ?

— Inutile de sortir les griffes. Je me dis simplement que tu pourrais faire d'une pierre deux coups. Tu aurais en même temps un cavalier pour le mariage, et ton entrepôt.

— C'est vraiment tout ce que tu veux ? Le mariage de Sophie contre le Mercer ?

Sam fut surpris qu'elle ait posé cette question, une erreur classique à ne surtout pas commettre durant des négociations. *Ne montre jamais à l'adversaire que tu penses faire une bonne affaire.*

— Emmène-moi aussi au dîner de répétition, ajouta-t-il. Les gens penseront que je fais vraiment partie du cercle rapproché.

— Je ne suis pas certaine que ce soit une bonne idée. Tu sais comme moi que nous ne fonctionnons pas du tout en couple.

Sam haussa une épaule et retourna s'asseoir derrière son bureau. L'idée de passer du temps avec Mindy sans pouvoir la toucher le frustrait prodigieusement. D'un autre côté, il savait qu'il pourrait nouer des contacts indispensables au mariage de Sophie et Jake – peut-être même se réconcilier avec les Eden…

— Comme je te l'ai dit, je n'ai aucune intention de me remettre avec toi, mais je ne dirais pas non à ce que nous restions amis.

Le regard bleu-gris de Mindy se fit interrogatif, peut-être même déçu. *Tant pis pour elle*, pensa Sam. Elle lui en avait fait voir de toutes les couleurs ; à son tour de comprendre à quel point le rejet pouvait être douloureux.

— Très bien. Si tu me revends le Mercer au prix que tu l'as payé, et pas un centime de plus, je t'emmène au mariage de Sophie.

— Et à la répétition.

— Je ne sais pas comment je vais me débrouiller, mais oui.

— En tant qu'amis.

Elle grommela quelque chose en remettant son sac sur son épaule.

— Si c'est ce que tu veux, oui, en tant qu'amis.

Sam se leva poliment pour la raccompagner.

— Je peux retrouver mon chemin toute seule, lui lança-t-elle sans se retourner.

— Je le sais. Je voulais juste m'assurer que tu ne voles rien en partant.

— Très drôle.

— Comme tu veux, fit-il en s'adossant contre la porte. Je resterai là à regarder.

Sam eut un sourire malicieux. Ces retrouvailles imprévues s'étaient très bien passées pour lui, surtout ce dernier échange. Il avait réussi à passer pour un gentleman, et finalement il avait eu ce qu'il voulait : une vue spectaculaire de Mindy s'éloignant le long du couloir.

2

Lorsque Mindy sortit du bureau de Sam, elle n'avait qu'une pensée en tête.

Comment ai-je pu accepter ?

Aller au mariage de sa sœur avec lui était probablement la pire des choses à faire. D'abord, toute sa famille le détestait. Sam avait toujours tendance à faire les choses en cachette et à sa manière, ce qu'il justifiait ensuite comme partant d'une bonne intention. Comme si tout cela ne suffisait pas, Mindy semblait perdre la moitié de ses facultés de réflexion lorsqu'il se trouvait à proximité. Sam Blackwell avait le don de lui faire faire des choses stupides – l'emmener au mariage de Sophie, par exemple.

D'ailleurs, si elle en jugeait par la manière dont ses hormones avaient réagi ce matin, cet effet qu'il avait sur elle n'était pas près de disparaître. Son attirance pour lui restait aussi brûlante qu'auparavant. C'est la raison pour laquelle elle n'avait pas voulu s'asseoir, même si ses talons aiguilles neufs lui faisaient souffrir le martyre. Mindy était convaincue que, si elle s'était détendue ne serait-ce qu'une minute, elle aurait cédé à la tentation de retomber dans ses bras.

Oui, elle aurait bien voulu ranimer la flamme qui brûlait entre eux, ne serait-ce qu'une fois, en souvenir du bon vieux temps ; mais elle n'ignorait pas combien Sam était dangereux pour elle.

De toute manière, il avait insisté sur le fait qu'ils se rendraient au mariage en amis. C'était d'ailleurs pour cela qu'elle avait accepté sa proposition. Si les choses restaient claires entre eux, il n'y aurait aucun risque. Elle serait au bras d'un homme ridiculement séduisant pendant deux soirs, avec l'avantage de ne pas aller seule au mariage de sa sœur ; mais surtout, elle récupérerait le Mercer.

Elle était donc gagnante sur tous les tableaux, à condition de garder la tête froide…

Clay déposa Mindy devant l'entrée sud d'Eden, sur la 36e Rue. Cette dernière entra et inspira à fond en traversant le rayon parfums. Les vendeuses de cosmétiques étaient toutes à leur poste, et elle leur sourit en passant. Après le rayon des accessoires pour dames, elle atteignit l'ascenseur de service qui menait à l'étage administratif.

Mindy ne savait toujours pas comment présenter les dernières nouvelles à Sophie. En montant vers les bureaux, cependant, elle eut une petite idée. L'un des amis de Jake, Gerald, avait les mains bien trop baladeuses avec elle. Peut-être pourrait-elle prétendre qu'elle venait avec Sam pour éviter ses avances.

La porte de sa sœur était ouverte, comme toujours, mais elle frappa pour la forme.

— Coucou, Soph. Aurais-tu une minute à me consacrer ?

— Bien sûr. Je n'arrive pas à me concentrer, de toute façon.

Sophie se leva de son bureau et repoussa ses longues boucles rousses sur son épaule. Toujours élégante, elle portait une robe vert jade à motifs floraux dont les manches bouffantes lui donnaient l'air de sortir d'une pièce de théâtre.

Mindy venait de s'installer sur le canapé en velours de sa sœur lorsque Emma apparut sur le seuil.

— Est-ce qu'on parle de mariage ici, par hasard ?

— Eh bien, oui, figure-toi, répondit Mindy en tapotant le coussin à côté d'elle. Joins-toi à nous.

— Vous voulez vraiment discuter de ça ? s'exclama Sophie d'un ton incrédule. J'ai l'impression que je vous embête en permanence avec mes histoires.

Emma et Mindy échangèrent un coup d'œil rapide mais éloquent, et se comprirent aussitôt : elles seraient bien soulagées lorsque la fête serait finie.

— Bien sûr que non, voyons, mentit Emma. On adore parler du mariage.

— C'est le meilleur moment de la journée, renchérit Mindy.

Emma replaça une de ses mèches couleur chocolat derrière son oreille et croisa les jambes, attirant l'attention générale sur une magnifique paire de talons aiguilles rouge vif. Les trois jeunes femmes rivalisaient toujours d'élégance quant à leurs chaussures. Cependant, pour Emma, plus réservée que ses sœurs, ces escarpins semblaient un choix plutôt audacieux.

— Je suis d'accord, confirma l'intéressée. Alors, Mindy, qu'est-ce que tu voulais nous dire ?

— J'ai trouvé quelqu'un pour m'accompagner au mariage. Sophie, si tu peux demander à Jake de prévenir Gerald d'une manière ou d'une autre, je t'en serais reconnaissante.

— Pourquoi ne le fais-tu pas toi-même ? Il me semble qu'il t'écrit plusieurs fois par jour.

À son grand désespoir, ce n'était que trop vrai. Gerald lui faisait une cour pressante depuis la fête de fiançailles de Sophie et Jake, qu'il connaissait depuis leurs années à l'école de commerce. Celui-ci était persuadé qu'il formerait un couple aussi brillant que le leur avec Mindy. Visiblement, il s'imaginait déjà avec eux dans les soirées huppées – un parfait quatuor de jeunes chefs d'entreprise…

Mindy lui avait fait comprendre gentiment qu'elle n'était pas intéressée. Elle voulait rester en bons termes avec lui puisqu'elle devrait le recroiser plusieurs fois d'ici au mariage. Gerald n'avait manifestement pas compris, ou pas voulu comprendre, son refus.

— C'est vrai, finit-elle par répondre, mais je ne sais pas comment lui en parler par message.

— Appelle-le, dans ce cas.

— Je ne veux pas l'encourager encore plus. Et puis, je te rappelle que venir avec quelqu'un pour que Gerald me laisse tranquille était ton idée, au début.

— Alors, raconte-nous, intervint Emma avec un petit coup de coude. De qui s'agit-il ?

Mindy ne pouvait pas se permettre d'hésiter une seconde.

— Sam.

Un silence glacial accueillit sa réponse. Elle se raidit, prête à affronter l'orage.

— Non. Impossible, déclara Sophie. C'est hors de question.

— Pardon ? Tu ne peux pas m'interdire de venir avec qui que ce soit. Je suis une adulte, que je sache.

— Pas quand tu es avec lui. Et puis, il s'agit de *mon* mariage. Je n'apprécie pas Sam, et Jake le déteste. D'ailleurs, tu ne devrais pas l'aimer non plus après ce qu'il a fait. Il n'aurait jamais dû se mêler des affaires de notre entreprise, et encore moins de la vie privée de notre sœur. Je te rappelle que c'est lui qui a raconté l'enfance d'Emma aux journaux.

— Finalement, c'était plutôt une bonne chose, non ? demanda Mindy à Emma.

— C'est vrai, répondit-elle d'une voix hésitante, son regard faisant des allers-retours entre ses sœurs. Mais j'aurais aimé pouvoir raconter mon histoire moi-même.

— Tu vois ? s'exclama Sophie en se rasseyant derrière son bureau. C'est décidé, tu n'amèneras pas Sam Blackwell à mon mariage. Même si tout le reste se passe bien, il finira par te briser le cœur à nouveau. Je refuse de te voir encore dans cet état.

— Si c'est ce qui t'inquiète, rassure-toi. Nous avons décidé de venir en amis.

— Pourquoi diable voudrais-tu être amie avec lui ? Est-ce qu'il est seulement capable d'avoir des amis ?

Mindy s'était attendue à cette question. Elle avait pensé révéler l'histoire du Mercer à ses sœurs, mais elle garderait cette nouvelle pour plus tard. Elle ne voulait pas leur donner une raison supplémentaire de mettre en doute la bonne foi de Sam.

— Quoi que tu en penses, nous étions aussi de bons amis. Il est sur la même longueur d'onde que moi. Et puis, tout simplement, je ne trouvais vraiment personne pour m'accompagner. C'est la triste réalité de ma vie en ce moment. Je sais que Gerald te paraît inoffensif, mais j'aimerais le garder à distance.

Sophie hocha la tête lentement, plongée dans une réflexion intense. Quant à Emma, elle s'enfonça un peu plus sur le canapé et croisa les bras sur sa poitrine.

— Qu'est-ce qu'il y a ? Dites-moi vraiment ce que vous pensez, vous deux. Je peux l'entendre.

— Même si tout se passe bien, même s'il n'y a pas de problème particulier, l'idée de Sam et toi dans un cadre romantique m'inquiète, murmura Sophie.

— C'est vrai, renchérit Emma. C'est difficile de ne pas se laisser gagner par l'ambiance d'un mariage. En plus, tu étais dévastée la dernière fois que vous avez rompu.

— La dernière fois, je l'ai quitté parce que je ne pouvais pas faire preuve d'un manque de loyauté envers vous. Pour rien au monde je ne reviendrais sur ma décision. Bien sûr, j'ai souffert, mais c'était il y a cinq mois. Je pense que nous sommes prêts à entamer une relation amicale.

Mindy avait des doutes sur ce dernier point. Malgré tout, elle se devait d'essayer, au moins pour le Mercer.

— J'ai peur que tu retombes amoureuse de lui et que tu souffres encore, déclara Sophie.

— Ça n'arrivera pas.

— Tu veux parier ? Je te connais, tu détestes perdre. Si nous faisons un pari, tu feras tout pour le gagner et tu ne risqueras pas de souffrir. La question, c'est l'enjeu…

— Je sais, s'exclama Emma. Parions ce que Mindy redoute le plus : rester plus longtemps que prévu chez Eden.

Horrifiée, Mindy se sentit pâlir, tandis que Sophie battait des mains joyeusement.

— C'est parfait, s'exclama-t-elle. S'il ne se passe rien entre Sam et toi, je ne te demanderai plus jamais de rester chez Eden après l'année prochaine.

— Et si je perds ?

— Si tu perds, tu devras rester un an de plus. Emma et moi finirons par te convaincre de ne pas partir du tout, avec un peu de chance.

Mindy se sentait piégée, un sentiment qu'elle détestait par-dessus tout. Sophie et Emma lui proposaient ce pari dans l'espoir évident qu'elle finisse par vendre MVM pour se consacrer à Eden. Malgré tout, accepter cette proposition n'était peut-être pas une mauvaise idée. Si elle voulait gagner, elle serait bien obligée de résister au charme de Sam – et elle *devait* gagner. Passer une année de plus chez Eden était la dernière chose qu'elle souhaitait.

— Entendons-nous bien, fit-elle en regardant successivement Emma et Sophie. Si Sam et moi restons strictement amis, vous ne me parlerez plus jamais de vendre MVM. Plus un mot, plus une allusion, plus rien.

Emma hocha la tête avant même qu'elle ait fini sa phrase.

— C'est promis.

— Ça me va aussi, confirma Sophie.

— Très bien. Dans ce cas, c'est réglé.

Mindy se leva, satisfaite d'avoir résolu tant de problèmes en une matinée.

— Juste une dernière chose, reprit-elle. Je pense venir avec Sam au dîner de répétition.

— Sérieusement ? s'exclama Sophie, les yeux écarquillés.

— Oui. Vois ça comme une chance supplémentaire de gagner ton pari, conclut-elle avec un petit sourire.

Elle s'apprêtait à sortir du bureau, mais elle se ravisa à la dernière seconde et se tourna vers Emma.

— Emma, tu voulais nous dire quelque chose tout à l'heure ?

— J'en ai bien peur, soupira l'intéressée. Ma mère et la vôtre se sont téléphoné hier. Ça ne s'est pas très bien passé. Apparemment, votre mère a raccroché au nez de la mienne.

Jenny Stewart, la mère d'Emma, et Jill Eden, celle de Sophie et Mindy, étaient sœurs. Pourtant, elles ne se parlaient que lorsqu'elles ne pouvaient l'éviter. Elles avaient eu des enfants avec le même homme, ce qui faisait d'Emma non seulement la cousine de Mindy et Sophie, mais aussi leur demi-sœur – une situation pour le moins compliquée.

Les trois jeunes femmes avaient espéré que le mariage de Sophie réconcilierait leurs mères, sans compter qu'elles-mêmes travaillaient ensemble et s'entendaient très bien. Visiblement, ce ne serait pas pour tout de suite.

— Est-ce que tout cela risque de poser un problème le jour du mariage ? demanda Sophie. Je ne suis pas sûre de pouvoir gérer encore plus de stress.

Emma secoua la tête et répondit :

— Je m'occuperai de ma mère et Mindy de la vôtre. Tant qu'elles ne sont pas trop près l'une de l'autre, tout se passera bien. Au pire, elles se regarderont de travers. Ne t'inquiète pas. Je te promets que nous éviterons la catastrophe.

Sam avait une montagne de travail à faire. Pourtant, il ne parvenait pas à chasser Mindy de ses pensées.

Tout va bien se passer.

Il se répétait cette phrase en boucle sans réussir à s'en convaincre pleinement. D'un point de vue professionnel, se rendre au mariage de Jake et Sophie serait une réussite. Il pourrait remettre le pied dans des cercles sociaux dont il ne faisait plus partie depuis un moment, et dont il avait besoin.

En revanche, du point de vue personnel…

Chaque fois que Sam entendait parler du mariage, ses pensées prenaient un tour qui ne lui plaisait pas du tout. Il se demandait où était Mindy, ce qu'elle faisait, et surtout si elle sortait avec quelqu'un. C'est pourquoi il n'avait pas hésité une seconde lorsque l'occasion de l'avoir à lui pour une soirée s'était présentée. Pourtant, il le savait bien, Mindy Eden n'appartenait à personne d'autre qu'à elle-même.

Est-ce qu'il s'apprêtait à subir une formidable humiliation

publique ? Peut-être bien. D'un autre côté, il n'y avait pas de récompense sans risque. Il devait rétablir de bonnes relations avec la famille Eden. Cette histoire l'empêchait de développer son entreprise autant qu'il l'aurait voulu.

Sam sursauta lorsque la sonnerie du téléphone le tira de sa rêverie.

— Monsieur Blackwell, Mindy Eden est en ligne.

Elle lit dans mes pensées, maintenant ?

— Salut, Mindy. Deux conversations en une journée ? Je vais finir par me demander si la Terre tourne encore rond.

— Je ne vais pas te retenir longtemps, si c'est ce qui t'inquiète.

— Je ne suis pas inquiet du tout.

— Je t'appelais pour te donner des détails sur la cérémonie et sur le dîner de répétition. J'ai essayé de te joindre sur ton portable, mais c'est une femme qui a décroché, et qui m'a conseillé de t'appeler au bureau. Dis-moi que ce n'était pas Valerie Cash. Je refuse d'aller au mariage de ma sœur avec un homme déjà pris.

Sam dut se mordre la lèvre pour s'empêcher de rire. Si ce n'était pas de la jalousie, cela y ressemblait furieusement.

— Je ne sors plus avec Valerie. Cette histoire n'a pas duré longtemps.

— Assez longtemps pour faire la une des journaux plusieurs fois, quand même.

Donc, Mindy était réellement jalouse, songea Sam. Dans ce cas, pourquoi n'avait-elle pas essayé d'entrer en compétition avec Valerie, à l'époque ? Il n'aurait probablement pas beaucoup résisté. Maintenant, bien sûr, les choses seraient différentes. Il avait pris du recul ces derniers mois, et ne se sentait pas d'humeur généreuse.

— Je ne suis plus avec elle, c'est tout ce que tu as besoin de savoir. Et toi, comment as-tu réussi à garder ta vie sentimentale secrète pendant tout ce temps ?

Mindy eut un petit rire et commenta :

— Pas mal, Sam. Bien joué.

— Pardon ?

— C'était une belle tentative pour me soutirer des informations, mais je n'ai aucune envie de te raconter ce qu'il s'est passé dans ma vie ces derniers mois. En revanche, j'aimerais bien savoir qui m'a répondu au téléphone tout à l'heure.

— Il s'agit d'une de mes assistantes. Mon portable ne fonctionnait plus, alors elle est partie m'en acheter un nouveau.

Il y eut quelques secondes de silence, et Mindy finit par répondre :

— Oh. D'accord.

Sam perçut sans effort l'incertitude dans sa voix. Cette histoire avec Valerie Cash l'avait-elle vraiment blessée ? Était-ce pour cela qu'elle ne l'avait pas recontacté ?

— Bon, parlons du mariage, reprit-il pour briser le silence. Peux-tu m'envoyer les détails par SMS, pour j'en prenne connaissance tranquillement ensuite ?

— Bien sûr, je le ferai. Note simplement que je dormirai deux soirs de suite à l'hôtel Grand Legacy, où se passent la répétition et la cérémonie. Si tu veux y dormir aussi, il faudra que tu réserves une chambre séparée, mais je ne sais pas s'ils ont encore de la place.

— Je pense que je dormirai dans mon lit.

Histoire d'éviter la tentation.

— Au fait, comment Sophie a-t-elle pris la nouvelle ?

— Comme tu t'en doutes, elle ne déborde pas d'enthousiasme, mais tu n'as pas à t'inquiéter. Elle sera trop occupée à nager dans le bonheur pour faire attention à toi. Comporte-toi en invité parfait et tout se passera bien.

— Je sais me tenir en société, je te rappelle.

— Je me rappelle, c'était juste au cas où. Bon, je vais devoir te laisser, j'ai encore beaucoup de choses à faire.

— Oui, moi aussi.

Pourtant, Sam n'arrivait pas à lui dire au revoir, et il avait l'impression qu'elle non plus.

— Qu'est-ce que tu fais ce week-end ? demanda-t-il pour prolonger la conversation.

— Je dors, pour une fois. Je ferai peut-être un brunch dimanche. Et toi ?

— Je dors aussi mais, quant au brunch, tu sais ce que j'en pense.

— Tu es la seule personne que je connaisse qui déteste ça.

La voix de Mindy se faisait plus légère, presque taquine.

— Écoute, je n'y peux rien, je n'ai toujours pas compris le principe. Est-ce que c'est un petit déjeuner ? Un déjeuner ? Il faut choisir, à la fin ! Et puis, le brunch a l'immense défaut de faire sauter un repas, ce qui ne me convient pas du tout.

— À ce propos, j'ai eu l'impression que tu étais plus mince, tout à l'heure. Tu es sûr que tu te nourris correctement ?

— Visiblement, pas assez, si tu me trouves maigre.

Sam passa machinalement une main le long de son ventre. Il ne s'était pas pesé depuis des siècles, mais il avait effectivement remarqué qu'il flottait un peu dans ses pantalons, ces derniers temps.

— J'ai dit « mince », pas « maigre ». Ne t'inquiète pas, les muscles sont toujours là.

À l'idée que Mindy l'avait observé si attentivement, Sam sentit une douce chaleur l'envahir. Il savait pourtant qu'il ne devait pas s'autoriser ce genre de pensées.

— Je ne suis pas sûr que, entre amis, on devrait faire ce genre de commentaires sur l'apparence physique.

— Ce n'était qu'une observation objective.

— Dans ce cas, je peux te dire objectivement que tu étais superbe aujourd'hui.

— Tu me flattes parce que je t'emmène au mariage de l'année, c'est tout.

Si seulement c'était tout...

— Mindy Eden, tu as toujours eu un don pour lire dans mes pensées.

Elle eut un rire très doux, presque musical, et Sam se sentit aussitôt plus léger.

— C'est vrai. Tu ferais mieux d'y faire attention, finit-elle par répondre. Je te rappelle la semaine prochaine pour parler en détail du dîner de répétition, d'accord ?

— C'est parfait. À bientôt, Mindy.

Sam avait à peine raccroché que son téléphone sonna de plus belle.

— Monsieur Blackwell ? Une certaine Mme Parson veut vous parler. Elle ne m'a pas dit pour qui elle travaillait, ni le motif de son appel, mais elle a tellement insisté que j'ai fini par céder.

— Passez-la-moi.

Sam était plus qu'ennuyé par ce coup de fil. Après celui de Mindy qui lui avait fait passer un bon moment, il allait devoir s'occuper d'affaires nettement moins agréables.

— C'est vous, monsieur Blackwell ?

— Je croyais vous avoir demandé de ne jamais m'appeler au bureau.

— Je suis vraiment navrée. J'ai essayé sur votre portable, mais vous étiez injoignable.

— Oui, c'est vrai. Je suis désolé, je n'y pensais plus.

— C'est moi qui m'excuse de vous déranger en pleine journée. J'ai été aussi discrète que possible avec votre assistante.

De fait, Sam n'avait rien à lui reprocher. Mme Parson avait toujours gardé le secret quant à son implication dans l'association qu'elle dirigeait.

— Ce n'est pas grave, finit-il par répondre. Que puis-je faire pour vous ?

— Je sais que vous avez toujours contribué à notre organisation de manière anonyme, mais je risque d'avoir un problème avec le couple qui devait financer et accueillir la grande soirée de cette année. Savez-vous de qui je parle ?

— Il s'agit de la sénatrice et de son mari, n'est-ce pas ? J'ai entendu parler d'une histoire de scandale sexuel, ou quelque chose de ce genre...

— Oui, j'en ai bien peur. Si l'histoire continue de se répandre dans les journaux à scandale, nous allons devoir trouver quelqu'un d'autre pour jouer les maîtres de cérémonie. Vous seriez tout indiqué pour remplir ce rôle, monsieur Blackwell. Vous faites tellement pour notre association, et depuis si longtemps !

Sam inspira à fond pour chasser la panique qui s'emparait

de lui. Il avait assisté à cette soirée plusieurs fois, et il savait dans quoi il s'engagerait s'il acceptait la proposition. Il faudrait monter sur une estrade devant des centaines de personnes et leur demander de mettre la main au porte-monnaie, si possible en racontant une histoire poignante qui leur ferait verser une petite larme.

— Je préfère garder ma vie privée secrète, surtout lorsqu'il s'agit de mon passé.

— Je le sais, et j'ai toujours respecté votre souhait. Malgré tout, peut-être est-ce le moment de vous dévoiler un peu. Beaucoup de gens peuvent apprendre de votre histoire, d'autant plus que votre mère était encore jeune lorsqu'elle est décédée.

— Je vais y réfléchir, mais je ne vous promets rien.

Sam raccrocha et se mit à regarder fixement par la fenêtre, sans rien voir. Penser à toutes ces choses était trop douloureux. Il préférait signer un gros chèque à l'association chaque année, se rappeler le moins possible de son passé et se raccrocher à des souvenirs plus heureux. Cette époque était si lointaine que, parfois, il arrivait presque à se convaincre qu'elle n'avait jamais existé. Sa sœur restait la seule personne en ce bas monde qui lui rappelait leur histoire commune, aussi douloureuse fût-elle.

3

Le chauffeur déposa Sam devant l'entrée de l'hôtel Grand Legacy, sur la 45e Rue. Le calme luxueux du quartier faisait oublier qu'on se trouvait tout près de Times Square et de son agitation perpétuelle.

Une petite brise d'automne commençait à souffler. Sam ferma les yeux un instant, profitant de la fraîcheur de l'air. Il se sentait soulagé de voir l'été se terminer. À New York, c'était invariablement une saison étouffante et désagréable.

Il avait toujours aimé le Grand Legacy, un bijou Art déco récemment restauré par deux de ses concurrents dans l'immobilier, Sawyer et Noah Locke. Avec un peu de chance, il pourrait discuter avec eux pendant la réception, ainsi qu'avec d'autres entrepreneurs de leur milieu.

Depuis qu'il s'était réinstallé à New York, Sam comprenait certaines erreurs professionnelles qu'il avait faites quelques années plus tôt. Il se rendait compte qu'il s'était montré trop carnassier à de nombreuses reprises. D'un autre côté, il savait d'où venait cet instinct de survie, puisqu'il avait dû se débrouiller seul depuis l'âge de dix-sept ans.

C'était ce même instinct de survie qui l'avait poussé à gagner beaucoup d'argent, toujours plus d'argent, bien plus qu'il pourrait jamais en dépenser. Chaque dollar placé à la banque représentait un peu plus de sécurité. À trente-six ans, il voyait clairement pourquoi cette attitude avait créé un vide social autour de lui. Il espérait que la soirée du lendemain lui donnerait l'occasion de se réconcilier avec certaines personnes, notamment avec Jake Wheeler, le fiancé de Sophie.

Sam rajusta les pans de sa veste et entra dans le hall de l'hôtel. Il avait opté pour une tenue classique, chemise blanche assortie d'une cravate bleu marine sous un costume gris foncé. Pour lui qui portait presque toujours du noir, ce n'était pas un choix anodin. Il voulait ressembler aux autres invités, et non les observer depuis les coins sombres comme il en avait l'habitude.

Un coup d'œil rapide autour de lui fut suffisant pour repérer Mindy. Entre sa robe de cocktail noire au décolleté vertigineux et ses mèches flamboyantes, la jeune femme ne passait pas inaperçue. Il commença à se frayer un chemin à travers la foule des invités, et remarqua qu'elle était en grande conversation avec un homme qu'il n'avait jamais vu.

L'expression de Mindy ne laissait aucun doute sur ses sentiments. Pour Sam qui la connaissait par cœur, ce petit sourire poli ne pouvait signifier qu'une chose : elle était mal à l'aise. Soudain, l'inconnu entoura sa taille de son bras et l'embrassa sur la joue. Mindy recula d'un bond, et Sam s'apprêtait à jouer des coudes pour voler à son secours lorsqu'elle tourna la tête et vit qu'il était arrivé. Elle lança quelque chose à l'importun qui l'accompagnait et s'empressa de rejoindre Sam.

— Enfin, tu es là !

Elle passa les bras autour de son cou et l'attira à elle jusqu'à ce que ses lèvres frôlent les siennes.

— On va devoir oublier l'idée de passer pour des amis, murmura-t-elle contre sa bouche.

Il la prit dans ses bras et Mindy se blottit contre son torse, provoquant une réaction de tout son corps qu'il s'efforça de maîtriser. Il se pencha pour lui chuchoter à l'oreille :

— Que s'est-il passé ?

Ses cheveux soyeux effleurèrent son visage, puis il sentit la douceur de sa joue contre la sienne. Il comprit aussitôt que cette soirée allait mettre son sang-froid à rude épreuve.

Mindy s'écarta légèrement de lui, mais ce fut pour glisser un bras sous le sien et poser une main contre sa poitrine.

— Tu vois cet homme avec qui je discutais tout à l'heure ?

Le regard de Sam passa du décolleté de Mindy à l'autre bout de la pièce. L'inconnu en question le fusillait du regard, tout en massacrant des glaçons dans son verre au moyen d'une pique à cocktail.

— Je l'ai remarqué autant qu'il m'a remarqué. Je ne sais pas de qui il s'agit, mais on dirait qu'il t'aime bien.

— C'est Gerald Van Dyke, un des témoins de Jake. Pour une raison qui m'échappe, il s'est entiché de moi et je n'arrive pas à m'en débarrasser. Chaque fois que je lui dis qu'il ne m'intéresse pas, il pense que je plaisante, comme si c'était impossible.

— Il est plutôt séduisant, remarqua Sam. Il ne doit pas avoir l'habitude qu'on le rejette.

— Il a aussi un compte en banque bien rempli. Il doit me trouver folle de ne pas accepter ses avances, mais il n'est vraiment pas mon genre.

— Je ne savais pas que tu avais un *genre*, comme tu dis.

Mindy secoua la tête et leva les yeux vers lui.

— Regarde-toi dans un miroir et tu sauras exactement quel type d'homme m'attire.

Sam fut d'abord heureux de savoir qu'il lui plaisait, au moins physiquement, mais il ne put s'empêcher d'interpréter sa remarque d'une autre manière. L'aspect physique de leur relation avait-il été la seule chose qui l'intéressait ? Étant donné sa propension à le jeter dehors, il commençait à croire que c'était le cas.

— Est-ce que tu as pour habitude de chasser de ta vie les hommes qui t'attirent ?

— Tu ne m'as pas laissé le choix, Sam. Tu t'en es pris à ma famille. Je n'ai jamais réussi à te croire quand tu me disais que tu l'avais fait pour me rendre heureuse.

— Pourquoi ? Penses-tu que je suis incapable de me préoccuper du bonheur des autres ?

— Non, mais tu n'es pas du genre à vouloir sauver le monde, et encore moins plusieurs fois de suite.

— Il y a beaucoup de choses que tu ignores sur moi, Mindy.

— Ah bon ? Pourtant, j'ai l'impression que tu es complètement ouvert avec moi.

Elle leva la tête et planta son regard dans le sien, absolument convaincue de ce qu'elle disait.

— C'est même l'une des choses que j'apprécie le plus chez toi. Tu me dis toujours exactement ce que tu penses.

Je ne t'en dis pas la moitié.

Du coin de l'œil, Sam aperçut Sophie et Jake qui se rapprochaient d'eux.

— On ferait peut-être mieux de reporter cette conversation à plus tard.

— Tu as raison. En tout cas, nous allons devoir faire semblant de nous aimer passionnément, au moins jusqu'à ce que Gerald soit remonté dans un avion vers Miami.

Il se pencha et déposa un long baiser sur sa tempe, espérant que le raseur en question n'en perdrait pas une miette.

— Je pense me souvenir comment faire. Après tout, j'ai de l'entraînement.

Mindy se tourna à nouveau vers lui et fit glisser sa main jusqu'à sa taille. Une vague de chaleur se répandit en lui, et Sam songea que ce nouvel aspect du plan risquait de signer sa perte.

— Très bien. J'espère que tu pourras te souvenir comment faire pendant quelques jours.

Il plaça une main dans le creux de son dos et l'attira contre lui. Non seulement faire l'amour avec elle lui manquait, mais il la voulait désespérément, ne fût-ce que pour une nuit.

— Tu sais bien que je peux m'en souvenir assez longtemps pour te satisfaire.

— Je n'en doute pas, fit-elle avec un petit sourire en coin. Plus sérieusement, j'oubliais de te le dire, mais il va probablement falloir que tu restes dormir dans ma chambre ce soir et demain.

Là, il va y avoir un souci.

Sam savait fort bien que Mindy et lui ne tiendraient pas plus de deux minutes seuls dans une pièce. Il ne comprenait toujours pas par quel miracle ils avaient réussi à garder leurs vêtements lorsqu'elle était venue à son bureau.

— On dirait que tu es en train de rompre toutes les clauses de notre accord, commenta-t-il pour gagner du temps.

— Je suis désolée, mais la chambre de Gerald est juste en face de la mienne. Un panneau « Ne pas déranger » ne suffira pas à le tenir à distance.

— En somme, tu as besoin de moi comme garde du corps.

— Je préfère te voir comme un preux chevalier venant à ma rescousse, avec Gerald dans le rôle du dragon.

Sam ne put s'empêcher de sourire, mais au fond il savait qu'il naviguait en eaux dangereuses. Pourquoi fallait-il qu'il soit si attiré par Mindy, alors qu'elle pouvait à tout moment prendre ce qu'elle voulait de lui sans rien donner en retour ?

Mindy sentait qu'elle se perdait un peu plus chaque seconde dans les bras experts de Sam, mais elle n'avait pas le choix.

Le mariage de Sophie serait un enfer pour elle si Gerald continuait à la tourmenter. Emma et elle avaient passé des semaines à se plaindre de leur sœur et de ses crises d'organisation, mais dans le fond elles aussi voulaient que tout soit parfait. Ce devait être un jour de fête pour tout le monde.

— Sophie et Jake viennent par ici, murmura Sam contre son oreille.

Mindy eut un petit frisson de panique. Son nouveau plan avait un inconvénient contre lequel elle ne pouvait rien faire : Sophie allait être persuadée qu'elle était retombée sous le charme de Sam.

— Jake, Sophie, toutes mes félicitations.

Sam embrassa la future mariée sur la joue, puis serra la main de

Jake. L'espace d'un instant, les deux hommes semblèrent s'affronter du regard, mais Sophie brisa rapidement le silence.

— Merci, Sam. Dites donc, vous avez l'air un peu… serrés, tous les deux.

— Tout le monde est serré, contra Mindy. On ne pourrait pas faire entrer une personne de plus dans ce hall.

Elle savait qu'elle devrait expliquer à sa sœur pourquoi Sam et elle se montraient autant d'affection en public, mais elle doutait que Sophie la croirait si facilement.

Jake recula d'un bon pas et prit sa fiancée par la taille, tandis que Sam fourrait les mains dans ses poches en regardant ses pieds. Mindy sentit qu'elle devait relancer la conversation avant que le silence ne devienne gênant.

— La répétition s'est bien passée jusqu'à maintenant. Je suis sûre que la journée de demain sera parfaite.

Sophie essaya de sourire, mais elle était visiblement mal à l'aise. S'agissait-il du stress de dernière minute, ou détestait-elle Sam à ce point ?

— J'espère bien que tout sera parfait. Je ne veux pas avoir à m'inquiéter pour quoi que ce soit.

— Ce ne sera pas le cas. S'il y a des soucis, Emma et moi nous en occuperons.

Le silence menaçait de s'installer à nouveau, et Sam tenta une ouverture.

— Alors, Jake, comment vont les affaires en ce moment ?

— Mieux que jamais. Cela dit, je suis surpris que tu le demandes. Passe encore que tu débarques à mon mariage, mais poser des questions sur mes affaires ? Tu sais aussi bien que moi qu'elles ne t'intéressent pas.

Choquée, Mindy songea qu'elle n'avait jamais entendu Jake parler sur ce ton. Elle savait qu'il ne portait pas Sam dans son cœur, mais pourquoi se montrait-il si agressif ? En quête d'une explication, elle se tourna vers sa sœur, mais celle-ci évita soigneusement son regard.

Après une seconde d'hésitation, Sam répondit :

— Cette histoire remonte à si longtemps, Jake. Pourquoi garder de la rancœur après toutes ces années ? Tu vas te marier avec une femme merveilleuse, tu ne devrais penser qu'à votre bonheur.

En un instant, Jake avait lâché Sophie et se tenait presque nez à nez avec Sam.

— Tu n'as pas à me dire ce que je dois faire de ma vie, et encore moins de ma vie privée, c'est compris ?

— Jake, arrête ! Qu'est-ce qui te prend ? s'exclama la future mariée en le prenant par le bras.

Celui-ci lança à Mindy un regard haineux qu'elle ne lui avait jamais vu.

— Ta sœur a amené un abruti à notre mariage, voilà ce qui me prend.

— Jake, tu vas trop loin, contra l'intéressée. Sans parler du reste, tu vas finir par faire paniquer Sophie.

— Non, il n'a pas complètement tort, intervint Sam.

Mindy avait l'impression que son cœur allait exploser s'il continuait à battre aussi vite. Sentant son angoisse, il lui prit la main et poursuivit :

— Sophie, Jake ne t'a visiblement pas dit que nous avons failli devenir associés il y a bien longtemps.

— Nous étions bien plus que de futurs associés, Sam. Nous étions amis. La seule raison pour laquelle nous ne sommes pas devenus partenaires, poursuivit-il en se tournant vers Mindy, c'est que Sam m'a empêché de travailler avec lui sur ce qui allait devenir son premier gros contrat. Il a fait des bénéfices énormes et je n'ai pas touché un sou.

Était-ce vraiment la raison de cette animosité entre Sam et Jake ? se demanda la jeune femme. À vrai dire, cela ne l'étonnait guère. Tout le monde disait de Sam qu'il était impitoyable en affaires.

À ce moment précis, quelqu'un fit tinter une clochette à l'autre bout de la pièce et toutes les conversations s'interrompirent.

— Mesdames et messieurs, si vous voulez bien passer à la salle à manger, le dîner va être servi.

Sophie leva la tête, et l'anxiété qui se lisait sur son visage serra le cœur de Mindy.

— Bon, il faut qu'on y aille. Je vous revois après le dîner. Évitez de faire un scandale, s'il vous plaît.

Jake et Sophie fendirent la foule pour aller prendre place à table, et Sam attira Mindy dans un coin de la pièce.

— Je suis désolé, soupira-t-il. J'ai peut-être sous-estimé la rancune que Jake me porte.

— Est-ce que tout ce qu'il a dit est vrai ?

— Pas exactement. Nous venions tous les deux de nous lancer dans le métier, nous ne savions pas vraiment ce que nous faisions.

Mindy reconnut là un comportement typique de Sam. Il avait une fâcheuse tendance à sous-estimer l'impact de ses erreurs sur ceux qui en souffraient.

— Empêcher un ami de partager les bénéfices d'un gros contrat, ce n'est pas rien, Sam. Tu es quelqu'un d'intelligent. Je suis sûre que, même au début de ta carrière, tu ne l'ignorais pas.

— C'est vrai. Malgré tout, j'avais mes raisons pour le faire.

— Peut-on savoir lesquelles ?

— C'était il y a longtemps, Mindy. Je n'ai pas très envie de remuer le passé.

— Je comprends. Malgré tout, Jake sera le mari de ma sœur demain, et visiblement il t'en veut encore. Il me semble que j'ai le droit de savoir, ne serait-ce que pour te défendre vis-à-vis de lui... Enfin, si tu mérites d'être défendu.

Mindy ne faisait toujours pas confiance à Sam, mais elle avait l'impression d'en avoir plus appris sur lui ces deux dernières semaines que pendant tout le temps qu'ils avaient passé ensemble. Sa curiosité la poussait à en apprendre davantage.

— Très bien. Je t'expliquerai tout cela plus tard.

— Quand tu me rejoindras dans ma chambre ?

— Eh bien... À ce propos, je ne suis pas sûr que dormir dans ta chambre soit une bonne idée. Par contre, je pourrais monter avec toi, et attendre que tout le monde soit parti pour rentrer discrètement chez moi. Qu'en penses-tu ?

Mindy se sentit déçue malgré elle, mais il s'agissait d'une solution raisonnable, et elle s'était promis de le rester.

— Je prendrai ce que tu me donneras, Sam Blackwell.

— Je n'en attendais pas moins de toi.

Elle prit son bras et l'entraîna vers les sièges qui leur étaient réservés à table, juste en face de Sophie et de Jake. Mindy espérait que sa sœur se sentait un peu moins chamboulée qu'elle-même. Malheureusement, à en juger par les coupes de champagne vides devant elle, Sophie cherchait désespérément à calmer son inquiétude.

Mindy essaya de se mettre dans la peau d'une future mariée. Elle n'avait pas prévu de convoler prochainement mais, si c'était le cas, elle aurait du mal à supporter autant d'hostilité entre son fiancé et le petit ami de sa sœur. Cette journée devait être la plus belle de la vie de Sophie. Quoi qu'il arrive, Mindy était bien décidée à faire tout son possible pour qu'elle le reste.

Au moment du dessert, le premier témoin de Jake fit tinter sa cuillère contre son verre. L'heure était venue de porter un toast aux jeunes mariés. Son discours fut sincère et émouvant. Mindy espérait que le sien serait à la hauteur. Lorsque son tour arriva, Sophie prit sa main et la serra doucement.

— J'espère que tu sais à quel point je t'aime, lui murmura-t-elle.

Mindy sentit ses yeux s'embuer et hocha vigoureusement la tête pour chasser son émotion.

— Moi aussi, je t'aime très fort.

Elle se leva et commença le discours qu'elle avait préparé depuis des semaines. En parlant de sa famille, elle se rendit compte de la situation délicate dans laquelle elle se trouvait. Même sans l'histoire de Sam et du pari, la vérité restait inchangée : elle allait avoir bien du mal à quitter le magasin dans un an. Sophie, Emma et elle s'adoraient, et ce lien devenait un peu plus fort chaque jour. Elle avait toujours rêvé de quitter son poste chez Eden. Pourtant, elle sentait que le départ ne serait pas facile.

— Je veux simplement vous dire que j'ai beaucoup de chance d'avoir des sœurs aussi merveilleuses. Nous ne sommes pas toujours d'accord, mais je sais qu'elles seront toujours là pour moi.

Mindy se tourna vers Sophie, la gorge serrée. Sa sœur et elle avaient traversé tant d'épreuves ensemble…

— Sophie, tu as été ma meilleure amie depuis la minute où papa et maman t'ont ramenée de la maternité. Tu es la personne la plus loyale et la plus adorable que je connaisse. Si quelqu'un mérite de trouver l'amour de sa vie, c'est bien toi. Je sais que Jake et toi allez vivre de longues années de bonheur, et je suis heureuse pour ma petite sœur.

Tous les invités applaudirent, et Mindy vida d'un trait sa coupe de champagne, les yeux fixés sur Jake et Sophie. Oublieux du reste du monde, ils s'embrassaient tendrement et échangeaient de longs regards pleins d'amour et d'admiration mutuelle.

Elle aurait voulu ne pas se sentir jalouse, mais quelque chose lui serrait le cœur lorsqu'elle les regardait. Un coup d'œil lui apprit que Sam, lui aussi, fixait les futurs mariés. Lorsqu'il s'aperçut qu'elle l'épiait, il sourit, haussa une épaule et vida son verre à son tour. Trouvait-il tout cela trop mièvre, trop mielleux ? Les contrats juteux qu'il remportait à longueur de journée avaient peut-être fini par l'endurcir – ou y avait-il autre chose ?

Les invités commencèrent à refluer vers la sortie, et Sam se leva en s'étirant.

— Je suis un peu fatigué. Est-ce que ça te va si je t'accompagne à ta chambre maintenant ?

Mindy se tourna vers Sophie, en grande conversation avec Jake. De leur côté, Emma et son fiancé, Daniel, étaient déjà partis.

— Pas de problème. Allons-y.

Ils traversèrent le hall pour atteindre les ascenseurs. Puisque tout le monde était parti, ils n'avaient plus besoin de se tenir la main pour donner le change, et Mindy tenta de se convaincre que c'était pour le mieux. Elle jouerait son rôle le lendemain, rachèterait l'entrepôt à Sam et essaierait de devenir amie avec lui si elle pouvait. Étant donné la scène de ce soir avec Jake, il avait visiblement besoin d'amis.

Bien sûr, une amitié impliquerait de se rapprocher de lui, ce qui pourrait s'avérer délicat. Elle savait qu'il lui en faudrait très peu pour se laisser glisser sur une pente autrement plus dangereuse.

Mindy ouvrit la porte de sa suite au neuvième étage et Sam se glissa derrière elle, sans oublier d'accrocher le petit panneau « Ne pas déranger » à la poignée.

— Est-ce que je te sers quelque chose à boire ? proposa-t-elle.

À nouveau, elle ressentit ce curieux mélange d'espoir et de regret qui l'avait envahie toute la soirée. Elle espérait qu'il resterait tout en regrettant d'en avoir envie. Pourquoi fallait-il qu'elle soit si attirée par cet homme ?

Sam s'adossa contre le mur et plongea les mains dans ses poches.

— Ça ira, merci. Je ne vais pas rester longtemps.

— Que se passera-t-il si tu croises Gerald dans le hall ?

— Je lui dirai que je sors acheter des préservatifs, rétorqua-t-il avec un sourire malicieux.

Mindy s'obligea à rire, mais le cœur n'y était pas. Il venait de ruiner définitivement ses espoirs.

— Merci pour ce soir, reprit-elle. Ça n'a pas dû être facile pour toi. Tu es sûr que tu ne veux pas m'expliquer ce qu'il s'est passé entre Jake et toi ?

Sam secoua la tête et se mit à fixer le plancher.

— Non, pas maintenant. Ce n'est pas très important, il s'en remettra. Ou pas, d'ailleurs. Je ne peux pas contrôler ce que les gens pensent de moi.

Mindy ne connaissait pas ce côté sombre de Sam, et elle mit quelques secondes avant de répondre.

— D'accord. En tout cas, sache que, si tu changes d'avis, je suis tout ouïe – et j'ai une ouïe très objective et très compréhensive.

Sam laissa échapper un petit rire.

— J'apprécie la proposition.

— Avec plaisir.

— C'est vrai, il faut bien que tu sois gentille avec le propriétaire de ton futur entrepôt.

Mindy inclina la tête sur le côté et fit un pas vers lui.

— Il n'y a pas que ça. J'espère que tu le sais.

Il hocha la tête mais, à en juger par son regard, il n'était pas pleinement convaincu.

— Je vais y aller.

— Pas de problème. Merci encore d'être venu.

— On se voit demain.

Il se pencha et déposa un baiser sur son front. Ce seul contact suffit à déclencher un frisson dans tout son corps. Chaque cellule de son être savait que lui seul pouvait faire naître ces sensations en elle, que lui seul pouvait la perdre tout entière…

Le temps qu'elle rouvre les yeux, il avait disparu.

Mindy se laissa tomber sur son lit et se mit à fixer le plafond, comme si les réponses à ses questions y étaient inscrites. Rien ne s'était passé comme prévu ce soir. Elle commençait à voir Sam sous un jour différent. Elle avait toujours cru lire en lui comme dans un livre ouvert mais, à présent, elle avait l'impression qu'elle venait à peine de commencer le premier chapitre.

4

Le lendemain soir, Sam faillit se convaincre de ne pas aller au mariage de Jake et Sophie. Il avait eu tellement de mal à sortir de la chambre de Mindy qu'il se demandait s'il parviendrait à le faire une deuxième fois. En d'autres circonstances, il serait resté, mais il n'était pas prêt à remettre les pieds dans l'univers de la jeune femme.

Une partie de lui aurait voulu que ce soit possible. Il sentait qu'il manquait quelque chose à sa vie, que son travail ne suffisait pas à le rendre heureux, mais le jeu n'en valait pas la chandelle. L'expérience lui avait appris que les gens auxquels on s'attachait finissaient toujours par s'en aller d'une manière ou d'une autre. Quant à Mindy, elle l'avait chassé de sa vie et rappelé quand elle avait eu besoin de lui, ce qui n'était guère mieux.

Sam arriva en avance au Grand Legacy. À voir l'expression paniquée de Mindy, qui accourut vers lui aussitôt qu'il eut posé le pied dans le hall, il avait bien fait.

— Je suis contente que tu sois là plus tôt que prévu. Gerald se comporte d'une manière complètement ridicule. Il ne me lâche pas d'une semelle.

Elle jeta un coup d'œil par-dessus son épaule comme pour vérifier qu'il ne l'avait pas suivie, et Sam ne put s'empêcher de réagir au quart de tour.

— Où est-il ? Je vais aller lui dire de se tenir tranquille.

— Je t'en prie, ne fais pas de scène. Sophie est déjà assez stressée comme ça. Et puis, je doute que Jake sera ravi si tu t'en prends à son meilleur ami.

Sam fit un effort pour chasser sa frustration et prit le temps d'admirer Mindy. Sa robe bustier gris tourterelle mettait en valeur ses épaules sculptées et la naissance de sa poitrine. Elle était tout simplement magnifique.

— Je ne peux pas en vouloir à Gerald. Tu es très belle aujourd'hui, Min.

L'espace d'un instant, l'angoisse disparut de son visage et elle eut un sourire irrésistible.

— Merci. Tu n'es pas mal non plus, à vrai dire. Je crois que c'est la première fois que je te vois en smoking.

Elle posa la main sur son épaule et fit courir ses doigts le long de son bras.

— Je n'aime pas beaucoup ça, mais je me suis dit que ton « preux chevalier » devrait certainement en mettre un.

— Tu as raison, il ne l'oublie jamais. Maintenant, suis-moi et reste près de moi.

Mindy prit sa main et l'entraîna à l'autre bout du hall, vers les ascenseurs.

— Malheureusement, reprit-elle, Gerald ne sera pas notre plus gros problème aujourd'hui. Je crois que nous allons avoir une dispute spectaculaire avant la fin de la journée.

— Notre problème ? Tu veux dire *ton* problème, rectifia-t-il. Moi, je pensais surtout profiter de l'occasion pour reconstruire mon réseau professionnel, discuter avec quelques grands noms du métier.

— Je comprends, mais… J'ai besoin de ton aide.

Sam ne savait pas au juste pourquoi il se laissait prendre dans les drames de la famille Eden. Pourtant, cela se produisait avec une fâcheuse régularité.

— Très bien. Raconte-moi tout.

Cette journée serait peut-être totalement inutile pour sa carrière, mais elle promettait au moins d'être divertissante.

Mindy l'attira plus près d'elle et expliqua à voix basse :

— Il y a du grabuge entre ma mère et celle d'Emma. Elles se sont déjà lancé des piques, et je n'ose pas imaginer ce qu'elles feront après quelques coupes de champagne. C'est seulement la deuxième fois qu'elles se retrouvent dans la même pièce depuis la lecture du testament de grand-mère.

— Le jour où vous avez découvert qu'elles avaient toutes les deux eu un enfant avec ton père, c'est ça ?

— Exactement.

Sam avait du mal à comprendre ces conflits familiaux. Son père était mort lorsqu'il avait seize ans, et sa mère à peine plus d'un an après. Depuis lors, sa famille s'était réduite à sa sœur Isabel, et ils avaient été trop occupés à essayer de survivre pour se disputer.

— D'accord, je vois où est le problème, finit-il par répondre. Que puis-je faire pour t'aider ?

— Pourrais-tu t'asseoir à côté de ma mère pendant la cérémonie ? Ma tante sera plusieurs rangs derrière vous. J'ai convaincu Lizzie, la réceptionniste de chez Eden, de se mettre près d'elle. Emma et moi nous occuperons de nos mères pendant la réception, mais durant la cérémonie nous devrons jouer notre rôle de demoiselles d'honneur.

Un groupe d'invités, les bras chargés de cadeaux, passèrent près d'eux en bavardant joyeusement. L'heure de la cérémonie approchait.

— Ça ne va pas être une soirée facile pour toi, on dirait.

— Non, j'en ai peur.

Sam ne pouvait s'en empêcher : dès qu'il voyait Mindy dans une situation difficile, il fallait qu'il l'aide.

— Très bien. Dans ce cas, présente-moi ta mère.

Elle reprit sa main et l'entraîna jusqu'à la salle de bal. À l'entrée, elle ignora les ouvreuses et continua tout droit jusqu'au premier rang. Elle lui désigna le deuxième siège, tout près de l'allée centrale, et ordonna :

— Voilà, assieds-toi là. Ma mère entrera en deuxième, juste après les petites filles qui lancent les pétales de fleurs.

— Qui conduira Sophie à l'autel ?

— Reginald, le directeur créatif de chez Eden.

— C'est lui qui s'occupe des vitrines, si j'ai bonne mémoire.

— Tout à fait. Ma grand-mère et lui étaient les meilleurs amis du monde, et nous le considérons comme un oncle.

— Cette boutique est vraiment une affaire de famille.

— C'est bien pour cela que je me sens aussi coupable.

Sam perçut le remords dans la voix de Mindy. Il connaissait mieux que personne son conflit intérieur à propos du magasin. Elle adorait l'entreprise familiale, mais elle détestait qu'on lui force la main. Bien sûr, les choses auraient été très différentes si elle avait choisi de travailler chez Eden. Tout le mal venait de là : elle n'avait pas eu le choix.

— En tout cas, reprit-il, ne t'inquiète pas pour ta mère. Je m'occupe de tout.

Mindy se pencha et l'embrassa sur la joue, sa bouche laissant sur son passage un léger fourmillement - et probablement une trace de rouge à lèvres.

— Tu es le meilleur. Merci, Sam.

— Il n'y a pas de quoi.

Sam la regarda s'éloigner, sa robe effleurant le sol à chaque pas, soulignant sa démarche gracieuse. Mindy était sans aucun doute la femme la plus compliquée qu'il avait jamais rencontrée. D'habitude, il évitait les complications comme la peste, mais quelque chose chez elle les rendait... Comment dire ? Intéressantes.

La salle se remplissait à vue d'œil, et Sam se mit en devoir de saluer d'un geste ou d'un signe de tête tous les invités qu'il connaissait. Adam et Melanie Langford, par exemple, se trouvaient de l'autre côté de l'allée avec leurs jumeaux. Les Langford possédaient une des plus grosses entreprises de télécommunications du pays.

Quant à Anna, la sœur d'Adam, elle avait épousé récemment le grand financier Jacob Lin. Tous deux venaient justement de prendre place derrière eux. Leur petite fille jouait sagement aux pieds de ses parents, et s'il en jugeait par le léger renflement sous la robe d'Anna, un autre bébé s'annonçait. Quelques sièges plus loin, Aiden, le frère aîné d'Adam et Anna, faisait asseoir sa femme et son tout jeune fils.

Sam se retourna et aperçut les frères Locke, propriétaires de l'hôtel. L'aîné, Sawyer, était accompagné de sa fille et de son épouse Kendall, célèbre experte en relations publiques que tout New York s'arrachait. Elle se trouvait en grande conversation avec Lily, la femme de Noah, le deuxième de la fratrie. Quant à Charlotte, la petite dernière, elle n'avait d'yeux que pour son mari. Le jeune couple régnait ensemble sur un véritable empire immobilier à Manhattan.

En jetant un coup d'œil discret vers les derniers rangs, Sam aperçut même quelques célébrités new-yorkaises qu'il n'avait encore jamais rencontrées. Il y avait notamment Marcus Chambers, le magnat du gin, et son épouse Ashley George, connue à la télévision sous le surnom de « l'Entremetteuse ».

Lorsque tout le monde fut installé, la musique d'entrée retentit, et Sam se leva comme tous ses voisins. Deux fillettes remontèrent l'allée en jetant des pétales de fleurs, puis ce fut le tour de Jill Eden. Sa chevelure d'un roux flamboyant rappelait celle de ses filles. Seule une mèche argentée sur le côté, très élégante, faisait la différence. Rien qu'à son apparence, on voyait bien que cette femme n'avait jamais connu autre chose que le luxe.

Sam s'efforça de chasser le souvenir de sa propre mère. Sans trop savoir pourquoi, il pensait toujours à elle dans ce genre de moments.

— Vous devez être mon gardien, fit Jill en arrivant à sa hauteur.

Elle lui tendit la main en souriant, mais son visage affichait une suspicion qui ne le surprit pas. Tous les membres de la famille Eden le regardaient de cette manière.

— Je ne suis que votre invité, et très honoré de l'être.

— Mindy a raison, vous êtes bien élevé... Et plutôt beau garçon, je vous l'accorde.

Sam réprima un petit rire avant de reporter son attention sur l'entrée des demoiselles d'honneur. Au bout de l'allée, il aperçut

Mindy et son cœur se mit à battre plus vite. Tout cela semblait un peu ridicule. Il n'était pas du genre à s'attendrir dès qu'il se trouvait dans une ambiance romantique. Pourtant, il y avait quelque chose d'émouvant dans l'air, un je-ne-sais-quoi qu'il ne parvenait pas à définir.

Mindy avançait à pas mesurés, souriant aux invités qu'elle connaissait. Lorsqu'elle arriva à sa hauteur, ses yeux se rivèrent aux siens et Sam en eut le souffle coupé. Il avait ressenti cette émotion bien des fois lorsqu'ils étaient ensemble. Il l'avait toujours accueillie avec bonheur, mais maintenant tout était différent. Il s'était promis qu'il ne retomberait pas sous son charme. À contrecœur, il rompit le contact et se mit à contempler le bout de ses chaussures.

Sophie arrivait au bras de Reginald, et Sam profita de l'occasion pour se tourner vers Jill.

— Vous devez être heureuse pour elle.

— Oui, je le suis. J'espère seulement que cela va durer. Mon propre mariage n'a pas été une réussite.

Il s'agissait d'un drôle de sentiment venant de la mère de la mariée, songea Sam. Cependant, il savait à quel point le mari de Jill l'avait fait souffrir.

— Je devrais profiter de cette soirée, murmura Jill. Sophie est probablement la seule de mes filles que je verrai mariée. Mindy est trop indépendante. À ses yeux, le mariage est une sorte de prison.

Sophie s'arrêta près de sa mère, déposa un baiser sur sa joue et ignora complètement Sam, ce qu'il comprit parfaitement. Ensuite, Reginald la conduisit devant l'autel, où l'attendait Jake. Le prêtre invita l'assemblée à se rasseoir et la cérémonie commença.

Sam se perdit rapidement dans ses pensées. Les mots de Jill à propos de Mindy tournaient en boucle dans sa tête. Lorsqu'ils sortaient ensemble, ils n'avaient jamais parlé de mariage, pas même d'un véritable engagement dans leur relation. À l'époque, Sam n'en avait pas forcément envie, mais il se rendait compte qu'il n'avait même pas eu l'occasion d'y réfléchir. C'était toujours Mindy qui dictait les règles du jeu.

Elle semblait penser qu'il était seul responsable de leurs trop nombreuses ruptures. Pourtant, lui ne l'avait jamais quittée. Peut-être sa mère avait-elle raison. Mindy voyait probablement les relations à long terme, voire l'amour, comme un piège.

La cérémonie se déroula sans accroc, assez courte et simple, à son grand soulagement. Il passa presque tout l'office à observer Mindy à la dérobée. Même s'il lui en coûtait de le reconnaître, elle resterait probablement une histoire jamais terminée dans le livre de sa vie. Il était plutôt du genre à résoudre ce qui n'allait pas ou à abandonner complètement l'affaire, jamais entre les deux ; mais avec Mindy, il commençait à se dire qu'il n'y avait pas de solution gagnante. Il avait trop peur d'être blessé à nouveau. De toute façon, elle ne le laisserait probablement pas se rapprocher d'elle au point de prendre ce risque.

Sophie et Jake venaient d'échanger leurs vœux. Au fond de la salle, une file d'attente avait été aménagée pour les invités qui souhaitaient présenter leurs félicitations. Sam trouva préférable de passer son tour. Au lieu de créer une tension supplémentaire chez les jeunes mariés, il profita de l'occasion pour échanger une ou deux plaisanteries avec certains invités, ceux qui pourraient lui être utiles d'un point de vue professionnel. Personne ne fit allusion au fait que la famille Eden ne le portait pas dans son cœur. Peut-être ces derniers n'avaient-ils pas crié leur aversion pour lui sur tous les toits.

Il retrouva Mindy au moment du dîner, mais ils ne pouvaient pas discuter librement, même s'ils étaient assis côte à côte. Gerald le fusillait du regard chaque fois qu'il ouvrait la bouche, Jake et Sophie l'ignoraient superbement, et Jill vidait son verre à une cadence infernale. Quant à Mindy elle-même, elle semblait morte d'inquiétude à l'idée que tout ne soit pas parfait.

— La cérémonie s'est très bien passée, commenta Sam pour essayer de la rassurer.

— C'est vrai. On arrive presque au bout du tunnel.

Désolé qu'elle ne réussisse pas à profiter de la soirée, il passa un bras autour de ses épaules et se pencha pour lui murmurer à l'oreille :

— Détends-toi, tout va bien. Est-ce que tu veux un autre verre ?

Au fond, il n'était pas plus serein que Mindy, mais il faisait mieux semblant qu'elle. En revanche, les lèvres de cette dernière si proches de son cou ne l'aidaient pas à se détendre. Il sentit tout son corps se raidir et lutta pour garder la tête froide. Non seulement Mindy était encore plus belle que d'habitude ce soir, mais en plus la voir sous tension l'avait toujours fait craquer. Il savait comment lui faire relâcher cette pression – encore, encore et encore…

— Gerald nous regarde, murmura-t-elle en l'embrassant sur la joue.

— Je n'ai aucun doute là-dessus.

Il n'accorda pas même un coup d'œil à l'intéressé. Les yeux de Mindy l'attiraient beaucoup plus, et il y plongea les siens sans hésiter. Son regard reflétait une incertitude qui n'était pas pour lui déplaire. Elle n'avait aucune idée de ce qu'il s'apprêtait à faire, et il avait toujours aimé la surprendre.

Sam se pencha un peu plus vers elle. Sous la table, sa main se posa sur la cuisse de Mindy, juste au bon endroit pour lui faire passer un message clair : ce soir, il était à elle. Il déposa un baiser très doux au coin de ses lèvres, mettant un point d'honneur à rester tendre et pudique, étant donné la situation. Ses pensées étaient d'une nature autrement plus enflammée. Il aurait voulu libérer ses longs cheveux de leur attache bien nette, froisser le tissu soyeux de sa jupe dans son poing et la convaincre de s'abandonner à lui.

— Tu es tellement belle, murmura-t-il contre sa joue.

— Et toi, tu es tellement diabolique.

Mindy battit des paupières et lui offrit le sourire le plus détendu qu'il lui avait vu de toute la soirée. Il savait qu'il n'aurait pas dû flirter avec elle, il n'ignorait pas à quel point c'était dangereux pour lui, mais il ne s'en souciait plus. Il voulait ce qu'elle voulait, rien d'autre.

Sam lui sourit en retour et répondit :

— Je ne fais que maintenir ma réputation, mademoiselle Eden.

Il va finir par me faire perdre la tête.

Mindy avait conscience que Sam et elle étaient en train de jouer un rôle. Pourtant, tout cela semblait si réel. Elle avait l'impression de revenir plusieurs mois en arrière, lorsque leur relation fonctionnait mieux que jamais.

La main de Sam sur sa cuisse l'avait déjà enfiévrée, mais c'était son baiser qui lui avait fait perdre toute pensée raisonnable. Un jour, peut-être, ils réussiraient à devenir amis. Ce soir, elle avait besoin de plus que cela.

Malheureusement, ce n'était pas le bon moment pour avoir ce genre d'idées. Jake et Sophie s'apprêtaient à ouvrir le bal. Mindy prit la main de Sam, entraîna sa mère au passage, et le trio se dirigea vers la piste de danse.

La plupart des invités se joignirent à eux pour admirer les jeunes mariés. Le DJ lança quelques plaisanteries d'un goût douteux, puis les lumières se firent plus tamisées et Mindy serra plus fort la main de Sam. Elle se sentait soulagée de l'avoir à ses côtés. Sans lui, stressée comme elle l'était, elle n'aurait jamais réussi à profiter de la soirée.

Sophie et Jake avaient l'air si heureux ensemble que Mindy eut du mal à contenir son émotion. Sa sœur et elle n'avaient connu que l'exemple de leurs parents, le type même du mariage malheureux. Jamais ils n'avaient échangé de mots tendres, tout au plus des remarques acerbes et de longs regards hostiles.

En grandissant, les deux jeunes filles s'étaient vite rendu compte que leur père n'était pas le seul à être infidèle. Leur mère aussi avait collectionné les amants. Toutefois, ce n'était qu'en décembre dernier, à la lecture du testament de leur grand-mère, qu'elles avaient pu entendre les détails les plus sordides de la vie de couple de leurs parents. Elles avaient surtout appris que leur cousine Emma était aussi leur demi-sœur. Tante Jenny avait été la première aventure de leur père, et même des années après la mort de ce dernier, leur mère se ressentait toujours autant de cette double trahison.

De tout son cœur, Mindy espérait que le mariage de Jake et Sophie ne ressemblerait jamais à celui-là. D'abord, ils s'aimaient sincèrement, ce qui lui donnait une bonne raison d'y croire. Ses parents n'avaient probablement jamais éprouvé cela l'un pour l'autre. Autrement, comment expliquer qu'ils se soient fait autant de mal ?

La chanson des jeunes mariés se termina, et le DJ invita l'assemblée à les rejoindre. Mindy n'eut pas besoin de demander à Sam s'il voulait danser. Il l'avait déjà entraînée sur la piste.

Il la prit par la taille pour l'attirer contre lui et, l'espace d'un instant, elle oublia de respirer. Elle adorait ces moments où il prenait le contrôle de la situation. Pourtant, elle savait qu'ils naviguaient en eaux dangereuses. Chaque minute qui passait, chaque caresse, chaque baiser, leur faisait franchir une autre barrière invisible. Avec Sam, elle savait où ce genre de choses finissaient par mener, et il le savait aussi.

Elle se demandait comment ils se diraient au revoir dans quelques heures. Il faudrait pourtant qu'elle reste dans sa chambre et qu'il reparte chez lui. Ses sœurs n'avaient pas pensé qu'au magasin lorsqu'elles lui avaient proposé ce pari. Avant tout, elles avaient voulu lui éviter de souffrir.

Une haute silhouette colorée apparut soudain dans son champ de vision. Reginald, vêtu d'un costume couleur pêche assorti d'un nœud papillon en tissu écossais, entraînait Jill sur la piste de danse. Mindy n'avait pas vu un tel sourire sur le visage de sa mère depuis bien longtemps. Cette dernière avait probablement bu un ou deux verres de trop, mais cela lui importait peu, tant qu'elle était heureuse.

— J'aime bien ta mère, commenta Sam qui avait suivi son regard. Elle est différente de ce à quoi je m'attendais.

— Qu'est-ce que tu veux dire ?

— Elle n'est pas très sentimentale, fit-il en haussant une épaule. La plupart des mères le sont, surtout le jour du mariage de leur fille.

— Tu crois ? Je les ai toujours considérées comme des êtres devant se montrer réalistes et pragmatiques.

— Elles peuvent l'être, mais la plupart du temps elles sont plutôt sensibles et affectueuses lorsqu'il s'agit de leurs enfants.

— Si tu le dis, déclara-t-elle en secouant la tête. Ma mère n'a jamais été comme ça. Est-ce que la tienne l'est ?

Mindy se rendit alors compte qu'il ne lui avait jamais parlé de sa famille.

Les lèvres de Sam se pincèrent jusqu'à former une ligne presque invisible.

— Ma mère est décédée lorsque j'étais encore au lycée. Avant, oui, elle était comme ça.

— Je suis désolée, Sam. Je ne savais pas. Pourquoi ne me l'as-tu jamais dit ?

— L'occasion ne s'est jamais présentée.

— Dis plutôt que tu ne l'as jamais saisie. Je t'ai parlé de ma mère des dizaines de fois. Si, ça, ce n'était pas une occasion de parler de la tienne...

— Je ne veux pas qu'on se dispute sur ce sujet, Mindy. C'est personnel. Je n'aime pas en parler, c'est tout.

Mindy ravala les questions qui se pressaient sur ses lèvres. De toute évidence, il n'avait aucune envie de poursuivre la discussion... Sans compter que tante Jenny était en train d'essayer de séparer sa mère et Reginald.

— Eh zut, murmura-t-elle. Voilà précisément ce que j'aurais voulu éviter.

Comme s'il lisait dans ses pensées, Sam les fit virevolter pour se rapprocher discrètement de la scène.

— Va t'asseoir, ordonna Jenny à sa sœur. Je veux danser avec Reginald.

— Tu es complètement ivre. Va-t'en de là.

— Du calme, mesdames. Je suis assez en forme pour vous faire danser chacune plusieurs fois, intervint l'objet de leur dispute.

Mindy coula un regard vers Sophie. Par chance, sa sœur n'avait encore rien remarqué.

— Tante Jenny, ce n'est pas le meilleur moment pour danser, de toute façon. Jake et Sophie vont bientôt couper le gâteau. Tu ne voudrais pas rater ça, n'est-ce pas ?

— Tu es comme ta mère, rétorqua Jenny d'un ton belliqueux. Tu crois que tu peux diriger tout le monde mais, moi, je refuse qu'on me donne des ordres.

Mindy aurait voulu répliquer sur le même ton, mais cela n'aiderait certainement pas à désamorcer la situation.

— Je suis désolée si je t'ai donné cette impression. J'essaie juste de penser à ce que Sophie aimerait. C'est mon devoir en tant que demoiselle d'honneur.

Jenny ferma les yeux, sa tête dodelinant d'un côté à l'autre. Oui, elle avait clairement trop bu.

Sam lâcha la taille de Mindy et posa une main sur le bras de sa tante.

— Bonsoir, madame Stewart. Je suis Sam Blackwell. Je crois que je n'ai pas encore eu le plaisir de faire votre connaissance. Je serais très heureux de vous raccompagner à votre table.

— Je n'ai pas besoin d'aide !

Jenny avait crié suffisamment fort pour couvrir la musique, et la plupart des invités les regardaient. Sophie et Jake essayaient maintenant de se frayer un chemin jusqu'à eux. Le cœur battant à tout rompre, Mindy savait qu'elle devait faire quelque chose, mais quoi ? Dieu seul savait comment sa tante réagirait si elle appuyait la proposition de Sam.

— Je sais bien que vous n'en avez pas besoin, répondit Sam en glissant son bras sous le sien. Je ne vous offrais que ma compagnie. Peut-être pourrions-nous sortir un instant de cette salle étouffante.

— Vous essayez de vous débarrasser de moi.

— Pas du tout. J'ai simplement l'impression que vous ne vous amusez pas comme vous le méritez. Et si je vous offrais un verre au bar ? Nous pourrions faire connaissance tranquillement.

— Vous avez de la chance d'être si grand, bégaya Jenny qui tenait à peine debout. J'ai toujours eu un faible pour les hommes trop grands.

— Vous voyez bien que nous formons un duo parfait.

Doucement mais fermement, Sam réussit à entraîner sa tante

hors de la salle de bal. Mindy s'apprêtait à les suivre lorsque sa sœur apparut comme par magie à côté d'elle.

— Qu'est-ce qu'il fabrique ? demanda-t-elle abruptement. Où est-ce qu'il l'emmène ?

— Selon toute apparence, il est en train de sauver ton mariage.

— N'importe quoi. Tout le monde passe un bon moment.

— Ah, vraiment ? Est-ce que tu veux que je ramène tante Jenny par ici ?

— Non, reconnut Sophie à contrecœur.

— Dans ce cas, tu sais comme moi que tu dois une fière chandelle à Sam.

— Ça ne compte presque pas. Il lui faudra toute une vie pour se racheter de tout ce qu'il nous a fait.

— Je suis sûre qu'il en est parfaitement conscient, grâce à toi. Maintenant, si tu veux bien m'excuser, je vais aller voir s'il a besoin d'aide.

Sans attendre de réponse, Mindy se précipita vers le hall presque désert. Elle repéra aussitôt Sam et Jenny, qui prenaient un café installés à une petite table.

Sam lui fit discrètement signe de reculer. Elle obtempéra aussitôt et se dissimula derrière une porte, observant le spectacle de son charme en pleine action. Quoi qu'il fût en train de raconter à sa tante, celle-ci semblait beaucoup s'amuser. Elle alla même jusqu'à éclater de rire.

Au bout de quelques minutes, Sam appela l'un des serveurs et lui donna un pourboire. Ensuite, tout se passa très vite. Avant que Mindy ait eu le temps de comprendre quoi que ce soit, il avait raccompagné sa tante dehors. Elle traversa le hall sur la pointe des pieds et jeta un coup d'œil par la fenêtre. Sam venait d'installer Jenny dans un taxi.

Lorsqu'il revint à l'intérieur, il arborait un air de triomphe qui la fit frissonner de joie autant que de désir.

— Sam Blackwell, tu as l'air très fier de toi.

— J'ai le droit, non ? Je viens d'empêcher une bombe d'exploser en plein milieu du mariage de ta sœur. D'habitude, je ne suis pas très doué pour calmer les gens.

Mindy l'attira contre elle et inspira à fond pour sentir son parfum. Il était plus envoûtant que jamais, plus encore que sur la piste de danse. Là, au moins, elle n'avait plus personne pour la regarder. Elle était enfin libre.

— C'est parce que tu lui as fait du charme, finit-elle par répondre. La plupart des femmes ne peuvent pas y résister.

Le regard de Sam s'assombrit lorsqu'il lui demanda :

— Et toi, Min ? Contre quoi résistes-tu ? Nous avons réussi à tenir Gerald à distance, et la réception s'est déroulée presque parfaitement. Il me semble que plus rien ne te retient.

Au fond, il avait raison. Personne n'avait besoin qu'elle soit là pour découper le gâteau. Elle n'avait plus à s'inquiéter de rien, puisque sa tante était partie.

Mindy fit glisser sa main jusqu'à la taille de Sam et plongea son regard dans le sien.

— C'est vrai, plus rien ne me retient. Je peux faire tout ce que je veux maintenant.

— Alors, que veux-tu faire ?

Elle se mordit la lèvre et tenta de réprimer le flot d'images qui lui venaient en tête. Si Sam voulait une liste de ce qu'elle avait envie de faire, elle pouvait la lui fournir sans aucun problème. Au lieu de cela, elle répondit :

— Je veux t'emmener dans ma chambre et t'enlever ce costume. Maintenant.

5

La porte de l'ascenseur était à peine refermée que les lèvres de Mindy dévoraient déjà celles de Sam.

Il lui rendit son baiser avec la même ferveur et elle tendit la main pour défaire son nœud papillon. Puisqu'ils étaient seuls dans la cabine, à quoi bon attendre ? Elle avait déjà patienté trop longtemps. Une petite voix dans sa tête lui souffla qu'elle était en train de se créer des problèmes, mais elle l'ignora et commença à défaire les boutons de sa chemise. Les problèmes attendraient. Ce soir, elle voulait se perdre dans les bras de Sam.

Elle posa les mains sur son torse pour le plaquer contre la paroi de l'ascenseur, mais il riposta par un baiser qui la laissa sans forces, incapable de la moindre pensée cohérente.

— Je me fiche que ce soit une mauvaise idée. J'ai envie de toi.

Sa voix n'était plus qu'un murmure haletant, chargé de désir, si rauque qu'elle la reconnut à peine. Elle attendit sa réponse en osant à peine respirer. Elle avait besoin d'entendre qu'il ressentait la même chose qu'elle.

— Tu es sûre, Min ?

Sam recula d'un pas et rejeta la tête en arrière. À présent, même avec des talons hauts, Mindy aurait eu besoin d'un escabeau pour l'embrasser. Elle eut l'impression qu'il avait fait ce geste délibérément, comme pour montrer à quel point *lui* maîtrisait la situation. C'était si injuste... Elle-même ne contrôlait plus rien lorsqu'il s'agissait de Sam.

La porte de l'ascenseur s'ouvrit et elle lui prit la main pour l'entraîner jusqu'à sa chambre.

— Est-ce que je suis sûre que je veux faire l'amour avec toi ? Oui, déclara-t-elle en ouvrant la porte. Pourquoi ? Est-ce que, toi, tu n'es pas sûr d'en avoir envie ?

L'espace d'une seconde qui lui sembla durer l'éternité, elle se prépara à entendre un « non ». Ce n'était pas impossible, après tout, ne fût-ce que pour se venger des fois où elle l'avait rejeté. Sam posa les mains sur ses hanches et elle se reprit à espérer. Elle le connaissait bien. S'il la touchait de cette manière, il avait forcément envie d'elle.

— Si, j'en suis sûr. Je voulais juste vérifier.

— Ouf ! Je me suis presque inquiétée.

Sa réponse exprimait son soulagement, mais cela ne suffisait pas. Elle voulait aussi dire à Sam à quel point sa présence, ces deux derniers jours, l'avait aidée.

— Merci beaucoup de m'avoir soutenue depuis hier. Tu as réussi à tenir Gerald à distance et à empêcher le drame familial de ce soir. Je ne sais pas ce que j'aurais fait sans toi.

— Tu vois, je ne suis pas si horrible que ça. Essaie de t'en souvenir la prochaine fois que quelqu'un te dira le contraire.

— Écoute, Sam. Ce soir, il n'y a que toi, moi et ce superbe lit. Ce serait dommage de penser à autre chose qu'à nous, tu ne crois pas ?

Tout en parlant, Mindy avait pris ses mains pour l'entraîner jusqu'au lit. Elle recula jusqu'à sentir le bord du matelas contre ses jambes. Alors, enfin, Sam retira sa veste d'un coup d'épaule et la laissa tomber au sol. Il fit rapidement subir le même sort à ses chaussures et à son nœud papillon, toujours sans la quitter des yeux.

— Je te laisse t'occuper du reste.

Mindy ne se fit pas prier et s'assit aussitôt sur le lit. Lentement, elle défit un à un les derniers boutons de sa chemise, respirant son parfum envoûtant, appréciant la chaleur de sa peau contre sa joue. Son regard brûlant la fit frissonner lorsqu'elle se mit, du bout des doigts, à tracer les contours de son torse musclé.

Le voir sans chemise lui avait manqué. D'ailleurs, pour être honnête avec elle-même, *il* lui avait manqué. Sa simple présence suffisait à la réconforter, comme si quelqu'un l'enveloppait dans une couverture bien chaude par une nuit d'hiver. Paradoxalement, être avec lui déclenchait aussi une excitation immédiate en elle. D'un simple regard, il réussissait à faire battre son cœur plus vite.

Les yeux rivés aux siens, elle défit sa ceinture et la fermeture de son pantalon, qui rejoignit bientôt sa chemise sur le parquet. À en juger par son expression, il luttait pour ne pas perdre le contrôle de lui-même. Mindy eut d'autant plus hâte que ce moment arrive. Elle voulait le rendre heureux ce soir. S'il l'avait oublié, elle lui rappellerait qu'elle en valait la peine.

Un bras passé autour de sa taille, sans lâcher son regard, elle fit courir ses doigts par-dessus son caleçon, s'émerveillant de le sentir si tendu pour elle. Sam laissa échapper un grognement lorsqu'elle parvint à l'extrémité de son érection.

— Il faut que je m'asseye, murmura Sam. Tu me donnes le vertige.

Il s'étendit sur le lit, en appui sur les coudes. Mindy fit glisser son caleçon le long de ses jambes et s'allongea près de lui pour mieux profiter du spectacle. Son corps était si parfait, des pieds à la tête, qu'elle ne savait pas où poser les yeux. Elle laissa son regard parcourir ses cuisses musclées, son ventre plat aux abdominaux bien dessinés, jusqu'à ses épaules qu'on aurait dites sculptées dans le marbre. Elle avait besoin de se perdre en lui, d'abolir toutes les barrières entre eux, mais il en restait une – et de taille.

— Il faut que je me débarrasse de cette robe.

— Je suis bien d'accord. Vas-y, je profite de la vue.

— Je ne peux pas défaire la fermeture toute seule.

— Viens par là, fit-il en se redressant pour s'asseoir au bord du lit.

Elle le rejoignit et se tourna légèrement pour lui laisser accès à son dos. Sam tendit la main pour défaire la barrette qui retenait sa coiffure. Il passa délicatement les doigts dans ses longues mèches rousses, jusqu'à ce qu'elles se répandent librement sur ses épaules. Tous ses sens décuplés, elle pouvait sentir sa présence de mille façons ; sa chaleur, son souffle précipité contre sa peau, son odeur divine qui lui faisait perdre la tête.

Il descendit doucement la fermeture de sa robe, semant des baisers le long de son dos au fur et à mesure qu'il la dénudait. Ce simple effleurement décupla son désir d'une manière qu'elle aurait à peine cru possible. Elle fit glisser le bustier jusqu'à ses hanches, et Sam posa aussitôt les mains sur ses seins, le torse pressé contre son dos, ses pouces jouant avec ses mamelons durcis. Le moindre frôlement provoquait une onde de choc qui la parcourait tout entière. Sans cesser de la toucher, il appuya les lèvres contre son cou et se mit à caresser sa peau enfiévrée du bout de la langue. La tête renversée contre son épaule, Mindy sentit qu'elle perdait déjà le contrôle de ses sensations, mais elle en voulait plus. Elle avait besoin de le voir.

Faisant appel au peu de forces qui lui restaient, elle s'écarta de lui pour se laisser tomber sur le lit. Sam vint au-dessus d'elle, la fit languir un instant et prit un de ses mamelons entre ses lèvres, le titillant du bout de la langue. Les caresses expertes de ses doigts remplacèrent rapidement sa bouche, qui se posa sur son autre sein pour le lécher, le mordiller et l'emporter dans un tourbillon de sensations. La frustration et le plaisir se livraient un rude combat en elle lorsqu'il s'arrêtait, frôlant sa peau brûlante d'un souffle frais.

Soudain, alors qu'elle agrippait ses cheveux pour le garder contre elle, les lèvres de Sam abandonnèrent sa poitrine. Son gémissement de protestation se mua en un soupir comblé lorsqu'il se mit à descendre plus bas, toujours plus bas, semant une nuée de baisers sur son passage. Il fit rapidement glisser sa jupe jusqu'au sol et s'agenouilla à ses pieds. L'instant d'après, la dernière barrière de tissu qu'il restait entre eux vola à l'autre bout de la pièce. Il plaça sa jambe sur son épaule et l'embrassa lentement, tendrement, depuis sa cheville jusqu'à l'intérieur de ses cuisses. Quand il trouva son point le plus sensible, Mindy ferma les yeux et s'abandonna à lui.

Il était encore plus doué que dans son souvenir. Sa langue la caressait exactement comme elle aimait, comme si les quatre derniers mois n'avaient pas existé, comme s'il connaissait toujours son corps par cœur. Elle n'avait même pas besoin de le guider. Alors qu'elle se sentait déjà au bord de l'implosion, il glissa un doigt en elle et trouva aussitôt l'endroit qu'elle préférait… *Juste là.*

La tête rejetée en arrière, les mains plongées dans ses cheveux, elle perdit toute pensée cohérente. Son esprit n'était plus qu'un mélange de couleurs éclatantes et des images de Sam, de sa bouche contre elle, de son corps qu'elle désirait à en perdre la raison. Enfin, tous ses muscles se tendirent et une première vague de plaisir déferla sur elle, puis une autre, et encore une autre. C'était incroyable – *il* était incroyable. Elle se sentait épuisée par ce qu'il venait de lui faire, et pourtant, elle avait déjà envie de lui à nouveau. Elle voulait lui rendre tout le plaisir qu'il venait de lui donner.

Sam s'étendit près de Mindy et l'embrassa doucement, sans la presser, mais ce fut elle qui approfondit leur baiser. Une jambe passée par-dessus les siennes, son entrejambe encore brûlant contre sa hanche, elle entrouvrit les lèvres pour caresser sa langue de la sienne. Avec elle, il n'avait pas besoin de mots : il lisait dans ses yeux ce qu'elle venait de ressentir, tout le plaisir qu'il venait de lui donner. Sans le quitter du regard, elle posa la main sur son torse et le repoussa contre le matelas pour venir se placer entre ses jambes.

Dès l'instant où sa bouche douce et tiède effleura son érection, il perdit toute notion du temps. Elle la prit entre ses lèvres et l'aspira encore et encore, lentement, faisant courir sa langue contre sa peau sensible chaque fois qu'elle arrivait au sommet. Il aurait voulu que cet instant dure une éternité, mais il n'allait pas tenir longtemps à ce rythme. Comme si elle lisait dans ses pensées, Mindy se redressa et déclara :

— J'adore te faire plaisir, mais j'ai envie de t'avoir en moi.

Nous sommes bien d'accord.

— Je prends toujours la pilule, et même si je déteste poser

cette question, j'ai besoin de savoir si tu t'es protégé avec toutes les femmes que tu as vues depuis cinq mois.

— Je ne suis sorti qu'avec une seule, et nous ne sommes pas allés jusque-là.

Mindy sursauta, l'incrédulité peinte sur son visage.

— Toi, Sam Blackwell, tu es sorti avec une femme sans coucher avec elle ?

— Je te promets que c'est vrai.

Elle inclina la tête sur le côté en ouvrant de grands yeux adorables, sa longue chevelure tombant jusqu'à sa taille.

— Je suis surprise.

— Si tu veux les détails, je te les raconterai, mais pas maintenant. J'ai envie de toi.

Elle sourit et posa les mains de chaque côté de ses épaules pour se pencher vers lui. Son baiser fut lent et sensuel, comme s'ils recommençaient tout depuis le début. C'était une torture si douce qu'il se laissa faire sans émettre une protestation. Pourtant, le désir consumait chaque cellule de son corps, et il savait qu'il ne pourrait pas supporter pareil traitement bien longtemps. Elle restait au-dessus de lui sans le toucher vraiment, ses seins effleurant son torse, son nez frôlant sa joue, les genoux serrés autour de ses hanches. Il fit courir ses doigts le long de son dos, jouant le même jeu qu'elle, mais cela ne suffisait pas. Il avait besoin d'elle à un point qui dépassait sa propre compréhension.

Agrippant sa taille, il la serra contre lui et la fit rouler sur le dos. Ses mèches rousses se répandirent sur l'oreiller. Elle répliqua avec un baiser d'une intensité sans précédent, dont il comprit le sens parce que celui-ci reflétait ses pensées : ils n'arrivaient pas à être vraiment ensemble, et pourtant, ils ne pouvaient jamais rester longtemps loin l'un de l'autre.

Incapable d'attendre une seconde de plus, il prit appui sur ses coudes et vint en elle d'un long mouvement irrésistible. Mindy inspira brusquement et ouvrit les yeux pour le regarder. L'instant d'après, il s'enfonçait de nouveau en elle, plus lentement, et elle poussa un long gémissement en même temps que lui. Il avait presque oublié à quel point elle était parfaite pour lui, à quel point ces moments étaient délicieux, lorsque son univers se résumait à elle et qu'il n'avait besoin de rien d'autre.

Rapidement, leurs corps prirent le contrôle de la situation, adoptant un rythme qui les emmenait un peu plus loin à chaque mouvement. Mindy enroula les jambes autour de ses hanches pour l'attirer plus près, plus profondément en elle. Ses ongles s'enfoncèrent dans son dos, attisant chacune de ses sensations. Leurs muscles se contractèrent et se relâchèrent encore et encore. Il écouta la respiration de Mindy, ses gémissements de plus en plus rapprochés, et se pencha un peu plus vers elle pour atteindre son point le plus sensible à chaque mouvement. Il comprit qu'il l'avait trouvé lorsque ses hanches se soulevèrent pour venir à sa rencontre et que ses gémissements se muèrent en cris de plaisir. Elle resserra les jambes autour de lui comme si elle ne voulait plus jamais le laisser partir.

— Je suis tout près, murmura-t-elle contre sa bouche avant de l'embrasser fiévreusement.

Sam aussi l'était, et il avait l'impression qu'il n'arriverait plus à se contrôler bien longtemps. Pourtant, il se concentra sur Mindy et vint en elle encore et encore, gardant le rythme qu'elle aimait, écoutant ses cris de plus en plus intenses qui décuplaient son plaisir. Enfin, elle renversa la tête en arrière et se contracta autour de lui. Il ferma les yeux et laissa sa jouissance le submerger, l'emmener dans cet endroit où plus rien d'autre qu'elle ne comptait.

Lorsque la dernière vague de son orgasme eut reflué en lui, il s'étendit près d'elle et prit sa main pour la porter à ses lèvres. Ils n'avaient peut-être pas agi de la manière la plus sage possible, mais il était trop détendu et trop épuisé pour s'en soucier.

— Pourquoi est-ce que ce genre de chose finit toujours par arriver entre nous ? demanda Mindy sans lâcher sa main.

Il savait qu'elle posait la question sérieusement. Malheureusement, en dehors de l'évidence, il n'avait pas de réponse à lui donner.

— Parce que tu es incroyablement belle, et que je suis attiré par toi dès la seconde où tu entres dans une pièce.

Elle se tourna vers lui et fit courir ses doigts le long de son torse. Cette simple caresse, pourtant innocente, lui redonna déjà envie d'elle.

— Je ressens la même chose pour toi. Tu m'attires beaucoup trop. J'ai envie de t'embrasser en permanence, ce qui est tout de même problématique.

Il prit une minute pour réfléchir à sa réponse. Cette attirance ne serait en aucun cas « problématique » si elle décidait de ne plus laisser sa famille se mettre entre eux. Il sentait confusément qu'il aurait pu y avoir bien plus que du sexe dans leur relation. En revanche, il ne risquait pas d'aborder le sujet en premier. Elle l'avait rejeté plusieurs fois par le passé, et même s'il était plutôt dur au combat, cela ne faisait pas de lui quelqu'un de complètement insensible. Et puis, la mère de Mindy lui avait dit exactement ce qu'il avait toujours suspecté. Elle avait besoin de liberté. Si elle se sentait prise au piège, elle partirait.

— Sam, il faut que je te dise quelque chose.

— Oui ? Quoi donc ?

Il s'imagina toutes sortes de scénarios, mais le plus probable restait celui qu'il redoutait : elle allait lui demander de se rhabiller en vitesse et de partir. Peut-être, cette fois, retiendrait-il la leçon.

— Quand j'ai dit à Sophie et Emma que tu viendrais au mariage, elles se sont inquiétées.

— Elles n'ont pas compris qu'il s'agissait d'un arrangement à propos du Mercer ?

— En fait, je ne leur ai pas raconté cette partie de l'histoire. J'aurais trouvé cela indélicat pour Sophie de mêler mes histoires de travail à sa liste d'invités. Et puis, je ne voulais pas qu'elles doutent de tes motivations. Je me suis dit que le prétexte de Gerald suffirait.

— Je suis sûr que tu l'aurais très bien géré toute seule.

— Peut-être, mais ce n'est pas la question. Mes sœurs craignaient que je ne succombe à ton charme.

— J'ai un charme, moi ? fit-il en éclatant de rire.

— Oh que oui, tu en as un. Par moments, Sam, tu me rends complètement folle.

Il tendit la main pour caresser son épaule, faisant courir ses doigts le long de son bras.

— Mindy, ma chérie, je suis certain que tu n'as pas besoin de moi pour être folle.

— Hé ! Laisse-moi finir mon histoire, protesta-t-elle en le poussant légèrement.

Elle se laissa retomber sur le lit et leva les yeux au ciel.

— C'est tellement stupide que je ne sais même pas si je peux te le raconter.

— Qu'est-ce qui est stupide ?

— Mes sœurs et moi avons fait un pari. Elles m'ont fait promettre que je ne retomberais pas amoureuse de toi. Si je perds, si nous sortons ensemble à nouveau, je devrai rester chez Eden un an de plus. Inutile de t'expliquer que je n'en ai pas très envie.

Sam comprit qu'il lui faudrait quelques heures et un peu de recul pour analyser toutes ces informations. En revanche, une chose avait particulièrement retenu son attention.

— « Retomber amoureuse » ? Est-ce que ça signifie que tu l'as déjà été ?

— Ce n'est pas un grand mystère. Tu le savais, non ?

— Comment aurais-je pu le savoir ?

— Les hommes voient toujours à quel moment une femme commence à s'attacher à eux… Du moins, je le croyais.

— Absolument pas. Je savais que tu aimais coucher avec moi, c'est tout.

— Je n'avais aucune idée de ce que tu ressentais pour moi non plus. Tout semblait toujours très temporaire. Tu revenais en ville quelques jours et tu repartais pour des semaines, sans jamais savoir quand tu rentrerais. C'était dur de te voir partir.

Si elle avait trouvé difficile de le quitter temporairement, comment se serait-elle sentie s'il l'avait quittée définitivement comme elle l'avait fait avec lui – et plusieurs fois ? En réalité, ils n'avaient jamais vraiment discuté de tout cela lorsqu'ils étaient ensemble. Ils avaient profité de l'aspect physique de leur relation sans chercher à aller plus loin. Sam avait toujours pensé que c'était ce que Mindy souhaitait. S'était-il trompé ? En d'autres circonstances, ils auraient pu profiter de l'occasion pour approfondir la conversation, peut-être même pour s'accorder une seconde chance. Cette histoire de pari compliquait tout.

— Crois-tu que Sophie et Emma prennent votre pari au sérieux ?

— Très au sérieux. Non seulement elles s'inquiètent pour moi, mais en plus elles veulent que je reste au magasin.

— Pourquoi as-tu accepté ?

Mindy se redressa et s'assit contre la tête de lit, mettant une distance entre eux sans même s'en rendre compte.

— J'ai accepté pour essayer de me protéger.

— Te protéger... De moi ?

Sam n'était peut-être pas un saint mais, en ce qui concernait Mindy, il avait toujours tout fait pour essayer de la rendre heureuse. Pourquoi aurait-elle eu besoin de se protéger de lui ?

— De toi, pas vraiment. Je dirais plutôt de ma faiblesse quand je suis avec toi.

6

Mindy s'éveilla aux premières lueurs de l'aube et sentit aussitôt la présence de Sam à côté d'elle. Des images de leur nuit ensemble affluèrent dans son esprit, apportant toutes les questions qu'elle avait repoussées la veille. Avait-elle commis une grave erreur ? Elle aurait aimé pouvoir affirmer le contraire. Sam et elle s'entendaient bien, au moins pour de courtes périodes. Elle avait passé une nuit merveilleuse et sa soif de lui semblait loin d'être étanchée.

Depuis l'autre bout du lit, elle le vit s'étirer en bâillant, ce qui signifiait qu'il serait bientôt réveillé. Elle savait qu'il quitterait rapidement sa chambre ensuite. Quant à ses sœurs, elle ne les verrait pas non plus aujourd'hui : Sophie était déjà dans l'avion vers Bali pour sa lune de miel, et Emma partait en Angleterre rencontrer les parents de Daniel, son fiancé. Seule Mindy retournerait au travail comme d'habitude. Certes, elle aimait rester occupée et productive, mais pourquoi n'avait-elle pas une vie amoureuse normale comme ses sœurs ?

Elle pouvait facilement rejeter la faute sur son carriérisme et son besoin de réussite, qui l'avaient empêchée bien des fois de s'investir dans des histoires d'amour. Était-ce vraiment pour cela que son couple avec Sam n'avait pas fonctionné ? Si c'était le cas, le pari qu'elle avait fait n'arrangerait pas les choses, puisqu'elle devrait rester un an de plus chez Eden. Sophie ne la laisserait pas s'en tirer à si bon compte.

Interrompant ses réflexions, Sam passa un bras autour de sa

taille et se serra contre elle, encore chaud de sommeil. Mindy ferma les yeux pour mieux profiter du moment. Tout allait si bien lorsqu'ils étaient seuls, que rien ni personne ne pouvait les empêcher d'être ensemble...

Cet instant volé ne se reproduirait pas de sitôt, voire jamais. Sam était un homme merveilleux. Un jour, quelque part, il finirait par rencontrer une femme tout aussi merveilleuse – une femme qui ne l'aurait pas quitté plusieurs fois, par exemple.

Malgré tout, Mindy n'arrivait pas à imaginer que ces moments de bonheur n'existeraient plus jamais. Peut-être pourraient-ils se revoir quelques fois, ne fût-ce que pendant l'absence de ses sœurs.

Elle se retourna pour lui faire face et chuchota :

— Hé, toi. Tu es réveillé ?

Il hocha la tête sans ouvrir les yeux.

— Presque.

— Je peux te poser une question ?

— Tu viens de le faire.

— Sam Blackwell, tu es décidément un grand comique. Plus sérieusement, que fais-tu cette semaine ?

Il tendit le bras pour l'attirer à nouveau contre lui.

— La routine, rien de plus. Apparemment, une certaine femme très têtue veut m'acheter un entrepôt.

Le visage niché dans son cou, elle sourit avant de répondre :

— Je n'ai pas l'intention de l'oublier, tu sais.

— Je n'ai aucun doute là-dessus, et moi non plus, je ne l'oublie pas. Pour une fois que je sais ce que tu veux, je m'y tiens. Tu es plutôt difficile à comprendre en général.

— Pardon ? C'est tout le contraire ! Je suis si facile à comprendre que c'en est presque ridicule.

— Dans ce cas, je dois être ridiculement stupide.

— Qu'est-ce que tu veux dire par là ?

— Chaque fois que je crois bien faire avec toi, je finis par être chassé de ta vie.

— Sam, il s'agissait de très grosses erreurs à chaque fois. Te mêler de la gestion du magasin, révéler des informations sur Emma à la presse…

— Chacune de ces fois, tu étais profondément malheureuse, et je suis intervenu pour essayer de t'aider.

Donc, à l'en croire, il n'avait eu que de bonnes intentions… Mindy ne pouvait s'empêcher d'en douter.

— Que s'est-il passé avec Jake ? demanda-t-elle à brûle-pourpoint.

— Il y a eu un malentendu. Il a été lourd de conséquences mais, pour moi, ce n'était rien d'autre que cela. Jake pensait que nous étions associés à temps plein. De mon côté, je nous voyais plutôt comme deux jeunes entrepreneurs qui se soutenaient mutuellement. C'est ce que tout le monde fait en début de carrière, n'est-ce pas ?

— Dans ce cas, pourquoi a-t-il parlé de trahison ? Je ne comprends pas qu'il t'en veuille encore.

— J'ai gagné beaucoup d'argent avec ce contrat. L'argent a tendance à entretenir les ressentiments.

— Même s'il n'était pas vraiment ton associé, pourquoi l'as-tu exclu de cette affaire ?

Sam inspira longuement et roula sur le dos, à l'autre bout du lit, loin d'elle. Il lui manqua aussitôt – peut-être aussi parce qu'elle sentait sa colère envahir l'atmosphère de la chambre.

— J'avais besoin de cet argent. Pas pour moi, mais pour quelqu'un d'autre, et pour une bonne raison. Si j'avais partagé les bénéfices avec Jake, je n'aurais pas eu assez pour régler le problème en question.

Au ton de sa voix, Mindy comprit qu'il aurait aimé en rester là, mais elle avait besoin de réponses. Elle voulait le racheter aux yeux de sa famille. Pour cela, elle devait connaître la vérité.

— Pourquoi ne lui as-tu pas dit que tu aidais quelqu'un ? Il aurait probablement compris.

— Ça ne le regardait pas. Nous étions amis, c'est vrai, mais il s'agissait d'un sujet trop personnel pour que j'en parle à qui que ce soit.

Mindy n'avait jamais entendu cette pointe d'agitation, presque de nervosité, dans la voix de Sam. Il rejeta brusquement les couvertures et bondit hors du lit.

— Qu'est-ce que tu fais ?

— Je vais m'habiller.

— Attends ! Ne t'en va pas.

Il se planta devant elle, toujours nu, et elle eut bien du mal à rester concentrée.

— Je ne veux plus jouer à ce petit jeu avec toi, Mindy. J'ai l'impression que je ne pourrai jamais gagner. Ce n'est plus très drôle, et je déteste perdre.

Elle s'assit au bord du lit et ramena le drap sous son menton. Telle qu'elle était, elle se sentait trop exposée pour soutenir la conversation.

— Je ne me trouve pas injuste de remettre en question certaines choses.

— Tu passes ta vie à me remettre en question. Mes actes, mes motivations, ce que je dis, ce que je fais... C'est épuisant. Tout se passait bien avant que tu ne parles de moi avec Sophie et Jake. À partir de là, je me suis senti entouré par un nuage de suspicion, comme si j'avais commis un crime. Je ne peux pas continuer comme ça.

Mindy ouvrit la bouche pour répondre, mais resta muette. Elle était assaillie par tant de pensées contradictoires qu'elle ne savait par où commencer. Dans un sens, Sam avait raison. Elle avait consulté sa sœur et son beau-frère sans se former un avis indépendant sur la question, ce qui n'était pas juste. Elle-même n'aurait pas apprécié qu'on la traite de cette manière.

— Tu as raison. Je devrais t'écouter, toi, et pas les opinions des autres. À propos de Jake, si tu me dis que tu n'avais pas le choix à l'époque, je te crois.

Sam haussa un sourcil pour marquer son incrédulité.

— D'accord, mais cela ne change rien au pari que tu as fait avec tes sœurs. Quoi que tu en penses, Mindy, je ne suis pas un prédateur. Tu n'as pas à te protéger de moi.

— C'est vrai, le pari était une idée stupide. J'ai accepté par peur de ma propre faiblesse. Tu n'avais rien fait pour cela.

En plus d'être stupide, ce pari se révélait aussi parfaitement inutile, si elle en jugeait par l'état du lit. Elle avait des sueurs froides rien qu'à imaginer ce que Sophie dirait si elle était au courant.

— Je n'aurais jamais dû donner mon accord, mais maintenant je suis coincée, soupira-t-elle. Sophie ne me lâchera jamais.

— Vois le côté positif de l'histoire. Au moins, tu sais qu'elle veut te garder près d'elle.

— Peut-être, mais de mon côté c'est toi que je veux garder près de moi.

Mindy avait du mal à croire qu'elle venait réellement de prononcer ces mots. Où avait-elle trouvé le courage de parler avec autant de conviction ?

— J'aime le sexe matinal comme tout le monde, mais je ne crois pas que ce serait une bonne idée de recommencer ce qu'il s'est passé hier soir. Je ne suis pas prêt à assumer tout ce qui va avec.

Elle repoussa précautionneusement le drap et se leva, face à lui, consciente du courant électrique qui passait entre eux.

— Je suis sérieuse, Sam. Ces derniers mois ont été pitoyables sans toi. J'ai vraiment envie de passer du temps avec toi, comme au tout début, avant que ma famille ne s'en mêle.

— Que proposes-tu ?

Mindy fit un pas vers lui et prit ses mains dans les siennes.

— Sophie et Emma sont à l'étranger pour une semaine. Profitons-en pour passer du temps ensemble.

Il hocha la tête lentement mais, à son regard chargé d'indécision, elle comprit qu'il hésitait.

— Et après ? Que se passera-t-il au bout d'une semaine ?

— Si tout se passe aussi bien entre nous, je parlerai à mes sœurs pour essayer de trouver un compromis.

— Non, Mindy. Je ne suis pas un compromis et je refuse de l'être. Soit nous sommes ensemble et tu le leur diras clairement, soit nous ne le sommes pas.

Mindy resta un instant silencieuse. Jamais encore elle n'avait entendu Sam lui poser un ultimatum. Cependant, si c'était le prix à payer pour donner une seconde chance à leur couple, elle était prête à l'accepter.

— Très bien, finit-elle par répondre. Nous avons un accord.

— Une dernière chose, répliqua-t-il d'un ton sans appel. Pendant cette semaine, nous dormirons chez moi, pas chez toi. Tu n'as jamais mis les pieds dans mon appartement.

— Je ne suis pas sûre que tu m'aies déjà invitée.

— Oh que oui, je l'ai fait. Et plusieurs fois.

Aussitôt après leur conversation, Sam rentra chez lui afin de préparer l'arrivée de Mindy, prévue pour l'après-midi même. Il n'avait jamais cohabité avec une femme auparavant. Même s'il ne s'agissait que d'une semaine, il se sentait quelque peu déboussolé.

Son appartement était comme un refuge pour lui. Lorsqu'il s'était mis en quête de son nouveau cocon, il avait pris soin d'éviter la grande bourgeoisie guindée de Central Park ou de l'Upper East Side, où vivait Mindy. À Tribeca, le quartier le plus cher de New York en ce moment, ses voisins avaient amassé leur fortune par eux-mêmes et la dépensaient joyeusement, sans aucune hypocrisie.

Le duplex de Sam occupait les deux derniers étages d'un entrepôt rénové. L'architecte avait gardé les murs de brique nue, les baies vitrées en demi-cercle et le bois brut des planchers. En revanche, la cuisine était très contemporaine, construite sur mesure dans un style industriel avec un magnifique îlot central de marbre blanc. L'endroit préféré de Sam restait toutefois la bibliothèque. Elle prenait la quasi-totalité de la mezzanine qui surplombait son salon, laissant un petit coin de la pièce pour son bureau. Il pouvait y passer des heures, plongé dans l'un des milliers de volumes qui recouvraient les étagères, bien installé dans son rocking-chair favori en cuir brun élimé par l'usage.

Cet après-midi-là, Sam était si absorbé par son roman policier qu'il sursauta en entendant son téléphone sonner. Pensant que Mindy le prévenait de son arrivée, il bondit sur l'appareil, mais l'appel émanait d'Isabel, sa sœur.

— Enfin, te voilà, lança-t-il sans s'embarrasser des salutations habituelles. Je commençais à m'inquiéter.

— Je sais, je sais. C'est de la folie au travail en ce moment. Que veux-tu que je te dise ?

— Tu pourrais dire que tu es désolée, par exemple. Que la prochaine fois, tu n'attendras pas une semaine entière avant de me rappeler. Je me suis fait du souci.

— Pour moi ? s'exclama Isabel dans un éclat de rire. Je suis la plus âgée, c'est moi qui suis censée m'inquiéter pour toi.

— Maintenant que nous sommes tous les deux dans la trentaine, il me semble que ce genre de règle n'a plus lieu d'être.

— À mon grand désespoir, je suis plus près de la quarantaine que de la trentaine, soupira sa sœur. De toute manière, tu seras toujours mon petit frère. Que tu sois ridiculement grand n'y change rien.

Sam éclata de rire et posa son livre sur une table basse. Dans ce genre de moments, il remerciait la vie de lui avoir donné sa sœur. Elle était son roc, son pilier, en plus de partager avec lui un passé commun. C'était reposant de pouvoir discuter de tout avec quelqu'un sans rien avoir à cacher.

— Je ne te contactais pas seulement pour prendre des nouvelles, reprit-il. J'ai eu un appel de la fondation de recherche sur la maladie de Charcot. Tu sais que je leur fais un don assez important chaque année.

— Toujours anonymement, j'imagine ? Monsieur Mystérieux doit garder sa vie secrète ?

— Hé ! Ce n'est pas juste, et tu le sais. Les choses sont beaucoup plus simples au travail si les gens ignorent cette partie de mon existence. Je n'ai pas besoin de leur pitié.

— J'ai déjà entendu ça plusieurs fois.

Sam marmonna un juron dans sa barbe et poursuivit :

— Bref, ils m'ont contacté parce qu'ils ont besoin d'un nouveau sponsor pour le gala de cette année. Ils sont dans une situation délicate, puisque c'est la sénatrice Miles et son mari qui devaient animer la soirée.

— Je vois. Et tu hésites parce que tu ne veux pas qu'on voie ton nom sur les affiches ?

— Pas seulement. Si j'accepte, je devrai faire un discours pour convaincre les invités de donner de l'argent. Il faudra raconter l'histoire de maman devant des centaines de personnes, dont certaines que je recroiserai certainement dans un cadre professionnel.

— Effectivement, ce n'est pas évident pour toi.

— La responsable m'a appelé plusieurs fois et je n'ai toujours pas donné ma réponse. Il faudrait pourtant que je m'en occupe rapidement. Je ne veux pas les mettre dans l'embarras en répondant trop tard.

— Si tu veux mon avis, je pense que personne dans cette salle n'aura pitié de toi. Les invités auront plutôt de l'empathie pour ce qui est arrivé à maman. D'ailleurs, ce n'est peut-être pas plus mal que tu montres une facette plus humaine de toi. Ta réputation est plutôt… Enfin, je t'en ai déjà parlé.

— Oui, je sais.

Sam croisa et décroisa les jambes plusieurs fois. Il se sentait étrangement mal à l'aise dans son fauteuil, pourtant si confortable d'habitude.

— Ce n'est pas tout, reprit-il. Il y a certains détails concernant la mort de maman qui pourraient ternir la réputation de papa, voire créer un scandale. Je ne veux pas prendre le risque que quelqu'un fouille un peu trop loin dans notre passé.

— Tout cela a eu lieu il y a presque vingt ans. De toute manière, il n'y a plus rien à fouiller maintenant. La police et la compagnie d'assurances ont toutes les deux conclu à un accident. De ton côté, tu as détruit le petit mot qu'il avait laissé. Toi et moi saurons toujours ce qu'il s'est vraiment passé. En revanche, le reste du monde n'a aucun moyen de le découvrir.

— J'imagine que tu as raison. C'est juste que…

La voix de Sam se perdit, et il dut lutter contre l'émotion inattendue qui lui serrait la gorge.

— Je ne voudrais pas que quiconque puisse insulter sa mémoire. Il a toujours fait tout ce qu'il pouvait pour nous.

— Je sais, mon grand. Je le sais bien.

Sam ferma les yeux et tenta désespérément de chasser les souvenirs qui envahissaient son esprit. Malheureusement, certaines images resteraient gravées en lui pour toujours, surtout la lettre de son père. Il l'avait brûlée des années auparavant, mais ces quelques mots d'une écriture presque illisible ne s'en iraient jamais. La calligraphie se faisait de plus en plus petite au fur et à mesure de la page, lorsque celui-ci expliquait les raisons qui l'avaient poussé à commettre l'irréparable...

— Tu penses que je devrais accepter ?

— Oui, je crois. Tu seras fier de toi une fois que tu l'auras fait, et à mon avis, cela ne peut t'apporter que du positif sur le plan professionnel. Sans compter que cette soirée me donnera une excuse pour venir à New York et me vanter de mon petit frère.

— Ce serait génial. J'adorerais t'avoir ici quelques jours, ne serait-ce que pour me soutenir moralement.

— Ne t'inquiète pas pour ça, déclara Isabel. Je me mettrai au premier rang, j'aurai une robe fantastique et j'applaudirai plus fort que tous les autres.

Sam eut un long soupir de soulagement. Ce discours lui demanderait du travail, mais au moins il avait pris un semblant de décision.

— Tu es sûre que tu pourras te libérer de tes obligations au cabinet ?

Isabel était une des avocates les plus réputées de Washington. Beaucoup de personnalités venaient la voir pour se tirer discrètement d'un mauvais pas légal ou financier, toujours moyennant des sommes astronomiques. Sam savait qu'elle adorait son travail, mais il aurait aimé la voir un peu plus souvent.

— Quelques jours de vacances ne me feront pas de mal, surtout à New York. J'en ai assez de Washington. Il y a beaucoup trop de politiciens.

— Pourtant, ce sont eux qui te font vivre.

— Malheureusement, oui, soupira sa sœur. Je préférais travailler avec les riches New Yorkais. Ils sont moins prévisibles et je m'amusais beaucoup plus.

— Pourquoi ne t'installes-tu pas ici ? C'est ton cabinet, après tout. Tu en fais ce que tu veux.

— C'est drôle que tu en parles. Pour tout te dire, j'y pense depuis un moment. J'adorerais emménager avec toi, nous n'avons pas vécu ensemble depuis notre adolescence.

— J'aimerais beaucoup aussi.

— Et puis, si je veux me trouver un fiancé, il va falloir que je déménage. Je crois bien que j'ai épuisé tous les hommes de Washington.

— Comment trouves-tu encore le temps de sortir ?

Isabel éclata de rire.

— Ne t'en fais pas, mon grand, je me débrouille. Et toi, alors ? As-tu rencontré quelqu'un depuis que Mindy Eden t'a brisé le cœur ? Je veux dire quelqu'un d'important, pas tous ces flirts qu'on a vus dans les journaux.

Sam lui avait raconté les grandes lignes de son histoire avec Mindy. Après tout, sa sœur était sa seule confidente. Même si elle n'était pas au courant des détails, il savait qu'elle allait lui mener la vie dure s'il lui disait que Mindy faisait à nouveau partie de son existence. D'un autre côté, les photos du mariage de Sophie paraîtraient bientôt dans les tabloïds, si ce n'était pas déjà fait. Il valait mieux qu'elle l'apprenne de sa bouche plutôt que dans la presse à scandale.

— Justement, à propos de ça..., se lança-t-il. Il se trouve qu'hier je suis allé au mariage de Sophie Eden, en tant que petit ami de Mindy. En réalité, nous ne sommes pas vraiment ensemble. Enfin, pas tout à fait. C'est plutôt un arrangement professionnel.

À chaque mot, Sam s'enfonçait un peu plus dans la confusion. Il commençait à se rendre compte que sa situation avec Mindy ressemblait à un vrai sac de nœuds. Il n'arrivait même pas à l'expliquer à sa propre sœur.

— Pardon ? s'exclama Isabel, outrée. Ne me dis pas que tu vas te remettre avec elle !

— Nous avons vécu un très bon moment au mariage, et nous avons décidé de passer un peu plus de temps ensemble, juste pour essayer. Nous verrons bien où cela nous mène.

À l'autre bout du fil, seul un long silence lui répondit.

— Je t'entends respirer, tu sais.

— Je me demande simplement si je ne devrais pas sauter dans un avion pour venir te gronder en personne.

— Je t'adore, Isabel, mais je suis grand. Je peux gérer ma vie sentimentale. J'ai besoin de ce temps avec Mindy, ne serait-ce que pour tourner la page.

— « Tourner la page », comme tu dis, ça n'existe pas plus que les licornes ou le Père Noël. C'est un mot qu'on a inventé pour ignorer la souffrance.

Soudain, le portable de Sam se mit à vibrer, ce qui le dispensa de se demander si sa sœur avait raison. Il s'agissait d'un message de Mindy.

Je suis là.

Bien malgré lui, son cœur s'emballa à l'idée qu'elle était devant sa porte.

— Isa, je vais devoir te laisser.

— Pas de souci. Tiens-moi au courant de l'histoire avec Mindy Eden, et envoie-moi le lien Internet du gala de la fondation, aussi. Je vais acheter mon billet tout de suite.

— J'y penserai. Je t'aime, grande sœur.

— Je t'aime aussi.

Sam raccrocha et dévala les marches de son immeuble pour ouvrir la porte à Mindy. Son chauffeur était en train de sortir non pas trois, ni quatre, mais bien *cinq* valises du coffre.

— Waouh. Tu t'es préparée pour un siège, on dirait.

Elle lui jeta un regard par-dessus ses immenses lunettes de

soleil, assorti d'un sourire qui aurait fait fondre toute la neige de New York en plein hiver.

— Une semaine pour moi, c'est comme un mois pour le reste du monde.

Sam ne put s'empêcher de penser qu'avec autant de bagages, elle ne pourrait pas s'enfuir en courant si quelque chose tournait mal. Il aurait largement le temps de la rattraper avant même qu'elle n'arrive sur le trottoir. Il souleva deux valises, le chauffeur prit le reste, et leur petite troupe se dirigea vers l'ascenseur.

— Je m'occupe de tout maintenant, déclara-t-il.

— Vous êtes sûr, monsieur Blackwell ? Je peux vous aider jusqu'en haut.

Les motivations de Sam étaient purement égoïstes : il voulait rester seul avec Mindy le plus vite possible.

— Ça ira très bien, je vous remercie.

— Clay, vous passez me prendre à 8 heures demain matin pour m'emmener au travail ?

— Bien sûr, mademoiselle Eden. Passez une bonne soirée.

Le chauffeur disparut rapidement, et Sam tapa son code d'accès pour monter jusqu'à son étage. Il laissa Mindy entrer la première dans son loft, puis sortit la montagne de valises et referma la porte. Enfin, ils étaient seuls.

Malgré sa joie d'être avec elle, Sam ne savait pas bien par où commencer. D'habitude, ils se retiraient mutuellement leurs vêtements sans se poser de question. Même s'il espérait voir ce moment arriver, il avait aussi envie de faire les choses différemment. Il voulait qu'ils apprennent à se connaître, tout simplement.

— Ton appartement est magnifique, commenta Mindy en pénétrant dans le salon.

Curieux, Sam la suivit du regard. Il n'avait presque jamais de visiteurs, et il se demandait si elle aimerait l'endroit où il vivait. Presque aussitôt, Mindy leva les yeux.

— Oh ! s'exclama-t-elle. Qu'est-ce qu'il y a, là-haut ? Une bibliothèque ?

— C’est mon endroit préféré. Je te montre ?

— Avec plaisir.

Il lui prit la main pour la guider à travers le salon, passant devant la cheminée et les canapés, jusqu’à l’escalier métallique qui conduisait à la mezzanine. Mindy fit longuement glisser ses doigts sur les tranches des livres.

— Je ne savais pas que tu aimais lire.

— Je peux y passer des heures, des jours même. C’est mon refuge.

Elle se tourna vers lui et il sentit son parfum l’envelopper. Tout était différent avec elle dans la pièce. Il y avait quelque chose de doux, de chaleureux dans l’atmosphère.

— Pourquoi as-tu besoin d’un refuge ?

— J’en avais besoin lorsque j’étais enfant. J’imagine que l’habitude est restée.

Aussitôt, il se mordit la lèvre. Il venait d’ouvrir une fenêtre sur son enfance qu’il aurait voulu laisser fermée. Un jour, il lui en parlerait, mais pas maintenant. Il n’était pas encore prêt.

— Et toi, Mindy ? demanda-t-il pour prévenir ses questions. Quel est ton refuge ?

— Étant donné le nombre de valises que j’ai apportées, on dirait bien que c’est toi.

7

À peine une journée plus tard, Mindy se sentait comme chez elle avec Sam. Ils avaient passé une bonne partie du dimanche au lit. Ensuite, elle avait préparé le dîner pendant qu'il s'occupait du vin, tout en la distrayant de temps en temps en posant les mains sur ses hanches ou les lèvres dans son cou. Ils s'étaient endormis tard, enlacés sous la couverture après avoir regardé de vieux films en noir et blanc.

En plus d'aimer les livres, Sam était aussi un grand cinéphile. Mindy adorait découvrir ces petits détails sur lui. Chaque heure qui passait dévoilait une nouvelle facette de sa personnalité. Tout était différent entre eux maintenant qu'ils restaient chez lui et non plus chez elle, mais elle se demandait si le changement ne venait pas d'ailleurs. Bien sûr, ils devaient encore se cacher, mais elle se sentait plus libre qu'auparavant. Sophie et Emma étaient à l'autre bout du monde. Elle ne sentait plus leur regard désapprobateur peser sur eux, remettre en question leur relation à chaque instant, jusqu'à la faire douter elle-même.

Mindy avait hâte de voir si ce nouveau sentiment de liberté s'appliquerait aussi au travail. Après tout, ce lundi serait le premier jour où elle devrait gérer le magasin seule. Clay l'attendait en bas de l'immeuble, pile à l'heure, et Sam l'accompagna pour lui dire au revoir. C'était une belle journée d'automne, ensoleillée et fraîche à la fois.

— Je crois que je vais devoir y aller, soupira-t-elle en levant les yeux vers lui.

Sam passa un bras autour de sa taille pour l'attirer contre lui. Elle adorait cette proximité physique entre eux. Grâce à ces petits gestes, elle se sentait désirée, voire plus encore. Elle sentait qu'il avait besoin d'elle.

— Est-ce que tu pourrais te libérer quelques heures pour le déjeuner ?

— Que proposes-tu ? Tu veux qu'on se rejoigne ici ?

Mindy agrippa un pan de sa veste sans même s'en rendre compte, les images de leur matinée ensemble affluant à son esprit. Ils avaient passé une bonne demi-heure sous la douche. Le souvenir de ses mains glissant lentement le long de son corps suffit à déclencher une vague de chaleur en elle. Malgré tout, elle était surprise que Sam ait à nouveau envie d'elle au point de ne pas vouloir attendre le soir.

Sa réponse la tira brusquement de sa rêverie.

— C'est une surprise. Je viendrai te chercher chez Eden, disons vers 13 heures, si ça te convient.

Mindy hésita un instant. S'il venait au magasin, les employés risquaient de le voir. D'un autre côté, ils n'étaient pas du genre à cancaner, et puisque ses sœurs ne reviendraient pas avant plusieurs jours...

— C'est parfait. J'ai hâte d'être à ce midi.

Elle posa un baiser sur ses lèvres et il la retint pour l'embrasser une seconde fois avant qu'elle ne monte dans la voiture. Mindy fut presque tentée de se pincer pour vérifier que tout cela était bien réel.

Clay la déposa au travail en un temps record – un autre avantage de l'appartement de Sam, qui se trouvait bien plus près du grand magasin que l'Upper East Side. La matinée se déroula paisiblement. Son entrevue avec les chefs de rayon se passa sans heurt, puis elle participa à une réunion vidéo avec une nouvelle marque pour tenter de la vendre exclusivement chez Eden. En fin de matinée, Reginald vint lui parler des décorations de Noël à venir. Les vitrines du grand magasin étaient célèbres dans le monde entier. D'habitude, Sophie était la reine autoproclamée de Noël chez Eden. Reginald voulait simplement lui montrer une ou deux idées en attendant son retour. D'après lui, Mindy était « beaucoup moins pointilleuse » que sa sœur.

Une demi-heure avant son rendez-vous avec Sam, elle ouvrit sa boîte mail dédiée à MVM. Sa matinée prit alors un tour nettement moins réjouissant. L'entreprise semblait envahie par des problèmes internes plus inextricables les uns que les autres. Il y avait des disputes sur la ligne créative, des retards sur les commandes, des coûts de production trop élevés... Bref, rien n'allait. Le bilan financier semblait s'alourdir de jour en jour. Pourtant, le personnel était déjà réduit au strict minimum, et elle ne pouvait plus licencier un seul employé.

Mindy écrivit à Matthew, le directeur par intérim, pour lui proposer des solutions aux problèmes les plus urgents. Elle aurait préféré le laisser gérer seul la situation. Malgré tout, il ne semblait pas réussir à endiguer les conflits entre les différents services, ce qui devenait primordial. Un petit discours aux employés sur la coopération et le travail d'équipe n'aurait pas été de trop mais, si elle intervenait, elle risquait de ruiner l'image que le personnel avait de lui. Il devait absolument garder un semblant d'autorité.

Elle soupira en pensant au temps qu'il lui restait avant de pouvoir reprendre son entreprise en main. Quatorze mois – voire davantage si Sophie tenait parole, et qu'elle lui faisait passer un an de plus au magasin... Curieusement, aujourd'hui, le pari l'inquiétait beaucoup moins. Ses sœurs n'étaient pas là pour le lui rappeler en permanence.

Il était presque 13 heures lorsque Mindy sortit de la salle de bains de son bureau, où elle s'était rapidement recoiffée et remaquillée. Lizzie l'appela à cet instant depuis la réception.

— Mademoiselle Eden, il y a un certain Benjamin Summers au téléphone pour vous. Il veut vous parler d'un prêt que votre grand-mère aurait contracté, ou quelque chose dans ce genre. Il n'a rien voulu me dire de plus. Apparemment, il ne peut donner de détails qu'à vous, Sophie ou Emma.

— Ce nom ne me dit rien. Est-ce qu'il travaille pour une banque ou un cabinet de notaire ?

— Je ne sais pas. Il m'a seulement dit son nom.

— Ça m'a tout l'air d'une arnaque.

Depuis la mort de sa grand-mère, des dizaines de personnes avaient tenté de mettre la main sur le magasin sous divers prétextes.

— C'est ce que je me suis dit aussi, confirma Lizzie. Que voulez-vous que je réponde ?

— Dites-lui que je le rappellerai. Je n'en ferai rien, mais il n'a pas besoin de le savoir.

Elle avait à peine terminé sa phrase que les portes de l'ascenseur s'ouvrirent. Mindy se retourna juste à temps pour voir Sam en sortir, et son cœur fit un bond dans sa poitrine. L'espace d'un instant, il n'y eut plus que lui dans la pièce, comme si tout le reste – le sol, les murs, même Lizzie – était devenu flou.

— Je sors déjeuner, lança-t-elle à la réceptionniste. Je serai peut-être absente quelques heures.

Chanceuse, disait le regard de Lizzie.

— Partez tranquille, mademoiselle Eden. Nous monterons la garde sans problème.

Heureusement pour Mindy, tous les autres employés étaient déjà partis prendre leur pause déjeuner lorsqu'ils sortirent, et elle savait que Lizzie ne dirait rien à personne. Quelques mois plus tôt, elle avait obtenu une augmentation conséquente pour la réceptionniste. Cette dernière l'avait du reste amplement méritée. Lizzie supportait les petites histoires des sœurs Eden avec un professionnalisme à toute épreuve.

Aussitôt seule avec Sam dans l'ascenseur, Mindy demanda :

— Alors, où m'emmènes-tu ?

— C'est toujours une surprise.

Elle eut un sourire aussi immense qu'irrépressible. Tout cela la rendait heureuse, toutes ces petites choses que faisaient les couples normaux. Sam et elle réussiraient-ils à atteindre ce stade ? Pourrait-elle vaincre les réticences de ses sœurs ? Si toute la semaine se déroulait de cette manière, elle allait devoir mettre les choses au clair avec Emma et Sophie. Elle leur dirait enfin que son propre bonheur comptait plus que leur opinion.

Quelques instants plus tard, ils étaient installés dans le 4x4 noir de Sam. Le chauffeur n'avait parcouru que quelques centaines de mètres lorsqu'elle comprit qu'ils se dirigeaient vers le tunnel Lincoln.

— Pourquoi allons-nous dans le New Jersey ?

— J'aurais dû te bander les yeux, grommela Sam.

L'espace d'un instant, Mindy se laissa distraire par cette idée pour le moins intéressante, mais son esprit logique reprit vite le dessus.

— Attends une minute. Est-ce que nous allons voir le Mercer ?

Sam tendit la main vers sa serviette et en sortit une épaisse enveloppe de papier brun.

— Voilà pour toi. C'est le contrat de vente.

— Vraiment ? Tu t'en es déjà occupé ?

Le cœur battant, Mindy lui arracha presque l'enveloppe des mains. Elle tenait la solution à tous les problèmes de son entreprise. Lorsque MVM aurait déménagé, tous les problèmes dont elle avait pris connaissance un peu plus tôt se résoudraient bien plus facilement.

— C'est ce que j'ai fait en premier ce matin, répondit Sam. Chose promise, chose due. Tu peux le lire dès maintenant.

— Je devrai quand même le montrer à mon avocat avant de signer, dit-elle en retirant le trombone qui reliait les feuilles entre elles. C'est simplement pour vérifier que tout est en ordre sur le plan légal. Tu comprends, n'est-ce pas ?

— Bien sûr, c'est normal.

Il n'y avait aucune trace de doute dans sa voix, et Mindy se sentit aussitôt soulagée. Il comprenait qu'elle avait confiance en lui et qu'il ne s'agissait que d'une formalité.

Elle feuilleta le document rapidement, glissant sur la description et les clauses du contrat. Lorsqu'elle arriva à la dernière page et qu'elle lut le prix de vente, elle ne put s'empêcher de sursauter.

— *Un dollar* ? s'exclama-t-elle d'une voix si aiguë qu'elle la reconnut à peine. C'est une blague ?

Devant la mine dépitée de Sam, elle regretta aussitôt sa réaction.

— Je voulais faire quelque chose de gentil pour toi. Quelque chose de… romantique.

Pour la première fois, elle le voyait moins sûr de lui, et cette vulnérabilité la fit fondre.

— La plupart des gens choisissent des fleurs ou des chocolats. Toi, tu m'offres un entrepôt qui pourrait bien sauver mon entreprise et tout ce que j'ai construit. C'est bien plus que romantique. Je ne sais même pas si je peux accepter.

Elle posa le contrat sur le siège et captura sa main.

— C'est la chose la plus généreuse et la plus adorable qu'on ait jamais faite pour moi. Merci, Sam.

Elle se pencha et l'embrassa doucement, sensuellement, consciente que son baiser n'exprimerait qu'un centième de la gratitude qu'elle ressentait.

— Je t'en prie. Je suis heureux de te voir heureuse.

— J'arrive à peine à y croire. Est-ce qu'il y a quelque chose que tu veux en échange, quelque chose dont tu as besoin ?

— J'ai besoin de toi, Mindy. Rien d'autre.

Une fois de plus, elle était sur un petit nuage grâce à lui. Elle commençait à perdre toute idée raisonnable lorsque le chauffeur prit le tournant qui conduisait au Mercer. Aussitôt, Mindy revint à la réalité. Passant la tête par la fenêtre, elle tendit le cou pour apercevoir l'entrepôt, qu'elle n'avait pas vu depuis plus d'un mois. Le Mercer, une ancienne sucrerie, avait gardé ses cinq étages de brique rouge et ses immenses fenêtres. Une petite touche Art déco venait compléter l'architecture industrielle du bâtiment. Une fois rénové, il serait magnifique.

En descendant de voiture, elle découvrit la deuxième surprise que Sam lui avait préparée : une couverture et un panier de pique-nique les attendaient sur le siège avant.

— Nous n'en aurons pas pour plus d'une heure, lança-t-il au chauffeur avant de refermer la portière.

— Décidément, tu es plein de surprises aujourd'hui.

— Je veux que nous profitions à fond de notre semaine ensemble. Et puis, même les femmes d'affaires doivent manger, non ?

— J'imagine que oui, puisque je meurs de faim.

Sam lui prit la main et l'entraîna jusqu'à la porte d'entrée principale, puis sortit une clé de sa poche.

— À vous l'honneur, madame la propriétaire.

— Je n'ai encore rien signé. Comment sais-tu que ton dollar sera un bon investissement ?

— C'est une impression que j'ai, répliqua-t-il avec un sourire en coin sans équivoque.

Mindy éclata de rire et tourna la clé dans la serrure. Avec ses plafonds vertigineux, le rez-de-chaussée était immense. Pour le moment, il ne s'agissait que d'un espace vide, mais elle voyait déjà ses employés remplir des caisses d'invitations et de cartes de vœux dans cette pièce. Pour la première fois depuis des semaines, elle pensait à MVM avec optimisme.

— Ici, ce sera le service d'emballage et d'expédition, déclara-t-elle.

— Ça m'a l'air parfait. Bon, je crois qu'on va devoir escalader un peu aujourd'hui, commenta Sam en se dirigeant vers l'escalier de service.

— Pas d'électricité, pas d'ascenseur !

Ils montèrent les cinq volées de marches d'un pas prudent. Les baies vitrées, obscurcies par la poussière, ne laissaient passer qu'un mince rayon de soleil. C'était suffisant pour remplir le cœur de Mindy d'un espoir irrésistible – pas seulement pour son entreprise, mais aussi avec Sam.

Cela lui paraissait toujours aussi incroyable. Bien sûr, elle avait toujours su qu'il ne reviendrait pas sur sa parole, mais lui vendre l'entrepôt contre un dollar symbolique était une tout autre affaire.

Lui seul pouvait transformer une vieille usine poussiéreuse en un geste romantique. Il la connaissait par cœur, et comprenait à quel point elle tenait à cet endroit.

— Et voilà, fit-il lorsqu'ils arrivèrent au dernier étage. L'endroit parfait pour notre pique-nique.

La vieille porte métallique grinça sur ses gonds lorsque Sam l'ouvrit, et Mindy cligna des yeux, aveuglée par un flot de lumière.

— On dirait que quelqu'un a nettoyé mon étage de bureaux, commenta-t-elle.

Le cinquième étage n'avait rien de commun avec ce qu'elle avait visité un mois auparavant. Les fenêtres étincelaient de propreté, et il n'y avait pas une once de poussière sur le plancher.

— Je voulais que nous déjeunions dans un endroit accueillant, expliqua Sam.

— Je ne comprends pas. Tout cela a dû te prendre des jours.

Il esquissa un sourire piteux, et Mindy remarqua quelque chose qu'elle n'avait jamais vu chez lui : il rougissait.

— Pour tout te dire, ça m'a pris quasiment une semaine.

Une semaine ? Mindy comprenait de moins en moins ce qui se passait. Ils n'avaient décidé de se donner une seconde chance que la veille.

— Tu veux dire que tu avais planifié tout ça avant le mariage ? Au moment où nous essayions de rester amis ?

— Eh bien, oui. J'avais envie de te faire plaisir, et je sais que je n'y ai pas toujours réussi par le passé. Et puis, je vois bien à quel point cet entrepôt est important pour toi. Tes yeux étincellent chaque fois que tu en parles. Peu de gens sont capables de se passionner à ce point pour ce qu'ils font, d'avoir une telle vision de l'avenir.

Elle leva les yeux vers lui, envahie par un sentiment qu'elle osait à peine définir. Était-ce de l'amour ? Pourrait-elle vivre une histoire heureuse comme ses sœurs, ou était-elle en train de se laisser aveugler par le charme irrésistible de Sam – une fois de plus ?

Sam espérait qu'il n'était pas allé trop loin. L'expression de Mindy était difficile à déchiffrer. Il s'était attendu à ce qu'elle soit contente, qu'elle saute de joie peut-être, mais certainement pas à cette larme qui venait de couler sur sa joue. Avant même qu'il ait eu le temps de lui demander si tout allait bien, elle se jeta à son cou.

— Merci, Sam. Merci pour tout. Je n'ai pas assez de mots pour te dire à quel point tout cela compte pour moi.

Il posa le panier et la couverture pour la serrer contre lui.

— N'importe qui s'en rendrait compte, Min. Il suffit de t'observer un tant soit peu.

— Depuis des années, je me bats pour essayer de justifier mon rêve auprès de mes sœurs. Elles ne l'ont jamais compris, mais toi, oui.

Ses yeux brillants de joie rencontrèrent les siens, et il déposa un baiser sur son front. Sam ne se sentait malheureusement pas aussi léger qu'il l'aurait souhaité. Avec ce qu'il avait appris récemment sur MVM, il savait qu'il allait ternir le bonheur de Mindy... Mais pour l'instant, il voulait simplement profiter du moment avec elle. Il s'était rarement senti à ce point récompensé de ses efforts.

— Bien sûr que je le comprends, puisque je le partage, finit-il par répondre. Je suis comme toi. La plupart du temps, je dois gérer toutes les responsabilités de mon entreprise moi-même. C'est lourd à porter quand quelque chose ne va pas, mais très gratifiant quand tout se passe bien.

— Exactement. Aujourd'hui, j'ai l'impression que tout va bien se passer.

Sam grimaça intérieurement. Son optimisme lui faisait mal au cœur, en sachant ce qu'il allait lui apprendre sur Matthew et la vente du Mercer.

— Cet endroit-là a une vue magnifique, remarqua-t-il en désignant un coin de la pièce, près des fenêtres. Je parie que tu vas y mettre ton bureau.

Mindy fit quelques pas pour admirer le paysage par la fenêtre qu'il lui indiquait.

— Crois-moi si tu veux, mais je n'y ai même pas pensé. J'ai

imaginé chaque détail de l'entreprise, sauf mon propre bureau. Je ne sais pas comment c'est possible… Peut-être parce que je suis coincée chez Eden depuis tout ce temps.

— C'est probable. Tu ne te rappelles plus comment c'était de diriger MVM.

Sam se pencha pour étaler la couverture sur le sol. Il s'y installa, puis tendit la main à Mindy, qui s'assit près de lui en ramenant ses jambes sous sa robe.

— D'une certaine manière, je m'en souviens, puisque je dois encore gérer les problèmes. Il se trouve que nous en avons un peu trop ces derniers temps.

Si elle n'était pas réjouissante, la nouvelle ne le surprenait que peu. Il ouvrit le panier et tendit un sandwich à Mindy. Le traiteur haut de gamme près de ses bureaux en faisait de délicieux. Il lui avait également acheté une bouteille de vin, dont il servit deux verres pour trinquer avec elle.

— Au Mercer ! s'exclama Mindy.

Il sut alors qu'il devait lui parler, maintenant, avant que son enthousiasme ne rende la chose encore plus difficile.

— Min, il faut que je te parle du Mercer. Je l'ai eu pour une bouchée de pain, bien en dessous de sa valeur réelle. Tu m'as dit que tu avais essayé de l'acheter avant moi. Pourtant, mon responsable des acquisitions m'a assuré qu'il n'y avait aucune autre offre pour la propriété.

— C'est impossible. J'ai signé le document moi-même.

— Es-tu sûre qu'il a été transmis à qui de droit ?

— Je n'ai aucune raison d'en douter. Matthew m'a dit qu'il l'avait fait, alors pourquoi m'aurait-il menti ? Il voulait cet entrepôt autant que moi.

Elle prit une bouchée de son sandwich et Sam l'imita avant de répondre :

— Je ne sais pas pourquoi il l'aurait fait, mais j'ai tout de même l'impression qu'il t'a menti.

— Sam, je vois les petits rouages tourner dans ta tête. Dis-moi clairement ce que tu en penses.

— Est-ce que tu fais confiance à ce Matthew ?

— Il m'a été chaudement recommandé, et il a fait des miracles dans chaque entreprise où il est passé.

— Ce n'est pas ce que je t'ai demandé. Est-ce que *toi* tu as confiance en lui ?

Mindy haussa une épaule et soupira.

— Eh bien, à vrai dire… Pas vraiment.

— Je vois.

— D'un autre côté, je suis une vraie maniaque du contrôle, surtout lorsqu'il s'agit de MVM. J'aurais du mal à faire confiance à qui que ce soit.

— Il y a autre chose, poursuivit-il à contrecœur. Mon entreprise a reçu un tuyau concernant le Mercer. On nous a dit de faire une offre très basse, mais de tout payer rubis sur l'ongle. Comme le bâtiment en valait la peine, l'équipe a suivi ce conseil, mais personne ne peut me dire d'où l'information venait exactement.

— Tout cela n'a aucun sens. Pourquoi Matthew aurait-il voulu m'empêcher d'acheter le Mercer ? Nous n'avions aucune autre option, à part faire construire un bâtiment neuf.

— Peut-être qu'il essaie de te faire couler. Soit il travaille pour un concurrent, soit il veut te faire perdre de l'argent jusqu'à ce que tu sois obligée de lui vendre ton entreprise. Il a sans doute remarqué que tu étais dans une position vulnérable en ce moment, et MVM pourrait devenir une mine d'or.

— Les gens font vraiment ce genre de choses ?

— Plus souvent que tu ne le penses, et surtout les gens comme Matthew, soupira Sam. Il n'a aucun talent pour trouver une bonne idée, ni pour monter une équipe. En revanche, il sait très bien s'occuper des entreprises déjà existantes. La tienne serait idéale pour lui. Elle a un potentiel immense, et il sait que tu es occupée par une autre affaire ces temps-ci.

— Chez Eden…

— Exactement. Tu dois partager ton attention entre les deux entreprises pour un bon moment encore. Il doit espérer que tu en laisseras tomber une.

— Je ne laisserai jamais tomber MVM. C'est mon bébé.

La détresse dans sa voix serra le cœur de Sam.

— Je le sais bien, et je suis sûr qu'il le sait aussi, du moins en partie. Mais il essaie probablement de te forcer à faire adopter ce bébé.

Mindy s'était raidie des pieds à la tête, et elle semblait à la fois confuse et angoissée.

— Sam, est-ce que tu peux m'aider à tirer les choses au clair ? Tu es le seul qui puisse le faire. Si mes sœurs s'en mêlent, il s'en rendra forcément compte.

— Je ne suis pas sûr que ma position soit meilleure. Après tout, il sait que je suis ton ex.

— C'est peut-être pour cela qu'il t'a choisi pour acheter l'entrepôt. L'histoire de la vengeance était plausible, tellement plausible que j'y ai cru.

— D'accord, mais depuis on nous a vus ensemble au mariage de ta sœur. Tout le monde pense que nous sommes à nouveau en couple.

Et lui, qu'en pensait-il ? Sam ne voulait pas se l'avouer, mais il commençait à y croire aussi. Il ne voulait pas penser à ce qui se passerait à la fin de cette semaine.

Mindy mordit à nouveau dans son sandwich, mais il reconnut son expression concentrée qu'il aimait tant. Elle était en train de réfléchir à toute vitesse.

— Si tu as raison, finit-elle par répondre, ce n'est pas plus mal qu'il pense que nous sommes ensemble. Il devrait s'inquiéter, n'est-ce pas ?

— Et les gens inquiets font des erreurs.

— Donc, quand il saura que tu m'as vendu le Mercer pour un dollar, il va vraiment paniquer, conclut-elle avec un grand sourire.

Mindy but son verre de vin d'un trait et se pencha pour déposer un long baiser sur ses lèvres.

— Merci encore, au fait.

— Je t'en prie. Tu es irrésistible quand tu réfléchis.

— Et toi, tu es irrésistible quand tu m'aides à régler mes problèmes. Je suis sûre que, ensemble, nous allons trouver une solution.

8

Le surlendemain, Sam rentra du travail et trouva Mindy dans la cuisine, comme les deux jours précédents. Elle portait cette fois encore des talons hauts et une robe haute couture. Apparemment, on n'avait pas besoin d'un tablier pour préparer des plats délicieux, songea-t-il en souriant intérieurement.

Il s'approcha silencieusement et déposa un baiser sur sa nuque.

— Te voilà encore aux fourneaux ?

— J'ai passé une mauvaise journée.

— La plupart des gens se contenteraient de boire un verre, tu sais.

Sam avisa un petit tas de parmesan râpé à l'autre bout du plan de travail et ne put s'empêcher de tendre la main.

— Mmm… Pourquoi faut-il que le fromage soit aussi bon ?

— Aucune idée. Tout ce que je sais, c'est que n'importe quel plat devient meilleur avec du fromage dessus.

Mindy lui servit un verre de vin et trinqua avec lui.

— Santé ! Célébrons la fin de cette affreuse journée.

Pour n'importe qui d'autre, ce genre de scène aurait semblé parfaitement banale, mais elle était extraordinaire aux yeux de Sam. Voilà donc à quoi ressemblait la vie avec quelqu'un – la vie avec Mindy, lorsque personne ne les empêchait d'être ensemble.

Cette dernière venait de lui dire qu'elle avait eu une mauvaise journée. Pourtant, elle semblait plutôt de bonne humeur. Elle s'agitait entre le réfrigérateur et la cuisinière, coupait des légumes, sortait des ustensiles comme si elle avait passé toute sa vie dans cette cuisine.

— Alors, que s'est-il passé aujourd'hui ? demanda-t-il. Tu as eu des soucis chez Eden ?

— Non, ça ne risque pas. Le magasin tourne quasiment en pilote automatique. Par contre, c'est la panique chez MVM, et pour des raisons stupides. Le directeur créatif n'adresse plus la parole à l'équipe commerciale. Surtout, le chef de production s'est laissé avoir, et nous manquons de matériel dont une entreprise d'imprimerie ne devrait jamais manquer.

Mindy prit une gorgée de vin et leva les yeux au ciel en secouant la tête.

— Par exemple, nous n'avons plus de papier.

— Sérieusement ?

— Très sérieusement. Crois-moi, j'aimerais mieux que ce soit une blague.

Sam prit place sur l'un des hauts tabourets qui entouraient l'îlot de cuisine.

— Penses-tu que Matthew est derrière tout ça ?

— Je ne sais vraiment pas, fit-elle en haussant une épaule. Je l'ai appelé aujourd'hui. Il me promet qu'il cherche des solutions, et tout ce qu'il m'a dit semble correspondre à la réalité, mais… Je n'en sais rien. J'ai l'impression que quelqu'un provoque de petites catastrophes en série et que, si je ne m'en occupe pas, elles continueront d'arriver.

Sam songea qu'il s'apprêtait à lui annoncer une bien plus grande catastrophe. Il s'en voulut d'avance, mais il savait qu'il lui devait la vérité.

— Il faut que je te dise quelque chose. J'ai fait des recherches sur Matthew, et j'ai découvert des choses intéressantes.

— Intéressantes dans un sens positif ?

— Pas vraiment. Tu risques d'avoir un choc, mais il vaut mieux l'apprendre maintenant que lorsqu'il sera trop tard, déclara-t-il en sortant un dossier de sa sacoche. Voilà ce que nous avons trouvé sur lui.

— « Nous » ?

— Je ne suis pas détective, Min. J'ai trouvé certaines de ces informations moi-même, mais j'ai aussi une petite équipe d'employés qui sont très doués pour ce genre de choses.

Il se rendit compte qu'il aurait dû lui demander son avis avant de lancer les recherches, mais heureusement Mindy ne semblait pas en colère contre lui. Elle s'installa près de lui au comptoir et répondit :

— Très bien. Dans ce cas, montre-moi ce que tu as découvert.

Sam ouvrit la pochette et parcourut les feuillets avec elle. Il y avait des articles sur les entreprises que Matthew avait gérées, des rapports financiers, des bilans ; mais surtout, dans chaque article, un second personnage revenait à chaque fois, un certain Zeke Anderson.

Un schéma récurrent semblait se dessiner dans chacune des entreprises en question. Matthew ou Zeke commençait par monter dans la hiérarchie d'une start-up prometteuse. Lorsque l'un des deux avait atteint un poste à haute responsabilité, l'entreprise connaissait d'abord une période florissante, puis les bénéfices semblaient chuter brusquement et sans raison. À ce moment-là, le deuxième larron entrait en scène et rachetait un grand nombre de parts dans la société pour, soi-disant, la sauver de la faillite. Quelques semaines après, le chiffre d'affaires remontait miraculeusement et finissait par atteindre des sommes prodigieuses.

À la lecture de ces conclusions, Mindy sursauta et plaqua une main sur sa bouche.

— Mon Dieu, Sam, mais c'est précisément ce qu'il se passe à MVM en ce moment ! Matthew m'a même suggéré de vendre l'entreprise avant que les bénéfices ne deviennent encore plus faibles. D'après lui, si je vendais maintenant, j'en tirerais plus d'argent et j'aurais moins de complications à gérer.

— Lui as-tu dit que je t'avais revendu le Mercer ?

— Oui, et il n'a pas eu l'air particulièrement déconcerté. Cela dit, l'idée de vendre la société rapidement est venue juste après.

Sam resta un instant sans répondre. Il commençait à craindre que les ennuis de Mindy soient plus grands que ce qu'ils avaient imaginé, et il n'était plus certain de pouvoir l'aider.

— Je préférerais t'apporter de meilleures nouvelles, tu sais.

— Et moi, je préférerais que rien de tout cela ne soit jamais arrivé. J'ai laissé mon entreprise aux mains d'un escroc. Comment ai-je pu être aussi stupide ?

— Min, tu ne peux pas t'en vouloir. Ce n'est absolument pas de ta faute. Tu es une femme d'affaires brillante. D'ailleurs, Matthew l'a bien compris, puisque ce Zeke et lui ne s'en prennent qu'aux entreprises qui ont un bon potentiel. C'est la base de leur stratégie, la condition pour qu'ils puissent se faire passer pour des génies ensuite.

— Je refuse qu'il devienne le héros de l'histoire, Sam. Je ne veux pas le laisser faire. Nous devons absolument l'arrêter.

— Bien sûr. Je ferai tout mon possible pour t'aider. Si quelqu'un doit être l'héroïne, c'est bien toi.

Elle leva la tête vers lui, ses yeux brillant d'une détermination sans faille. N'importe qui d'autre se serait découragé face à ces mauvaises nouvelles. Mindy, elle, prenait les problèmes à bras-le-corps, et n'abandonnait pas avant qu'ils soient résolus.

— Il faudrait le prendre à son propre piège, au moins assez pour pouvoir le ficher dehors, reprit-elle. Le problème, c'est que je lui ai fait un contrat en béton armé. Un licenciement sera difficile à mettre en place. À l'époque, j'avais peur qu'il me laisse tomber, mais je n'imaginais pas que je devrais me débarrasser de lui un jour.

— Je ne sais pas encore comment, mais je suis sûr qu'on trouvera une solution. Il faudra peut-être utiliser des moyens douteux, en faisant attention, bien sûr. L'espionnage industriel n'est pas une mince affaire, encore moins lorsqu'on espionne le directeur de sa propre entreprise.

— Oh ! je vois..., fit-elle avec un sourire malicieux. J'ai l'impression de découvrir ton côté obscur. Je dois dire que c'est plutôt séduisant.

Sam laissa échapper un petit rire.

— Crois-moi, tout cela n'a rien de sexy.

À cet instant précis, elle se mit à mordiller sa lèvre inférieure, et il perdit complètement le fil de ses pensées. Tout ce qu'il voulait, c'était *elle*, ici et maintenant.

— Oublie ce que je viens de dire, reprit-il. Avec toi, tout devient sexy.

Mindy se laissa glisser de son tabouret et se nicha entre les genoux de Sam, la tête posée contre sa poitrine.

— Tu es vraiment génial, tu sais. Si tu n'étais pas intervenu, je serais encore en train de m'attarder sur des problèmes mineurs, sans comprendre qui en était la cause.

— Nous formons une bonne équipe tous les deux.

Sam jura intérieurement, inquiet d'en avoir trop dit, mais elle lui répondit avec un grand sourire :

— Oui, une merveilleuse équipe.

Une fois encore, un immense soulagement l'envahit. Il savait qu'il avait commis trop d'erreurs par le passé. Cette semaine, il voulait prouver à Mindy qu'il était capable de la rendre heureuse, et il avait peut-être réussi aujourd'hui.

Sam inclina la tête, son regard rencontra le sien, et elle se haussa sur la pointe des pieds pour l'embrasser. Ce fut un baiser dévastateur, passionné, empreint d'une avidité qu'ils n'avaient jamais connue auparavant. Mindy passa la main dans ses cheveux tandis que sa langue venait jouer avec la sienne. Il se pencha légèrement et elle se mit à onduler des hanches, pressée contre lui, enflammant un peu plus son désir.

Sam plaça une main derrière son dos et fit glisser la fermeture de sa robe. Sans même attendre de l'avoir retirée, il défit son soutien-gorge, impatient de la voir tout entière. Les lèvres de Mindy quittèrent les siennes à regret et elle se débarrassa de ses vêtements. Aussitôt, il sauta de son tabouret et la souleva par la taille pour l'installer sur le comptoir.

Assise devant lui dans son tanga en dentelle noire et ses talons aiguilles, elle était plus désirable que jamais.

— C'est beaucoup mieux, murmura-t-il en prenant chacun de ses seins dans une main.

Sa peau douce comme de la soie contrastait avec la dureté de ses mamelons. Il ne put résister au désir d'en prendre un entre ses lèvres, savourant les frissons de plaisir de Mindy à la moindre caresse de sa langue. Rapidement, l'envie de la goûter tout entière devint la plus forte. Il souleva ses jambes pour les poser sur ses épaules, retira son sous-vêtement et s'arrêta, contemplant sa nudité offerte. Mindy posa les mains sur le comptoir et tendit le bassin vers lui dans une invitation qu'il s'empressa d'accepter.

Inclinant la tête vers son point le plus sensible, il commença à la lécher lentement, attentif à chacun de ses gémissements – la plus belle musique du monde à ses yeux. Il adorait voir son plaisir monter, l'amener tout près du sommet. Lorsque ces gémissements se firent plus intenses, il sentit tout son corps se tendre en réponse.

— Viens pour moi, mon cœur.

Il glissa un doigt en elle, puis deux. Sa chaleur si accueillante contre sa main lui fit soudain prendre conscience de son érection presque douloureuse, mais il s'efforça de l'ignorer. La priorité maintenant était son plaisir à elle. Sa langue la caressa de plus belle tandis que ses doigts bougeaient de plus en plus vite, retrouvant ce rythme qu'elle aimait tant. Soudain, Mindy planta ses ongles dans son dos, ses hanches se soulevèrent et elle émit un long cri de jouissance, puis un deuxième, et encore un troisième. Il retira délicatement sa main et déposa un dernier baiser contre sa peau brûlante.

Mindy retira ses chevilles des épaules de Sam et il se redressa pour l'embrasser, plus avide d'elle que jamais. Elle entoura sa taille de ses jambes et l'attira contre elle.

— J'ai besoin de plus, murmura-t-elle. J'ai besoin de *toi*.

— Moi aussi, mais il y a un comptoir et beaucoup trop de vêtements entre nous.

Sans même attendre sa réponse, il passa un bras sous ses jambes, l'autre autour de sa taille et la souleva pour l'emmener jusqu'à sa chambre. Mindy n'avait rien d'une damoiselle en détresse. Elle n'avait pas besoin d'être sauvée. Pourtant, s'il avait l'occasion de jouer les chevaliers servants ne serait-ce que quelques minutes, il serait trop heureux d'en profiter.

Mindy se lova contre Sam alors qu'il traversait le couloir à grandes enjambées. Elle se sentait terriblement séduisante dans ses bras, surtout après ce qu'il venait de lui faire. Décidément, il la connaissait par cœur. Il savait exactement comment lui faire perdre la tête.

Sam entra dans la chambre et la déposa doucement sur le matelas. Il avait déjà retiré sa chemise et ses chaussures, mais il lui restait encore son pantalon et son boxer, qu'elle s'empressa de faire glisser jusqu'au sol. Il lui semblait encore plus beau que d'habitude. Peut-être était-ce simplement ce côté protecteur qu'il avait eu ce soir, en essayant de l'aider à résoudre ses soucis professionnels. Certes, elle était forte et indépendante, mais savoir qu'elle pouvait s'appuyer sur lui dans ce genre de moments lui faisait du bien. Personne ne s'était jamais occupé d'elle de cette manière.

Elle tendit la main pour caresser son érection, et Sam laissa échapper un grognement de plaisir. Incapable de résister, elle s'agenouilla sur le lit et le prit entre ses lèvres. Sa langue titilla lentement sa peau si douce et si tendue à la fois, tandis que ses mains agrippaient ses hanches, ses pouces appuyant fermement contre ses reins. Il inspira brusquement et Mindy leva les yeux pour contempler son visage transfiguré par le désir. Elle savait à quel point il aimait les contrastes – la douceur avec la force, le pouvoir avec la soumission.

Ses lèvres s'écartèrent doucement de lui et elle le reprit dans sa main, ses doigts parcourant tendrement la peau soyeuse de son érection. Elle adorait sentir le pouvoir qu'elle avait sur lui. Quoi qu'elle fasse maintenant, elle le rendrait heureux, mais elle ne voulait qu'une seule chose...

Elle s'étendit sur le dos, les mains jointes au-dessus de la tête, l'implorant du regard. Sam ne se le fit pas dire deux fois. Il déposa une pluie de baisers le long de son ventre, de sa poitrine et de sa gorge, puis nicha son visage dans son cou lorsqu'il vint en elle.

Dès le début, il prit ce rythme soutenu qu'ils aimaient autant l'un que l'autre, maintenant ses poignets contre le matelas. Elle se sentait délicieusement sans défense. Le pouce de sa main libre vint jouer avec son clitoris, avec tout le poids de son corps pesant contre ses phalanges, décuplant l'intensité de chacun de ses mouvements. Mindy fit un effort pour retenir son plaisir qui menaçait déjà d'échapper à son contrôle. Ils étaient déjà aussi proches qu'ils pouvaient l'être, et pourtant, elle avait besoin de plus. Elle le voulait tout entier.

— Sam... Embrasse-moi.

Il prit sa bouche comme si elle lui appartenait, sa langue forçant ses lèvres à s'entrouvrir pour venir caresser la sienne, la laissant à peine respirer. Il s'enfonça un peu plus en elle, et Mindy gémit contre sa bouche. Elle serra sa taille entre ses jambes, ondulant des hanches pour aller à la rencontre de ses mouvements. Elle n'avait plus une seule pensée cohérente. Le plaisir envahissait chaque cellule de son corps, et elle aurait voulu que ce moment dure toujours. Sa place était là, avec Sam.

Il se mit à la prendre de plus en plus vite, ses gémissements répondant aux siens, et elle se sentit perdre pied. Elle aurait voulu l'attendre, mais chacun de ses va-et-vient en elle déclenchait une nouvelle vague de plaisir et elle se contracta autour de lui, un orgasme dévastateur déferlant sur elle. Sam s'immobilisa un moment et nicha son visage dans son cou, puis il poussa un long gémissement et s'enfonça en elle une nouvelle fois, puis une autre, et encore une autre, jusqu'à ce que sa respiration s'apaise enfin.

Il tenta de rouler sur le côté, mais Mindy suivit le mouvement, gardant les jambes fermement serrées autour de sa taille. Sam éclata de rire.

— Tu peux me lâcher maintenant, tu sais.

— Je n'ai aucune envie de te lâcher, fit-elle en déposant un baiser sur sa poitrine.

D'ailleurs, elle avait même envie de recommencer. Comment était-ce possible, après deux orgasmes incroyablement intenses ?

— Je risque d'avoir besoin d'une bonne demi-heure pour me remettre de ce que tu viens de me faire.

— D'accord, soupira-t-elle. Mais je ne bouge pas de ce lit avant demain matin.

— Et le dîner que tu avais commencé ?

— Zut. Je n'y pensais plus du tout. En fait, il faut simplement que je rajoute des pâtes, et on pourra manger au lit devant un film – et refaire l'amour.

Sam l'embrassa tendrement sur le front.

— Des pâtes et du sexe. Tu es vraiment la femme idéale, tu sais.

Il partit dans la salle de bains et elle enfila un de ses T-shirts pour aller jusqu'à la cuisine. Heureusement, la sauce était déjà prête. Elle n'avait plus qu'à laisser l'eau bouillir, y ajouter les pâtes, puis mélanger le tout.

Sam la rejoignit quelques minutes plus tard et leur servit deux autres verres de vin, vêtu en tout et pour tout d'un caleçon.

— Mindy Eden en T-shirt, commenta-t-il. C'est presque incongru. J'ai trop l'habitude de te voir sur ton trente et un en permanence.

— Je peux remettre ma robe si tu veux. J'ai juste pensé que ce ne serait pas très pratique pour manger au lit.

— Non, reste comme ça, dit-il avec un grand sourire. Ça me plaît beaucoup. J'ai l'impression de découvrir une version adolescente de toi.

Il posa son verre et forma un cadre avec ses doigts, observant Mindy à travers.

— Je te vois à dix-sept ans, faisant cuire des spaghettis dans la cuisine du manoir familial.

— Je n'ai jamais vécu dans un manoir, rétorqua-t-elle. C'était un penthouse.

Elle ne pouvait s'empêcher d'être sur la défensive lorsque quelqu'un évoquait sa jeunesse dorée. Certes, elle avait toujours eu tout ce qu'elle voulait sur le plan matériel, mais l'affection n'avait jamais fait partie du langage de ses parents. Heureusement, elle avait eu Sophie pour compenser ce manque. C'était peut-être une des raisons pour lesquelles sa sœur et elle étaient si proches aujourd'hui.

— Comment étais-tu, adolescente ?

— Je ressemblais beaucoup à ce que je suis maintenant. J'avais toujours un nouvel objectif en tête. Il fallait que je sois occupée en permanence, autrement je m'ennuyais.

— Alors, tu ne traînais pas dans les rues en chassant les garçons avec tes copines ?

— Oh que non. J'avais déjà pas mal d'expérience sur le sujet.

— Tu es sortie avec beaucoup de garçons ?

— Oui, mais cela ne durait jamais plus de quelques rendez-vous. J'avais tendance à être attirée par des gens qui pensaient comme mon père. Ils auraient voulu que je sois moins ambitieuse, que je reste à l'arrière-plan en me contentant de les féliciter pour leurs succès. Je n'ai jamais pu être comme ça. Je ne veux pas être le centre de l'attention, mais je n'ai aucune envie d'abandonner mes rêves pour un homme.

— Je ne comprends pas comment un père pourrait désapprouver cela chez sa fille.

— Le mien était très conservateur. Il avait beaucoup d'idées préconçues sur ce qu'une fille doit être ou ne pas être. Il aurait aimé avoir un garçon, un héritier, et je suis sûre qu'il a été déçu à ma naissance.

Mindy sentit la tristesse l'envahir et elle fit de son mieux pour la refouler. Elle parlait rarement de son père. Chaque fois qu'elle pensait à lui, un mélange de culpabilité et de mélancolie la submergeait. Elle savait qu'il ne l'avait jamais aimée. Malgré tout, elle avait envie de partager cette partie d'elle-même avec Sam. Peut-être se rendrait-il compte qu'elle n'était pas aussi indestructible qu'il semblait le croire.

— Heureusement, tu as arrêté de choisir des hommes qui ressemblaient à ton père, finit-il par répondre.

— Pas vraiment. Tu as été le premier qui ne lui ressemblait pas tout à fait. D'ailleurs, les choses étaient un peu différentes, puisque c'est toi qui m'as abordée le premier. Je n'aurais jamais eu le cran de venir te parler ce soir-là.

Sam lui jeta un regard incrédule.

— Tu ne me sembles pas du genre timide lorsqu'il s'agit de parler aux hommes.

Mindy souleva le couvercle de la casserole, y versa les pâtes et une pincée de sel, et programma le minuteur sur neuf minutes.

— Tu es plutôt intimidant, tu sais.

— Physiquement, peut-être. Mais je ne le suis plus une fois qu'on me connaît.

— Je ne suis pas entièrement d'accord. Tu fais souvent les choses en secret, et parfois, tu te fermes complètement. C'est dans ce genre de moments que tu me fais penser à mon père.

— Je ne le fais vraiment pas exprès. Je suis comme ça, c'est tout.

Il se détourna pour prendre un verre dans le placard et se servir de l'eau. Elle avait beau savoir que c'était un geste innocent, qu'il avait probablement soif, elle eut tout de même l'impression qu'il faisait exactement ce qu'elle venait de lui reprocher. Il se dérobait alors qu'elle mourait d'envie de le connaître un peu mieux. Lors du mariage de Sophie, il avait mentionné le décès de sa mère, et elle se demandait s'il lui en parlerait un jour.

— Et toi, alors ? se risqua-t-elle à demander. Comment étais-tu au lycée ?

— Grognon. Toujours de mauvaise humeur.

— Et les filles, alors ?

— Pas avant l'université.

— Vraiment ?

— Vraiment.

Très clairement, il n'avait pas envie de s'attarder sur le sujet, et elle comprit qu'elle ne devait pas insister. Ils étaient en train de passer une soirée merveilleuse. Elle ne voulait pas la gâcher avec des questions importunes. Sam finirait bien par s'ouvrir un jour, du moins elle l'espérait. Elle avait besoin d'être plus proche de lui… et pas seulement physiquement.

9

Le dimanche soir suivant, Mindy se retrouva une fois de plus aux fourneaux. Elle ne pouvait pas s'en empêcher. Cuisiner restait son seul moyen de lutter contre ses angoisses, et c'était toujours plus sain que de vider une bouteille de vin à elle toute seule. Sam venait de sortir faire son jogging. Maintenant qu'elle était seule, ses inquiétudes pour la semaine à venir l'assaillaient sans répit.

Elle se sentait tiraillée entre de multiples directions, et cette tension permanente commençait à lui faire perdre la tête. Elle était partagée entre le magasin et MVM, partagée entre son désir de faire confiance à Matthew et les dernières révélations sur son compte, partagée surtout entre Sam et ses sœurs. Sophie et Emma rentraient le lendemain, ce qui signifiait que Mindy aurait bientôt un gros problème à gérer.

Le jour suivant sonnerait la fin de la semaine que Sam et elle s'étaient accordée. La logique aurait voulu qu'elle commence à faire ses valises. Pourtant, la raison n'avait aucune place dans son esprit en ce moment et elle n'avait aucune envie de partir.

Était-ce insensé de sa part ? Sam ne serait probablement pas prêt à emménager avec elle, et de son côté, elle savait parfaitement ce que ses sœurs en penseraient. Même si le pari n'avait jamais existé, elles se feraient un devoir de lui rappeler qu'elle s'était trompée bien des fois sur Sam, qu'ils n'étaient pas faits pour être ensemble. Ils avaient eu des moments de bonheur, comme cette semaine, mais les choses finissaient toujours par mal tourner.

Soudain, le téléphone de Sam se mit à sonner, la tirant brusquement de ses pensées. Qui pouvait bien l'appeler sur sa ligne fixe ? Il prenait toujours ses appels sur son portable. Mindy jeta un œil sur le combiné pour voir l'identité de l'appelant, mais c'était un numéro masqué. Probablement une publicité, songea-t-elle en retournant à ses champignons sautés. Pourtant, quelques secondes plus tard, l'appareil sonna de nouveau – encore un numéro privé. Cette fois, elle décida de répondre. Peut-être y avait-il une urgence. Le portable de Sam avait tendance à faire des siennes, et il essayait peut-être de la joindre.

Le combiné calé contre son oreille, elle recommença à équeuter ses haricots verts et lança :

— Allô ?

— Bonjour. Je cherche à joindre Sam. Qui êtes-vous ?

Il s'agissait d'une voix de femme que Mindy ne reconnut pas.

— Qui est à l'appareil ?

— Isabel, sa sœur.

Sa sœur ? Sam n'avait jamais dit qu'il avait une sœur, pas même lorsqu'ils discutaient de leur adolescence quelques jours plus tôt. Qu'est-ce que tout cela signifiait ?

— Je ne voudrais pas être impolie mais, encore une fois, j'aimerais bien savoir qui répond au téléphone de mon frère, reprit Isabel.

Encore sous le choc, Mindy reposa son couteau et s'appuya contre le comptoir.

— Je suis désolée, j'étais en train de cuisiner et vous m'avez prise par surprise. Je suis Mindy Eden.

L'espace d'un instant, elle se demanda comment elle devait se présenter. Sa copine ? Juste une amie ? Malheureusement, Isabel la dispensa de s'attarder sur la question.

— Oh ! mon Dieu. Vous êtes la femme qui lui a brisé le cœur.

— Pardon ?

Cette fois, c'en était trop. D'abord, Sam avait une sœur, et ensuite, cette sœur osait prétendre une chose pareille ? Décidément, le moment était venu pour elle de se servir un grand verre de vin.

— Il m'a tout raconté, poursuivit Isabel. Je sais tout sur vous et sur votre famille de fous.

Mindy resta silencieuse un moment. Elle aurait voulu se défendre. Pourtant, une partie d'elle-même savait que ce jugement n'était pas complètement faux. Elle adorait sa famille, mais il s'y passait parfois des choses assez singulières.

— Sam n'est pas là pour le moment, finit-elle par répondre. Il est parti courir. Je lui dirai que vous avez téléphoné.

— Vous changez de sujet, rétorqua Isabel. Je suis désolée, j'aurais dû me taire. J'essaie simplement de protéger mon frère. Je déteste qu'on lui fasse du mal.

— Je comprends. Je suis pareille avec mes sœurs.

Mindy éteignit la cuisinière et s'installa sur un tabouret.

— Sam ne m'a jamais parlé de vous. Il n'a mentionné que sa mère, et encore, c'était en passant.

— Intéressant.

— Pourquoi cela ? Expliquez-moi en quoi c'est intéressant. S'il vous plaît.

Mindy se rendit compte qu'elle la suppliait presque, désespérée comme elle l'était de ne rien savoir de Sam. Cette conversation lui offrirait peut-être une chance d'en apprendre davantage.

— S'il ne vous a pas parlé de moi, c'est qu'il ne vous fait pas confiance. Sam a tendance à garder des secrets à cause de certaines choses qui sont arrivées dans notre enfance. Il a dû grandir bien trop vite, et je n'étais pas toujours là pour l'aider.

Au lieu de répondre à ses questions, Isabel venait d'en ajouter de nouvelles. Le cœur de Mindy se serra. De toute évidence, Sam n'avait pas confiance en elle. Elle s'en était doutée, mais maintenant elle en avait la preuve irréfutable.

— Pourriez-vous m'en dire un peu plus ?

— S'il vous a parlé du gala de charité qu'il organise, vous avez déjà une bonne partie de l'explication.

— Non, je ne suis pas au courant.

Elle lutta pour refouler ses larmes. Comment avait-elle pu être assez bête pour croire que Sam et elle s'étaient rapprochés cette semaine ?

— Eh bien, je ne sais pas où en est votre relation, mais vous devriez peut-être lui poser la question. Puisque vous répondez à son téléphone, j'imagine que vous êtes de nouveau ensemble.

— C'est compliqué.

— Je suppose qu'il me dirait la même chose. En tout cas, dites-lui de me rappeler, s'il vous plaît. J'ai essayé de le joindre sur son portable, mais je n'ai pas réussi.

— Je n'y manquerai pas.

Mindy avait à peine raccroché qu'elle entendit la porte d'entrée s'ouvrir. Quelques secondes plus tard, Sam entrait dans la cuisine, le sourire aux lèvres. Elle le regarda s'approcher d'elle et le malaise du coup de fil disparut l'espace d'un instant, remplacé par le bonheur simple d'être avec lui.

Sam parcourut la cuisine du regard. L'îlot central et le plan de travail étaient couverts d'ustensiles divers et de légumes à moitié coupés.

— Bonjour, je cherche Mindy Eden. Elle est grande, les cheveux roux, très belle. La dernière fois que je l'ai vue, il y a un peu moins de deux heures, elle n'avait pas encore transformé ma cuisine en scène de crime.

— Très drôle, rétorqua-t-elle sans pouvoir s'empêcher de sourire.

Ignorant complètement son T-shirt encore trempé, elle l'enlaça et posa la tête contre sa poitrine. Sa place était là. Elle le sentait, elle en était sûre, mais… N'était-elle pas en train de se leurrer une énième fois ? Après l'appel d'Isabel, Mindy se demandait si elle ne projetait pas ses espoirs sur une situation qui n'existait que dans sa tête.

Le minuteur se mit à sonner et elle s'obligea à s'écarter de Sam.

— Le gratin est prêt, expliqua-t-elle. Il faut que je le sorte du four.

— Ça sent merveilleusement bon.

Elle posa le plat sur la cuisinière, prit une grande inspiration et se jeta à l'eau.

— Tu as eu un coup de fil pendant que tu étais parti.

— Tu as répondu à mon téléphone ?

— Tu ne reçois jamais d'appels ici, alors j'ai pensé que c'était peut-être important. En plus, ton portable a tendance à fonctionner un jour sur deux en ce moment.

— La prochaine fois, ne décroche pas. Les gens laissent un message si c'est important.

Voilà qui commençait bien, songea Mindy.

— C'était Isabel, au fait. Tu vois de qui je parle ? Cette sœur dont je ne connaissais même pas l'existence ?

Sam soupira lourdement et se mit à fixer le plafond.

— J'aurais vraiment préféré que tu ne répondes pas.

— Vas-tu te décider à me parler d'elle ? Ou préfères-tu me dire une troisième fois que j'ai franchi je ne sais quelle limite en décrochant ce maudit téléphone ?

— Le fait est que tu as franchi une limite, Mindy. Je ne ferais jamais ça chez toi.

— Tu me fais assez confiance pour me laisser une clé de ton appartement, mais pas pour décrocher le téléphone ? C'est blessant et insultant, Sam. Tu as une sœur et tu ne me l'as jamais dit.

— Je ne pense pas que tu aies le droit, *toi*, de me parler de confiance. Plus d'une fois, lorsque quelque chose n'allait pas dans ta vie, tu as décidé que j'en étais forcément responsable.

— Tu as raison, et je suis désolée. Je n'aurais pas dû répondre, d'autant plus que ce qui se passe entre nous est strictement temporaire.

— Oh ! c'est vrai. J'avais presque oublié. Demain, tu te rends à l'autorité familiale.

— Ce n'est pas du tout ça, se défendit-elle. Je ne suis pas en train de laisser mes sœurs contrôler ma vie privée. Pour autant, je refuse qu'elles puissent interférer dans mon avenir, qu'elles détruisent tout ce pour quoi j'ai travaillé, et je veux le leur dire selon mes propres conditions, sans avoir à me sentir coupable envers elles.

— Ton avenir, ce n'est pas seulement ton travail, tu sais.

Confuse, Mindy le regarda un instant sans répondre, ses mots tournant en boucle dans sa tête.

— Je ne comprends pas. Toi-même, tu vis pour ton travail.

— C'est vrai, mais après cette semaine je commence à me rendre compte que j'ai peut-être besoin de plus.

— Si tu veux plus avec moi, je ne vois pas comment cela pourrait fonctionner. Tu te mets en colère parce que j'ai osé répondre à ton téléphone, et surtout, tu m'as caché l'existence de ta sœur – une sœur qui connaît apparemment tout de notre histoire, qui plus est.

— Est-ce qu'elle a dit quelque chose ?

— D'après elle, je suis « la femme qui a brisé le cœur de son frère ».

— Je suis désolé. Isabel n'est pas très douée pour la diplomatie.

— Est-ce que c'est vraiment ce que tu lui as dit de moi ? Sam, je crois que tu ne comprends pas à quel point je suis blessée que tu ne m'aies pas parlé d'elle, que tu me gardes à distance comme ça.

Mindy avait à peine fini sa phrase que Sam se détournait d'elle, comme l'autre soir. Seulement, cette fois, il sortit carrément de la pièce pour aller se poster devant les baies vitrées du salon. Rien de tout cela n'était normal. D'habitude, Sam ne fuyait jamais devant une confrontation. Elle l'avait toujours vu prendre ses responsabilités lorsqu'il commettait une erreur. Elle détestait ce silence, ces secrets qui n'avaient rien à voir avec l'homme qu'elle connaissait.

— Sam ? As-tu l'intention de me parler ?

Il secoua la tête sans même baisser les yeux sur elle.

— Sérieusement ?

Elle s'approcha de lui et chercha son regard, mais il l'évita et resta muet. Mindy était incapable de supporter pareil traitement. Elle aurait pu endurer une dispute, des reproches, mais ce silence était la plus cruelle des punitions. Son père le savait bien, lui qui cessait de parler pendant des heures lorsqu'il était en colère. Elle avait assez connu cette méthode durant son enfance pour savoir qu'elle ne pouvait pas la subir à nouveau.

— Si tu ne me parles pas, je ne peux pas rester.

Sam ne bougea pas d'un pouce.

— Très bien, fit-elle d'une voix tremblante.

Elle tourna les talons et retraversa la cuisine, jetant un coup d'œil au plat qu'elle avait mis tant de soin à préparer, aux légumes encore dispersés sur le plan de travail. Sam se débrouillerait pour nettoyer. Elle devait sortir de cet appartement, et le plus tôt possible.

Sans aucun doute, leur relation venait de prendre fin. Elle s'attendait à ce que cela arrive le lendemain, mais après tout une nuit faisait peu de différence. Son couple avec Sam n'avait jamais été que des éclats de bonheur au milieu d'un océan de problèmes. Il était temps d'y mettre un terme définitif.

Mindy entra dans la chambre, alluma la lumière et commença à jeter ses affaires pêle-mêle dans ses valises. Elle allait trop vite et froissait tous ses vêtements, mais elle ne s'en souciait guère. Plus vite elle partirait, moins elle risquait de devoir reparler à Sam. C'était visiblement ce qu'il souhaitait – ne plus lui adresser la parole.

Une fois ses habits empaquetés, elle fonça jusqu'à la salle de bains pour ranger son maquillage dans sa trousse de toilette. Elle évita soigneusement son reflet dans le miroir. Ce serait déjà bien assez difficile de vivre avec ses pensées ce soir, elle n'avait pas besoin de voir sur son visage à quel point elle souffrait.

— Ne t'en va pas. S'il te plaît.

Sam se tenait sur le seuil de la pièce. Elle ferma les yeux, tentant désespérément d'effacer les mots qu'elle venait d'entendre.

— Je refuse de rester si tu ne me dis rien, Sam. C'est impossible pour moi.

Il fit un pas vers elle et elle se risqua à le regarder dans les yeux, plus sombres que jamais.

— Je vais te parler d'Isabel, déclara-t-il. Je vais tout te raconter.

Sam détestait se montrer sous un jour vulnérable. La vie était bien plus simple lorsqu'il gardait ses blessures secrètes. De cette manière, il arrivait presque à les ignorer, et les gens ne pouvaient pas l'atteindre. Il avait connu assez de souffrances dans sa jeunesse pour savoir qu'il voulait se protéger à tout prix. Du moins, avant que Mindy ne menace de sortir de sa vie, il pensait en être certain.

— Je suis sérieux, Min. Ne pars pas.

— Je ne peux pas supporter la punition par le silence. Mon père nous faisait toujours ça, et c'est vraiment la pire des réactions.

— Je suis vraiment désolé.

— L'autre soir, j'ai respecté ton silence quand tu ne voulais pas me raconter tes années de lycée. Je me suis dit que tu m'en parlerais quand tu serais prêt, mais je ne sais même pas si tu le seras un jour. Je ne te demande pas de tout me dire. J'ai simplement besoin que tu me montres où sont tes limites. Là, j'ai l'impression de marcher à l'aveuglette.

Curieusement, c'était précisément l'impression qu'il avait toujours eue avec elle, mais ce n'était pas le moment de changer de sujet.

— Que veux-tu savoir ?

— D'abord, je veux que tu m'expliques pourquoi tu ne m'as pas parlé d'Isabel. J'aimerais aussi que tu me dises un mot de ce gala que tu vas sponsoriser.

— Si Isabel t'a dit ça, elle a été un peu trop enthousiaste. Je n'ai pas encore accepté. Et l'histoire du gala est liée au reste.

— Très bien, alors raconte-moi tout. Tu peux me faire confiance, Sam.

— Est-ce que je vais gâcher le dîner si je te raconte tout ça maintenant ? demanda-t-il en lui prenant la main. Ce n'est pas une histoire courte.

— Je me fiche du dîner. Si tu es prêt à partager ne serait-ce qu'une minuscule partie de toi, je suis preneuse.

Visiblement, il lui avait donné le sentiment qu'elle ramassait des miettes de sa vie, et Sam se sentit encore plus désolé. Il n'avait jamais eu l'intention de l'exclure à ce point, mais il l'avait fait sans même s'en rendre compte.

— Asseyons-nous, proposa-t-il en la guidant jusqu'à sa chambre.

Ils s'assirent chacun à un bout du lit et un long silence s'installa. Il ne savait même pas par où commencer. Il n'avait jamais parlé de son histoire à personne, excepté la responsable de la fondation – et encore, il était loin de lui avoir tout raconté.

— Ma sœur a trois ans de plus que moi, commença-t-il. Nous avons toujours été proches, mais nous le sommes devenus encore plus lorsque les médecins ont diagnostiqué une sclérose latérale amyotrophique chez ma mère.

— C'est la maladie de Charcot, n'est-ce pas ?

— Exactement. J'avais quatorze ans, Isabel finissait tout juste le lycée. Notre mère n'avait que trente-neuf ans. Au début, elle a perdu progressivement sa force, jusqu'à avoir du mal à tenir la poignée d'une tasse. Lorsque sa voix a commencé à changer, un voisin lui a conseillé d'aller voir son docteur.

Rien qu'à prononcer ces quelques mots, il avait déjà l'impression d'avoir accompli un exploit. Des images de son passé affluaient à son esprit, celles-là mêmes qu'il essayait en permanence de refouler. La fois où sa mère avait lâché la cafetière, qui s'était brisée en mille morceaux sur le carrelage de la cuisine. Le jour où ses parents les avaient réunis dans le salon pour leur annoncer la nouvelle, leur promettant qu'ils allaient s'en sortir. Le petit mot de son père qui s'était sacrifié pour sauver l'avenir de ses enfants.

— Sam, je suis terriblement désolée. Tu m'as dit qu'elle était décédée lorsque tu étais encore adolescent, n'est-ce pas ?

— Elle a vécu trois ans après son diagnostic. J'avais dix-sept ans quand elle est morte, c'est arrivé en plein milieu de ma dernière année de lycée. Ça n'a pas été une année facile. Je m'occupais d'elle seul, puisque Isabel était à l'université.

— Et ton père ? Tu ne m'as jamais parlé de lui non plus.

— D'une certaine manière, la maladie de ma mère l'a tué aussi. Il est mort un peu moins d'un an avant elle. Sa voiture s'est encastrée dans un rail de sécurité alors qu'il allait au travail. L'enquête a conclu à un accident, mais Isabel et moi sommes les seuls à savoir que ce n'était pas le cas. Il m'a écrit un petit mot expliquant qu'il se suicidait pour que nous touchions l'assurance vie. Il s'est sacrifié pour nous.

Sa voix s'était fêlée sur ces derniers mots, et il se demanda ce qu'il détestait le plus – le son lui-même ou l'expression de profonde tristesse sur le visage de Mindy.

— Les factures de l'hôpital s'empilaient, reprit-il. Je venais d'être accepté à Stanford, et Isabel était déjà à Columbia, en attendant d'entrer à l'école de droit. Mon père m'écrivait de payer les factures, de partir à Stanford et de brûler son mot. Je lui ai obéi.

Sam se mit à fixer le plafond, luttant contre les larmes qui lui montaient aux yeux. Il s'était toujours interdit de montrer son émotion. Il ne s'était jamais senti aussi vulnérable, aussi impuissant, pas même le jour où son père était mort.

Mindy le prit dans ses bras et passa une main dans ses cheveux, l'invitant à poser la tête sur son épaule. Elle le serrait si fort contre elle qu'il eut l'impression qu'elle prenait une partie de sa tristesse, le laissant un peu plus léger. Il n'avait jamais eu aussi peu d'idées noires que pendant cette semaine avec elle, et pourtant, elle serait partie dans quelques heures.

Il n'avait pas à se plaindre, puisqu'elle n'avait jamais fait mystère de ses priorités. Sa famille venait en premier, son travail juste après, et lui arrivait en bon troisième. Il ne pouvait pas lui en vouloir. Lui-même avait toujours placé sa carrière au-dessus de tout, sauf peut-être quand il lui avait offert le Mercer. Il avait ses raisons pour cela et il ne s'en excuserait pas. L'argent achetait la stabilité dans un monde où tout pouvait basculer du jour au lendemain.

— Sam, je ne sais pas quoi dire.

Mindy renifla et il sentit ses larmes lorsqu'il leva la tête pour l'embrasser sur la joue.

— C'est l'histoire la plus triste que j'ai jamais entendue.

— Ne sois pas désolée pour moi, Min. Tout cela s'est passé il y a des années. Et puis, tout le monde a son histoire triste, n'est-ce pas ?

— C'est vrai mais, toi, tu la gardes au fond de toi sans jamais en parler. C'est la pire des choses à faire. La seule qui peut te soutenir, c'est ta sœur, et tu la caches elle aussi.

— Est-ce que tu essaies de me réconforter ? Si c'est le cas, il va falloir trouver autre chose.

Elle laissa échapper un petit rire et posa une main sur la sienne tandis que l'autre caressait ses cheveux. Son geste était si tendre qu'il faillit lui dire qu'il voulait qu'elle reste avec lui, pour toujours, mais il se retint juste à temps. Il savait que ce genre de phrase la ferait fuir. Mindy ne voulait pas se sentir enfermée, sa propre mère le lui avait dit.

— Maintenant, tu sais pourquoi je me suis refermé sur moi-même l'autre soir, reprit-il. Concernant la soirée de gala, elle est organisée par la fondation de recherche sur la maladie de Charcot, dont je suis un des plus gros donateurs depuis des années. Ils m'ont demandé de sponsoriser la soirée pour remplacer les hôtes prévus au départ, qui ne peuvent plus y participer. Je n'ai pas encore répondu. Financer l'événement ne me dérange pas, mais là il faudrait faire un discours et me montrer devant des centaines de personnes. Comme tu le sais, la plupart du temps, je préfère rester dans l'ombre.

— Es-tu déjà allé à une de ces levées de fonds ? As-tu déjà écouté les discours des sponsors ?

— Oui. Leurs histoires sont toujours très tristes.

Mindy opina patiemment, et il commença à comprendre où elle voulait en venir.

— Ces récits sont tristes, c'est vrai, mais est-ce que tu ne te sens pas moins seul quand tu les écoutes ?

— Si, je suppose.

— Dans ce cas, peut-être que c'est ton tour, Sam. En racontant ton histoire, tu remercierais tous ceux qui l'ont fait avant toi. Tu aiderais d'autres gens à faire la paix avec leur passé, ou au moins à supporter un peu mieux la perte d'un de leurs proches.

— C'était exactement l'argument de la responsable. Malgré tout, je ne sais pas si je suis capable de monter sur un podium et de m'exposer devant tout ce monde.

— Si tu peux le faire devant moi, tu peux le faire devant n'importe qui.

Non, Min. Tu es l'exception. La seule en qui j'ai confiance.

— Je ne crois pas. C'était déjà difficile avec toi alors que je te connais depuis un moment. Et puis, il faudrait que j'écrive un discours, et la soirée est dans quelques jours. Je ne suis pas doué pour ce genre de choses.

— Je peux t'aider. J'ai fait un très bon discours pour le mariage de Sophie, et tu pourrais t'exercer avec moi. Nous formons une super équipe, tu te souviens ? Laisse-moi te donner un coup de main.

— Que vont dire tes sœurs ? Et qu'en est-il du pari ? Si tu écris le discours avec moi, nous allons passer encore plus de temps ensemble.

— En ce qui me concerne, je viendrais seulement en aide à un ami qui en a besoin, rien de plus.

— Tu crois vraiment que je devrais accepter ?

— J'en suis certaine. Ce discours pourrait t'aider à guérir.

— Dans ce cas, j'appellerai la fondation dès demain matin.

Mindy plongea alors son regard dans le sien comme si elle y cherchait une réponse.

— Nous n'avons pas parlé de ce que ta sœur m'a dit au téléphone – que j'avais brisé ton cœur. Est-ce qu'Isabel me déteste ?

— Si c'est le cas, tu sais ce que je ressens avec Emma et Sophie.

— Mes sœurs ne t'apprécient pas mais « détester » est un peu fort. Et puis, elles peuvent changer d'avis, si je leur achète des billets pour la soirée de gala, par exemple. Elles te verraient probablement sous un jour différent.

Surtout pas.

— Ne fais pas ça, Min. S'il te plaît. Je serai déjà assez nerveux comme ça.

— D'accord, d'accord. Je ne leur dirai rien.

Elle resta silencieuse un instant, fixant obstinément ses mains, puis se décida à demander :

— Je ne t'ai pas brisé le cœur, n'est-ce pas ? Pas vraiment ?

Sam en avait suffisamment dévoilé pour ce soir. Cette conversation-là devrait attendre, si toutefois elle voulait toujours le savoir.

— « Brisé le cœur », ce serait un peu exagéré. « Déçu » serait plus approprié.

Mindy hocha la tête lentement.

— Je suis soulagée. Je n'aurais jamais voulu te faire du mal.

C'était déjà mieux que rien, songea-t-il.

— Est-ce que tu veux toujours partir, ou je peux te convaincre de rester jusqu'à demain matin ?

Elle ramena ses genoux contre elle et se nicha dans ses bras.

— Pour l'instant, je ne vais nulle part.

10

Le lendemain matin, Mindy fit ses valises à contrecœur et bien plus lentement que la veille. Leur semaine ensemble ne s'était pas déroulée comme elle l'aurait cru. Elle avait pensé que ce serait le chant du cygne de leur relation, voire simplement une évasion temporaire de son quotidien. Au contraire, ils s'étaient beaucoup rapprochés. Elle avait découvert des facettes de Sam qu'elle n'avait jamais vues auparavant.

Pourtant, elle hésitait encore à continuer. Une semaine suffisait-elle à tout changer ? En tout cas, ce ne serait certainement pas suffisant pour convaincre ses sœurs, et Sam ne pouvait pas faire partie de sa vie si elles ne l'acceptaient pas. Sophie et Emma restaient ses piliers, les seules qui la soutenaient quoi qu'il arrive, les seules qui l'aimaient inconditionnellement.

Et Sam… Était-ce de l'amour qu'elle ressentait pour lui ? Elle aurait voulu en être sûre mais, surtout, elle n'avait aucune idée de ce qu'il ressentait pour elle. Il lui avait montré son affection des milliers de fois. Pour autant les trois petits mots tant redoutés n'avaient pas franchi ses lèvres. Mindy était peut-être courageuse dans d'autres domaines, mais elle se sentait incapable de les prononcer la première. Elle avait passé sa vie à se demander si elle était à la hauteur, si qui que ce soit pouvait l'aimer, et elle refusait de prendre le risque d'être rejetée comme ses parents l'avaient rejetée.

Elle aurait aimé lui dire tout cela lorsqu'il l'accompagna dehors ce matin-là. Elle n'en eut pas le courage, et préféra évoquer les excuses qu'ils avaient pour se revoir.

— Tu n'as pas changé d'avis pour le discours, j'espère ? Tu appelleras la fondation tout à l'heure ?

— Seulement si tu acceptes d'être ma cavalière pour le gala. Isabel sera là, mais je sais que ce moment sera difficile pour elle aussi. J'aurai besoin de quelqu'un pour me soutenir.

— Je serai là. N'oublie pas de travailler sur ton texte, ajouta-t-elle dans un effort désespéré pour gagner quelques secondes avec lui. J'ai promis que je t'aiderais, je tiendrai ma parole.

— On pourrait se voir demain soir, si tu es libre.

C'était la petite lueur d'espoir qu'elle attendait : la promesse de passer du temps avec lui bientôt.

— C'est parfait. À demain, alors.

Elle l'embrassa rapidement pour ne pas risquer de se mettre à pleurer. Elle ne voulait pas qu'il sache à quel point elle était triste de partir, et puis son chauffeur l'attendait.

C'est peut-être mieux comme ça, de toute façon.

Le trajet jusqu'au magasin lui sembla presque trop court tant elle avait de soucis en tête. Comment allait-elle annoncer à ses sœurs que Sam et elle se revoyaient ? Indéniablement, leur relation prenait un tour beaucoup plus sérieux, mais Sophie et Emma pourraient-elles le comprendre ? Si elles s'en tenaient à ce stupide pari, la réponse ne pouvait être que négative. Elles feraient tout leur possible pour la garder chez Eden plus longtemps. Il faudrait les convaincre d'oublier toute l'histoire, ce qui ne serait pas une mince affaire, surtout pour Sophie.

Mindy était assise à son bureau depuis près d'une heure lorsque cette dernière arriva, la mine radieuse, si légère qu'on aurait dit qu'elle flottait.

— Coucou, me revoilà, chantonna-t-elle en se laissant tomber sur une chaise.

— J'ai l'impression que tu as passé une bonne semaine.

— C'était incroyable. Notre villa avait un accès privé à la plage *et* une piscine. Nous avions un chef cuisinier rien que pour nous, qui préparait les repas matin, midi et soir. Nous avons fait de la plongée, mais nous passions surtout des heures sur la plage, puis nous faisions une sieste chaque après-midi, ce qui menait toujours à...

— Je n'ai pas besoin des détails, tu sais.

Mindy ne put se défendre d'un léger sentiment d'envie. Sa semaine avec Sam avait été tout aussi merveilleuse, et pourtant, elle ne pouvait pas en parler librement comme sa sœur. Une fois de plus, elle avait l'impression qu'elle ne pouvait pas avoir une relation normale et ouverte.

— Tu es jalouse ? demanda Sophie. Je reviens de ma lune de miel. De quoi pensais-tu que j'allais parler ?

— Je ne suis pas jalouse du tout. Seulement, je préfère ne pas entendre certaines précisions.

À cet instant précis, Emma passa la tête par l'encadrement de la porte.

— Vous faites une réunion sans moi ?

— Du calme, je viens d'arriver, répondit Sophie en se levant de sa chaise pour serrer sa sœur dans ses bras.

Mindy les rejoignit aussitôt, savourant les retrouvailles comme si leur séparation avait duré des années.

— Je suis contente d'être de retour, reprit Sophie, faisant écho à ses pensées. J'ai adoré Bali, mais vous m'avez manqué.

— Et toi, alors ? demanda Mindy à Emma. Comment était l'Angleterre ?

Elle se rassit derrière son bureau et ses sœurs s'installèrent face à elle.

— Eh bien, disons que j'ai été malade la plupart du temps, répondit Emma.

Son regard fit des allers-retours rapides entre Mindy et Sophie, et elle haussa les sourcils d'une manière peu équivoque.

— Attends une minute, murmura Sophie. Tu es... ?

— Oui, je suis enceinte.

Sophie laissa échapper un couinement aigu et se trémoussa

sur son fauteuil. Mindy aussi était enthousiaste mais, encore une fois, elle eut le sentiment d'être exclue. Ses sœurs avaient une vie amoureuse stable, alors que la sienne progressait à pas minuscules.

— J'ai fait un test dès le début de la semaine. J'ai failli vous appeler, mais je préférais vous le dire en personne. Je n'ai pas voulu casser l'ambiance de la lune de miel et, Mindy, je sais que tu as toujours beaucoup de travail.

— Pour quand la naissance est-elle prévue ? demanda l'intéressée.

— Je ne sais pas encore. Je viens de prendre rendez-vous chez un obstétricien. Ce n'était pas prémédité du tout, mais nous avons eu un accident de préservatif il y a quelques semaines, et on dirait que ça a suffi.

— Qu'en pense Daniel ? demanda Sophie.

— Il est fou de joie. Il a déjà acheté une peluche pour le bébé, un chien qui ressemble énormément à Jolly.

Les joues d'Emma rosirent et elle sourit timidement avant de poursuivre :

— Et puis, sa mère m'apprécie beaucoup plus maintenant. Un bébé change beaucoup de choses.

— C'est une nouvelle merveilleuse, déclara Mindy.

Elle le pensait sincèrement, mais elle avait eu du mal à empêcher sa voix de trembler.

— Oui, c'est génial. Félicitations, Em, renchérit Sophie. Maintenant, Mindy, raconte-nous tout. Que s'est-il passé au magasin cette semaine ?

— Pas grand-chose, à vrai dire. Il n'y a eu aucun problème.

Bien sûr, il y en avait eu, mais elle n'avait eu aucun mal à les régler. Ses sœurs lui faisaient confiance, elle n'avait pas besoin de leur prouver ses compétences. Quoique...

— Tu es sûre ? insista Sophie en plissant les yeux. Comment s'est passée la foire aux cosmétiques ? Je n'ai pas vu les chiffres.

— Les ventes ont augmenté de 7 % par rapport à l'année dernière. Nous sommes dans la bonne direction.

— Parfait. Dans ce cas, j'imagine que nous pouvons nous remettre au travail comme d'habitude, conclut-elle en haussant une épaule.

— Raconte-nous ta semaine, Min, intervint Emma. Le monde ne tourne pas autour de nous.

Mindy apprécia sincèrement la générosité de sa cadette. Sophie manquait parfois de tact dans ce genre d'occasions. Elle s'apprêtait à leur raconter ses soucis à MVM mais, après tout, pourquoi leur cacher la partie de sa vie qui la rendait heureuse ? Il faudrait qu'elle leur en parle tôt ou tard. Garder cela pour elle par peur de leur réaction n'était pas sain.

— J'ai passé toute la semaine chez Sam, et c'était génial.

— Dis-moi que c'est une blague, s'exclama Sophie, les yeux écarquillés. Tu veux vraiment perdre le pari et te faire briser le cœur une nouvelle fois ? C'est ce qui va se passer, et tu le sais très bien. C'est toujours la même chose avec lui.

— Je ne vais rien perdre du tout, Sophie. Ce pari était ridicule depuis le début.

— Pas du tout. Il était censé t'éviter de faire les mauvais choix une fois de plus.

— La semaine s'est vraiment bien passée, et même plus que bien. Il n'est pas du tout comme tu l'imagines, Soph. Je me fiche de ce que Jake a pu te dire sur son compte.

— Il n'y a pas que Jake. Beaucoup de gens m'ont dit du mal de lui, dont toi, d'ailleurs, il n'y a pas si longtemps.

— C'est vrai qu'il a fait des choses dont il ne doit pas être fier, renchérit Emma. Es-tu sûre de vouloir lui accorder une deuxième chance ? Est-ce qu'il en vaut la peine ?

— Je suis certaine qu'il le mérite. Tu sais, il m'a offert le Mercer pour MVM. Enfin, légalement, il n'aurait pas pu me l'offrir, mais il me l'a revendu pour un dollar.

— Attends, je ne comprends pas, intervint Sophie. Sam a quelque chose à voir avec l'affaire du Mercer ?

Mindy avait presque oublié que ses sœurs n'étaient pas au courant de cette partie de l'histoire.

— Sam avait acheté l'entrepôt avant que nous puissions l'avoir. Lui et moi nous sommes rendu compte que c'était la faute de Matthew, mais tout a fini par s'arranger, puisqu'il a accepté de me le donner.

— Alors, c'est pour cela qu'il est venu à mon mariage ? Es-tu en train de me dire que tu as échangé son invitation contre la promesse qu'il te revende le Mercer ?

— Techniquement, oui, mais souviens-toi qu'il m'a aussi aidée à tenir Gerald à distance. Et puis, s'il n'avait pas été là, notre mère et celle d'Emma auraient probablement fini par s'entre-tuer.

— Quand même pas, commenta Emma. Ma mère est pénible, certes, mais plutôt inoffensive.

— Je ne vais pas lui pardonner tout ce qu'il a fait sous prétexte qu'il a réussi à calmer Jenny le soir de mon mariage. Et puis, pourquoi t'offrir le Mercer ? Je ne comprends pas ses motivations.

— Peut-être qu'il est amoureux de toi, suggéra Emma.

— Est-ce qu'il t'a dit qu'il t'aimait ?

À cette question, Mindy sentit une petite lueur d'espoir se rallumer dans son cœur. Ce geste signifiait-il que Sam tenait vraiment à elle ? Elle aurait voulu le croire, mais elle savait qu'elle ne devait pas se bercer d'illusions. Lorsque Sam voulait dire quelque chose, il en parlait clairement. S'il ressentait ce genre de sentiments pour elle, il le lui aurait fait savoir, elle en était sûre. Il ne cachait que les choses qui le faisaient souffrir. L'amour n'était pas une source de souffrance, ou du moins il n'était pas censé l'être.

— Non, finit-elle par répondre. Il ne me l'a pas dit.

— Dans ce cas, je ne peux pas m'empêcher de penser qu'il doit y avoir des raisons douteuses derrière tout ça.

— Écoute, je te promets qu'il n'est pas comme ça. Sam est quelqu'un de généreux. La preuve, il sponsorise la soirée annuelle de la fondation de recherche sur la maladie de Charcot dans quelques jours. Il leur fait toujours des donations anonymes, mais cette année il va prononcer un discours sur la mort de sa mère.

Sophie la regarda avec tant de pitié qu'elle se sentit presque nauséeuse.

— Alors c'est comme ça qu'il t'a eue, cette fois ? En te faisant compatir à son triste sort ?

Cette fois, le malaise de Mindy se transforma en désespoir. Quoi qu'elle dise, sa sœur réussissait à le retourner contre elle.

— Pourquoi es-tu aussi cruelle, Soph ? As-tu à ce point envie de gagner ton pari stupide ?

— J'aimerais beaucoup, mais ça n'a rien à voir avec la victoire. J'en ai simplement assez de ne pas être sûre que tu vas rester chez Eden. Emma et moi avons besoin de toi ici, et nous sommes inquiètes pour toi. Tu ne vas pas pouvoir jouer sur les deux tableaux éternellement.

— Je sais que tu te sens tiraillée entre MVM et le magasin, poursuivit Emma. Si tu prends la bonne décision sur le plan professionnel, peut-être que ta vie amoureuse s'arrangera aussi. Peut-être que tu seras plus disponible pour rencontrer l'homme de ta vie.

Mindy faillit leur dire qu'elle l'avait déjà rencontré, mais elle se retint juste à temps, préférant s'en tenir au côté professionnel de la discussion.

— Tu me parles de prendre la bonne décision, mais je ne peux même pas choisir, reprit-elle avec une fêlure dans la voix. Mon héritage est conditionné par ces deux ans au magasin. Je suis obligée de les accomplir.

— Alors, ce n'est qu'une question d'argent ? demanda Sophie. J'aurais préféré entendre que tu restais pour nous.

— Bien sûr que je reste pour vous. Si ce n'était que pour l'argent, je serais partie depuis bien longtemps. Il se trouve que j'aime travailler ici. Au moins, j'arrive à résoudre les problèmes, ce qui n'est pas le cas chez MVM.

— Je croyais que tout allait bien, pourtant.

— Pas en ce moment. Tout est en train de s'écrouler, et c'est probablement à cause de Matthew Higgins, que j'ai embauché comme directeur par intérim.

— Pourquoi penses-tu cela ? demanda Emma.

Mindy leur raconta toute l'histoire sans oublier aucun détail, notamment le fait que Sam avait tout découvert.

— Maintenant, je dois trouver un moyen de m'assurer que Matthew est effectivement derrière tout ça.

— Comment comptes-tu t'y prendre ? demanda Emma en se levant pour récupérer trois petites bouteilles d'eau dans le mini-frigo de Mindy.

— Je ne sais pas encore. Si vous avez une idée, je suis preneuse.

Sophie avala une gorgée d'eau et fronça les sourcils, visiblement plongée dans une réflexion intense.

— Tu pourrais lui proposer d'acheter MVM pour de bon et voir comment il réagit, suggéra-t-elle.

— Ça me semble risqué. Il voudra un accord écrit, et là, je serai coincée. Je ne veux pas lui donner un moyen de pression sur moi.

— Y a-t-il un employé en qui tu as pleinement confiance ? demanda Emma. Si c'est le cas, tu pourrais lui faire part de ces soupçons, et il ou elle mènerait son enquête en interne.

En temps normal, Mindy n'aurait jamais pris le risque de se reposer sur quelqu'un d'autre qu'elle-même, mais cette situation était extraordinaire.

— Oui, il y en a une, répondit-elle. Carla Meadows. Elle est là depuis les débuts de MVM, et maintenant, elle supervise toute la production. Matthew lui met sur le dos une bonne partie des problèmes qu'ils ont eus ces derniers temps.

— Dans ce cas, parle-lui et arrange-toi pour que Matthew soit au courant de la conversation. Cela le rendra nerveux, et les gens nerveux commettent des erreurs.

— C'est exactement ce qu'a dit Sam.

— Pour une fois, je dois admettre que je suis d'accord avec lui. Je suis surprise qu'il n'ait pas déjà inventé un plan machiavélique pour te débarrasser de Matthew. Il a l'air plutôt doué pour ce genre de choses.

— Il n'est pas machiavélique, comme tu dis, mais c'est vrai qu'il sait obtenir ce qu'il veut. C'est un trait de caractère que j'admire beaucoup chez lui.

— Eh bien, ce n'est pas ce que Jake dirait.

Si seulement Sophie, Jake et Emma pouvaient le voir à travers mes yeux...

Mindy aurait tellement voulu qu'ils comprennent Sam comme elle le comprenait, qu'ils acceptent l'homme dont elle était en train de tomber amoureuse. Elle avait peur de se l'avouer, mais c'était ce qu'elle ressentait pour lui.

— J'aimerais que vous veniez tous à la soirée de charité, déclara-t-elle. J'achèterai les billets.

— Sérieusement ? s'exclama Sophie.

— Oui. C'est pour la bonne cause, après tout, et vous verrez enfin comment il est vraiment. Je pense que son discours fera du bien à tout le monde.

Elle prenait un gros risque avec cette invitation, et elle savait que cela pouvait se retourner contre Sam et elle, mais elle avait besoin de faire quelque chose.

Soudain, Lizzie se matérialisa sur le seuil, une enveloppe à la main.

— Désolée de vous interrompre, mais cette lettre vient d'un cabinet d'avocats et elle est arrivée en courrier recommandé. J'ai l'impression que c'est important.

— Je m'en occupe, dit Sophie en s'emparant de l'enveloppe.

Pendant qu'elle lisait, Mindy sentit la panique l'envahir à l'idée de ce qu'elle venait de faire. Comment annoncerait-elle à Sam que non seulement elle avait parlé à ses sœurs de la soirée, mais qu'en plus elle les avait invitées avec leurs conjoints respectifs ? Il allait probablement lui en vouloir jusqu'à la fin de ses jours, et il n'aurait pas complètement tort.

— Mon Dieu..., murmura Sophie, blanche comme un linge. Un certain Benjamin Summers prétend qu'il est propriétaire du magasin, et aussi du terrain qui va avec. Apparemment, grand-mère avait emprunté de l'argent à son père en mettant la propriété en gage, et maintenant, il en a hérité.

Sophie posa la lettre sur le bureau. Emma se mit à lire par-dessus l'épaule de Mindy, qui se rendit aussitôt compte qu'elle aurait dû décrocher le téléphone le jour où cet homme avait cherché à les joindre.

— Je ne comprends pas, commença Emma. Pourquoi grand-mère aurait-elle contracté une dette privée ?

— Aucune idée, soupira Sophie. Nos avocats verront si ce document a une valeur légale, mais j'ai bien peur que oui. Le ton de la lettre est tellement agressif... Je vais aussi devoir sermonner Lizzie. Cet homme écrit qu'il a essayé de nous joindre, mais que nous ne l'avons jamais rappelé.

— C'est ma faute, intervint Mindy en levant une main. J'ai pensé que c'était un énième arnaqueur et j'ai dit à Lizzie de s'en débarrasser.

— Parfait, Min. Tu as réussi à mettre ce Benjamin Summers en colère. Il faut qu'on règle ce problème, et tout de suite.

— Laisse-moi faire, proposa cette dernière dans une tentative désespérée de se racheter aux yeux de ses sœurs. De toute manière, j'avais prévu un rendez-vous avec nos avocats pour d'autres questions.

— Tu es sûre ? Il me semble que tu as déjà suffisamment de choses à gérer.

— Je travaille mieux sous la pression.

— Très bien, dans ce cas. En ce qui concerne la soirée, tu veux vraiment que nous soyons là ? Je vais avoir un mal fou à convaincre Jake.

— Dis-lui que, s'il déteste toujours Sam après son discours, je laisserai tomber.

— Tu laisseras tomber... Sam ? demanda Emma.

— Non. Simplement, j'abandonnerai l'idée de vous gagner à sa cause. J'en ai assez des paris et des défis à relever.

11

En quelques heures, la situation avec Benjamin Summers était devenue complètement inextricable.

L'homme affirmait que son père avait eu une liaison avec leur grand-mère et qu'il lui avait prêté de l'argent pour éponger les dettes de jeu de leur grand-père. C'était à la fois difficile à croire et impossible à prouver. La plupart des gens qui auraient pu témoigner sur cette histoire étaient morts depuis longtemps. Pourtant, ce monsieur Summers réclamait le magasin, ou l'équivalent de sa valeur en espèces sonnantes et trébuchantes. La somme en question devait encore être calculée – selon quels critères, Mindy n'en savait rien –, mais ses avocats l'estimaient à plusieurs centaines de millions de dollars.

Ni elle ni ses sœurs n'avaient autant d'argent à leur disposition. Certes, elles gagnaient très bien leur vie, mais il s'agissait d'une petite fortune. Si elles perdaient le procès, elles ne pourraient jamais verser la somme demandée, et elles devraient probablement abandonner le seul héritage de leur grand-mère. Mindy s'inquiétait surtout pour Sophie. Sa vie tournait tellement autour du magasin qu'elle en faisait pratiquement partie, autant que les murs et les vitrines.

Pour le moment, elle allait devoir reléguer ses inquiétudes au second plan, puisqu'elle était en route vers chez Sam. Ils allaient commencer à écrire son discours pour le gala de vendredi. La soirée s'annonçait encore plus compliquée que prévu, maintenant qu'elle avait invité Sophie et Emma. Les choses pouvaient mal tourner pour un millier de raisons, surtout si Jake et Sam se comportaient de la même manière qu'au mariage, mais elle n'avait pas le choix. Si elle ne réussissait pas à combler le fossé qui séparait Sam de sa famille, leur relation ne fonctionnerait jamais. Elle ne savait pas s'il était prêt à passer à la vitesse supérieure avec elle ; d'ailleurs, elle-même n'était pas encore certaine de ce qu'elle voulait. Elle savait simplement qu'elle était incapable de renoncer à lui. Ils avaient fait des progrès immenses ces derniers jours, et elle ferait tout pour que les choses continuent dans le même sens.

Sam avait dû guetter son arrivée par la fenêtre : elle n'eut pas le temps de sonner à l'Interphone qu'il lui ouvrait déjà la porte d'entrée. Lorsqu'elle sortit de l'ascenseur, il l'attendait avec un verre de vin à la main.

— J'espère que tu es prête à en découdre, lui lança-t-il en guise de salutations.

La seule chose que Mindy avait envie de découdre, c'était sa chemise, mais elle s'obligea à rester concentrée. Sam la rejoignit en quelques enjambées et lui retira son manteau.

— Bien sûr que je suis prête.

— Tant mieux. Mon texte est un vrai désastre.

— Je suis sûre que tu exagères.

— Je l'ai lu à Isabel au téléphone. Elle m'a dit mot pour mot qu'il était complètement nul.

Mindy posa les mains sur ses épaules, luttant contre la tentation de les laisser glisser ailleurs.

— On va s'en sortir, affirma-t-elle. Je resterai toute la nuit s'il le faut.

Il vida son verre d'un trait et s'empressa de le remplir à nouveau.

— Ce n'est pas mon domaine, tu sais. Je n'ai aucune compétence lorsqu'il s'agit d'en appeler à l'émotion des gens.

— Arrête de t'inventer des excuses et montre-moi ce discours.

Sam passa devant elle pour la guider jusqu'à son bureau, perché sur la mezzanine, dans un coin de la bibliothèque. Il lui désigna d'un geste son ordinateur.

— Vas-y, jette un œil au texte. Si tu me cherches, je serai juste là, en train de mourir silencieusement.

Mindy ne put s'empêcher de rire. Sophie avait tendance à jouer les tragédiennes plus souvent qu'à son tour, mais elle avait un concurrent sérieux en la personne de Sam.

Elle s'installa dans son fauteuil de bureau en cuir noir et commença sa lecture. Elle imagina Sam en costume, debout sur scène, aussi beau que le jour du mariage de sa sœur, en train de réciter les mots qu'elle lisait. Son texte était bien écrit. Pourtant, ce n'était pas le genre de discours qui obligeait les gens à sortir un mouchoir, encore moins leur porte-monnaie. Il était trop froid, trop impersonnel. Encore une fois, Sam se protégeait.

Lorsqu'elle eut fini de lire, elle fit pivoter son fauteuil pour le regarder. Il s'était réfugié à l'autre bout de la mezzanine et faisait les cent pas entre les étagères.

— C'est mauvais, n'est-ce pas ? Sois honnête. J'ai besoin de l'entendre.

Elle chercha un moyen de lui dire la vérité sans le décourager. Ce serait trop facile pour lui d'annuler sa participation, et elle sentait qu'il avait besoin de le faire, même s'il s'en défendait.

— Je crois que tu devrais raconter des histoires, finit-elle par répondre. Dis aux gens comment tu te sentais dans cette situation, avec ta mère malade, ta sœur loin de la maison et ton père qui faisait ce qu'il pouvait.

Il fronça les sourcils, l'air complètement paniqué. Elle ne lui avait jamais vu cette expression d'angoisse auparavant.

— Je ne sais pas par où commencer. Il y a des centaines d'anecdotes à raconter, et celles dont je me souviens le mieux sont les plus douloureuses. Je n'ai pas la force de m'asseoir devant un ordinateur et d'y déverser ma souffrance.

— Dans ce cas, laisse-moi être ta secrétaire, proposa-t-elle en faisant rouler son siège jusque devant le rocking-chair qu'il aimait tant. Je te pose des questions, tu réponds et je note ce que tu me dis.

— Je ne sais pas, Min. J'espérais que nous pourrions passer une bonne soirée ensemble, boire un peu de vin – beaucoup de vin, ajouta-t-il en haussant un sourcil.

— Nous aurons tout le temps de boire du vin plus tard. Pour l'instant, la priorité, c'est ton discours. Il ne te reste que trois jours avant le gala. Si tu veux avoir le temps d'apprendre ton texte et de le répéter, il faut qu'on le termine ce soir.

Sam plongea son regard dans le sien comme s'il essayait d'y puiser un peu de son courage. Au bout d'un long moment, il soupira et se laissa tomber dans son fauteuil.

— Très bien, allons-y. Que veux-tu savoir ?

Mindy n'avait jamais vécu le genre de tragédie qui avait frappé la famille de Sam. Malgré tout, elle savait ce que c'était de se sentir vulnérable et sans défense.

— Raconte-moi la première fois où tu as pleuré en pensant à la maladie de ta mère. La première fois où tu as craqué, où tu as cru que tu ne surmonterais pas cette épreuve.

— Eh bien, tu n'y vas pas de main morte.

— Je sais que c'est dur, mais c'est le genre d'histoire à laquelle les gens peuvent s'identifier.

Il évita soigneusement son regard et se mit à triturer obstinément les revers de son pantalon. Enfin, il commença :

— La première fois, c'était le jour où j'ai fait des recherches sur sa maladie à la bibliothèque de l'école.

Il releva la tête pour la regarder, et elle lut dans son regard le combat intérieur qui se déroulait en lui.

— Mon père et elle nous avaient promis qu'elle s'en sortirait. Pourtant, au bout de quelques lignes, j'ai compris que ma mère allait mourir.

Mindy tapait le moindre de ses mots, heureuse d'avoir les mains occupées. Elle n'avait qu'une envie : repousser l'ordinateur et le prendre dans ses bras.

— Je me souviens qu'il y avait un petit groupe de garçons de mon âge à la table d'à côté. Ils parlaient et riaient à voix haute, et la bibliothécaire n'arrêtait pas de leur demander de se taire. Ils baissaient le ton pendant quelques secondes, puis l'un d'eux éclatait de rire et tous les autres suivaient. C'est là que l'évidence m'a frappé. Je n'aurais plus jamais la même vie qu'eux. Ma mère allait mourir, et personne ne pourrait rien y faire. C'était la fin de l'insouciance, la fin de l'innocence. Ce jour-là, j'ai attrapé mon sac, je suis sorti de la bibliothèque et je ne suis même pas retourné en cours. J'ai filé directement à la maison pour passer du temps avec elle.

— Ça a dû être une journée très dure pour toi.

— Une parmi tant d'autres, oui.

Elle aurait voulu le serrer contre elle, lui dire à quel point elle était désolée, mais elle savait que ce n'était pas ce dont il avait besoin.

— Je ne suis jamais allée à ces soirées, mais est-ce que c'est le genre d'histoires que les gens racontent dans leurs discours ?

— Oui.

— Dans ce cas, continuons.

Mindy lui posa une autre question, puis une autre encore, notant scrupuleusement toutes les anecdotes qu'il lui racontait. Elle s'émerveilla de voir à quel point il s'ouvrait à elle. Jamais il n'aurait pu lui dire autant de choses quelques jours auparavant, et encore moins lorsqu'ils étaient sortis ensemble pour la première fois. Avec du recul, elle comprenait que ni Sam ni elle n'étaient prêts pour une relation à ce moment-là. L'étaient-ils à présent ? La soirée de vendredi serait un bon test. Ensuite, comme à son habitude, elle ferait le bilan et établirait un plan d'action.

Quelques heures plus tard, le discours de Sam était prêt. Ils échangèrent leurs places pour qu'il puisse le lui lire depuis son ordinateur, et Mindy fit un immense effort pour rester objective et ne pas se laisser noyer par l'émotion.

Lorsqu'il eut terminé, elle se racla la gorge discrètement et déclara :

— Répète deux ou trois fois et ce sera parfait. Tu vas faire un discours merveilleux, Sam. J'en suis certaine.

Maintenant qu'ils avaient terminé, elle rêvait de se blottir dans ses bras et de ne plus penser à rien, mais elle devait lui dire qu'elle avait invité ses sœurs au gala. Restait à savoir comment il réagirait…

Mindy avait réussi là où le reste du monde avait échoué. Pour la première fois, Sam avait laissé tomber les barrières qu'il avait construites pour se protéger. Même Isabel, qui avait pourtant un don pour convaincre les gens de faire ce qu'ils ne voulaient pas faire, n'y était jamais arrivée. Il avait toujours cru qu'en parler raviverait ses souvenirs, empirerait sa tristesse. Bien sûr, la douleur était toujours là, mais quelque chose avait changé. Il commençait à mieux l'accepter. Tout cela, c'était grâce à Mindy.

— Je ne sais pas comment te remercier. Fais attention, ou tu vas devenir officiellement ma psychologue personnelle.

— Attends un peu avant de me remercier. J'ai parlé de la soirée à Sophie et Emma.

Sam sentit son estomac se nouer. Une seconde auparavant, ils étaient sur la même longueur d'onde, et maintenant tout s'écroulait.

— Pourquoi as-tu fait la seule chose que je t'ai demandé explicitement de ne pas faire ?

Mindy rapprocha son fauteuil du sien pour lui prendre les mains.

— Je suis vraiment désolée. J'ai essayé d'en dire le moins possible, mais je ne voulais pas leur cacher que j'avais passé la semaine avec toi, et ce détail m'a échappé. Elles n'étaient pas enchantées que nous ayons recommencé à nous voir.

C'en était trop pour lui. Il avait déjà subi les sœurs de Mindy pendant des mois, et il ne pouvait tout simplement pas avoir cette conversation à nouveau. Il se leva pour s'éloigner d'elle mais, curieusement, il fut incapable de faire plus de quelques pas.

— Bien sûr qu'elles n'étaient pas enchantées, Min. Elles me détestent. Tu te fais des illusions si tu crois que ça changera un jour.

Mindy se leva à son tour et se plaça juste devant lui, l'obligeant à la regarder dans les yeux.

— Elles ne te détestent pas, Sam. Elles ne te connaissent même pas, en tout cas pas la vraie version de toi. Je me suis dit que, en leur parlant de la fondation, elles auraient peut-être une autre opinion de toi.

— Je n'ai pas besoin de leur compassion.

— Je le sais, mais moi j'ai besoin qu'elles te voient comme je te vois, ne serait-ce qu'en partie. C'est pourquoi je leur ai aussi demandé de venir vendredi soir.

— Tu as fait *quoi* ? Est-ce que Jake sera là aussi ?

— Je suppose que oui, murmura-t-elle en fixant le bout de ses chaussures.

À nouveau, Sam eut besoin d'espace. Il récupéra son ordinateur dans le fauteuil, le reposa à sa place et resta debout à côté de son bureau, dos à elle, trop agité pour s'asseoir.

— Je n'arrive pas à croire que tu les aies invités. Je n'aurais jamais dû accepter de faire ce discours. C'était une erreur depuis le début.

— Sam, je t'en prie, ne te referme pas sur toi-même. Écoute-moi.

Refusant visiblement de rester à distance, Mindy s'approcha et posa la tête contre son dos.

— Je sais que ça va être dur mais, s'il te plaît, fais-le pour nous.

Sam se figea et tenta de respirer normalement.

Pour nous ? Elle a bien dit « pour nous » ?

Il se retourna et passa les bras autour de sa taille.

— Comment ça, « nous » ? J'ai l'impression que je serai le seul à être mis à l'épreuve, vendredi.

— Ce n'est pas vrai, contra-t-elle. Mes sœurs sont persuadées que j'ai fait le mauvais choix, et je dois leur prouver qu'elles ont tort. Il n'y a pas de compromis possible. Si je veux que tu fasses partie de ma vie, il faut que tu puisses t'entendre avec elles.

Sam se sentait envahi par mille émotions contradictoires. D'un côté, il y avait une petite lueur d'espoir, puisqu'elle avait sous-entendu qu'elle voulait qu'il fasse partie de sa vie. De l'autre, il y avait sa famille. Une partie de lui aurait voulu qu'elle risque leur désapprobation pour rester avec lui. C'était peut-être ridicule, mais cette façon de faire lui apparaissait comme la seule preuve possible qu'elle tenait à lui.

— Veux-tu que je te raconte ce qu'il s'est vraiment passé entre Jake et moi ? demanda-t-il tout à trac.

— Si tu as envie de m'en parler, oui, bien sûr.

— C'est vrai, je l'ai tenu à l'écart d'un gros contrat, mais je l'ai fait pour rembourser la compagnie d'assurances de la somme que j'ai reçue à la mort de mon père. Je ne pouvais plus me regarder dans la glace en sachant qu'Isabel et moi avions, d'une certaine manière, profité de son décès. Cet argent pesait sur ma conscience. J'ai vu une opportunité de m'en débarrasser et je l'ai saisie.

Les yeux écarquillés de surprise, Mindy plaqua une main sur sa bouche.

— Mon Dieu, Sam. Tu as vraiment fait ça ?

— Si j'avais su tous les problèmes que ce geste allait m'attirer, j'y aurais probablement réfléchi à deux fois. Je me suis dit que Jake finirait par me pardonner un jour. Comme tu le sais déjà, je me trompais.

— Jake a ses problèmes, lui aussi. Son enfance a été plus que chaotique. Il n'a jamais connu son père, et sa mère a fini par l'abandonner aux soins de sa grand-mère, qui lui a toujours fait comprendre qu'elle s'occupait de lui uniquement par devoir. Je pense qu'il ne peut simplement pas supporter les trahisons.

Sam ferma les yeux, prenant conscience du poids de ses erreurs passées.

— Je ne savais pas, finit-il par répondre. Il ne m'en a jamais parlé.

— Voilà où est le problème. Personne ne parle des choses importantes, et tout prend une ampleur démesurée. Est-ce que tu veux que je raconte ce que tu viens de me dire à Jake ?

— S'il vient vendredi, je le lui dirai moi-même. C'est une affaire entre lui et moi. S'il me pardonne, tant mieux, et sinon… Même si j'aimerais que ta famille m'apprécie, je ne peux pas passer mon temps à essayer de les faire changer d'avis.

— Bien sûr, je comprends.

— D'ailleurs, je ne serai pas le seul à me sentir observé par des sœurs, poursuivit-il. Isabel sera là vendredi soir.

Mindy frissonna des pieds à la tête.

— Elle va me scruter en permanence, n'est-ce pas ?

— C'est probable. Elle n'a pas une très haute opinion de la famille Eden en général, mais l'essentiel de sa désapprobation retombe sur toi.

— J'ai mal au cœur rien que d'y penser. Pourquoi a-t-il fallu que tu m'en parles ? J'aurais presque préféré le découvrir sur place.

Sam la prit dans ses bras et se mit à la bercer doucement. Il savait que la situation n'était pas facile pour elle non plus, mais il refusait de la cacher à Isabel plus longtemps. Cela ne fonctionnerait pas, en tout cas pas s'ils voulaient avoir un avenir ensemble.

— C'est normal que je ne sois pas le seul à m'inquiéter pendant les trois prochains jours. Et puis, comme ça, tu comprendras peut-être ce que ça fait de ne pas se sentir accepté.

— Voilà qui sonne comme une vengeance.

— Pas du tout. Je dirais plutôt que vendredi sera le test ultime pour nous.

Il passa lentement la main dans ses cheveux, gravant le souvenir de ses mèches soyeuses dans son esprit. Si les choses tournaient mal, il pourrait toujours se raccrocher à ce moment.

— C'est très réconfortant, merci, ironisa Mindy. Tu ne fais pas beaucoup mieux que moi l'autre jour.

— La situation n'est pas agréable, mais c'est notre réalité, et nous serons bien obligés d'y faire face. Si nos familles respectives changent d'avis et finissent par nous soutenir dans notre relation, tout ira bien. Sinon, ce sera à nous de décider si nous sommes prêts à nous battre avec ceux que nous aimons le plus.

Cette perspective ne lui plaisait guère, mais il savait qu'il se fâcherait avec Isabel s'il le fallait. En revanche, il doutait que Mindy réussirait à s'affranchir du pouvoir que ses sœurs avaient sur elle.

— Je le sais bien, finit-elle par répondre d'un ton las. Tu as absolument raison.

Pour une fois, j'aimerais mieux me tromper.

— Veux-tu rester ici cette nuit ? Je n'ai pas envie que tu partes.

— Je n'ai pas de vêtements de rechange.

— Pas d'excuses entre nous, tu te souviens ? C'est ce que tu m'as dit à propos du discours.

Et lui, quelle était son excuse pour ne pas lui avoir dit ce qu'il ressentait pour elle ? Il l'aimait. Les mots étaient là, prêts à franchir ses lèvres d'un instant à l'autre, mais ce n'était pas encore le moment. Il devait attendre vendredi soir. Si sa famille n'acceptait toujours pas leur relation, Mindy prendrait probablement leur parti et ils ne se reverraient plus. Tout ce qu'il pouvait faire, c'était chérir le moindre instant qu'il passait avec elle.

12

Le gala de charité se tenait dans l'un des nombreux musées qui parsemaient les rues de Manhattan. L'endroit avait été aménagé pour accueillir une cinquantaine de grandes tables rondes, joliment décorées de chandeliers et de bouquets de fleurs rouges. Les quelques centaines d'invités devaient arriver d'une minute à l'autre, mais pour le moment l'endroit restait aussi paisible qu'élégant.

L'état d'esprit de Sam ne reflétait pas du tout le calme de la pièce. Déjà fébrile, il faisait les cent pas devant le bar, où les serveurs passaient un ultime coup de torchon sur les verres.

— Vous êtes sûr que ça va, monsieur Blackwell ?

Mme Parson, la responsable de l'événement, s'était approchée de lui sans même qu'il s'en aperçoive. L'air inquiet, elle l'étudiait attentivement par-dessus ses lunettes.

— Oui, tout va bien. Je révisais juste mon discours une dernière fois.

— Très bien, fit-elle d'un air peu convaincu. Dans ce cas, je vais juste vérifier un ou deux détails avec le traiteur. Les gens vont commencer à arriver, je crois que les portes viennent de s'ouvrir.

— Parfait, répondit-il en s'efforçant de ne pas grimacer. Merci beaucoup, madame Parson.

Visiblement, Isabel avait tenu à être la première dans la file d'attente. Elle fit une entrée spectaculaire. Vêtue d'une superbe robe blanche, ses longs cheveux noirs attachés en une queue-de-cheval haute qui mettait en valeur les perles argentées à ses oreilles, sa sœur s'approcha de lui à une vitesse impressionnante pour quelqu'un qui portait des talons hauts.

— Voilà la star du jour, s'exclama-t-elle après avoir déposé un baiser sur sa joue.

— C'est la dernière chose au monde que j'ai envie d'être.

— Tu es prêt pour ton discours ?

— Aussi prêt que possible, ce qui n'est pas franchement rassurant.

— Quand dois-tu prendre le micro ?

— C'est la première partie de la soirée, mais ils vont attendre que les invités aient bu quelques cocktails d'abord. Ensuite, il y aura le dîner et le bal.

— Ils doivent avoir peur que les gens s'enfuient après avoir mangé, commenta Isabel. Ils ont bien raison. Autant leur faire sortir leur chéquier le plus tôt possible.

Sam éclata de rire, et une partie de son anxiété s'envola. Malheureusement, le soulagement fut de courte durée. Il savait ce qu'il devait dire à sa sœur.

— Je suis vraiment content que tu aies pu venir, commença-t-il. Mindy sera là aussi, et j'aimerais te la présenter. J'espère que tu pourras trouver assez de bienveillance en toi pour être gentille avec elle.

— Alors, c'est sérieux entre vous, devina sa sœur. Es-tu sûr que tu veux prendre ce risque ? Que se passera-t-il si elle te chasse de sa vie à nouveau ?

Sam ne pouvait pas – ne *voulait* pas – répondre à cette dernière question.

— Oui, c'est sérieux. Je l'aime beaucoup. En fait, je crois que je l'aime tout court.

Il s'arrêta net, stupéfié par ce qu'il venait d'avouer. C'était la première fois qu'il le disait à voix haute.

Isabel fit un sourire en coin et lui décocha un coup de coude.

— Tu as l'air complètement idiot quand tu en parles, déclara-t-elle. C'est adorable.

— Adorable ? Je croyais que tu n'aimais pas Mindy.

— Je ne l'aimerai pas si elle te fait du mal, mais si tu es amoureux, je ferai tout mon possible pour apprendre à la connaître. Fais attention quand même, ajouta-t-elle en lui assénant une tape sur l'épaule. Les femmes de la famille Eden sont dangereuses.

Sam le savait mieux que personne. Il se demandait comment Mindy aurait réagi si elle avait entendu ce qu'il venait d'avouer à sa sœur. Aurait-elle trouvé cela adorable, elle aussi ? Il ne pouvait s'empêcher d'en douter. Mindy n'était pas le genre de femme à se laisser attendrir par des petites phrases romantiques. Elle aimait plutôt qu'on lui offre des bâtiments pour son entreprise. Et puis, comme sa mère le lui avait dit, elle considérait les relations sérieuses comme des pièges...

Mais était-ce si vrai que cela ? Sam y croyait de moins en moins. Il commençait à penser qu'il la connaissait mieux que sa mère sur certains points. Une femme qui pouvait passer une nuit blanche pour l'aider à rédiger un discours, ou faire tout ce qu'elle pouvait pour qu'il sorte de sa zone de confort, n'était décidément pas du genre à s'effrayer devant les complications de la vie – et si une chose était compliquée dans l'existence, c'était bien l'amour.

— Quand on parle du loup..., marmonna Isabel entre ses dents. Voilà ta charmante petite amie avec sa sœur et, si je ne me trompe, ton pire ennemi, Jake Wheeler.

— Jake n'est pas mon ennemi. Il s'entête à ne pas me parler, c'est tout. Je ne peux pas être ami avec tout le monde.

Cela dit, il allait devoir trouver un moyen de se réconcilier avec lui s'il voulait donner une chance à sa relation avec Mindy. Celui-ci faisait définitivement partie du clan Eden à présent.

Sam leva la tête et, aussitôt, ses inquiétudes furent reléguées au second plan dans son esprit. Mindy était magnifique. Elle portait une longue robe noire qui scintillait à la lueur des bougies, et elle avait attaché ses cheveux de la même manière que le jour du mariage de Sophie. Il espérait qu'il pourrait aussi les défaire une fois la soirée terminée.

Ses yeux rencontrèrent les siens et elle lui adressa un clin d'œil complice, puis courut presque vers lui pour l'embrasser.

Sam profita du moment, heureux de la tenir enfin dans ses bras. Pourtant, il sentait qu'il ne s'agissait pas d'un baiser ordinaire. Mindy signifiait à leurs sœurs respectives qu'elle se revendiquait comme sa petite amie, qu'elle tenait réellement à lui. Avait-elle conscience du soulagement que son geste lui apportait ? Il avait l'impression de respirer enfin après avoir été privé d'oxygène pendant de longues heures.

— Coucou, murmura-t-elle contre ses lèvres. Tu es très beau ce soir.

— Et toi, tu es splendide. Viens par là, je voudrais te présenter ma sœur.

Isabel fit son devoir mais il voyait bien que, derrière son sourire forcé, il y avait une lionne prête à montrer les dents si on lui faisait du mal. Sam aurait voulu lui dire de se calmer, mais il savait que ses mots n'auraient aucun effet.

— Je suis heureuse de vous rencontrer en chair et en os, après la conversation que nous avons eue au téléphone, persifla sa sœur.

Aussitôt après, elle fila droit sur Sophie et Jake, et n'attendit pas Sam pour se présenter.

— Bonsoir, je suis Isabel Blackwell, la sœur de Sam.

— Sophie Eden, enchantée. Et voici mon mari, Jake Wheeler.

Sophie était assez bien élevée pour maintenir les apparences, mais Sam voyait bien qu'elle était complètement dépassée par les événements.

— Je suis la sœur de Mindy, crut-elle bon de préciser.

— Oh ! je suis au courant, ne vous inquiétez pas.

Sam ne savait pas s'il devait remercier ou détester sa sœur pour ce qu'elle était en train de faire. Elle savait que Jake et Sophie avaient en grande partie conditionné la méfiance de Mindy à son égard. En amorçant la conversation, elle essayait de les tester. Quant à lui, il n'avait pas particulièrement envie de reparler à Jake après le fiasco du mariage, mais il ne voulait pas laisser persister le malaise entre eux plus longtemps.

— Salut, Jake. Merci d'être venu.

Jake eut une seconde d'hésitation, mais il finit par lui tendre la main.

— Bonsoir, Sam. Je ne savais pas que tu étais impliqué dans des œuvres de charité.

— Je le suis dans la fondation de recherche sur la SLA, et j'ai bien l'intention d'en parler plus ouvertement maintenant.

Isabel intervint alors, prenant son bras pour se serrer contre lui :

— Dis plutôt que tu n'as pas voulu t'en vanter. Sam est un de leurs sponsors depuis des années, ajouta-t-elle à l'adresse de Jake.

— J'aurais aimé connaître cette partie de toi plus tôt, commenta Sophie avec une moue sceptique.

— Tout ce que je peux te dire, c'est que je vais essayer de faire mieux.

Il passa un bras autour de la taille de Mindy, espérant que Sophie comprendrait son double sens. Il avait l'intention de s'améliorer sur tous les plans.

— D'ailleurs, Jake, crois-tu que nous pourrions aller boire un verre ensemble un de ces jours ? Il me semble que nous avons des choses à nous dire.

Jake regarda immédiatement Sophie, comme pour lui demander sa permission. Mindy était peut-être la plus âgée, mais sa cadette jouait décidément un rôle d'autorité dans la famille.

— Ce serait peut-être bien, déclara Sophie d'une voix incertaine. Enfin, si tu as de la place dans ton agenda, bien sûr.

— Je regarderai si je peux me libérer, conclut Jake.

Sam n'insista pas. Il lui avait tendu le calumet de la paix, à lui de décider s'il l'acceptait ou non.

— Dans combien de temps dois-tu faire ton discours ? demanda Mindy.

— Probablement dans une demi-heure, ou quelque chose comme ça.

— Est-ce que je peux te parler un moment ?

Être seul avec elle ? Il n'aurait pas pu rêver mieux.

— Oui, bien sûr.

Il la prit par la main pour la guider vers le coin opposé de la pièce, loin du vacarme de la foule.

— J'ai hésité à t'embrasser devant ma sœur et Jake, commença-t-elle, mais tu sais quoi ? Dès l'instant où je t'ai vu, j'ai su que le contraire aurait été stupide. J'ai envie de t'embrasser, c'est tout. Je peux, n'est-ce pas ?

— Tu peux m'embrasser autant que tu en as envie, et souvent de préférence.

Mindy entrelaça ses doigts aux siens et les pressa légèrement.

— Tu vas prononcer le discours le plus génial de la décennie, j'en suis certaine. Dis-toi que, lorsque tu auras fini, on pourra boire des litres de vin et cancaner sur nos sœurs derrière leur dos.

Il éclata de rire et la serra contre lui, son cœur menaçant d'imploser.

Je t'aime.

Les mots étaient là, à sa portée…

— Je trouve que tu t'en es bien sortie avec Isabel.

— Et moi, j'ai l'impression qu'elle ne sera pas aussi polie quand j'aurai le dos tourné.

— Je ferai de mon mieux pour te protéger, murmura-t-il contre son oreille.

Il le pensait de tout son cœur, et pas seulement à propos d'Isabel. Il voulait le lui prouver toute sa vie.

— Merci d'avoir tendu la main à Jake, reprit Mindy. Je suis sûre qu'il finira par revenir à la raison.

— Et Sophie ? Est-ce qu'elle a abandonné l'idée du pari ?

— Pas de danger. Cela signifierait qu'elle oublierait l'idée que je reste plus longtemps chez Eden, et pour l'instant, elle en est incapable. Mais ne t'inquiète pas. Nous finirons par trouver une solution, même si cela implique un petit crêpage de chignons. Ce ne sera pas la première fois.

— Une bataille entre filles, hein ? Est-ce que le spectacle est ouvert au public ?

— Sois un peu sérieux, le morigéna-t-elle. Tu vas devoir t'exprimer devant tous ces gens dans quelques minutes.

— Merci de me le rappeler.

— Oh ! ça suffit. Tu vas être parfait et tu le sais très bien.

Elle se haussa sur la pointe des pieds et déposa un long baiser sur ses lèvres.

— Daniel et Emma viennent d'arriver, je vais aller leur dire bonjour. On se voit après ?

— Tu seras ma récompense.

Dans tous les sens du terme.

Il la regarda s'éloigner, incapable de penser à autre chose qu'à elle. Cette femme était décidément la plus merveilleuse qu'il ait jamais rencontrée, à la fois courageuse et intelligente, drôle et incroyablement belle. Il serait un idiot s'il ne faisait pas tout son possible pour la garder près de lui. Comment, il ne le savait pas encore, mais il allait vite trouver une réponse. Mindy ne l'attendrait pas éternellement.

Sam repéra Mme Parson à l'autre bout de la salle, et la rejoignit pour lui demander où les choses en étaient.

— Je crois que vous allez pouvoir accueillir nos invités et faire le premier appel aux dons, annonça la responsable.

— D'accord. Merci beaucoup de m'avoir donné cette opportunité, dit-il en lui serrant la main.

— C'est moi qui devrais vous remercier, monsieur Blackwell.

— Non, je vous assure que c'est le contraire. Et s'il vous plaît, appelez-moi Sam.

Le visage de Mme Parson s'éclaira d'un grand sourire encourageant.

— Dans ce cas, bonne chance, Sam.

Il monta les quelques marches qui menaient à la scène, clignant des yeux sous la lumière crue des projecteurs. La musique d'ambiance s'évanouit peu à peu. Il prit une grande inspiration et se répéta qu'il pouvait le faire, qu'il avait traversé des moments bien plus difficiles. Tout cela serait terminé dans quelques minutes. Il se trouverait probablement ridicule d'avoir eu aussi peur.

Le cœur battant à tout rompre, il balaya la salle du regard, survolant un océan de visages tournés vers lui. Il devait absolument trouver Mindy. Lorsqu'il l'aperçut enfin, au deuxième rang vers la droite, il ne put détacher les yeux d'elle. Comment pouvait-elle être encore plus belle que la semaine dernière ? Plus belle encore qu'une minute auparavant ? Était-ce parce que, à présent, il savait quelle femme incroyable se cachait derrière ce visage magnifique ?

La réponse ne pouvait être que « oui ». Alors seulement, il sut ce qu'il devait faire. Il prit une gorgée d'eau et se prépara à oublier le discours que Mindy et lui avaient écrit. Son cœur lui dictait ce qu'il devait dire, avec autant de clarté que si les mots avaient été écrits noir sur blanc.

Mindy croisa et décroisa les jambes plusieurs fois, aussi nerveuse que Sam devait l'être. On n'entendait plus un bruit dans la salle. Son cœur se mit à battre si fort qu'elle se demanda s'il pouvait l'entendre depuis la scène. Elle aurait voulu lui envoyer un message par télépathie.

Tout va bien se passer. J'ai confiance en toi.

Comme s'il avait réellement entendu ses pensées, son regard trouva le sien et il sembla lui dire quelque chose en retour, quelque chose comme une reconnaissance de l'aide qu'elle lui avait apportée. Il s'agissait de sa soirée, mais ils avaient fait du travail d'équipe pour en arriver là.

— Bonsoir à tous, je m'appelle Sam Blackwell. Je suis très honoré d'être ici ce soir pour vous parler de l'histoire de ma famille avec la maladie de Charcot. Je ne suis pas le genre de personne qui s'ouvre facilement aux autres, alors j'espère que vous en tiendrez compte et que vous serez d'autant plus généreux tout à l'heure, lorsque je vous demanderai d'ouvrir vos carnets de chèques. Parce que c'est exactement ce que je vais vous demander de faire – à vous, à vous aussi, et encore à vous là-bas, tout au fond.

Tout en parlant, il désignait méthodiquement quelques personnes dans la salle et le public se mit à rire de bon cœur, ce qui allégea quelque peu l'atmosphère.

— Maintenant que vous êtes prévenus, je peux commencer.

Le discours qu'ils avaient écrit ensemble franchit ses lèvres très naturellement. Il paraissait tout à fait confiant, et Mindy n'aurait pas pu être plus fière de lui. Il raconta au public ce qu'il lui avait dit dans la bibliothèque, le long déclin de sa mère, le chagrin de son père, sa sœur qui s'en voulait d'être absente. Il leur raconta l'impression qu'il avait eue d'être seul au monde. Il leur parla d'amour.

— Des années après avoir perdu ma mère, je me suis demandé où était passé l'amour dans ma vie. Avait-il disparu ?

Mindy sursauta, stupéfaite. Ces derniers mots ne faisaient pas partie de ce qu'ils avaient prévu.

— C'est vrai, il y a ma sœur, poursuivit Sam, mais elle a sa vie elle aussi. Et il y a trop d'amour en moi pour une seule personne. Mes parents sont partis, et même si je les aime chaque jour de loin, il y a toujours un surplus. C'est comme si mon cœur s'apprêtait à déborder en permanence. Je suis sûr que vous voyez de quoi je parle.

Sam prit une gorgée d'eau et se rapprocha à nouveau du micro.

— Vous devez vous demander où je veux en venir avec tout ça.

Les invités rirent de bon cœur et Mindy les imita, mais elle commençait à se sentir nerveuse. En effet, où voulait-il en venir ?

— En préparant mon discours pour ce soir, j'ai beaucoup appris sur moi-même. J'avais toujours cru que mon histoire familiale était une impasse, que je ferais mieux d'y penser le moins possible. Pourtant, revivre ces souvenirs m'a ouvert les yeux. J'ai compris que la vie avait beaucoup à m'offrir si seulement j'acceptais d'ouvrir mon cœur. J'avais besoin d'une femme très spéciale pour m'en rendre compte, et je ne lui dirai jamais assez à quel point je suis reconnaissant envers elle. Non seulement elle fait de moi une meilleure personne, mais en plus elle fait de moi le genre de personne qui monte sur scène devant une salle pleine d'inconnus pour leur demander de signer un gros chèque.

Le public éclata de rire une nouvelle fois, et Mindy s'aperçut que Sophie essayait d'attirer son attention en clignant des yeux fort peu discrètement. Elle lui accorda un haussement d'épaules. Que pouvait-elle faire d'autre ? Sam venait de franchir un pas immense devant ses sœurs, devant celles qu'il craignait tant. Il avait pris le risque de tout leur dire, probablement parce que leurs familles étaient déjà bien trop intervenues dans leur relation. Pour leurs proches, le message était plus que clair. Ceux qui les connaissaient comprendraient forcément ce qu'il avait voulu dire.

— Pour terminer, j'aimerais simplement vous rappeler ce qui nous a tous réunis ici ce soir. Ce n'est ni une maladie, ni des souvenirs tristes, ni même la promesse de trouver un traitement. Seul l'amour nous a fait pousser cette porte aujourd'hui. Prenez ceux que vous aimez dans vos bras, dites-leur à quel point vous tenez à eux. Ouvrez votre cœur à l'amour. Merci beaucoup.

Il avait à peine prononcé les derniers mots que le public se leva comme un seul homme, la salle retentissant d'applaudissements et de bravos. Sam tourna la tête et son regard se perdit dans le sien.

Ce fut un moment magique, hors du temps, comme si le reste de l'assemblée avait soudainement disparu. Mindy était presque aveuglée par les pleurs qu'elle ne cherchait plus à retenir. Comment Sam pouvait-il lui sourire après le discours qu'il venait de prononcer ? Il n'y avait que lui pour faire ce genre de choses, songea-t-elle en souriant à travers ses larmes. Il descendit les marches et fut aussitôt accueilli par une foule d'invités, qui s'étaient levés de leurs tables pour lui serrer la main.

Mindy se leva à son tour. Elle devait absolument lui parler, lui dire enfin qu'elle l'aimait. Elle ne pouvait pas le laisser douter de ses sentiments une minute de plus.

— Min, attends, s'exclama Sophie en la retenant par le bras. Est-ce qu'il parlait de toi ?

— Si ce n'est pas le cas, je m'apprête à perdre une bonne partie de ma dignité.

— Je ne savais pas que vous vous aimiez. Pourquoi ne me l'as-tu pas dit l'autre jour ?

— Je crois que j'avais encore trop peur de l'avouer.

— Oh ! Mindy. Tu sais bien que je ne t'aurais jamais reparlé du pari dans ces conditions. Je ne vais pas te garder en otage.

Elle se pencha pour déposer un baiser sur la joue de sa sœur.

— Merci, Soph, mais ce n'est pas ce que je voulais dire. J'avais trop peur de me l'avouer à moi-même, trop peur de prendre le risque qu'il me rejette. Bref, j'étais lâche.

— Et maintenant ?

— Maintenant, c'est mon tour d'être courageuse.

Mindy se fraya un chemin entre les tables et les serveurs, jusqu'à atteindre le petit groupe d'invités qui attendaient de pouvoir discuter avec Sam. Il l'aperçut, lui sourit largement et fendit la foule pour la rejoindre. Lorsqu'il lui prit la main, elle ressentit ce petit courant électrique qui la parcourait chaque fois qu'il la touchait. Certaines choses entre eux ne changeaient pas et c'était tant mieux.

— Je suis désolé, fit-il en désignant les invités autour d'eux. Je sais que nous devons discuter. Je te promets que je n'en ai pas pour longtemps.

— Pas de problème, je ne vais nulle part.

Elle s'accrocha à sa main comme à une bouée de sauvetage, refusant de le lâcher. Sa place était avec lui. Elle le sentait dans toutes les fibres de son être.

Le petit cercle autour de Sam commençait à s'amenuiser lorsqu'elle aperçut Sophie et Jake un peu plus loin, attendant patiemment pour lui parler. Elle espérait qu'ils n'avaient que des éloges à lui faire. Sam le méritait.

Jake s'avança vers lui pour lui serrer la main.

— Ton discours était incroyable.

— Merci beaucoup, Jake.

— Je suis désolé pour tout à l'heure, et aussi pour le jour du mariage. J'aimerais beaucoup qu'on aille prendre un café bientôt.

— Voilà qui ressemble à un rendez-vous, fit Sam avec un grand sourire. Je t'appellerai dans un ou deux jours.

— Rien ne presse, répliqua Jake en jetant un coup d'œil à Mindy. J'ai l'impression que tu vas avoir des choses plus urgentes à faire.

— C'est vrai. D'ailleurs, je crois que nous allons commencer tout de suite.

Il se pencha vers elle et lui chuchota à l'oreille :

— Trouvons un endroit plus tranquille pour discuter.

— Oh que oui.

Mindy l'entraîna jusqu'à la porte d'entrée et fit quelques pas dehors.

— Il faudra que j'y retourne à un moment, tu sais.

Incapable de se contenir plus longtemps, elle lui dit enfin ce qu'elle aurait dû lui dire plusieurs jours auparavant.

— Sam... Je t'aime. Je t'aimais déjà bien avant ce soir. Je ne sais pas pourquoi j'ai eu si peur de te le dire, sinon parce que je pensais que tu ne ressentais pas la même chose et que tu allais me briser le cœur. Je suis désolée.

— Chut, lui ordonna-t-il en encadrant son visage de ses paumes.

Il déposa un baiser léger sur ses lèvres.

— Je t'aime, Mindy Eden. Je t'aime à un point que je n'aurais jamais cru possible. Tu n'as pas à t'excuser. Si tu es coupable, je le suis autant que toi. Il y avait ta famille, le pari, mais je crois que finalement j'avais la même inquiétude que toi. J'avais peur de ne pas être assez bien pour toi, de ne pas être celui qu'il te fallait.

Mindy ne pouvait plus s'arrêter de sourire. S'il continuait, son cœur allait exploser de bonheur.

— Je suis tellement contente que tu l'aies dit devant tout le monde. Maintenant, que les gens pensent ce qu'ils voudront. Je mets quiconque au défi de prétendre que nous n'avons pas le droit d'être ensemble.

Sam laissa échapper un soupir de soulagement.

— J'ai eu peur que tu sois en colère contre moi de t'avoir exposée devant tes sœurs, mais je me suis dit qu'après tout la situation ne pouvait pas être pire.

— Ne t'inquiète pas, tu as eu raison.

Il passa un bras autour de sa taille pour la serrer contre lui.

— Tu sais quoi ? Je suis pleinement, complètement et parfaitement heureux. Je ne pourrais rien désirer de plus en ce moment.

— Vraiment rien du tout ? demanda-t-elle avec un regard éloquent.

— Bien sûr, *ça*, répondit-il dans un éclat de rire.

Il la pressa un peu plus contre lui et l'embrassa tendrement.

— J'en ai envie en permanence avec toi.

— J'imagine que nous devons retourner là-dedans d'abord, n'est-ce pas ? Les gens n'ont pas fini de s'extasier sur toi.

Il lui prit la main et fit volte-face pour remonter les marches qui menaient à l'entrée du musée.

— Restons encore une petite heure. Ensuite, j'aimerais que tu rentres avec moi à la maison.

Mindy se sentit fondre à ces mots.

— Je viendrai si tu me promets une chose.

— Quoi donc ?

— Je voudrais que tu débarrasses la moitié de ton placard. Si je rentre à la maison avec toi, j'y reste, et pour de bon cette fois.

Épilogue

Un mois après la soirée de gala, beaucoup de choses avaient changé dans la vie de Mindy. Pour commencer, la rénovation du Mercer était en bonne voie. MVM aurait bientôt des bureaux tout neufs et une nouvelle directrice par intérim. Mindy avait décidé de nommer Carla Meadows à ce poste. Cette dernière avait réussi à prouver que Matthew cherchait à racheter l'entreprise en dessous de sa valeur. Il lui avait même proposé de s'associer à lui. Heureusement, Carla avait eu le réflexe d'enregistrer leur conversation, qui constituait une preuve amplement suffisante pour le mettre dehors.

Ce samedi matin-là, Sam et elle se rendirent au Mercer pour voir où en étaient les travaux. Le rez-de-chaussée était déjà presque prêt. Tout l'étage avait reçu un bon coup de peinture et un éclairage efficace, ce qui signifiait qu'on pourrait bientôt y installer les imprimantes et le service des expéditions. Quant aux étages supérieurs, ils étaient en bonne voie pour accueillir les autres services. Les ouvriers avaient abattu des cloisons pour créer de plus grands volumes, refait les parquets et repeint les murs.

Cependant, Mindy avait surtout hâte de voir le cinquième, où se tiendrait son bureau. Lorsqu'ils arrivèrent en haut de l'escalier, elle sentit son cœur battre plus vite. Certes, il y avait encore beaucoup à faire, mais l'espace prenait forme. Les murs vitrés de son bureau étaient déjà en place dans le coin le plus ensoleillé de l'étage. Ce serait un lieu de travail très agréable.

Sam passa un bras autour de son épaule, contemplant son futur domaine avec elle.

— Tu dois être fière de toi.

— Il y a encore du travail, mais oui. J'ai enfin l'impression de mener ma barque à bon port.

Le destin leur avait joué un tour singulier. Elle avait cru au départ que cet entrepôt serait une source de conflit entre Sam et elle mais, finalement, il les avait rapprochés. Elle avait beau détester Matthew Hawkins, sans ses manœuvres, elle n'aurait probablement jamais rappelé Sam. Elle n'aurait pas osé tenir tête à ses sœurs comme elle avait fini par le faire.

— J'espère que tu te sens aussi un peu plus sereine.

— Beaucoup plus, tu veux dire. L'affaire Matthew est résolue, et Sophie a jeté le pari aux oubliettes. Techniquement, je suis libre de faire ce que je veux dans un an.

— Mais… ? Je sens qu'il y a un « mais » dans cette phrase.

— Plus j'y pense, plus je me sens coupable. Est-ce que je vais vraiment abandonner Sophie et Emma en pleine tourmente, avec ce Benjamin Summers qui veut mettre la main sur le magasin ? Que se passera-t-il si nous perdons le procès ?

Mindy savait qu'elle paniquait inutilement, mais cette situation était la seule partie un peu moins stable de sa vie en ce moment, et elle aurait voulu que tout soit parfait.

— Ne te sens pas coupable un an à l'avance. Beaucoup de choses peuvent changer d'ici là. Tu prendras ta décision le moment venu.

— Tu as raison. En revanche, j'aimerais que tu me recommandes de nouveaux avocats pour le magasin. Les nôtres sont très compétents, mais ils ont un peu trop tendance à suivre les règles, si tu vois ce que je veux dire. Je pense qu'on va avoir besoin de personnages un peu moins recommandables pour nous sortir de l'affaire Summers.

— Si je comprends bien, ta première pensée lorsqu'il te faut des personnages peu recommandables est de te tourner vers moi ?

Il éclata de rire, et Mindy sourit d'une oreille à l'autre, contaminée par sa joie de vivre. Le rire de Sam était décidément le son qu'elle préférait.

— J'ai peut-être une idée, reprit-il, mais je ne sais pas si elle va te plaire.

— Voilà qui commence bien.

— Essaie de m'écouter objectivement, s'il te plaît.

— C'est promis. Alors, à qui penses-tu ?

— Isabel.

— Isabel... Ta sœur ?

— C'est une avocate brillante, et elle vient d'emménager à New York. Je suis sûre que Benjamin Summers n'aurait aucune chance face à elle.

— Je ne sais pas, Sam. Mes sœurs commencent seulement à s'habituer à *un* Blackwell. L'idée de mettre le sort du magasin entre les mains de ta sœur risque de moyennement leur plaire.

— Réfléchis-y, conclut Sam en haussant une épaule. Isabel fait vraiment du bon travail.

Mindy devrait prendre un moment pour y penser par elle-même avant d'en parler à ses sœurs.

— D'accord, j'y réfléchirai.

— Super. Tu es prête à y aller ? Puisqu'il fait beau, je pensais qu'on pourrait peut-être faire un tour en voiture.

— Bonne idée.

Ils refermèrent la porte de l'entrepôt et s'installèrent à l'avant de sa Bugatti. Sam avait donné un jour de congé à son chauffeur, mais à présent elle se demandait si ce n'était pas un prétexte pour profiter de sa voiture. À New York, il en avait rarement l'occasion.

Sam prit la direction du nord et emprunta la petite route qui longeait l'Hudson. Mindy profita du paysage automnal des bords de la rivière pendant une bonne demi-heure, mais elle finit par comprendre qu'il lui cachait quelque chose.

— Sam, où allons-nous ? Je suis sûre que tu n'es pas en train de rouler au hasard.

— J'aimerais te montrer quelque chose.

— D'accord, mais quoi ?

— C'est une surprise. Détends-toi, d'accord ? Nous y serons dans quelques minutes. Je te promets que ça en vaut la peine.

Mindy se laissa aller contre le dossier de son siège. D'habitude, elle avait du mal avec les surprises, mais elle était certaine que celle-ci lui plairait. Sam la connaissait par cœur.

Après une dizaine de minutes, il sortit de la route principale pour rejoindre un quartier résidentiel, avec de grands jardins et des maisons immenses. Il tourna à droite dans une petite impasse et s'arrêta devant la dernière maison de la rue.

— Qu'est-ce que tu en penses ?

— Elle est très belle, commenta Mindy. Elle a l'air immense, et suffisamment loin de la ville pour être au calme. Est-ce que tu connais la personne qui vit ici ?

Sam secoua la tête et retira ses lunettes de soleil pour la regarder.

— Non, mais je connais la personne qui voudrait bien vivre ici, et aussi celle avec qui il voudrait y habiter.

Mindy osait à peine comprendre.

— Sam, qu'est-ce que tu racontes ?

— Viens, proposa-t-il sans répondre à sa question. Allons y jeter un œil.

Elle le suivit jusqu'au portail en fer forgé et contempla l'allée interminable qui menait jusqu'à la maison. Le jardin était immense et constituait une œuvre d'art en lui-même, avec sa grande fontaine de pierre et ses massifs colorés. La façade comportait des douzaines de fenêtres qui suggéraient un nombre de pièces extravagant.

— Je suis désolé, j'aurais dû demander la clé pour pouvoir regarder l'intérieur, reprit Sam. D'un autre côté, je ne veux pas la visiter si tu n'es pas sur la même longueur d'onde que moi.

— Es-tu en train de me dire que tu voudrais acheter cette maison ?

— Je suis surtout en train de te dire que j'aimerais savoir où nous allons, tous les deux. J'ai vu passer l'annonce concernant cette maison l'autre jour et l'idée de vivre en dehors de New York m'a emballé, du moins si je peux le faire avec toi.

— C'est génial, Sam, et aussi un peu surprenant. Que veux-tu mettre dans une maison aussi grande ?

— Je ne sais pas, fit-il en haussant une épaule. Des animaux ? Des enfants ? On peut y mettre tout ce qu'on veut.

Des enfants.

Pour une surprise, c'était une surprise, songea Mindy. Elle qui avait toujours placé sa carrière en priorité, elle devrait bouleverser tout ce qu'elle avait prévu. Pourtant, un seul regard de Sam lui fit aimer l'idée aussitôt. Il avait probablement envie de créer à son tour une famille heureuse, et si elle pouvait la lui offrir, elle n'hésiterait pas une seconde.

— Toi et moi avons passé trop de temps à nous inquiéter pour nos entreprises ou pour nos familles, poursuivit-il. Maintenant que nous sommes ensemble pour de bon, je voudrais savoir comment tu vois notre couple. J'ai débarrassé une moitié de placard pour toi mais, là, il s'agirait d'un engagement bien plus important.

Mindy l'observa un instant en silence. Elle se doutait que ce genre de conversation finirait par arriver, mais elle ne s'était pas attendue à ce qu'il en parle si tôt. Malgré tout, elle savait déjà ce qu'elle en pensait. Elle voulait être aux côtés de Sam tous les jours, se coucher et se réveiller près de lui, traverser avec lui les bons moments comme les mauvais.

— On dirait que tu n'es pas sûr de ce que je ressens, finit-elle par répondre.

— C'est toujours plus simple si tu me le dis. Je suis un homme normal, Mindy, pas un télépathe.

— Tu es aussi un homme qui déborde de confiance en lui d'habitude. Tu n'as pas besoin d'attendre mes réactions, tu sais. Dis-moi tout simplement ce que tu veux, *toi*.

Sam se mordit la lèvre et regarda à nouveau à travers les grilles du portail, une petite brise d'automne rejetant ses cheveux en arrière.

Son profil magnifique se découpait nettement dans la lumière de midi, son nez droit, sa mâchoire carrée, ses lèvres qu'elle aimait tant embrasser. Lorsqu'il se tourna enfin vers elle, Mindy vit une larme rouler le long de sa joue.

— Je veux une fin comme dans les contes de fées, Min. Je veux qu'on se promette d'être toujours là l'un pour l'autre devant tous ceux que nous aimons, une coupe de champagne à la main et une bague au doigt. Je sais que tu vois le mariage comme un piège, mais ce ne sera jamais comme ça pour nous, je te le promets. Je serai toujours honnête et ouvert avec toi. Je m'assurerai que tu te sentes aimée comme tu mérites de l'être.

Sous le choc, Mindy resta un instant silencieuse. Ils n'auraient jamais pu avoir ce genre de conversation la première fois qu'ils avaient été ensemble, ni même la deuxième ou la troisième. Avec le recul, elle se rendait compte qu'elle ne pouvait en vouloir qu'à elle-même. Elle prétendait qu'elle aurait voulu qu'il s'engage davantage avec elle, mais c'était justement à chaque fois qu'il avait essayé de le faire qu'elle avait pris peur.

À présent, elle ne trouvait plus une seule trace de l'ancienne Mindy dans son cœur. Elle était prête à prendre tous les risques pourvu qu'il ne disparaisse plus jamais de sa vie.

— Alors, tu voudrais te marier avec moi ? demanda-t-elle. Avoir des enfants, acheter cette grande maison ?

— Tout cela doit paraître ridicule venant de moi, et tu ne t'y attendais probablement pas mais, oui, c'est ce que je veux. Je t'aime, Mindy. Dès l'instant où je t'ai rencontrée, j'ai su que c'était toi. Nous sommes faits l'un pour l'autre.

— De plus d'une manière, renchérit-elle en posant un baiser sur ses lèvres.

— Alors, qu'en dis-tu ? Avec toutes ces incertitudes dans le reste de nos vies, es-tu prête à parier sur nous ?

Le cœur de Mindy faisait des bonds dans sa poitrine. Jamais encore l'idée du mariage ne l'avait enthousiasmée, mais elle savait pourquoi les choses avaient changé. Ce n'était pas la robe blanche qui lui faisait envie, ni la cérémonie. C'était simplement la perspective de passer sa vie avec l'homme qu'elle aimait.

— J'accepte le pari, Sam Blackwell. Je l'accepterai chaque jour à compter d'aujourd'hui.